# 古典文獻研究輯刊

十四編

曾永義 主編

## 第 21 冊

### 清代傳教士漢文報刊文學研究
#### （1815 年～1838 年）

李佩師 著

國家圖書館出版品預行編目資料

清代傳教士漢文報刊文學研究（1815 年～1838 年）／李佩師
著 — 初版 — 新北市：花木蘭文化出版社，2016〔民 105〕
目 2+266 面；19×26 公分
（古典文學研究輯刊 十四編；第 21 冊）
ISBN 978-986-404-821-2（精裝）
1. 中國文學 2. 新聞文學 3. 文學評論
820.8                                        105014963

ISBN-978-986-404-821-2

9 789864 048212

古典文學研究輯刊
十四編 第二一冊                    ISBN：978-986-404-821-2

## 清代傳教士漢文報刊文學研究（1815 年～1838 年）

作　　者　李佩師
主　　編　曾永義
總 編 輯　杜潔祥
副總編輯　楊嘉樂
編　　輯　許郁翎、王筑　美術編輯　陳逸婷
出　　版　花木蘭文化出版社
社　　長　高小娟
聯絡地址　235 新北市中和區中安街七二號十三樓
　　　　　電話：02-2923-1455／傳眞：02-2923-1452
網　　址　http://www.huamulan.tw 信箱 hml 810518@gmail.com
印　　刷　普羅文化出版廣告事業
初　　版　2016 年 9 月
全書字數　232347 字
定　　價　十四編 21 冊（精裝）新台幣 36,000 元

# 清代傳教士漢文報刊文學研究

（1815 年～1838 年）

李佩師 著

## 作者簡介

李佩師，銘傳大學應用中國文學系博士。現任教於臺北基督學院，擔任博雅核心課程中心主任迄今，教授中國文學、中文寫作等課程。曾任銘傳大學應用中國文學系兼任助理教授。研究領域與方向為：清代報刊、清代小說、基督教文學等。曾發表之論文如：〈借鑑與轉化：論三部清代入華傳教士漢文報刊的中國文學書寫特徵〉（《東吳中文學報》第 29 期）、〈試論兩岸詞彙差異與融合——以「兩岸詞彙雲端資料庫」為例〉（2012 年第二屆大華技職語文創意教學研討會）等。

## 提　要

　　本論文以清代來華之新教傳教士馬禮遜、米憐所編纂的《察世俗每月統記傳》；麥都思所編纂的《特選撮要每月紀傳》和郭實獵編纂的《東西洋考每月統記傳》三份漢文報刊為主要研究對象。《察世俗每月統記傳》為近現代第一份漢文報刊，《特選撮要每月紀傳》為其續刊，而《東西洋考每月統記傳》則是第一份在中國境內發行之漢文報刊，此三份報刊長久以來，在新聞報刊史或中西文化交流上具舉足輕重地位。

　　本篇論文旨在透過對報刊之內容分析，探究與中國文學之關連、中西文化間互涉以及對近代中國之影響。共分七章：

　　第一章為緒論，說明研究動機、研究對象與範圍等。第二章就傳教士早期漢文報刊創刊背景做一梳理介紹。第三章分別就三份報刊之版式與內容進行析述。第四章討論到報刊之書寫範式，多套用中國文學之形式框架。第五章則論述傳教士面對中西文化歧異時，根據中國文學與文化之內涵意蘊，加以轉化、鎔鑄，塑造一套以基督教為新文化秩序標準的文化系統，試圖改變中國讀者觀點與思維。第六章進一步說明，傳教士報刊對中國近代天文史地觀、新聞報業和文學之影響。最後一章為結論，說明本文研究結果、研究侷限以及未來展望，希冀提供相關研究之參考。

# 目次

# 第一章　緒　論

## 第一節　研究動機與目的

　　美國哈佛大學教授——韓南（Patrick Hanan）所著《中國近代小說的興起》（The Rise of Modern Chinese Novel）〔註1〕一書，文章著重論述三大主題：十九世紀至二十世紀初，中國小說家在技巧上的創造性、二十世紀早期的寫情小說以及西方人對中國小說的介入。其中，關於傳教士與中國小說間的梳理，和論及清代早期傳教士所辦理的報刊，尤引發注目與討論。〔註2〕同時，筆者關注到清代中國文學發展過程中，「傳教士」扮演特殊催化的重要角色，卻往往不經意忽略其重要性，或僅留意到對中西文化所造成的影響；因此，思欲重新檢視傳教士在清代文學史與報業發展史上的定位，以下將由三個面向說明研究動機：

---

〔註1〕〔美〕韓南（Patrick Hanan）著，徐俠譯，《中國近代小說的興起》（上海：上海教育出版社，2004 年初版，2010 年增訂版）。〈中國十九世紀的傳教士小說〉、〈新小說前的新小說——傅蘭雅的小說競賽〉等章節尤引起討論。

〔註2〕宋莉華、吳淳邦、李奭學、黎子鵬等學者開始發表相關論著，相關論著詳見本章第二節。另部分學者針對該書發表書評，如：段懷清，《傳教士與晚清口岸文人》（廣州：廣東人民出版社，2007 年）。特闢一章節對該書進行評論：附錄一〈韓南《中國近代小說的興起》述評〉。

## 一、基督教〔註3〕傳播與報刊發展角度

綜覽清代文學、中國新聞事業發展史，可以發現「傳教士」在其中占重要位置。袁進在討論中國文學近代的變革時指出，西方傳教士在文學觀念、文學內容、文學語言、文學形式、文學與現實的關係、傳播文本、傳播方式和讀者對象等諸方面產生影響，遠遠超出現代學術界對它的估算。〔註4〕就中西關係各方面進展，其中「最有意義的人物」，就是「基督教傳教士」，他們是了解十九世紀中西文化交流史的關鍵。〔註5〕又如：鐘鳴旦指出；「報刊資料」在中西交流史上，扮演相當重要的史料地位，通過報刊資料的分析，可以了解基督教在華活動的原始信息，與對中國的影響。〔註6〕而且，新聞報業發展史多以傳教士報刊的創刊發行，作爲近代報業的起始點。〔註7〕既然「傳教士」如此重要，「傳教士報刊」爲傳教士所遺留下的第一手資料，應能透露諸多線索，值得加以研究與討論。

除了文學、新聞報業發展史的背景之外，若將傳教士置入宗教史範疇下觀察，目前較確切可信的記載是唐代初年，基督教首次傳入中國，被中國稱爲「景教」，此時的景教未能留下深刻影響力，至唐武宗會昌五年（854 年）篤信道教，下令禁止其他宗教，中斷基督教在中國的傳播。直至元代，因蒙古汪古部（Ongut）的闊臺吉思家族信仰景教，使得基督教向中國的傳播，在元代前後出現第二次高潮，隨著元朝滅亡，基督教再次中斷，亦在中國斷絕二

---

〔註3〕 本論文中之「基督教」或「基督宗教」（由於中文的「基督教」一詞，時常專指基督新教，使得部分人士，改以「基督宗教」來稱呼整個基督教，在中國大陸學者書名或文獻中可見此現象），指信仰三位一體，獨一眞神的宗教，廣義包含：天主教（或譯爲公教會）、東正教（或譯爲正教會）和新教三大派別，以及其他許多規模較小的派別。而論文中「基督新教」，特指十六世紀，宗教改革運動中脫離天主教會，而形成的一系列教會團體，大多強調信徒皆祭司與因信稱義，並以《聖經》爲最高原則。

〔註4〕 袁進，《中國文學的近代變革》（桂林：廣西師範大學出版社，2006 年）。

〔註5〕 張西平，《西方人早期漢語學習史》（北京市：中國大百科全書出版社，2003年），頁 11。

〔註6〕 鐘鳴旦，〈中國基督宗教史研究的史料與視界〉。收錄於張先清主編，《史料與視界——中文文獻與中國基督教史研究》（上海：上海人民出版社，2007 年 6月第一版），頁 28～39。

〔註7〕 卓南生，《中國近代報業發展史 1815～1874》（北京市：中國社會科學出版社，2002 年）。
方漢奇，《中國新聞事業通史》（北京市：中國人民大學出版社，2000 年）。

百餘年。〔註8〕

　　在這二百餘年中，歐洲諸國經濟發展對東方黃金、香料等的渴求，受到文藝復興的鼓動，加上宗教改革運動衝擊和新航路的開闢等。基督教繼唐代景教與元代也里叮溫教之後〔註9〕，明清之際，再次對華展開傳教活動，特別是清代，基督新教對近代中國影響甚鉅，遠遠超越前三次。

　　十六、十七世紀明代，主要以耶穌會傳教士為核心主導，總結過去傳教經驗，深深體會，應熟諳中華禮俗，以適應中國文化為基本傳教特點，如：范禮安（Alessandro Valignano，1538年～1606年）認為，在中國傳教「最要之條件，首重熟悉華語」〔註10〕。而作為明代傳教事業的開拓者：羅明堅（Michele Ruggieri，1543年～1607年）、利瑪竇（Matteo Ricci，1552年～1610年）將學習華語作為頭等大事。利氏不僅努力學習華語，以中文譯著書籍，甚至在漢語詞彙的發展上貢獻良多〔註11〕。雖然在華耶穌會士，面對天主教應否適應中國文化，及祭祖、祀孔等「禮儀之爭」，多抱持開放態度，但教宗克雷芒十一世（又譯作克里門特十一世或稱克勉十一世，Clement XI，1649年～1721年）發布上諭不可祭祖祀孔，終導致清政府嚴厲的禁教措施，使天主教教士在中國的勢力也逐漸衰落〔註12〕。

　　至十九世紀初，伴隨資本主義國家海外擴張發展，1807年英國傳教士馬

〔註8〕王治心，《中國基督教史綱》（上海：上海古籍出版社，2007年3月），頁24～49。
　　　　王美秀，《中國基督教史話》（北京：社會科學文獻出版社，2011年3月），頁17～30。
　　　　徐宗澤，《中國天主教傳教史概論》（上海：上海書店，2010年），頁71～100。
　　　　顧裕祿，《中國天主教的過去和現在》（上海：上海社會科學院，1989年），頁4。
　　　　〔法〕謝和耐（Gernet, Jacques）、戴密微（Demieville, Paul）等著，耿昇譯，《明清間耶穌會士入華與中西匯通》（北京：東方出版社，2011年），頁1～二十一。
〔註9〕「也里可溫教」是元代時對於基督教各派的總稱。詳參陳垣，《元也里可溫考》（北京：國家圖書館出版社，2010年）。
〔註10〕〔法〕費賴之（Pfister, Le P. Louis）著，馮承鈞譯，《在華耶穌會士列傳及書目》（上）（北京：中華書店，1995年），頁21。
　　　　何寅、許光華主編，《國外漢學史》（上海：上海教育出版社，2000年），頁44。
〔註11〕黃河清，〈利瑪竇對漢語的貢獻〉，《語文建設通訊》第七十四期，2003年，頁30～37。
〔註12〕陳聰銘，〈一九三〇年代羅馬教廷結束「禮儀之爭」之研究〉，《中央研究院近代史研究所集刊》第七十期，2010年，頁97～143。

禮遜（Robert Morrison，1782 年～1834 年）抵達廣州，為近代基督新教傳教拉開序幕。差傳他到中國的「倫敦傳教會」，告知馬禮遜去中國的目標是掌握中國文字，將《聖經》譯成中文，完成這些工作，方能考慮下一步〔註 13〕。因為語言是佈道的基礎，通曉漢語成了馬禮遜的首要任務。

　　然而，中國疆土遼闊，人口眾多，具特殊的文化傳統與歷史情境，方言繁雜，不同地區的中國人，可能彼此都聽不懂對方的方言，但中國文字卻是統一的。傳教士們意識到，以口傳方式影響範圍有限，要使中國人接受福音，單純的傳教工作進展緩慢，中國人不相信傳教士用半生不熟的漢語宣講教義，宣傳手冊效果比直接宣教大，加上清政府禁教政策，對民眾口頭宣講幾乎不可能，即使允許公開講道，部分中國士大夫因政治考量，在公眾場合對基督教懷有敵意，私下經由閱讀，可能由此改變對基督教的想法，文字佈道功效，比講道更深遠持久，且能減少正面衝突〔註 14〕。這些觀點，促成傳教士們創辦第一份漢文報刊的動因。

　　沿襲明清之際利瑪竇等人的做法，試圖通過從事世俗性活動，達到傳揚福音的最終目的。參照西方的辦報經驗，傳教士們深知「報刊」是宣傳宗教的有力武器。與明末清初傳教交流情況相較，清代傳教士不論在漢語學習的深度、廣度，或為宣揚教義、改變中國人觀念而著書立說的途徑及成果等方面，都較前期具舉足輕重的影響。其辦理的中文報刊，內容豐富，無論是新聞史、學術史或是文化史，都應極重視此一資源。〔註 15〕

## 二、基督新教傳教士研究新視角，建構基督文學領域

　　承上所述，晚清以來基督新教在文字傳教途徑，呈現比晚明更靈活、通融的書寫策略，對書籍、報刊的編纂、出版亦投入更多心力。但學界對晚清

〔註13〕〔英〕馬禮遜夫人（Morrison, Eliza A.（Mrs. Robert））編，顧長聲譯，《馬禮遜回憶錄》（廣西：廣西師範大學出版社，2004 年），頁 17、18。

〔註14〕李金強等，《自西徂東──基督教在華事業》（香港：基督教文藝出版社，2009 年），頁 345。

　　　〔英〕米憐（Milne, William），《新教在華傳教前十年回顧》（鄭州：大象出版社，2008 年），頁 72。

　　　陳建明，《激揚文字，廣傳福音：近代基督教在華文字事工》（臺北：基督教宇宙光全人關懷機構，2006 年），頁 18～24。

〔註15〕趙曉蘭、吳潮，《傳教士中文報刊史》（上海：復旦大學出版社，2011 年），頁 1～2。

傳教士相關專題，相較於明代傳教士研究，卻顯得較薄弱。傳教士報刊文學，由於創作者身分與作品內容隱藏的「西方」和「宗教性」，令文學研究者駐足不前；宗教研究者則以宣揚教義輔助工具角度看待。因此，長久以來處於學術研究邊緣地帶，鮮少討論；雖近年逐漸被學者關注，但無論整體文獻、研究框架或理論方法，仍待更進一步討論，且報刊研究多從宗教、歷史或政治社會角度切入，未充分揭示其定位與價值，促使筆者思索欲從文學、文化等視角探究。

此外，藉文學的外衣，包裝傳教播道，在中國早有先例，如：劉向的《列仙傳》，魏晉後，佛、道兩教都曾利用小說為宗教傳播服務，〔註16〕特別是漢譯佛典中，蘊含大量敘事文學，形成佛教文學研究領域。基督教傳教士藉文學達到宣教目的，與佛教文學有可堪比之處，研究之風卻不似佛教文學興盛，甚是可惜。

## 三、中文文獻重要性提升，發揮在地優勢

隨著中國大陸的改革與開放，過去為了迴避文革時期意識形態，避而不談的基督宗教研究，經過二十年累積沉澱，近年在對岸成為一門新興研究議題，也因為新史料的發掘和研究基礎的建立，學界企圖借鑑西方，用以理解、反省中國文化的困境與處境。李天綱〈中文文獻與中國基督宗教史研究〉特別指出；中國基督教研究，須從學術「邊緣」引向「中心」，破除儒家獨尊的偏見，有機融入中國學術體系。同時提倡中文文獻的使用及研究，發揮語言理解的在地優勢，跳脫獨重西文文獻的不均衡現象，擺脫西方單一視野侷限，兼顧中國視域，在世界範疇內，確立主體性，取西學精華，內化成中國文化的一部分。〔註17〕

臺灣學術界與宗教界，亦留意到傳教士漢文經典著述欠缺整理與彙集，橄欖華宣出版社與中原大學宗教研究所，目前正積極策劃，預計收集唐代景教碑、元代的耶里可溫文獻、明清天主教與晚清新教，一直到當代華人學者，如：趙紫宸、倪柝聲等人之著作，編纂為《漢語基督教經典文庫集成》系列

〔註16〕王清，〈宗教傳播與中國小說觀念的變化〉，《世界宗教研究》第二期，2003年，頁39～44。
〔註17〕李天綱，〈中文文獻與中國基督宗教史研究〉。收錄於張先清主編，《史料與視界——中文文獻與中國基督教史研究》（上海：上海人民出版社，2007年6月第一版），頁1～27。

套書〔註 18〕，足見中文文獻在基督宗教研究領域之重要性，日益提升，應加以留心矚目。

　　基於以上之研究動機，筆者欲以「清代傳教士報刊」爲研究方向。本「研究之目的」，主要在於探討四個面向：首先，透過爬梳晚清禁教鎖國的時代背景，和新教傳教士入華的情況，討論傳教士如何尋找出路，達到傳揚福音的目的。其次，嘗試對傳教士報刊進行考察，利用傳教士撰述之中文文獻，著重文獻分析和文化語境的闡釋，描繪報刊作品中所反映之內容與特質，剖析報刊中所呈現之基督文學。第三，分析報刊中的書寫範式，論述傳教士如何借鑑並轉化中國傳統書寫體例，用以承載福音教義或對中國的觀感。最後，從報刊欄目內部及發展脈絡挖掘時代意義，並闡釋傳教士身處在中國異文化情境下，如何與中國文學、文化間互動、聯繫或融合。

　　故本論文，期能自縱向的中國新聞報業發展史，及橫向的時代環境中，結合時代背景、置入中國文化社會脈絡，對清代傳教士漢文報刊進行更深入的理解，而非單純的以宗教報刊來看待。期能進行更客觀而全面的詮釋、評價傳教士漢文報刊所呈現之意義，及對中國近代產生之影響，爲傳教士漢文報刊作品，勾勒出較完整風景。

## 第二節　研究現況與文獻探討

　　傳教士漢文報刊相關研究，以中國大陸成果較豐，筆者就目前所蒐集與本論文相關之文獻，梳理歸納，以論述傳教士漢文報刊研究成果爲主線，其次，上溯基督教傳入與傳教士研究，下推對中西文化交流及中國產生之影響，分述說明之：

### 一、基督教傳入與傳教士研究概述

　　關於清代傳教士漢文報刊的研究，無可避免碰觸到宗教史或傳教士生平等議題。《基督教早期在華傳教史》〔註 19〕、《中國基督教史》〔註 20〕、《基

〔註 18〕詳參橄欖華宣出版公司網誌 http://scclcclm.blogspot.tw/
　　　　2012 年 10 月 11 日，今日基督教報 http://news.dhf.org.tw/NewsPrint.aspx?key=2908
〔註 19〕李志剛，《基督教早期在華傳教史》（臺北：臺灣商務印書館，1985 年）。
〔註 20〕楊森富，《中國基督教史》（臺北：臺灣商務印書館，1991 年初版五刷）。

督教史》〔註21〕、《中國基督教簡史》〔註22〕、《傳教士與近代中國》〔註23〕、
《中國基督教史綱》〔註24〕、《基督教與近代中國社會》〔註25〕、《基督教與
近代中國》〔註26〕等是奠基之作，建構傳教士當時傳教概廓的背景情況，並
指出晚清早期來華新教傳教士因中國法律禁止，無法進入內地，因而，採用
漢文著述的傳教策略，用來宣揚基督教義。然而，上述基督教史書籍，較多
強調政治因素，對文化或宗教觀點涉及較少，或是遺漏廣義基督教中的支
派，如：東正教在中國傳播情況等，是其不足。《1800～1911 劍橋中國晚清
史》〔註27〕中，評介新教早期的成就不在於收到多少信徒，而是為日後的傳
教工作準備初步、卻是大量的基督教相關「中文」文章。其中最有名的便是
米憐《張遠兩友相論》，直至二十世紀初，都仍被認為是相當有用的書籍。

　　此外，偉烈亞力（Alexander Wylie，1815 年～1887 年）所編《1867 年以
前來華基督教傳教士列傳及著作目錄》〔註28〕，是相當重要的工具書，該書
前半部介紹傳教士，後半部記錄該傳教士中、外文著作目錄。而林治平〔註29〕
主編一系列關於基督教與中國文化的書籍，運用豐富照片、史料，就傳教士
生平、中西文化交流障礙、難點、影響等多有論述，資料詳實，注重新教的

〔註21〕唐逸，《基督教史》（北京：中國社會科學出版社，1993 年）。
〔註22〕姚民權、羅偉虹，《中國基督教簡史》（北京：宗教文化出版社，2000 年）。
〔註23〕顧長聲，《傳教士與近代中國》（上海：上海人民出版社，2004 年）。
〔註24〕王治心，《中國基督教史綱》（上海：上海古籍出版社，2007 年）。
〔註25〕顧衛民，《基督宗教與近代中國社會》（上海：上海人民出版社，2010 年）。
〔註26〕中國社會科學院近代史研究所、比利時魯汶大學南懷仁研究中心，《基督宗教
　　　　與近代中國》（北京：社會科學文獻出版社，2011 年）。
〔註27〕〔美〕費正清、劉廣京編，《1800～1911 劍橋中國晚清史》下冊（北京：中國
　　　　社會科學出版社，1985 年），頁 604、605。
　　　　譚樹林，《馬禮遜與中國文化論稿》（臺北：基督教宇宙光全人關懷機構，2006
　　　　年），頁 84。一書中有同樣觀點，報刊中較具價值的文章，後來以單行本方式
　　　　出版。1833 年 10 月《張遠兩友相論》單行本發行已達五萬冊，被看作中文著
　　　　述最有價值的基督教書籍之一。
〔註28〕〔英〕偉烈亞力（Alexander Wylie），《一八七六年以前來華基督教傳教士列傳
　　　　及著作目錄》（桂林：廣西師範大學，2011 年）。
〔註29〕林治平，《與馬禮遜同奔天路：馬禮遜入華宣教二百年紀念慶典活動感恩集》
　　　　共七十木（臺北：基督教宇宙光全人關懷機構，2008 年）。
　　　　林治平，《基督教在中國本色化論文集》（北京：今日中國出版社，1998 年）。
　　　　林治平，《基督教與中國論集》（臺北：基督教宇宙光全人關懷機構，1993 年）。
　　　　林治平、查時傑，《基督教與中國：歷史圖片論文集》（臺北：基督教宇宙光
　　　　全人關懷機構，1997 年初版）。

「本色化」運動，頗具參考價值。

　　進一步縮小範圍，鎖定傳教士個人，《基督教與近代中國文化論文集》〔註 30〕一至三集，其中多篇文章談及晚清新教傳教士，但因成書年代較久遠，近期公開的資料未能收錄，爲其瑕玷。另外，《那些活躍在近代中國的西洋傳教士》〔註 31〕、《鴉片戰爭前後傳教士眼中的中國：兩位早期來華新教傳教士的浙江沿海之行》〔註 32〕、《傳教士與晚清口岸文人》〔註 33〕、《從馬禮遜到司徒雷登——來華新教傳教士評傳》〔註 34〕和蘇精〔註 35〕系列叢書，對新教傳教士生平背景、與中國知識分子交遊情況和傳教事工等，提供史料與訊息，可窺見當時傳教士關心議題和對中國看法等，獲益良多，有助廓清本論文關注的幾位新教早期傳教士情況。

　　特別是《新教在華傳教前十年》〔註 36〕一書，對 1819 年之前新教傳教士——馬禮遜（Robert Morrison，1782 年～1834 年）、米憐（William Milne，1785 年～1822 年）、麥都思（Walter Henry Medhurst，1796 年～1857 年）等人在廣州、麻六甲的活動情形，有較清楚細膩的敘述，協助梳理傳教路徑。吳義雄《在宗教與世俗之間：基督教新教傳教士在華南沿海的早期活動研究》〔註 37〕以 1840 年爲界，1807 年至 1840 年爲第一階段，1840 年至 1851 年爲第二階段，介紹新教早期來華歷史背景，並探討鴉片戰爭前的中英關係，雖該書研究範圍僅涵蓋 1807 至 1851 年，但書中徵引大量中英文資料，包括：

---

〔註30〕李志剛，《基督教與近代中國文化論文集》一、二、三冊（臺北：基督教宇宙光全人關懷機構出版，1989 年、1993 年、1997 年）。

〔註31〕鄭連根，《那些活躍在近代中國的西洋傳教士》（臺北：新銳科技，2011 年）。

〔註32〕愈強，《鴉片戰爭前後傳教士眼中的中國：兩位早期來華新教傳教士的浙江沿海之行》（濟南：山東出版社，2010 年）。

〔註33〕段懷清，《傳教士與晚清口岸文人》（廣州：廣東人民出版社，2007 年）。

〔註34〕顧長聲，《從馬禮遜到司徒雷登——來華新教傳教士評傳》（上海：上海人民出版社，1985 年）。

〔註35〕蘇精，《上帝的人馬——十九世紀在華傳教士的作爲》（香港：基督教中國宗教文化出版社，2006 年）。
　　　蘇精，《中國，開門！——馬禮遜及相關人物研究》（香港：基督教中國宗教文化出版社，2005 年）。
　　　蘇精，《馬禮遜與中文印刷出版》（臺北：臺灣學生出版社，2000 年）。

〔註36〕〔英〕米憐（Milne, William），《新教在華傳教前十年》（鄭州：大象出版社，2008 年）。

〔註37〕吳義雄，《在宗教與世俗之間：基督教新教傳教士在華南沿海的早期活動研究》（廣州：廣東教育出版社，2000 年）。

傳教士日記、書信、傳教差會檔案等，論證有力，是早期論著中所未見，提供筆者許多史料訊息。

## 二、傳教士報刊與新聞傳播研究成果評析

中國新聞史中對傳教士漢文報刊的研究，最早見於戈公振的《中國報學史》〔註38〕，該書被公認爲研究新聞事業發展史的開山名著，書中第三章〈外報創始時期〉即是以傳教士漢文報刊爲對象展開評述。此後新聞史研究多依循此觀點及脈絡，劉家林《中國新聞通史》〔註39〕、朱錦翔、呂凌柯《中國報業史話》〔註40〕、賴光臨《中國新聞傳播史》〔註41〕、曾虛白《中國新聞史》〔註42〕、方漢奇《中國近代報刊史》〔註43〕、陳玉申《晚清報業史》〔註44〕等多不出前人討論範圍，公式化陳述。而趙曉蘭、吳潮《傳教士中文報刊史》〔註45〕，專注討論傳教士報刊，範圍自清代至二十世紀上半葉，幾乎將所有重要的中文報刊創刊背景、內容、特色等做了概要介紹，架構清晰，對筆者幫助很大。譚樹林《馬禮遜與中國文化論稿》〔註46〕以早期來華新教傳教士爲中心，向外輻射討論相關出版之期刊，提供若干研究線索。其中以卓南生《中國近代報業發展史 1815～1874》〔註47〕較爲重要，訂立 1815 年至 1858 年爲宗教月刊時期，當中再細分三期，以鴉片戰爭爲分期標誌；1858 年至 1874 年爲新報萌芽成長時期。進一步討論馬禮遜、米憐編述之第一部漢文報刊《察世俗每月統記傳》、米憐助手麥都思編述之《特選撮要每月紀傳》，到鴉片戰爭前傳教士郭實獵編述之《東西洋考每月統記傳》，並指出自《東西洋考每月統記傳》開始，重心漸漸由宗教福音闡發，

〔註38〕 戈公振，《中國報學史》（北京：國家圖書館出版，2011 年，1927 年問世，此版本乃據民國二十四年鉛印本）。

〔註39〕 劉家林，《中國新聞通史》（武漢：武漢大學出版社，2005 年二版）。

〔註40〕 朱錦翔、呂凌柯，《中國報業史話》（鄭州：大象出版社，2000 年）。

〔註41〕 賴光臨，《中國新聞傳播史》（臺北市：三民出版社，1999 年增訂初版）。

〔註42〕 曾虛白，《中國新聞史》（臺北市：三民出版社，1989 年）。

〔註43〕 方漢奇，《中國近代報刊史》（太原市：山西教育出版社，1981 年）。

〔註44〕 陳玉申，《晚清報業史》（濟南：山東畫報出版社，1989 年）。

〔註45〕 趙曉蘭、吳潮，《傳教士中文報刊史》（上海：復旦大學出版社，2011 年）。

〔註46〕 譚樹林，《馬禮遜與中國文化論稿》（臺北：基督教宇宙光全人關懷機構出版，2006 年）。

〔註47〕 卓南生，《中國近代報業發展史 1815～1874》（北京市：中國社會科學出版社，2002 年）。

偏向新聞專欄的報導。趙曉蘭〔註48〕〈傳教士中文報刊辦刊宗旨演變分析〉一文，同樣提出《東西洋考每月統記傳》開始將重點從宣教轉至傳播西學，爾後出刊的傳教士中文報刊，把越來越多篇幅用於西學的介紹。

## 三、傳教士報刊與中國文學

　　最值得特別一提的是，韓南（Patrick Hanan）兩千年在《哈佛亞洲研究學報》（Harvard Journal of Asiatic Studies）發表〈中國十九世紀傳教士小說〉（The Missionary Novels of Nineteenth Century China）〔註49〕提出「傳教士小說」的概念，認為早在十九世紀三〇年代，西方傳教士已經用中文創作小說，用來啓蒙傳教，這些小說糅合了中國古代小說與基督教思想。文中蒐集約近二十部單行本小說，包括傳教士所寫和所譯的作品，相關小說文本，在此之前鮮少被各類文學史提及，雖粗陳梗概，篇幅有限，但開啓相關課題研究之風，功不可沒。當中提及小說，有些初版是以報刊形式連載，也就是說傳教士首次出版是刊登在漢文報刊上，此後才以單行本方式出版。

　　自此，學界對基督教文字事工與中國文學間的關係，開始更多關注。韓國學者吳淳邦〔註50〕致力研究韓國地區基督教小說的傳播及珍本考察。旅法學者陳慶浩〔註51〕主要在法國蒐集天主教傳教士漢文小說。中國學者袁進

〔註48〕趙曉蘭，〈傳教士中文報刊辦刊宗旨演變分析〉，《浙江大學學報》（人文社會科學版）第四十一卷，第五期，2011 年，頁 64～70。

〔註49〕Patrick Hanan, The Missionary Novels of Nineteenth Century China, Harvard Journal of Asiatic Studies 60, no.2（December 2000）：413-443.
該篇論文收錄於他的英文論文集中《Chinese Fiction of Nineteenth Century China》。中譯本：〔美〕韓南著，徐俠譯，《中國近代小說的興起》（上海：上海教育出版社，2004 年初版，2010 年增訂版）。

〔註50〕吳淳邦，〈天理、人情、喻道、傳教──基督教文言小說《勸善喻道傳》的創作與流傳〉。收錄於鍾彩鈞主編，《明清文學與思想中之情、理、欲──學術思想篇》（中央研究院中國文史哲研究所，2009 年 7 月），頁 389～418。
吳淳邦，〈新發現的傳蘭雅徵文小說《夢治三癲小說》〉。收錄於蔡忠道主編，《第三屆中國小說戲曲國際學術研討會論文集》（臺北：里仁書局，2008 年），頁 177～205。
吳淳邦，〈十九世紀九〇年代中國基督教小說在韓國的傳播與翻譯〉，《東華人文學報》第九卷，2006 年 7 月，頁 215～250。
吳淳邦，〈二十世紀前西方傳教士對晚清小說的影響研究〉。收錄於中央大學中國文學系所編，《第五屆近代中國學術研討會論文集》（中壢：國立中央大學中國文學系所編，1999 年），頁 99～119。

〔註51〕陳慶浩，〈新發現的天主教基督教古本漢文小說〉。收錄於徐志平主編，《傳播

〔註52〕和香港學者黎子鵬〔註53〕等，對該領域投注較多調查與探討，但多以單行本漢文小說為討論主角，即使提到漢文報刊也多概要性帶過，較少深入探究。又中國學者宋莉華《傳教士漢文小說研究》〔註54〕一書，梳理西方來華傳教士所著述或譯介之漢文小說，論述郭實獵對中國白話小說的重視和借鑑，將中國小說框架、筆法運用在創作漢文小說上，給予筆者諸多啓發，促使筆者嘗試參照郭氏編述之《東西洋考每月統記傳》，挖掘中國古典文學的脈絡，探求西方眼光下對中國文學的闡釋。

　　學位論文方面，王海波《《東西洋考每月統記傳》的中國文學傳播》〔註55〕

與交融──第二屆中國小說與戲曲學術研討會論文集》（臺北：里仁書局，2005年），頁215～250。

〔註52〕袁進，〈從新教傳教士的譯詩看新詩形式的發端〉，《復旦學報》（社會科學版）第四期，2011年，頁26～33。

袁進，〈論西方傳教士對中文小說發展所作的貢獻〉，《社會科學》第二期，2008年，頁175～179。

袁進，〈試論西方傳教士對中文小說發展所作的貢獻〉。收錄於蔡忠道主編，《第三屆中國小說戲曲國際學術研討會論文集》（臺北：里仁書局，2008年），頁415～425。

袁進，〈重新審視歐化白話文的起源──試論近代西方傳教士對中國文學的影響〉，《文學評論》第一期，2007年，頁123～128。

袁進，〈近代西方傳教士對白話文的影響〉，《二十一世紀雙月刊》第九十八期，2006年，頁77～86。

〔註53〕黎子鵬，〈重構他界想像：晚清漢譯基督教小說《安樂家》（1882）初探〉，《編輯論叢》第五卷，第一期，2012年3月，頁183～203。

黎子鵬，〈首部漢譯德文基督教小說：論《金屋型儀》中女性形象的本土化〉，《中國文哲研究通訊》第二十二卷，第一期，2012年3月，頁21～41。

黎子鵬，〈晚清基督教中文小說研究：一個宗教與文學角度〉。收錄於黎志添主編，《華人學術處境中的宗教研究：本土方法的探索》（香港：三聯書局，2012年），頁227～244。

黎子鵬，〈晚清基督教文學：《正道啓蒙》（1864）的中國小說敘事特徵〉，《道風：基督教文化評論》第三十五期，2011年，頁279～299。

黎子鵬，〈晚清基督教小說《引道當家》的聖經底蘊與中國處境意義〉，《聖經文學研究》第五期，2011年，頁79～95。

黎子鵬編，《晚清基督教敘事文學選粹》（臺灣：橄欖出版社，2010年）。

〔註54〕宋莉華，《傳教士漢文小說研究》（上海：上海古籍出版社，2010年）。

其他相關期刊：宋莉華，〈傳教士漢文小說與中國文學的近代變革〉，《文學評論》第一期，2011年，頁57～62 二。宋莉華，〈基督教漢文文學的發展軌跡〉，《武漢大學學報》（人文科學）第二期，2012年，頁17～20。

〔註55〕王海波，《《東西洋考每月統記傳》的中國文學傳播》（內蒙古民族大學碩士論文，2010年）。

點出報刊中刊載中國文學作品和借鑑中國古代文學形式的情況，立意甚佳，但礙於篇幅，蜻蜓點水，仍具發展空間。臺灣部分，方姿堯〔註56〕《從衝突到合一——《東西洋考每月統記傳》的書寫策略與文化意義》對筆者幫助最大，見解精闢，且對傳教士郭實獵生平資料援引豐富，然未細探報刊各欄目內容，也未強調與中國文學間的聯繫及影響，是筆者可以補充修正之處；其次，筆者擴大範圍討論清代早期三部傳教士報刊，可較系統性梳理軌跡及變化歷程。

## 四、傳教士對中國之文化交流與文學影響綜論

目前學界將傳教士對中國的貢獻多定位在西學、醫療、文化、教育等，如：《邊緣的歷史——基督教與近代中國》〔註57〕探討了近代中國基督教與中國社會的關係，把焦點放在基督教與近代政治、基督教與近代文化教育、基督教與近代社會等部分。文中將傳教士分為：在中國語言文字方面完成創造性工作者、把中國經典介紹到西方、中國社會的觀察者三類，當中第一類正是筆者所關心，欲深入探究的。熊月之《西學東漸與晚清社會》〔註58〕將晚清細分成四個歷史階段，用以探討不同階段傳教士的工作和西學輸入的關係，完整而全面，但仍將焦點放在對政治、社會、文化上的貢獻為主。1997年王立新《美國傳教士與晚清中國現代化》〔註59〕以「現代化」為討論主軸，對傳教士傳入中國現代化知識問題有較深入討論，其後的附錄一：〈超越現代化：基督教在華傳播史研究的主要範式述評〉〔註60〕，評論近代研究基督教在華傳播史的各種研究範式，提供不同研究視角，頗具參考價值。

近來漸漸出現傳教士對文學領域產生影響的研究成果：張天星《報刊與晚清文學現代化的發生》〔註61〕中編的第一章談到傳教士報載寓言和詩歌的價值，並認為晚清傳教士漢文報刊對中國文學變革具正面價值。袁進《中國

---

〔註56〕 方姿堯，《從衝突到合一——《東西洋考每月統記傳》的書寫策略與文化意義》（臺北：政治大學中國文學研究所碩士論文，2010 年）。

〔註57〕 陶飛亞，《邊緣的歷史——基督教與近代中國》（上海：上海古籍出版社，2005年）。

〔註58〕 熊月之，《西學東漸與晚清社會》（上海：上海人民大學出版社，1994 年）。

〔註59〕 王立新，《美國傳教士與晚清中國現代化》（天津：天津人民出版社，2007 年第二版）。

〔註60〕 作者分為六部分說明：文化侵略範式、文化交流範式、現代化範式、從傳教學範式到中國中心取向、文化帝國主義範式、後殖民理論與傳教史研究。

〔註61〕 張天星，《報刊與晚清文學現代化的發生》（南京：鳳凰出版社，2011 年）。

文學的近代變革》〔註62〕指出西方傳教士創作最早的「歐化白話文」,在其所辦報刊中體現,影響新文學時的白話文。喻天舒《五四文學思想主流與基督教文化》〔註63〕則認爲基督教文化的歷史性時間觀、文學觀、結構方式、對眞善美聯繫與區別的觀念等,雖非直接但相當徹底改變中國千年來傳統的文學思維。

綜上所述,自1807年基督新教第一位傳教士入華,因中國採取閉關鎖國的禁教政策,傳教士乃以文字著述,創辦漢文報刊爲傳教途徑。至鴉片戰爭結束,不平等條約帶來的通商口岸開放,漢文報刊逐漸產生變化,從宗教爲主體慢慢轉爲以傳播西學爲重,報刊體制、樣式也漸漸脫離早期模仿中國文學的手法。初期傳教士漢文報刊居肇始地位,影響日後新教傳教或中國報業發展、文化語言等方面。

析衡前人研究之洞見與未見,清代傳教士報刊相關研究,近年逐步擴大的趨勢,原典資料也越見公開。然而,前賢類此之研究,泰半將焦點集中在中西文化交流,或提及對中國報業推展的重要性,對報刊模仿中國古典文學體例或小說筆法罕有論及,僅側重新聞傳播或出版事業之面向。相關課題研究以大陸學界有較多討論,但詳觀研究成果,仍嫌不夠深入,偏重「點」或「線」的探討,部分資料流於整理式的彙統書寫,未縮合相關資料。同時,未能自文學視角探討,對報刊中文學價值的掌握,和文化角度的詮釋等,亟待進一步拓展。

## 第三節 研究界說

在新聞史學領域上,對傳教士漢文報刊研究,多採取以第一次鴉片戰爭和《南京條約》簽訂爲界,來劃分歷史脈絡。如:趙曉蘭和吳潮〔註64〕認爲鴉片戰爭前(1840年)是傳教士報刊創刊初期,鴉片戰爭後(1842年),報刊中心由南向北轉,原本以南洋、港澳爲活動基地,漸漸轉移至中國江浙、上海一帶,且報刊內容漸漸由對宗教服務轉變爲傳播西學。熊月之〔註65〕亦以兩次鴉片戰爭爲分水嶺,以總結階段特點。加上俞強《鴉片戰爭前後傳教

〔註62〕袁進,《中國文學的近代變革》(桂林:廣西師範大學出版社,2006年)。
〔註63〕喻天舒,《五四文學思想主流與基督教文化》(北京:崑崙出版社,2003年)。
〔註64〕趙曉蘭、吳潮,《傳教士中文報刊史》(上海:復旦大學出版社,2011年)。
〔註65〕熊月之,《西學東漸與晚清社會》(上海:上海人民大學出版社,1994年)。

士眼中的中國》〔註66〕特別指出學界目前對新教傳教士在鴉片戰爭前的活動情況研究薄弱。因此，筆者考慮以「鴉片戰爭前」為主要研究時限，而當時傳教士為宣揚福音，模仿中國文學書寫樣式所編述的漢文報刊是本文所側重，故研究對象，集中於新教傳教士鴉片戰爭前發行的漢文報刊上：《察世俗每月統記傳》、《特選撮要每月紀傳》、《東西洋考每月統記傳》，並以第一份漢文報刊發行起始年代，與第三份漢文報刊迄了年代：1815至1838為研究範圍。

目前傳教士漢文報刊多藏於海外歐美圖書館，幸賴縮微膠捲與影印書籍：《察世俗每月統記傳》（1815～1821年）共八卷，主要是依據哈佛大學燕京圖書館收藏縮微膠捲探究；《特選撮要每月紀傳》（1823～1826年）是以國家圖書館及香港大學微卷資料為本，輔以德國柏林國家圖書館線上數位檔等；《東西洋考每月統記傳》（1833～1838年）則以黃時鑑〔註67〕據哈佛大學燕京圖書館藏本之複印本為主。

需特別說明的是，由於清代統治者為滿州人，雖未推行滿州語文於天下，〔註68〕但因早期部分官方文件是以滿文記載，為以示區別，避免混淆，本論文特註為「漢文」。又因十九世紀初，近代報刊的出現純粹是傳教士為傳教所引入，報紙或雜誌間的區別模糊，兼具報紙與雜誌的性質，具有歷史成因，故本文以「報刊」含括之。又「文學」之定義大致可分為廣義或狹義兩類：廣義的文學泛指一切學問知識及文化內涵；狹義則指一切作品。〔註69〕又有學者認為，文學本身就是一種文化產品，體現在文、史、哲等方面：

> 文學本身交織政治、經濟、倫理等社會關係，具文化屬性。廣義的
> 文學觀有助於人們在更廣闊的文化背景上了解文學的發生和演變，
> 也有助於理解文學所能包含的豐富內涵。總之，文學與文化二者是
> 混融雜糅、相互指涉的。……從「文化」一詞本義考察，發現文學

---

〔註66〕愈強，《鴉片戰爭前後傳教士眼中的中國》（濟南：山東出版社，2010年）。該書以1807年至1840年為研究時限。

〔註67〕愛漢者等編，黃時鑑整理，《東西洋考每月統記傳》（北京：中華書局出版，1966年）。

〔註68〕國立臺灣師範大學編纂，《國音學》（臺北：國立師範大學，2008年）頁19。

〔註69〕張健、劉衍文，《文學概論》（臺北：五南，1983年）。
沈謙，《文學概論》（臺北：五南，2000年）。
朱榮智，《文學概論》（臺北：五南，2004年）。

　　與文化存在意義的結合點。〔註70〕

　　美國著名文學理論學者——卡勒（Jonathan D.Culler），認爲藉由文化研究視野來研究文學，是與時俱進的必然走向。〔註71〕故本論文所指「文學」採廣義定義，兼含文化屬性。

　　而本論文研究重心關注文化譯介與書寫策略，主要由兩條路徑開展：一爲勾勒傳教士所處時代、文學背景、傳教環境，其二爲細緻地剖析文本。將報刊文學視作傳教士生命經驗、思維意識、價值判斷、文化圖像的反映，筆者借重「後經典敘事學」〔註72〕的概念，關注到文學研究不僅止於封閉的文本觀照，社會文化語境、創作主體等亦不可分割。又運用「互文」〔註73〕概念，觀察到傳教士有意無意使用「引用」、「拼貼」、「用典」等手法，面對文化衝擊、宗教意識，小說創作不僅表現出作者思想投射或書寫療癒，背後更涵攝傳教士集體思維意識交涉的共相，或是潛藏作者之於前人相關議題書寫對話性的再現。傳教士試圖在報刊欄目中填補中國思想，融合宗教觀點，建構一套新的思想意識，使中西文化在文本中產生獨特的交融與對話。爲避免落入中西二分觀點或國族主義情懷，筆者除參考報刊原典，同時參考同期史料及西文資料輔助。

---

〔註70〕張榮翼、李松，《文學理論新視野》（臺北：新銳文創，2012年），頁283～285。
〔註71〕〔美〕喬納森・卡勒（Jonathan D.Culler）著，李平譯，《當代學術入門・文學理論》（瀋陽：遼寧教育出版社，1998年），頁50。
〔註72〕譚君強，《敘事學導論：從經典敘事學到後經典敘事學》（北京：高等教育出版社，2008年）。
〔註73〕董希文，《文學文本理論研究》（北京：社會科學文獻，2006年）。

# 第二章　傳教士早期漢文報刊創刊背景

　　基督教入華最早年代始自唐朝，元代亦曾興旺一時，明清之際基督教的傳入，掀起另一高峰。本章首先勾勒清代第一批新教傳教士來華歷史背景，包括所面對閉關鎖國的政治態度，和嚴令禁教的社會環境。第二節論述馬禮遜、米憐等人生命歷程與來華情況。面對中國境內傳教的窘境，傳教士發現藉由文字書寫，可取得文化發言權，達到傳揚福音的使命，無形中交會出漢文報刊的傳統，建立起文字傳教的策略，遂有《察世俗每月統記傳》和《特選撮要每月紀傳》的出版。第三節進一步闡述東來的郭實獵，因曾在中國沿海之旅，近距離與中國民眾來往，接觸中國社會情況，種種文化衝擊，決定延續漢文報刊傳統，期能揭示中國對西方的陌生認知及謬誤想像。《東西洋考每月統記傳》以一種較靈活多變的風格，展現西方文化的優越性，跨越文化藩籬，將宗教宣揚轉化雜揉其間。

## 第一節　清代基督新教來華

　　中國與西方的交流源遠流長，基督宗教傳入中國最早的年代，學術界尚有許多說法。最普遍可信的，是根據《大秦景教流行中國碑》所記載，始自唐貞觀九年（西元 635 年）傳入的景教（當時被西方教會認為是異端的獨特派別——聶斯托利派 Nestorians，〔註1〕中譯亦作聶斯多略、聶斯托留或涅斯

〔註1〕聶斯托利原是敘利亞人（1386 年～1451 年），曾進入安提阿修道院作修士，後受神職為君士坦丁堡主教。他認為童貞女瑪利亞只是生育耶穌肉體，而非付予神性，認為耶穌的神性與人性各自獨立。於是在公元四三一年，在以弗所（Ephesus）公教會會議上，他的主張及其教派被認定作異端，後亦被革除

多留等）。〔註 2〕在唐初一度有所發展；直至唐武宗下令滅佛，連同所有西來宗教都被禁止，景教亦受株連，一蹶不振。〔註 3〕

　　元朝時蒙古人施行寬容的宗教政策，加上元世祖忽必烈的母親——唆魯帖尼·怯烈氏（1192 年～1252 年，或音譯莎兒合黑塔尼），信奉也里可溫教，〔註 4〕當時元朝皇室、后妃、高層階級不少也里可溫教信徒，〔註 5〕於是基

---

牧首的職務。所有相關思想、書籍一律銷毀，教徒亦不得自稱爲基督徒。其信徒後來輾轉逃亡至波斯帝國境內，形成了聶斯托利派。詳參：〔英〕吉爾（Gill R. Evans）著，李瑞萍譯，《異端簡史》（北京：北京出版社，2008 年），頁 64。

張綏，《中世紀基督教會史》（臺北：淑馨出版社，1993 年），頁 17～31。

另以弗所會議的一段歷史和對聶斯托利的基督論的解析，詳參 John Anthony McGuckin, St. Cyril of Alexandria: The Christological Controversy, its history, theology, and texts.（Leiden; New York: E.J. Brill, 1994）.

〔註 2〕王治心，《中國基督教史綱》（上海：上海古籍出版社，2007 年 3 月），頁 24。

李金強，《聖道東來——近代中國基督教史之研究》（臺北：宇宙光全人關懷機構，2006 年），頁 13。

吳昶興，〈《大秦景教流行中國碑》白話文翻譯〉，《不再迷航：基督教史研究筆記》（臺北：永望文化事業有限公司，2008 年 2 月），頁 53。

蕭靜山，《天主教傳行中國考》（1937 年第三版）。收錄於輔仁大學天主教史料研究中心編，《中國天主教史籍彙編》（新北市新莊：輔仁大學出版社，2003 年 7 月），頁 17～24。

〔法〕謝和耐、戴密微等著，耿昇譯，《明清間耶穌會士入華與中西匯通》（北京：東方出版社，2011 年），頁 1。

〔註 3〕有關武宗滅佛禁教事件，詳參：

〔後晉〕劉昫等撰，楊家駱主編，《新校本舊唐書附索引》，本紀十八上（臺北市：鼎文書版社，1997 年），頁 604～606。

〔宋〕歐陽修等撰，楊家駱主編，《新校本新唐書附索引》，本紀八（臺北市：鼎文書版社，1997 年），頁 245。

〔宋〕宋敏求，《唐大詔令》一百十三卷。收錄於《景印文淵閣四庫全書》（臺北：商務印書館，1983 年～1986 年）。如：〈誡屬僧尼勅〉、〈拆寺制〉等。

〔註 4〕學者認爲元代基督教徒在中國有二派，一爲聶斯托利，即唐時之景教徒。一爲聖方濟各派（Franciscans.），即明代天主教之先河。「也里可溫教」，爲蒙古語，意味有福者、信奉福音者。泛指元代基督教各派的總稱。詳參：

陳垣，《元也里可溫考》（北京：國家圖書館出版社，2010 年）。

〔德〕克里木凱特著·林悟殊譯，《達·伽馬以前中亞和東亞的基督教》上篇第八章（臺北：淑馨，1995 年），頁 60。

〔明〕宋濂，《元史·后妃二》卷三（百衲本）（臺北：商務印書館，2010 年），頁 1406。

〔明〕宋濂，《元史·世祖一》卷四（百衲本）（臺北：商務印書館，2010 年），頁 48。

伯希和，〈唐元時代中亞及東亞之基督教徒〉，《西域南海史地考證譯叢》四編。

督宗教再次傳入中國。元朝和西方天主教會往來始自蒙古時期，十三世紀蒙古軍隊三次西征，一度挺進波蘭和匈牙利，震動歐洲。教皇委派天主教方濟各會（Franciscan）傳教士——柏朗嘉賓（Giovanni da Pian del Carpine，1180年～1252年），抵達蒙古覲見大汗貴由（窩闊臺之子）；雖未能說服貴由皈依天主教，卻開啟天主教之先河。〔註6〕其後，1294年，約翰孟特戈維諾（John of Monte Corvino，1246年～1328年）到達大都（今北京），正式開始羅馬天主教傳教活動。〔註7〕

　　然而，景教支派主要在蒙古人和色目人間流傳，漢人信奉者少。元代後期，歐洲天主教也因教廷分裂及黑死病流行，無力向東方傳教。景教與天主教隨著元朝的滅亡，亦在中國消失二百餘年。〔註8〕

　　在這二百餘年間，歐洲宗教改革運動與新航路的開闢，為海外佈道提供有利條件，促成明末清初天主教來華的傳播。概略來說，「由於早期耶穌會士強調傳教手段、策略的靈活性和寬容性，利瑪竇（Matteo Ricci，1552年～1610年）、艾儒略（Giulio Aleni，1582年～1649年）、湯若望（Johann Adam Schall von Bell，1591年～1666年）、南懷仁（Ferdinand Verbiest，1623年～1688年）等體察到中國社會文化具體情形，認為拘泥天主教會教義與儀式，將難以傳

收錄於《西北史地文獻》第一一四冊（蘭州市：古籍出版社，1990年），頁63～87。

Morris Rossabi, Khubilai and Women in His Family, Studia Sino-Mongolica: Festschr. Dedicated to Herbert Franke, ed. By Wolfang Bauer. Wiesbaden: Steiner, 1979, pp.153-180.

〔註5〕根據劉光義勾稽條文，由史籍中檢索出元朝后妃信奉者景教者約三十人左右。劉光義，〈蒙古元帝室后妃信奉基督教考〉，《大陸雜誌》第三十二卷，第二期，1966年，頁19～25。
羅香林，《唐元二代之景教》（香港：中國學社，1966年），頁158。
張星烺，《中西交通史料匯編》第一冊（北京：中華書局，2003年），頁306～309。

〔註6〕閻宗臨，《中西交通史》（桂林市：廣西師範大學出版社，2007年），頁17～19。

〔註7〕徐宗澤，《中國天主教傳教史概論》（上海：上海書店，2010年），頁85～92。
蕭若瑟，《天主教傳行中國考》（1937年第三版）。收錄於輔仁大學天主教史料研究中心編，《中國天主教史籍彙編》（新北市新莊：輔仁大學出版社，2003年7月），頁33～66。

〔註8〕王美秀等，《基督教史》（南京：江蘇人民出版社，2006年），頁344。
徐宗澤，《中國天主教傳教史概論》（上海：上海書店，2010年），頁98。
陳昭吟，〈元朝也里可溫教和世界歷史發展的關係〉，《成大宗教與文化學報》第六卷，2006年，頁59～91。

教立足，故將天主教義儒學化，從中國社會文化角度調整傳教方法，同時引入西方科學、器具、曆法等，直接推動中西文化交流，〔註9〕採取『文化傳教』或『學術傳教』模式，消除中國士紳對天主教的疑慮，使得傳教事業十分蓬勃。」1610 年（明萬曆三十八年）利瑪竇病逝，在華天主教信徒已有約二千五百人，至 1650 年，約有十五萬人，至 1700 年，九十年間人數增至三十萬人。〔註 10〕耶穌會傳教策略和文化交流取得的成就與經驗，後來受到基督新教傳教士的關注與仿效。然而，天主教傳教士多年苦心經營的盛況景象，至清代康熙年間有所轉變。

## 一、清代順治、康熙時期（1664 年～1722 年）

1644 年，清兵占領北京，限令居住在內城的漢族人，在三日內一律遷往外城，教士住所也在遷出之列。〔註11〕湯若望（Johann Adam Schall von Bell，1591 年～1666 年）上書攝政王多爾袞，向他宣傳西洋曆法的精確，請求保護曆書板片和天文儀器。竟得到多爾袞的特許，安放於原處。順治元年，因準確預測日蝕，被御封為欽天監監正，深得清朝攝政王多爾袞和順治帝的信任。康熙繼位後，因喜愛西方科學而看重傳教士。1692 年，康熙下令准許天主教在中國傳教，即是聞名於西方的《1692 年康熙保教令》。〔註12〕

---

〔註 9〕 古偉瀛，〈從調適模式到衝突模式——明末及清末兩階段的傳教比較〉。收錄於中國社會科學院近代史研究所、比利時魯汶大學南懷仁研究中心主編，《基督宗教與近代中國》（北京：社會科學文獻出版社，2011 年），頁 3～7。
張錯，《利瑪竇入華及其他》（九龍：香港城市大學，2002 年），頁 3～28。
劉俊餘、王玉川譯，《利瑪竇全集》卷五（臺北：光啟出版社，1986），頁 453～459。
劉偉鏗，〈利瑪竇是溝通中西文化第一人〉。收錄於林雄編，《東土西儒：溝通中西文化第一人利瑪竇》（廣州：南方日報，2007 年），頁 83～107。
〔註10〕 〔義〕德禮賢（D'Elia, Paschal M），《中國天主教傳教史》（臺北：臺灣商務印書館，1968 年），頁 66～67。
顧裕祿，《中國天主教的過去和現在》（上海：上海社會科學院，1989 年），頁 25。
〔註11〕 徐宗澤，《中國天主教傳教史概論》（上海：上海書店，2010 年），頁 132。
孫尚揚，《1840 年前的中國基督教》（北京：學苑出版，2004 年），頁 323。
樊國樑，《燕京開教畧》。收錄於輔仁大學天主教史料研究中心編，《中國天主教史籍彙編》（新北市新莊：輔仁大學出版社，2003 年 7 月），頁 359～360。
〔註12〕 〔法〕李明（Louis Lecomte）著，郭強等譯，《中國近事報道（1687～1692）》（鄭州：大象出版，2004 年），頁 359。

但至十七世紀中葉，情況發生轉變，爆發「禮儀之爭」。所謂禮儀之爭主要包含三方面：一是祭祖，二是祀孔，三是選用正確詞彙翻譯造物主 Deus 的譯名。爭論始於最初在華天主教屬下的耶穌會、方濟會、道明會等，彼此之間對中國敬孔祭祖習俗按納的爭議；以及源於葡萄牙和西班牙兩國政府之間，在遠東的貿易利益衝突和傳教權的劃分。最後，因進入福建傳教的法國巴黎外方傳教會主教，出令禁止教徒行中國禮儀，引發辯論，使羅馬教廷和中國政府捲入其中。〔註13〕

1704 年（康熙四十四年）教皇克雷芒十一世（Lorenzo Corsini，1700 年～1721 年在位）發布上諭，嚴禁中國教徒祭祖祀孔，並派多羅主教（Carlo Thommaso Maillard de Tournon）爲特使，來華宣達教廷決定。康熙耐心解釋中國禮儀，表示「中國之行禮於牌，並非向牌祈求福祿，蓋以盡敬而已」〔註14〕，且「爾天主教徒敬仰天主之言與中國敬天之語雖異，但其意相同」〔註15〕。

〔法〕樊國梁（Pierre Marie Alphonse Favier）著，陳曉徑譯，《老北京那些事兒：三品頂戴洋教士看中國》（北京：中央編譯，2010 年），頁 273。

〔義〕德禮賢，《中國天主教傳教史》（臺北：臺灣商務印書館，1968 年），頁 77。

蕭若瑟，《天主教傳行中國考》（1937 年第三版）。收錄於輔仁大學天主教史料研究中心編，《中國天主教史籍彙編》（新北市新莊：輔仁大學出版社，2003 年 7 月），頁 130～132、185。

〔註13〕李天剛，《中國禮儀之爭——歷史‧文獻和意義》（上海：上海古籍出版社，1998 年），頁 15。

崔維孝，《明清之際西班牙方濟會在華傳教研究》，（北京：中華書局，2006 年），頁 289～382。

張國剛，《從中西初識到禮儀之爭——明清傳教士與中西文化交流》（北京：人民出版社，2003 年），頁 413～493。

蔡東杰，《中國外交史新論》（臺北：風雲論壇有限公司，2010 年增訂一版），頁 21。

樊國樑，《燕京開教畧》中篇。收錄於輔仁大學天主教史料研究中心編，《中國天主教史籍彙編》（新北市新莊：輔仁大學出版社，2003 年 7 月），頁 374～375。

〔美〕蘇爾（Donald F. Sure）、諾爾（Ray R. Noll）著，沈保義、顧衛民、朱靜譯，《中國禮儀之爭西文文獻一百篇（1645～1941）》（100 Roman Documents Concerning the Chinese Rites Controversy（1645～1941）），（上海市：上海古籍出版社，2001 年），頁 1～22。

〔註14〕中國第一歷史檔案館編，《康熙朝滿文硃批奏摺全譯》（北京：中國社會科學出版社，1996 年），頁 420。

〔註15〕中國第一歷史檔案館編，《康熙朝滿文硃批奏摺全譯》（北京：中國社會科學出版社，1996 年），頁 424。

但多羅頑固不化，堅持使命，執意發布教令，惹惱康熙，命其立即離開。此後，康熙發布數條限教聖諭，規定外國傳教士凡願遵守利瑪竇規矩者，可領取印票在中國居住傳教，不願意領票者一律不許留居傳教。〔註16〕

教皇又於一七一五年再次發布〈Ex Illa Die〉通諭（即〈禁約〉）〔註17〕，規定「凡西洋人在中國傳教或再有往中國去傳教者，必然於未傳教之先在天主臺前發誓謹守此禁止條約之禮，隨後即將發誓之音信寄到羅馬府來」〔註18〕。顯然是針對康熙領票措施，重申對華傳教態度。為緩和雙方緊張僵局，教宗派嘉樂（Carlo Mezzabaeba）出使中國，康熙閱讀《禁約》後，以極輕蔑語氣批示：

> 覽此告示。只可說得西洋人等小人，如何言得中國之大理。況西洋人等。無一人通漢書者。說言議論。令人可笑者多。……以後不必西洋人在中國行教。禁止可也。免得多事。〔註19〕

康熙皇帝便於 1720 年宣布禁教。

禮儀之爭持續約一百年，天主教從此在中國沒落，上為朝廷禁止，下為民間排斥。但是，此次禮儀爭論，在歐洲卻成為西方人研究中國文化的契機，且因著中國禮儀之爭，耶穌會大量翻譯、介紹中國經典，將漢學研究成果回傳歐洲，激發歐洲學界對中國歷史、語言、宗教、倫理道德、文化等的研究。〔註20〕從整個過程來看，禮儀之爭的對立尖銳，卻成為另一種中西文化交流

---

〔註16〕陳垣，《康熙與羅馬使節關係文書》。收錄於沈雲龍主編，《近代中國史料叢刊續輯》第七輯（臺北縣：文海，1974 年），頁 13～14。
　　　　黃伯祿，《正教奉褒》。收錄於輔仁大學天主教史料研究中心編，《中國天主教史籍彙編》（新北市新莊：輔仁大學出版社，2003 年 7 月），頁 557。
　　　　羅光，《教廷與中國使節史》（臺北：傳記文學出版社，1983 年），頁 122。
〔註17〕此道禁令第一句話為「Ex illa die」自登基之日，但呈給康熙時被翻譯為〈禁約〉。
　　　　王美秀等，《基督教史》（南京：江蘇人民出版社，2006 年），頁 365～366。
　　　　李天剛，《中國禮儀之爭——歷史・文獻和意義》（上海：上海古籍出版社，1998 年），頁 76～77、355～357。
〔註18〕陳垣，《康熙與羅馬使節關係文書》。收錄於沈雲龍主編，《近代中國史料叢刊續輯》第七輯（臺北縣：文海，1974 年），頁 95。
〔註19〕標點符號依資料原文謄錄。
　　　　陳垣，《康熙與羅馬使節關係文書》。收錄於沈雲龍主編，《近代中國史料叢刊續輯》第七輯（臺北縣：文海，1974 年），頁 70～71、96。
　　　　中國第一歷史檔案館編，《清中前期西洋天主教在華活動檔案史料》第一冊（北京：中華書局，2003 年），頁 49。
〔註20〕王美秀等，《基督教史》（南京：江蘇人民出版社，2006 年），頁 366。
　　　　張國剛，《從中西初識到禮儀之爭：明清傳教士與中西文化交流》（北京：人民出版社，2003 年），頁 522～535。

的途徑。只是爭論結果，對天主教傳教帶來災難性後果，嚴重打擊耶穌會多年的苦心經營，天主教榮景在中國亦不復見。

## 二、清代雍正、乾隆、嘉慶初年時期（1723 年～1811 年）

　　1722 年，康熙駕崩，由四皇子繼位，即世宗雍正。雍正沿襲禁教政策，甚至更加嚴厲。乃因雍正出身庶出，奪嫡之爭過程傳聞甚多，猜忌心重，加上八皇子與葡籍傳教士交往密切，九皇子受信奉天主教的宗室蘇努支持，故雍正繼位後迫害兄弟，將神父處死，流放蘇努全家。雍正一直對天主教心存猜忌與忿恨。〔註 21〕

　　雍正元年（1723 年）閩浙總督奏請禁教，建議「將各省西洋人，除送京效力人員外，餘俱安插澳門，其天主堂改爲公廨，誤入其教者嚴行禁飭」。〔註 22〕最後決定各省西洋人集中居住廣州天主堂，不許傳教，亦不准百姓入教，待商船到粵，遣送回國。雍正七年（1729 年）又令大學士以寄密信方式，要求各省督撫，嚴格落實禁教。〔註 23〕雍正禁教的結果，除北京四大教堂外，各省會堂拆毀盡淨，堂中聖像、聖龕均遭焚毀，〔註 24〕天主教傳教活動完全中斷。

　　乾隆時期，對待天主教的態度，原則上是承襲其父，但對禁教活動執行相對鬆散〔註 25〕。傳教活動逐漸復甦，引起官員注意，一再上奏，如：〈直

　　　　潘鳳娟，〈從「西學」到「漢學」：中國耶穌會與歐洲漢學〉，《漢學研究通訊》第二十七卷，第二期，2008 年，頁 14～26。

〔註21〕張澤，《清代禁教時期的天主教》（臺北：光啓出版社，1992 年），頁 29～30。
　　　　蕭若瑟，《天主教傳行中國考》（1937 年第三版）。收錄於輔仁大學天主教史料研究中心編，《天主教史籍彙編》（新北市新莊：輔仁大學出版社，2003 年 7月），頁 195～200。
　　　　〔法〕樊國梁（Pierre Marie Alphonse Favier）著，陳曉徑譯，《老北京那些事兒：三品頂戴洋教士看中國》（北京：中央編譯，2010 年），頁 286～289。
〔註22〕〔清〕王之遠，《清朝柔遠記》卷三（北京：中華書局，1989 年），頁 56。
　　　　蕭若瑟，《天主教傳行中國考》（1937 年第三版）。收錄於輔仁大學天主教史料研究中心編，《中國天主教史籍彙編》（新北市新莊：輔仁大學出版社，2003年 7 月），頁 200～201。
〔註23〕國立故宮博物院編，《宮中檔雍正朝奏摺》第十四輯（臺北：故宮博物院，1980年），頁 470。
〔註24〕張澤，《清代禁教時期的天主教》（臺北：光啓出版社，1992 年），頁 42。
　　　　樊國樑，《燕京開教略》。收錄於輔仁大學天主教史料研究中心編，《中國天主教史籍彙編》（新北市新莊：輔仁大學出版社，2003 年 7 月），頁 384～388。
〔註25〕法籍北京主教樊國樑在回憶乾隆朝禁教政策時寫道：「按乾隆皇帝於傳教士，

隸總督那蘇圖奏報申禁西洋人行教摺〉、〈山東巡撫喀爾吉奏報查辦西洋人行教摺〉等〔註26〕，乾隆不得不重申禁教政令。於乾隆十一（1746 年）年十一月福建總督爾泰、巡撫周學健等先後上奏福安縣內，中國人民違禁傳習天主教，應嚴審辦埋。乾隆本想息事寧人，諭令：

> 軍機大臣等議覆，福建巡撫周學健奏：福安縣潛住夷人，以天主教
> 招致男婦二千餘人，書役等俱被蠱惑，請從嚴治罪等語……應令該
> 撫將現獲夷人解送澳門，勒限搭船回國。〔註27〕

然而，周學健等官員認爲太縱容西洋人私自傳教，再度上奏，乾隆遂同意先後將所有涉案外籍教士處死，此次可謂乾隆期間對西籍教士最嚴厲的教案。〔註28〕往後數年，各省偶有零星查緝行動，但並無太大規模查禁，於是地方傳教日漸活絡，直至乾隆四十九年（1784 年），湖廣地區拿獲私進陝西之傳教士，再次引發全國大規模查禁。乾隆該年於九月、十一月、十二月下諭並展開搜捕行動：

> 西洋人私至內地，傳教惑眾，最爲風俗人心之害。陝甘湖廣等省，
> 現已拏獲多人。則其餘各省，亦恐所在多有，均應徹底查辦。……
> 並密諭各省督撫。一體遵照妥辦。不可視爲具文亦不得張皇滋擾。
> 〔註29〕

總之，此次涉及十幾個省份，數十位外國傳教士和數百名中國教民被捕入獄。面對此次查緝行動，乾隆對西籍教士處理，也不比十一年時教難來得

祇好其學，而不尚其教，然非督撫大員忌妒捏奏，則軍民人等，尚得隨意奉教，並不禁阻。故乾隆之世，天主聖教，猶得隨時傳授也」。可見，乾隆本身對天主教並無惡感，禁教政策較爲寬鬆。
〔法〕樊國樑，《燕京開教略》下篇。收錄於輔仁大學天主教史料研究中心編，《中國天主教史籍彙編》（新北市新莊：輔仁大學出版社，2003 年 7 月），頁402。
〔註26〕中國第一歷史檔案館編，《清中前期西洋天主教在華活動檔案史料》第一冊（北京：中華書局，2003 年），頁 93、96。
〔註27〕《清高宗純皇帝實錄》卷二百七十一，乾隆十一年七月下上諭（北京：中華書局，1986 年），頁 529。
〔註28〕黃巧蘭，《清廷查禁天主教期間傳教活動之探究》，國立師範大學歷史學系碩士論文，2007 年，頁 84～87。
郭衛東，〈乾隆十一年福建教案述論〉，《福建論壇・人文社會科學版》第七期，2004 年，頁 58～64。
〔註29〕《清高宗純皇帝實錄》卷一千二百二十一，乾隆四十九年十二月戊戌上諭（北京：中華書局，1986 年），頁 374。

猛烈，〔註30〕從乾隆五十年上諭內容，可見其相對寬容：

> 第思此等人犯，不過意在傳教，尚無別項不法情事。……雖坐以應
> 得之罪。朕仍憫其無知。僅予圈禁。今念該犯等，究係外夷，未諳
> 國法，若令其永禁囹圄。情殊可憫。所有吧地哩唊等十二犯，俱著
> 加恩釋放。……〔註31〕

另外，乾隆雖不像祖父熱衷科學，卻非常喜愛西方藝術與技藝。在位六十年間，在京任職的外國教士，除欽天監等必要科學人才外，其餘多為繪畫或技藝方面深具長才的傳教士。也因為乾隆較寬容的禁教政策，使得兩次地方教難中，京師教士風平浪靜，能夠繼續傳教。

1795 年，乾隆傳位給仁宗嘉慶。嘉慶年間是白蓮教等民間宗教動亂擴大的時期，此種情況，影響到他對天主教的認識。在清初諸帝中，對天主教的認識遠遜於其先輩，張澤神父曾說：

> 清初幾個皇帝對天主教的態度各有不同。總的來說，自順治、康熙
> 到雍正、乾隆，最後到嘉慶，對天主教的認識和尊敬程度，一代不
> 如一代。……嘉慶皇帝不但對教理茫然不知，而且連西洋藝術也無
> 所愛好，終在位之世，進入北京供職的西教士僅二三人，而且到嘉
> 慶十六年，留在北京的西教士只剩下三人。〔註32〕

嘉慶名義上仍持禁教態度，但真正執行，前後期有所不同。嘉慶前期為平靜期，傳教事業未能引起清政府注意。至嘉慶十年（1805 年）四月，清政府明令禁止傳教士公開佈道，且禁止傳教士刻書傳教及出版宗教書籍，〔註33〕明定中國人不准與西洋人交往。〔註34〕1812 年再次頒諭，甚至經刑部等議奏後，正式寫入《大清律例》中，使官員們在審理天主教活動上有法源依據：〔註35〕

---

〔註30〕馬釗，〈乾隆朝地方高級官員與查禁天主教活動〉，《清史研究》第四期，1998年，頁 55～63。

〔註31〕《清高宗純皇帝實錄》卷一千二百四十，乾隆五十年十月上上諭（北京：中華書局，1986 年），頁 684。

〔註32〕張澤，《清代禁教期的天主教》（臺北：光啟出版社，1993 年），頁 161。

〔註33〕〔清〕王之遠，《清朝柔遠記》卷三（北京：中華書局，1989 年），頁 149。

〔註34〕〔清〕王之遠，《清朝柔遠記》卷三（北京：中華書局，1989 年），頁 152。

〔註35〕針對此禁令，1812 年馬禮遜曾將諭令譯文送往倫敦總部，並提到會十分謹慎，避免招惹當局注意。詳參 Richard M. A. Lovett, The history of the London Missionary society, 1795-1895,（London: Henry Frowde, 1899）, p.410.
此條例在同治十二年續纂《大清律例》時被刪除。詳參〔清〕薛允升撰述，黃靜嘉編校，《讀例存疑重刊本》卷十八〈禮律祭祀〉（臺北：成文出版社，

自此以後，如有西洋人秘密印刷書籍或設立傳教機關，希圖惑眾，及有滿漢人等受西洋人委派傳揚其教及改稱名字，擾亂治安者，應嚴爲防範，爲首者立斬，如有秘密向少數人宣傳洋教而不改稱名字者（即洗禮），斬監候；信從洋教而不願反教者，充軍遠方。〔註36〕

不久，發生德天賜（Adeodat de St.-Augustin）事件〔註37〕，引發嘉慶朝第一次教難，視天主教爲邪教，嘉慶十六年對西洋傳教有更嚴厲的法律管制：

嗣後西洋人有私自刊刻經卷，倡立講會，蠱惑多人及旗民人等向西洋人轉爲傳習，並私立名號，煽惑及眾，確有實據，爲首者，竟當訂爲絞決，其傳教蠱惑而人數不多亦無名號者，著定爲絞候，其僅止聽從入教不知悛改者，著發往黑龍江給索倫達呼爾爲奴，旗人銷除旗檔，……除在欽天監有推步天文差使者仍令供職外，其餘西洋人，俱著發交兩廣總督，俟有該國船隻至粵，附便遣令歸國，其在京當差之西洋人，仍當嚴加約束，禁絕旗民往來，以杜流弊……。

〔註38〕

自雍正經乾隆、嘉慶至道光前期，歷時一百餘年（1722 年～1840 年）。相較於中國的專制帝王主義，此時期的西方國家，在政治、經濟、社會等方面均發生劇烈變化。十八世紀，西方正值工業革命，改變東西間長期的經濟互動結構，在不斷成長的產品通路需求驅使下，西方國家由單純貨品需求者，轉爲新興市場拓展者，積極開拓海外貿易及殖民事業爲既定政策。特別是「英國」自 1588 年在海上擊敗西班牙無敵艦隊後，國力漸強，海外貿易與殖民事業大幅成長。〔註39〕

1970 年），頁 425。
〔註36〕簡又文，《清史洪秀全載記增訂本》（香港：簡氏猛進書屋，1967 年），頁 244。
〔註37〕嘉慶十年十月查獲廣東教民陳若望，私自將義大利籍神父德天賜繪製「自廣平府至登州府路徑圖樣」帶至澳門傳回西方。德天賜原想把地圖呈送羅馬教廷傳信部，因近日各堂爭相前往，希望傳諭各堂，不許競爭。清廷則是懷疑意欲洩漏中國地理形勢給外夷，引發大規模查緝行動。參見〔清〕王之遠，《清朝柔遠記》卷六（北京：中華書局，1989 年），頁 149～152。
中國第一歷史檔案館編，《清中前期西洋天主教在華活動檔案史料》第二冊（北京：中華書局，2003 年），頁 895。
穆啓蒙著，侯景文譯，《中國天主教史》（臺北：光啓社出版，1992 年），頁 112。
〔註38〕中國第一歷史檔案館編，《清中前期西洋天主教在華活動檔案史料》第二冊（北京：中華書局，2003 年），頁 927～928。
〔註39〕胡秋原，《近百年來中外關係》（臺北：海峽學術出版社，2004 年），頁 15。

　　1715 年在廣東設立永久性商館，1808 年，倫敦商人東印度貿易管理公司易名爲東印度公司。1792 年（乾隆五十七年），英王藉祝賀乾隆八稚晉三壽辰爲名，派馬戛爾尼（George　Macartney, 1st Earl Macartney，1737 年～1806 年）出使中國，根據所奉訓令，提出開放史多口岸、對英商貨物實行免稅或減稅、允許英國人在華自由傳教等，均遭中國拒絕。因中國自視天朝，中外貿易關係應是「朝貢關係」而非「平等互惠」，致使英國並未達成任何預先設定的目標，〔註40〕爲日後中外關係埋下層出不窮的糾紛。

　　西方的工業革命帶給資產階級巨額財富的同時，也使社會貧富差距拉大，勞資對立緊張，社會道德敗壞。新教教會人士認爲造成問題的根源並非社會制度，而是宗教出現問題。當時由衛理斯（John Wesley，1703 年～1791 年）、懷特斐（George Whitefield，1714 年～1770 年）帶領英國國內傳教振興運動，他們強調通過閱讀《聖經》、提倡個人節制、嚴守律法、開辦國內外差會等方式，達到復興宗教改良社會的目的，大大推動基督教內部的改革，刺激教會傳教動力。根據神學家的看法，十八到十九世紀歐美的「福音奮興運動（Evangelical Revival）」和「大覺醒運動（Great Awakening）」對新教〔註41〕傳教工作推展具重大影響。基督教史家華爾克（Williston Walker）指出，福音奮興運動的最重要成果之一，就是近代新教傳教事業的興起。〔註42〕

　　爾後，英國將眼光擴展到海外事業，使其成爲大規模開展新教海外傳教事業的國家。〔註 43〕至此，英國基督新教各派，積極建立聯合或單獨的海外傳道組織，決心將福音傳遍世界。其中在中國，影響較大的是 1795 年成立的

〔註40〕王曾才，《中英外交史論集》（臺北：聯經出版社，1983 年二次印行），頁 17
　　　　～40。
　　　　有關東印度公司對馬戛爾尼所發出的指示及馬戛爾尼所作的報告，見 Earl H.
　　　　Pritchard, ed., "The Instructions of the East India Company to Lord Macartney on
　　　　His Embassy to China and His Reports to the Company, 1792-4," in Patrick Tuck
　　　　（selected）, Britain and the China Trade, 1635-1842（London & New York:
　　　　Routledge, 2000）, Vol. VII,　pp. 201-509.
〔註41〕基督教新教，又稱抗羅宗、更正教、改新教等，漢語語境中所稱的「基督教」
　　　　大多即指「新教」。它是源於十六世紀初歐洲宗教改革運動，因反對羅馬天主
　　　　教教宗出售贖罪券，所引起一系列脫離天主教會，形成新宗派的統稱。
〔註42〕華爾克（Williston Walker）著，謝受靈、趙毅之譯，《基督教會史》（香港九龍：
　　　　基督教文藝，1987 年），頁 819。
〔註43〕王美秀等，《基督教史》（南京：江蘇人民出版社，2006 年），頁 266。
　　　　蘇精，《中國，開門！馬禮遜及相關人物研究》（香港九龍：基督教中國宗教
　　　　文化研究社，2005 年），頁 3。

「倫敦傳道會」（London Missionary Society）〔註44〕，以超宗派的海外傳教活動為該會的基本原則。1796 年 8 月，該會派出首批三十名傳教士，前往南太平洋的大溪地島（Tahiti），第二批，於 1798 年前往同一地點，但結果相當慘烈，不是派出傳教士無法勝任，就是遇害死亡；第二批甚至不幸遭法船俘虜。倫敦會忙於處理收尾，無暇再差派傳教士到海外。直至 1804 年，倫敦會理事們重拾信心，決議派遣傳教士前往中國，〔註45〕 最後於 1807 年，倫敦傳道會差派馬禮遜（Robert Morrison，1782 年～1834 年）赴華，成為基督教新教第一個來華的傳教士。〔註46〕

　　總而言之，清代基督新教傳教士，就在西方地理大發現、啟蒙運動、工業革命帶動資本主義興起及海外殖民擴張的氛圍，與天主教排擠、中國禁止公開佈道、拒絕傳教士入境，及不允許出版宗教書籍等，嚴厲禁教政策的艱困環境下，展開中國的傳教之行。

---

〔註44〕一般中文著作簡稱倫敦會。屬於基督新教教派公理宗。1977 年與英聯邦傳道會及英國長老會差傳委員會合併為世界傳道會。現址在英國倫敦。詳參，賴永祥，《教會史話‧倫敦宣道會》（臺南市：人光，1990 年），頁 237～238。蘇精，《中國，開門！馬禮遜及相關人物研究》（香港九龍：基督教中國宗教文化研究社，2005 年），頁 4。

華爾克（Williston Walker）著，謝受靈、趙毅之譯，《基督教會史》（香港九龍：基督教文藝，1987 年），頁 820。

〔註45〕蘇精，《中國，開門！馬禮遜及相關人物研究》（香港九龍：基督教中國宗教文化研究社，2005 年），頁 7～8。

〔註46〕嚴格說來，馬禮遜並不是新教來華第一人。1624 年～1662 年，荷蘭殖民者佔領臺灣時，曾向臺灣派遣宣教士，當時臺灣有數千民教徒，宣教活動持續到荷蘭人被驅逐出臺灣後停止。自馬禮遜入華之始，新教在中國長達一個世紀的宣教耕耘，累積相當規模，故馬禮遜普遍被視為新教傳教士第一人。相較之下，荷蘭傳教士的活動，顯得較無影響痕跡。詳參林金水，《臺灣基督教史》（北京：九州出版），頁 36～67。張孝慧，〈基督新教與西拉雅族的第一次接觸：論荷蘭亞米紐斯主義者在福爾摩莎的傳教事工（1627～1643）〉，《文化研究》第十三期，2011 年秋季，頁 129～162。

唐逸，《基督教史》（北京：中國社會科學出版社，1993 年），頁 453。

陳茂元，《基督教會歷史演義》（臺北：財團法人葉靜修教育基金會，2002 年），頁 463。

賴永祥，《教會史話‧馬禮遜之來華》（臺南市：人光，1990 年），頁 229～230。

〔美〕費正清，《劍橋中國晚清史》上卷（北京：中國社會科學出版社，1993 年），頁 604。

Obituary notice of the Reverend Doctor Morrison, with a brief view of his life and labors, The Chinese Repository, vol.3, 1834, pp.177-185.

# 第二節　馬禮遜、米憐與《察世俗每月統記傳》
（1815 年～1822 年）

　　本節主要從基督新教早期傳教士——馬禮遜，在前述中國歷史環境和西方環境變化下，背負翻譯《聖經》與編纂字典的事工，入華宣教來開始。首先點出他在中國面臨的處境，接次敘述米憐來華經過，到最後討論傳教士們如何促成《察世俗每月統記傳》的出版，落實傳揚福音的使命。

## 一、馬禮遜來華

　　馬禮遜於 1782 年出生於英國北部諾森布蘭（Northumberland）的小村莊。後因父親足疾無法務農，和工業革命浪潮的影響，馬禮遜一家舉家遷往新興煤礦城市（New Castle），另謀生計。馬禮遜於十六歲加入長老會，十七歲因讀《宣道雜誌》（The Evangelical Magazine）及《傳教雜誌》（The Missionary Magazine）深受感動。〔註47〕終在 1803 年進入霍斯頓學院（Hoxton Academy）學習神學。1804 年向倫敦會提出申請，期望成為該會海外宣教士，次日當晚通過決議，接受馬禮遜成為宣教士，旋轉入高斯坡神學院（Missionary Academy at Gosport）就讀培訓。受訓之初，原有志加入赴非洲的團體，後該團中途遇險，高斯坡神學院收到莫士理（William Mosley）牧師發出中國極需宣教活動的信函，馬禮遜遂決定前往中國，他深信被安排到中國是上帝對他禱告的回音，因為他一直求告上帝派他到最困難的地區去。〔註48〕

　　為了赴中國宣教做準備，除了學習醫學、天文學等知識外，還跟一位中國青年（Yong Sam-tak）學習中文，並從大英博物館找到僅存的一本中文《新約聖經》節抄本。於是馬氏投入大量時間和精力抄寫手稿，同時還從皇家學會借來《拉丁文中文字典》，用於查閱參考。〔註49〕此段期間，孜孜不倦的抄寫與苦心學習，奠定日後馬禮遜傳教之漢語基石。

〔註47〕　〔英〕海恩波（M. Broomhall）著，簡又文譯，《傳教偉人馬遜》（Robert Morrison: A master-builder）（香港：基督教文藝出版社，1987 年），頁 14。
〔註48〕　〔英〕馬禮遜夫人編（Morrison, Eliza A.（Mrs. Robert）），顧長聲譯，《馬禮遜回憶錄》（桂林：廣西師範大學出版社，2004 年），頁 17～20。
　　　　〔英〕海恩波（M. Broomhall）著，簡又文譯，《傳教偉人馬遜》（Robert Morrison: A master-builder）（香港：基督教文藝出版社，1987 年），頁 14～21。
〔註49〕　〔英〕馬禮遜夫人編（Morrison, Eliza A.（Mrs. Robert）），顧長聲譯，《馬禮遜回憶錄》（桂林：廣西師範大學出版社，2004 年），頁 21。

　　1807 年 1 月，馬禮遜被按立爲牧師，倫敦會正式派遣他遠赴中國傳教。由於倫敦會本身對中國缺乏了解，難以給予明確具體計畫，要馬禮遜見機行事，並建議他努力學習漢語；利用一切機會向中國人傳授西方知識；最重要的使命是將《聖經》翻譯成中文及編纂漢語字典。〔註 50〕後來事實證明，馬禮遜忠實地執行這三項傳教使命。〔註 51〕

　　倫敦會本寄望馬禮遜搭乘東印度公司的船隻，但因東印度公司不願觸犯清朝禁令，予以拒絕；故只得取道美國，搭乘三叉號（Trident）經過澳門，於1807 年 9 月 7 日抵達廣州。旅程中，眾人對馬禮遜欲往中國傳教，抱持不可思議態度，一位美商問馬禮遜：「中國六億兆，先生思化之乎？」馬禮遜回答：「余不能，然上帝能之。」〔註 52〕展現出他對前往中國傳教，是懷抱極大的信心與熱情。

　　然而，初到中國的他，立刻感受到身爲新教傳教士，所必須面臨的三方壓力：一、中國政府嚴厲的禁教規約。二、東印度公司反對非商業因素的居留。三、天主教當局對新教的抵制，「凡有和馬禮遜來往或接受他的書，或幫助他作中國書，都是可詛咒的，統逐之出教」〔註 53〕。他只能被安置在美國商館裡，隱藏眞實身分，延師私下學習漢語，一邊編纂《華英字典》。〔註 54〕

　　由於清政府對海外貿易規定嚴格，外國商人必須春秋停留澳門，秋冬才

---

〔註 50〕〔英〕馬禮遜夫人編（Morrison, Eliza A.（Mrs. Robert）），顧長聲譯，《馬禮遜回憶錄》（桂林：廣西師範大學出版社，2004 年），頁 18。

Eliza Morrison, Memoirs of the life and labours of Robert Morrison（London: Longman, Orme, Brown, and Longmans, 1839）, vol.1, pp.94-99.

William Milne, A Retrospect of the First Ten Year of the Protestant Mission to China,（Malacca: the Angle-Chinese press, 1820）, pp.57-59. 原文：you may probably soon afterwards begin to turn this attainment into a direction which may be of extensive use to the world-perhaps you may have the honor of forming a Chinese Dictionary, more comprehensive and correct than any preceding one-or, the till greater honor of translating the Sacred Scriptures into a language.

〔註 51〕至 1823 年止，陸續出版《華英字典》共六卷，約近五千頁。

1813 年馬禮遜獨立完成《新約》翻譯，1819 年與米憐共同合作完成《舊約》。1823 年，全版《聖經》中譯本，共二十一冊，在麻六甲出版發行。

〔註 52〕徐培汀、裘正義，《中國新聞傳播學史》（重慶市：重慶出版社，1998 年），頁110。

〔註 53〕〔英〕海恩博著（M. Broomhall），梅益盛、周雲路譯，《馬禮遜傳》（上海：廣學會出版社，1932 年），頁 20。

〔註 54〕〔英〕馬禮遜夫人編（Morrison, Eliza A.（Mrs. Robert）），顧長聲譯，《馬禮遜回憶錄》（桂林：廣西師範大學出版社，2004 年），頁 38～40。

能進入廣州從事貿易。1809 年馬禮遜爲了生計和居留問題，答應擔任東印度公司翻譯員，一則是取得公開活動身分，可以在廣州合法定居，掩飾宣教士身分。二則是能減輕倫敦會的經濟負擔。三則是東印度公司所授予的職務，有利學習中文。四則是減少東印度公司對傳教士的敵意等。但他不忘在給倫敦會的信中提到，這項工作佔據他大部分時間，且與傳教事業有所牴觸，必須一邊翻譯官方文件，一邊編纂字典，但後者才是對未來傳教事業有所助益的。〔註 55〕

　　隨著漢語程度日益提升，馬禮遜開始涉獵中國儒家經典，《四書》、《五經》、《論語》，還努力將《四福音書》譯成漢語等。在 1810 年完成《使徒行傳》中文翻譯，並印刷一千部。〔註 56〕一連串忙碌龐大的學習與工作量，使馬禮遜不得不向倫敦會寫信，希冀加派傳教士來中國一齊同工，終於在 1813年倫敦會派出第二名傳教士米憐。〔註 57〕

## 二、米憐同工

　　米憐（William Milne，1785 年～1822 年），出生於 1785 年蘇格蘭北部亞伯丁郡（Averdeen），自小生活貧困，六歲喪父，由母親授予簡單教育，年輕的時光多半在農場度過。1809 年加入倫敦會，經三年傳教學院訓練，1812 年從該學院畢業，按立爲牧師。米憐決定獻身中國，成爲一名傳教士。同年九月偕同新婚妻子，離開英國前往中國。米憐的到來令馬禮遜非常欣喜，且對宣教事工充滿希望。〔註 58〕但一到澳門，受天主教勢力影響，澳葡當局不同意米憐居留，被迫只得前往廣州十三行暫住，並學習漢語。米憐在廣州待了

〔註 55〕〔英〕馬禮遜夫人編（Morrison, Eliza A.（Mrs. Robert）），顧長聲譯，《馬禮遜回憶錄》（桂林：廣西師範大學出版社，2004 年），頁 59。
　　　　Eliza Morrison, Memoirs of the life and labours of Robert Morrison（London: Longman, Orme, Brown, and Longmans, 1839）, vol.1, pp.269-270.
〔註 56〕〔英〕海恩波（M. Broomhall）著，簡又文譯，《傳教偉人馬遜》（Robert Morrison: A master-builder）（香港：基督教文藝出版社，1987 年），頁 46～47。
　　　　Eliza Morrison, Memoirs of the life and labours of Robert Morrison（London: Longman, Orme, Brown, and Longmans, 1839）, vol.1, pp.293.
〔註 57〕Eliza Morrison, Memoirs of the life and labours of Robert Morrison（London: Longman, Orme, Brown, and Longmans, 1839）, vol.1, pp.358.
〔註 58〕米憐生平簡略詳見 Alexander Wylie, Memorials of Protestant missionaries to the Chinese : Giving a list of their publications and obituary notices of the deceased, with copious indexes（Shanghae: American Presbyterian Mission Press, 1867）,pp.12-13.

數月，因無身分，屬於非法居留，無法開展任何宣教活動，促使米憐和馬禮遜考慮另覓地點，商定由米憐前往爪哇、麻六甲、檳榔嶼等地考察。

米憐遂於 1814 年動身前往南洋，考察情況，同時散發印好的《基督基利士我主救者新遺詔書》（即新約聖經）、《問答淺註耶穌教法》等宗教文宣，過程順利，甚至受到歡迎〔註 59〕。結束探察行程後，米憐曾希望澳葡當局能解除禁令，無奈仍面臨禁止居住、逗留等問題。種種因素，迫使馬禮遜和米憐考量選擇「麻六甲」（Malacca，前後殖民者為英國和荷蘭）為地點，拓展傳教事業乃因：（一）鄰近中國，（二）華僑眾多，（三）位居交趾支那、暹羅和檳榔嶼間交通要衝，聯繫便利，（四）適合學習中文及馬來語，利於恆河以東廣泛地區宣教，（五）當地政府支持傳教事務。〔註60〕馬禮遜亦向倫敦會提出「恆河外方傳道團計畫」（The U1tra-Ganges Mission），並訂出十項建議，包括：在中國鄰近處尋找信奉基督教之歐洲政府統治區、創設傳道總部、以中國人為主要傳教對象、建立印刷所、出版中西文書刊、開辦一所免費學校、印刷《聖經》等〔註61〕。統整此十項建議，透露出馬禮遜與米憐以「教育事工」和「文字事工」為主要傳道方式。

米憐自 1815 年至 1822 年去世止，一直在麻六甲從事傳道宣教工作，並積極進行「恆河外方傳道團計畫」。其中與文字傳教直接相關的是第四項「創辦一份中文月刊，傳播基督教義與一般知識」〔註 62〕，馬禮遜和米憐很快將

---

〔註59〕 William Milne, A Retrospect of the First Ten Year of the Protestant Mission to China,（Malacca: the Angle-Chinese press, 1820），p.114.

〔註60〕 Eliza Morrison, Memoirs of the life and labours of Robert Morrison（London：Longman, Orme, Brown, and Longmans, 1839），vol.1, pp.358、pp.384.
卓南生，《中國近代報業發展史：1815～1874》（北京：中國社會科學出版社，2002 年），頁 15～16。

〔註61〕 「恆河外方」指恆河以東的地區，包括中國、印支半島、南洋、日本等。
李志剛，《基督教早期在華傳教史》（臺北：臺灣商務印書館，1985 年），頁169～170。
〔英〕海恩波（M. Broomhall）著，簡又文譯，《傳教偉人馬遜》（Robert Morrison: A master-builder）（香港：基督教文藝出版社，1987 年），頁 65～66。
顧長聲，《馬禮遜評傳》（上海：上海書店，2006 年），頁 116～117。
原文詳參 Eliza Morrison, Memoirs of the life and labours of Robert Morrison（London：Longman, Orme, Brown, and Longmans, 1839），vol.1, pp.358、385~387. William Milne, A Retrospect of the First Ten Year of the Protestant Mission to China,（Malacca: the Angle-Chinese press, 1820），pp.137~139.

〔註62〕 第四項原文：That a small Chinese work in the form of a Magazine, be published at Malacca monthly, or as often as it can with propriety be done；in order to

此付諸實現。

## 三、《察世俗每月統記傳》創刊緣起

　　由對中國有形的傳教、宗教出版禁令，以及無形強烈「華尊夷卑」的文化自豪，傳教工作在中國難以進行。但馬禮遜在譯寫印刷的過程中，他發現印刷事業是一種無聲卻具力量（silent but powerful）的有效方法〔註63〕。米憐一再強調派發書冊的重要性，「就中國目前的狀況，我們不准入境，也不能以我們的聲音去宣揚救贖的福音。然而，傳單書冊卻能靜靜地進入，甚至能夠進入皇帝的寢室。它們能輕易地穿上中國的外衣，無懼地穿梭全國各地。這是我們無能為力的。」〔註64〕他也認為中國書面文字比任何其他語言具有更多的讀者群，基督教傳教士無法進入中國並以流利地漢語口頭傳教，中文著述卻能被民眾理解，如果採取適當謹慎的態度，書籍是有可能大量到處流通〔註65〕。且書報不為時空所限，遺忘可再讀，一人讀過，可以貽贈他人。從耳聽入的講道，易得易失，由書冊上所得，較能終身不忘。若定期發行，宗教道理也能由淺入深地滲透進中國人的思想中。

　　同時為服膺「恆河外方傳道團計畫」，落實兼顧傳揚基督教義與一般知識性理念，於是決定創辦一種「介於報紙與傳教雜誌」間的漢文報刊。方針既定，1815年5月，米憐夫婦與一名中文教師、印刷工「梁發」〔註66〕等抵達

---

combine the different of general knowledge with that of Christianity.

〔註63〕 Eliza Morrison, Memoirs of the life and labours of Robert Morrison（London: Longman, Orme, Brown, and Longmans, 1839）, vol.1, pp.346.

〔註64〕 Proceedings of the First 20 Years of the Religious Tract Society（London: Religious Tract Society, 1820）, p.268.原文如下：Such is the political state of this country at present, that we are not permitted to enter it, and publish by the living voice the glad tidings of salvation. Tracts may, however, penetrate silently even to the chamber of the Emperor. They easily put on a Chinese coat, and may walk without fear through the breadth and length of the land. This we cannot do.

〔註65〕 卓南生，《中國近代報業發展史：1815～1874》（北京：中國社會科學出版社，2002年），頁19。
陳建明，《激揚文字、廣播福音：近代基督教在華文字事工》（臺北市：基督教宇宙光全人關懷機構，2006年），頁17。
William Milne, A Retrospect of the First Ten Year of the Protestant Mission to China,（Malacca: the Angle-Chinese press, 1820）, pp.153-155.

〔註66〕 梁發在中國基督教史中占一席之地，是馬禮遜為刊印中文《使徒行傳》，在十三行印刷所而結識，梁氏後受洗為教徒，成為中國第一個基督新教傳教士，其傳著《勸世良言》，對太平天國民變運動領袖洪秀全思想影響重大，也是「真

麻六甲。同年 8 月 5 日，由馬禮遜和米憐共同創辦的中國近代第一份漢文報刊——《察世俗每月統記傳》（Chinese Monthly Magazine）（以下簡稱《察世俗》，1815 年～1822 年）出版問世。

《察世俗》成為傳教士在中國禁教環境下，摸索而開拓出傳教途徑的證明，亦是早期新教來華傳教士輔助傳教之嚆矢，同時，為日後傳教士漢文報刊奠定基礎，在中國近代新聞報業、出版、印刷、傳教、中外關係、東西文化上具舉足輕重、標誌性的重要意義﹝註67﹞。

# 第三節　麥都思與《特選撮要每月紀傳》
## （1823 年～1826 年）

麥都思是英國倫敦會繼馬禮遜、米憐之後，來華重要傳教士之一，同時是著名漢學家，在為福音傳播及中西文化交流方面做出貢獻。他所創辦的《特選撮要每月紀傳》在思想主旨、編輯樣式等各方面承繼《察世俗》，貫徹「文字傳教」的佈道方式。

## 一、麥都思來華

麥都思（Walter Henry Medhurst，1796 年～1857 年）生於 1796 年英國倫敦，幼年在聖保羅教會學校（St. Paul's Cathedral School）受教育，十四歲前往英國格洛斯特市（Gloucester）當印刷技工的學徒。﹝註68﹞十七歲時受洗加入公理會，正式成為基督徒。1816 年倫敦會徵聘印刷技工到麻六甲事奉，麥都思立即申請前往。年僅二十歲的麥都思抵達麻六甲，一邊學習中文、馬來文，一邊鑽研印刷術，協助米憐編輯《察世俗》與開展傳教工作，成為米憐最得力助手。

1819 年被任命為牧師，取得傳教士資格，前往檳城（Penang）、婆羅洲（Borneo）及巴達維亞（Batavia，今印尼雅加達）宣教。﹝註69﹞麥都思在傳

---

正服務報界的第一人」。詳參戈公振，《中國報學史》。收錄於方漢奇主編，《民國時期新聞史料匯編》（北京：國家圖書館），頁 695。

﹝註67﹞ 蘇精，《馬禮遜與中文印刷出版》（臺北：臺灣學生書局，2000 年），頁 156。

﹝註68﹞ 麥都思生平簡略參考 Alexander Wylie, Memorials of Protestant missionaries to the Chinese: Giving a list of their publications and obituary notices of the deceased, with copious indexes（Shanghae: American Presbyterian Mission Press, 1867），pp.25-27.

﹝註69﹞ 鄒振環著，《西方傳教士與晚清西史東漸》（上海：上海古籍出版社，2007 年），

教時留意到，中國人不見得對基督教感興趣，但對所散發的宗教小冊子卻通常接受度很高，麥氏認爲「中國人對書寫文字崇敬，且對免費的外國東西有一定的熱情」，〔註70〕更加堅定「無聲的福音（silent evangelism）」傳揚可行性。爲協助福音事工推展，麥氏除在巴達維亞傳教外，同時還設立學校與印刷所，與麻六甲印刷所和新加坡印刷所三足鼎立。1822 年米憐去逝，原倫敦會重要印刷基地──「麻六甲」的出版工作受到影響，逐漸衰落，麥氏設立的「巴達維亞」印刷所，取而代之成爲倫敦會在南洋的主要出版基地。

　　由於麥都思掌握中文和馬來文等語言，又懂得印刷技術，利用文字傳教更顯得心應手，除出版《特選撮要每月紀傳》外，又於 1838 年在廣州境內創辦第二份漢文報刊──《各國消息》，雖發行時間甚短，卻是最早使用石印技術。〔註71〕1853 年麥都思還擔任香港第一份漢文報刊──《遐邇貫珍》首任主編。〔註72〕據偉烈亞力（Alexander Wylie）的記載：麥都思中文著作與譯本共計有五十九本，馬來文著作共有七本〔註73〕，並且以「尙德者」的筆名出版一本傳揚基督信仰的《三字經》，前後複印二十餘次，且由他主導的中文委辦本《聖經》翻譯和出版工作，更是功不可沒，以上足見其與近現代報刊關係之密切與落實文字佈道的信念。

　　1843 年鴉片戰爭結束，香港被割讓給英國，五口開放通商，允許外國人居住傳教，麥都思成爲最早來滬的外國傳教士。倫敦會亦決定將巴達維亞的印刷所遷移至上海，由麥都思統籌主持，定名爲「墨海書館」（London Missionary Society Press），麥氏自號「墨海老人」。墨海書館雖具文化侵略色

　　　頁 53。

〔註70〕Suzanne Wilson Barnett and John King Fairbank, Christianity in China: Early Protestant Missionary Writings,（Cambridge, Mass.: Harvard University Press, 1985），p.50.原文如下：it demonstrates the Chinese respect for the written word and literacy; on the other, it reflected the typical Chinese enthusiasm for getting something foreign for nothing.

〔註71〕葉再生，《中國近代現代出版通史》第一卷（北京：華文出版社，2002 年），頁 155～156。

〔註72〕詳見松浦章、内田慶市、沈國威編著，《遐邇貫珍・序言》1853 年第一號（上海：上海辭書出版社，2005 年），頁 4～5。
　　　王韜，《弢園文錄外編》〈論日報漸行於中土〉卷七。收錄於國家清史編輯委員會，《清代詩文集彙編》（上海：上海古籍出版社，2010 年），頁 174。

〔註73〕Alexander Wylie, Memorials of Protestant missionaries to the Chinese : Giving a list of their publications and obituary notices of the deceased, with copious indexes（Shanghae: American Presbyterian Mission Press, 1867），pp.27- 40.

彩，但不可否認，是外國人在中國設立的第一間編譯、出版機構；引進近代西方印刷機器和印刷技術，開啟當時國人視野及啟發思想，培養了一批通曉西學的知識份子如王韜（1828年～1897年）、李善蘭（1810年～1882年）等，對中國近代化的形成與中西交流產生相當大的影響，也讓文字宣教工作建立穩定的基地。

## 二、《特選撮要每月紀傳》創刊緣起

《察世俗每月統記傳》停刊一年後的1823年，麥都思繼承米憐未竟之業，於1823年，在巴達維亞創設《特選撮要每月紀傳》（A Monthly Record of Important Selection）（以下簡稱《特選撮要》，1823年～1826年），這是西方傳教士以漢文出版的第二份刊物。

刊物主要是為了續接已停刊的《察世俗》而辦，麥都思《中國現狀與展望》（China：Its State and Prospects）曾記述，「因米憐的早逝而停刊的中文期刊，也在巴達維亞復辦，每月發行一千份」。〔註74〕因此《特選撮要》宗旨、內容、風格、樣式與宣傳手法等皆以《察世俗》為張本，可惜僅持續到1826年便停刊，共出版四卷。

## 第四節　郭實獵與《東西洋考每月統記傳》
### （1833年～1838年）

在清朝嚴厲禁教政策下，郭實獵來華傳教方式及手法與馬禮遜、米憐、麥都思等相較，顯得更複雜、具爭議性，涉足領域最廣，各種形態的傳教活動，如：辦報、著述、辦學、軍事、醫學等，他全部實踐過，集結敬虔主義和浪漫主義於一身。他曾因連續三年對中國沿海考察而名噪一時，以創辦《東西洋考每月統記傳》傳名留聲，是來華新教傳教士漢文著作最多的人，同時亦是第一位創立內地傳教組織——福漢會（The Chinese Union），意為「欲漢人信道得福」，並影響後期香港信義宗的創始。〔註75〕綜觀其一生，眾說不一，

---

〔註74〕 Alexander Wylie, Memorials of Protestant missionaries to the Chinese: Giving a list of their publications and obituary notices of the deceased, with copious indexes（Shanghae: American Presbyterian Mission Press, 1867）, pp.331-332.
　　　　 Walter Henry Medhurst, China：Its State and Prospects,（Boston: Crocker& Brewster, 1838）, p.268.
〔註75〕 李志剛，〈郭士立牧師與中國信義宗之關係〉，《基督教與近代中國文化論文集

毀譽參半。本節首先撰述郭氏生平背景與東來經過，再說明創辦《東西洋考每月統記傳》，實是他對中國種種觀察後的反應。

## ‥郭實獵來華

郭實獵〔註76〕，Karl Friedrich August Gützlaff，又稱 Charles Gützlaff，中文譯名郭實臘、郭士立、郭甲立、郭施拉、居茨拉夫、卡爾‧郭茨拉夫，筆名爲愛漢者。是德國（前稱普魯士）波美尼亞省（Pomerania）人，1803年 7 月 8 日生於比列茲鎮（Pyritz），父親爲裁縫工匠，家境清貧，母親在郭實獵四歲時去逝，由繼母撫養。八歲在小學就讀時期，展現出對地理航海知識的特別興趣。十四歲因貧輟學，後得獲商人贈閱的《巴色雜誌》（Basle Magazine），讀後深爲其中所載的傳教士事蹟所感動，立志獻身成爲宣教士。

1820 年，適逢普魯士國王弗雷德里克‧威廉三世（Frederick William Ⅲ）訪問斯德丁（Stetin），郭實獵向國王獻上一首詩，表達想成爲海外傳教士的願望，進而通過國王特許的官方考試，得到繼續求學的機會。轉入柏林的仁涅克宣教學院（Janicke's Mission School）讀書，同時在柏林大學（University of Berlin）選修其他課程，包括學習六種不同國家的語言。1823 年畢業後，進入荷蘭傳教學院（Netherlands Missionary Society Seminary）深造。1825 年赴英探訪休假回國的馬禮遜與其他傳教士，見到馬禮遜帶回的一萬冊中國書籍和翻譯聖經等〔註77〕，自此，他便心儀於中國的宣教事工。1826 年，郭實獵畢業於荷蘭傳教學院，同年由荷蘭傳道會按立爲牧師，九月十一日動身前往東印度群島，1827 年到達目的地巴達維亞（Batavia）。

抵達巴達維亞後，結識 1820 年來的麥都思。郭實獵透過麥都思進一步瞭解到中國的情況，開始努力學習馬來語、閩南語、廣東話、福州話和客家話等，同時也和中國老師學習《論語》，閱讀中國經典，逐漸提升漢語能力。

1828 年，郭實獵與倫敦傳道的另一位宣教士湯雅各（Rev. Jacob Tomlin）

---

〔註76〕（二）》（臺北：宇宙光全人關懷機構，1993），頁 107～138。
本論文使用「郭實獵」，因他本人曾使用此三字簽名。詳見黃時鑑，〈《東西洋考每月統記傳》影印本導言〉，《東西交流史論稿》（上海：古籍出版社，1998年），頁 317。較近期出版的文獻亦多以「郭實獵」譯名，如：黎子鵬編注，《贖罪之道傳》——郭實獵基督教小說集》（臺北市：橄欖出版有限公司，2013年）。

〔註77〕Jessie Gregory Lutz, Opening China: Karl F.A. Gützlaff and Sino-Western Relations, 1827-1852,（Grand Rapids, Mich.：William B. Eerdmans Pub. Co., 2008），pp.32-33.

搭乘中國帆船北上暹羅（Siam，今泰國）的曼谷佈道，成為基督教進入暹羅的第一批宣教士。為宣教方便，他決定入籍福建同安的「郭」（Kwo）姓宗祠，並取名「實獵」（Shih-lee），〔註78〕改穿漢服，學習中國文化，以融入中國，獲得當地人民信任。1829 年，郭實獵被派往蘇門答臘工作，但與他專向華人宣教的志趣相違，遂脫離荷蘭傳道會，成為獨立宣教士。〔註79〕1829 年接受倫敦會的津貼，前往麻六甲協助倫敦會工作。1828 至 1831 年間，郭氏努力學習中國文化，積極爭取機會前往中國，對中國的節慶、禮俗、教育、飲食，甚至鴉片、偶像崇拜等都讓他感到好奇。〔註80〕

　　1831 年，郭實獵的夫人不幸難產，母女相繼過世，面臨雙重打擊，郭氏極其悲痛，卻未澆熄傳揚福音的心志，他堅定地向上帝禱告：「如果我這微不足道的生命能夠成就傳揚福音的大事，主啊！我在這裡！願祢的旨意成全。」〔註81〕此後，郭實獵穿起福建水手裝，展開 1831 到 1833 年間的中國沿海之旅。〔註82〕

　　1831 年，郭實獵搭乘「新順號」（Sin-shun）北上天津，沿途派發福音單張，並施醫贈藥。1832 年則以東印度公司譯員與外科醫生身分，搭乘「阿美士德號」（Lord Amherst），從澳門出發，途經南澳群島、廈門、臺灣、福州、上海、高麗和琉球等地。同年十月二十日，受鴉片商人查頓（William Jardine，1785 年～1843 年）的邀約，以最優渥待遇，贊助《東西洋考每月統記傳》六個月的經費。郭實獵作為獨立宣教士，獲得資金贊助是傳教工作的基礎，

---

〔註78〕Jessie Gregory Lutz, Opening China: Karl F.A. Gützlaff and Sino-Western Relations, 1827-1852,（Grand Rapids, Mich.：William B. Eerdmans Pub. Co., 2008），p.41.

〔註79〕Alexander Wylie, Memorials of Protestant missionaries to the Chinese：Giving a list of their publications and obituary notices of the deceased, with copious indexes（Shanghae: American Presbyterian Mission Press, 1867），p.54.

〔註80〕Jessie Gregory Lutz, Opening China: Karl F.A. Gützlaff and Sino-Western Relations, 1827-1852,（Grand Rapids, Mich.: William B. Eerdmans Pub. Co., 2008），pp.43-44.

〔註81〕Jessie Gregory Lutz, Opening China: Karl F.A. Gützlaff and Sino-Western Relations, 1827-1852,（Grand Rapids, Mich.：William B. Eerdmans Pub. Co., 2008），p.49.原文如下：If my unworthy life can serve the great cause, Lord here am I：let thy will be done.

〔註82〕郭實獵的航海紀錄首先連載在美國傳教士裨治文主編的英文期刊《中國叢報》（Chinese Repository）上。1833 年郭氏返回澳門後，才整理出版《中國沿海三次航行記：1831 年、1832 年、1833 年》（Journals of Three Voyages along the Coast of China in 1831, 1832 and 1833）。

鴉片貿易提供豐厚資金，使其背離傳教士應恪守的道德底線，郭氏在與他人多次諮詢，及內心經過一番躊躇掙扎，最後還是搭上裝滿鴉片的「施洛夫號」（Sylph），充當販賣鴉片的翻譯員，再次北上，到達山東半島與遼東半島，經過六個月航程，於 1833 年 4 月在澳門完成旅程。〔註83〕郭實獵根據這二次航行寫成《中國沿海三次航海記》（Journals of Three Voyages along the Coast of China in 1831, 1832 and 1833），對搭乘鴉片商船的不光彩行動，在遊記中隻字未提，仍側重紀錄傳教事工和與中國人民接觸的過程，派發福音小冊、施藥救濟，甚至有中國百姓邀請郭氏至家中作客的紀錄。〔註84〕就因郭實獵與鴉片商船間牽絲掛藤的關係，引起廣泛撻伐，吳義雄指出郭實獵「參與鴉片貿易的主要活動，就是跟隨鴉片販子在中國沿海售賣鴉片，充當鴉片販子的助手和翻譯」〔註85〕。

　　郭實獵另一遭人非議之處，便是濃厚的商業利益氣味〔註86〕，和在航行途中的軍事情報蒐集工作。魯珍晞（Jessie G. Lutz）稱他為「傳教士企業家」（missionary entrepreneur）〔註87〕。顧長聲則評論他「既傳教，又充當間諜，走私鴉片，直接參與過英國發動的侵華戰爭」〔註88〕郭氏曾仔細觀察各港口地理位置、軍事部署等，1832 年 6 月 30 日曾記錄上海吳淞口砲台，「認為最彆腳的軍隊都能攻破，不懂得砲台工事技術，依賴壁壘和圍牆的厚度，且火藥品質低劣，由於中國長期享有和平，所有軍事工作已經陷入腐敗」〔註89〕。

---

〔註83〕 Gutzlaff Charles, Journals of Three Voyages along the Coast of China in 1831, 1832 & 1833（London：Clay R., 1834），pp.413-450.
楊梓楠，〈從文字到鴉片：論鴉片戰爭前後郭實臘傳教方式的轉變〉，《莘章》第十七期，2012 年，頁 1～3。

〔註84〕 Gutzlaff Charles, Journals of Three Voyages along the Coast of China in 1831, 1832 & 1833（London：Clay R., 1834），p.83.

〔註85〕 吳義雄，《在宗教與世俗之間：基督教新教傳教士在華南沿海的早期活動研究》（廣州：廣東教育出版社，2000 年），頁 234。

〔註86〕 郭氏與英國商館高級職員在 1832 年合傳「中國北岸港口報告」（Report of Proceedings on A Voyage to the northern ports of China），以商業利益角度剖析中國。

〔註87〕 Jessie G. Lutz, Christianity in China: Early Protestant Missionary Writings（Cambridge, Mass.: Harvard University Press, 1985），pp.61-87.

〔註88〕 顧長聲，《從馬禮遜到司徒雷登——來華新教傳教士評傳》（上海：上海人民出版社，1985 年），頁 50。
顧長聲，《傳教士與近代中國》（上海：上海人民出版社，2004 年），頁 29～31。

〔註89〕 Gutzlaff Charles, Journals of Three Voyages along the Coast of China in 1831, 1832 & 1833（London：Clay R., 1834），pp.293-294.原文：But the powder is very bad, the guns are ill-served and worse directed, their touch-holes are often very

甚至在七月八日的航行記中寫著：「假使我們攻擊中國，中國軍隊根本無法抵擋超過半小時……。這些情形我們將查明弄清並寫成報告，以吸引傳教士和商人們的注意，前往這有趣的地方」〔註 90〕1840 年，鴉片戰爭時，甚至擔任英軍司令官的翻譯和嚮導，並參與及起草《南京條約》，雷雨田就曾評論他「在中國近代史上扮演過極不光彩的角色」〔註 91〕。

　　郭實獵認為無論通過任何途徑，只要便於深入中國內地宣教即可，這樣的宣教策略與處事風格，為後人留下攻擊的把柄，十分遭人詬病。英國傳教士合信（Benjamin Hobson，1816 年～1873 年）指責他的行為「全然是瘋狂的、奇特的與不可理解的」〔註 92〕，理雅各（James Legge，1815 年～1897年）甚至評論他是「世界上最大的騙子之一」〔註 93〕。

## 二、《東西洋考每月統記傳》創刊緣起

　　十九世紀三〇年代，中國與西方往來情況，出現些許變化，英國向中國非法輸入鴉片更猖獗，行動更肆無忌憚，清政府依舊施行禁教政令，但他們無視禁令。特別是准許外國人與中國人進行貿易的唯一口岸「廣州」，經多年開放，大量外國人匯聚，人數逐年增加，建立許多商會，也累積中西雙方交流溝通的經驗。〔註 94〕外國商人與清朝地方官員間，為彼此利益，形成一套潛規則，彼此友好。雖禁令未除，但廣州離北京畢竟太遠，統治者鞭長莫

wide, they are made without proportion, and I am fully persuaded that some of them would more endanger the gunner's life than his at whom they were aimed. From the long peace which China has enjoyed, all their military works have fallen into decay.

　　顧長聲，《傳教士與近代中國》（上海：人民出版社，2004 年），頁 30。

〔註 90〕Gutzlaff Charles, Journals of Three Voyages along the Coast of China in 1831, 1832 & 1833（London：Clay R., 1834），p.310.原文：Had we come hither as enemies, they whole army would not have resisted half an hour, for they were all dispirited…… All this we have fully ascertained, and make report of it to draw the attention of missionaries, as well as merchants, to this interesting field.

〔註 91〕雷雨田主編，《近代來粵傳教士評傳》（上海：百家出版社，2004 年），頁 116。

〔註 92〕轉引自蘇精，《上帝的人馬：十九世紀在華傳教士的作為》（香港：基督教中國宗教文化研究社，2006 年），頁 34。

〔註 93〕同上。

〔註 94〕李國榮、林偉森，《清代廣州十三行紀略》（廣州：廣東人民出版社，2006 年），頁 71～74。

　　廣州歷史文化名城研究會，廣州市荔灣區地方志編纂委員會編，《廣州十三行滄桑》（廣州市：廣東省地圖出版社，2001 年），頁 29～51、103～117。

及。與馬禮遜、米憐初來之時比較，傳教士際遇處境有所改善。到三○年代，甚至成立「基督教聯合會」（The Christian Union of Canton）、「中國海員教友會」〔註95〕等基督教團體組織。

傳教士們在洋商協助下，爲他們日後在廣州辦報和傳教做好鋪墊，也促使郭實獵能有機會近距離接觸中國。透過三次中國沿海探訪，以西方背景及眼光，揭示出十九世紀中國對外面世界的冷漠蒙昧和無知無感，長期天朝盛世，使軍事陷入腐化；對世界的認識，侷限在上古文獻的經典記載；對醫藥觀念，停留在哲學思維與經驗想像〔註96〕；對西方人、事、物的誤解輕蔑，長期以野蠻人（barbarians）、黑鬼（hak-kwea）或紅毛（Hung-maon）稱呼西方人〔註97〕，以及中國社會自身存在許多「重男輕女」、「溺嬰」〔註98〕陋習等現象。

同時，郭實獵在與中國居民接觸時發現，沿海隨處可見媽祖廟林立，多次參訪媽祖廟後，對以食物爲祭品、漁民出海祭拜的儀式等，感到不解和憤怒，甚至與同船爭辯，認爲媽祖若是神，把媽祖擲入海中看她能否自救？〔註99〕「如果你害怕把偶像（媽祖）扔到海中，我來做，並承受後果。你會知道只有一位神，就像天空中只有一顆太陽」〔註100〕。在論及佛教，他認爲「偶像系統太複雜……他們忍受各種形式偶像崇拜，接納各種偶像。」〔註101〕。就道教，他認爲「他們瞥見至高者的存在，……但他們沒有排拒偶像崇拜，甚至宣

〔註95〕鄭根連，《那些活躍在近代中國的西洋傳教士》（臺北市：新銳文創出版，2011年），頁156。
　　　　譚樹林，《馬禮遜與中西文化交流》（杭州市：中國美術學院出版社，2004年），頁267。
〔註96〕Gutzlaff Charles, Journals of Three Voyages along the Coast of China in 1831, 1832 & 1833（London: Clay R., 1834）, pp.129-130.
〔註97〕Gutzlaff Charles, Journals of Three Voyages along the Coast of China in 1831, 1832 & 1833（London：Clay R., 1834）, pp.288-289.
〔註98〕Gutzlaff Charles, Journals of Three Voyages along the Coast of China in 1831, 1832 & 1833（London：Clay R., 1834）, pp.174-175.
〔註99〕Gutzlaff Charles, Journals of Three Voyages along the Coast of China in 1831, 1832 & 1833（London：Clay R., 1834）, p.80、97、154-155、190-191.
〔註100〕Gutzlaff Charles, Journals of Three Voyages along the Coast of China in 1831, 1832 & 1833（London：Clay R., 1834）, pp.117-118.原文：If you are afraid to throw the idol into the weaves, I will do it, and abide the consequences. You have heard the truth, that there is only one God, even as there is only one sun in the firmament.
〔註101〕Gutzlaff Charles, Journals of Three Voyages along the Coast of China in 1831, 1832 & 1833（London：Clay R., 1834）, p.328.

揚偶像崇拜」〔註102〕。面對中國興盛的「偶像崇拜」、「異教信仰」，和儒家文化建立根深蒂固思想，中國自古以來對「天」、「上帝」的觀念和基督宗教「上帝」的差異，或甚至中國人對「宗教」的解釋〔註 103〕等，都是阻礙福音傳入的原因。

　　以上種種觀察和體認，促使郭實獵決定在 1833 年，創辦第一份在中國境內（廣州）出版的漢文報刊——《東西洋考每月統記傳》（Eastern Western Monthly Magazine）（以下簡稱《東西洋考》，1833 年～1838 年），希望中國人能拋去自恃驕傲，打開中國人眼界，破除西方是蠻夷之邦的誤解，希望上帝的福音能打開中國人的心門，敲醒古老中國的大門。

---

〔註 102〕Gutzlaff Charles, Journals of Three Voyages along the Coast of China in 1831, 1832 & 1833（London：Clay R., 1834），p.327.

〔註 103〕詳參 Gutzlaff Charles, Journals of Three Voyages along the Coast of China in 1831, 1832 & 1833（London：Clay R., 1834），pp.370.Religions of China 一章。原文：The tie which unites the visible with the invisible world, which reaches over the distance between man and God, is religion. It is the most precious gift of God to men：by it, a world of wickedness is preserved from that desolation, which would be the immediate consequence of the absence of all true religion from the earth. But the name of religion has been often given to systems of mere falsehood delusion：in which the adoration of the Being has been neglected for the service of his creatures：and by which man, instead of being "brought nigh," has been more from God.

# 第三章　傳教士早期漢文報刊析述

　　前章探討晚清禁教背景與時代特殊性，促成傳教士「文字宣教」的著述動機；藉由「漢文報刊」作爲傳播的媒介，達到宣教的目的。本章將聚焦鎖定《察世俗每月統記傳》、《特選撮要每月紀傳》和《東西洋考每月統記傳》三份相互關聯的報刊，就其內容進行剖析。從創刊之初，傳教士們仿效中國書籍樣式，將儒家經典思想鎔鑄轉化，運用既有的西方現代化知識結合基督教教義，尋找中西會通的可能性；到漸次調整傳教手法，改變書寫策略，潛藏宗教福音於文本之後。嘗試重塑中國人的觀念體系，扭轉蠻夷誤解；使報刊成爲一種中西文化交流、碰撞、融合的場域。

## 第一節　《察世俗每月統記傳》版式與內容

　　《察世俗每月統記傳》（Chinese Monthly Magazine）（以下簡稱《察世俗》）是新教傳教士最早創立的漢文報刊。雖因清代禁教政策的緣由，始創辦於中國境外——麻六甲，卻是中國近代化報刊的肇始。本論文主要根據哈佛燕京圖書館（Harvard–Yenching Library）提供膠卷資料〔註1〕與「中國近現代思想及文學史專業數據庫（1830～1930）」〔註2〕數位化影像，對《察世俗》報刊

〔註1〕《察世俗》原文膠卷透過國家圖書館張瀚云小姐，協助與哈佛燕京圖書館，館際借閱申請，特此誠摯致謝。
〔註2〕《察世俗》數位化資料，取自臺灣政治大學「中國近現代思想及文學史專業數據庫（1830～1930）」計畫辦公室所提供檢索服務（原由香港中文大學中國文化研究所當代中國文化研究中心研究開發，現由香港中文大學與臺灣政治大學共同合作），謹致謝意。

樣式與內容作概要析述：

## 一、版式結構與出版印刷

《察世俗》爲月刊形式，以陰曆記載出版年月，全年合訂爲一卷。創刊始自嘉慶乙亥年（1815年8月），學界已有共識，但止於何時、總出版期數等，學界仍存許多疑竇與不同說法。筆者通過查閱微縮資料認爲，《察世俗》的發行，止於道光壬午年（1822年3月），總共八卷〔註3〕。但前幾卷期數並不整齊，第一卷嘉慶乙亥年七月（1815年8月）到嘉慶乙亥年十二月（1816年1月），僅六期。第二卷爲嘉慶丙子年二月（1816年3月）至嘉慶丙子年十月（1816年11月），其中一月、十一月、十二月未出刊，八、九月合刊，六月多增閏六月一期，共出九期。第三卷至第五卷，均各出十二期。第六卷、第七卷則月份未清楚分界。第八卷筆者僅見二月一期，應與米憐生病，最終辭世有關，按理依序應爲第八卷，實際文本下端仍刻印「卷七」。

報刊外觀仿中國線裝書本式樣，木板雕印，創刊號版框長十八點八公分，寬十四點五公分，以後略有增減，報刊封面版式影像詳附錄一。〔註4〕自創刊號到第二卷第四期爲半頁七行，一行二十個字。第二卷第五期後至第六卷第一期，改爲半頁八行，一行二十個字。以後至六卷第一期「勸世文」該頁起，增爲半頁九行，一行二十四個字，並延續至停刊，應是爲增加收錄內容而改變行數及字數。正文版框四周雙黑邊「邊框」，是承接簡牘形式流傳的中國古書特色之一，同時具備中國古書版式「天頭」、「地腳」以及「魚尾」和「葉次」〔註5〕。封面正中央爲名稱「察世俗每月統記傳」，上方爲清

---

〔註3〕大部分學者多認爲《察世俗》出版至道光辛巳年（1821年）爲七卷（如：卓南生，《中國近代報業發展史》（北京：中國社會科學出版社，2002年，頁18。方漢奇，《中國新聞事業通史》第一卷（北京：中國人民大學出版社，1992年，頁260等等。）但筆者查閱國家圖書館微縮資料（Protestant missionary works in Chinese. A, Christianity in general.），親見「道光壬午年二月」卷期，與趙曉蘭、吳潮自「中國國家圖書館」所見（詳參：趙曉蘭、吳潮，《傳教士中文報刊史》（上海：復旦大學出版社），頁41～43；蘇精遍覽「大英圖書館」及「倫敦傳教會當時檔案」所見結果相同（詳參：蘇精，《馬禮遜與中文印刷出版》（臺北：學生書局，2000年），頁157）。故筆者目前確認《察世俗》至少出版到道光壬午年（1822年）。

〔註4〕蘇精，《馬禮遜與中文印刷出版》（臺北：臺灣學生），頁160。

〔註5〕曾啓雄、林長慶，《中國古書編輯研究》（國科會計畫，2001年），頁20。翁雅昭，《清代古書編輯與印刷字體特性之研究》（雲林：雲林科技大學視覺

帝年號，左側寫「博愛者纂」，爲米憐筆名。右側題有「子曰多聞擇其善者
而從之」。語出《論語・爲政篇》「多面聞闕疑，愼言其令，則寡尤」〔註6〕
和《論語・述而篇》「三人行必有我師焉。擇其善者而從之，其不善者而改
之」〔註7〕。巧妙運用儒家傳統思想經典傳達基督教要義，增加中國人接受度。
這種封面設計後來成爲早期基督教在中國漢文報刊出版的標準樣式。〔註8〕

　　正文內頁對開，直式書寫，於右上和左上方記《察世俗》三字，下方記
頁次（詳附錄一）。各卷合訂本目錄另刻一頁。內文每篇篇名獨立成行，內
頁文句右旁圈點作爲斷句，並偶附與內文相關之插圖。正文框上方時有小字
引註聖經經文出處。版刻字型除第一卷九月、十月兩期爲楷體外，餘爲宋體。

　　《察世俗》每期四至十頁不等，最初三年每月印刷五百份左右，第四年
九百份，1819年（第五卷）每月達一千份，後增至兩千份。〔註9〕透過米憐在
《察世俗》刊登的《告帖》〔註10〕及回憶錄敘述〔註11〕可知，該刊以免費贈
閱方式，以東南亞各地華僑及中國本土的中國人爲對象。沒有固定發行渠道，

---

　　　　　傳達設計研究所碩士論文，2004年），頁88。
〔註6〕　〔清〕阮元校刻，《十三經注疏・附校勘記》（下冊）（北京：中華書局，1980
　　　　　年），頁2462。
〔註7〕　〔清〕阮元校刻，《十三經注疏・附校勘記》（下冊）（北京：中華書局，1980
　　　　　年），頁2483。
〔註8〕　趙曉蘭、吳潮，《傳教士中文報刊史》（上海：復旦大學出版社），頁40。
〔註9〕　《察世俗》頁數複雜，實際頁數與米憐自記、麥都思和偉烈亞力記載共五百
　　　　　二十四均不同。據米憐和麥都思記錄合訂本印刷份數如下：1815年725冊；
　　　　　1816年815冊；1817年800冊；1818年500冊；1819年1千冊；1820和1821
　　　　　年各2千冊。
　　　　　William Milne, A Retrospect of the First Ten Year of the Protestant Mission to
　　　　　China,（Malacca: the Angle-Chinese press, 1820），p.156、269.
　　　　　Walter H. Medhurst, China：Its State and Prospect（Boston: Crocker& Brewster,
　　　　　1838），p.268.
　　　　　Alexander Wylie, Memorials of Protestant missionaries to the Chinese: Giving a
　　　　　list of their publications and obituary notices of the deceased, with copious indexes
　　　　　（Shanghae: American Presbyterian Mission Press, 1867），pp.19-20.
〔註10〕　「凡屬呷地各方之唐人，願讀察世俗之書者，請每月初一二三等日，打發人
　　　　　來到弟之寓所受之。若在葫蘆檳榔、暹羅、安南、咖喇吧、寥裡、龍牙、丁
　　　　　幾宜、單丹、萬丹等處，所屬各地方之唐人，有願看此書者，請於船到呷地
　　　　　之時，或寄信與弟知道，或請船上的朋友來弟寓所自取，弟即均爲奉送可也。
　　　　　愚弟米憐告白」。詳見《察世俗》第一卷卷尾。
〔註11〕　William Milne, A Retrospect of the First Ten Year of the Protestant Mission to
　　　　　China,（Malacca: the Angle-Chinese press, 1820），p.155.

主要散發於麻六甲及南洋各地，米憐等人嘗試贈予往來中國沿海，與麻六甲間的船隻與水手，流行於通商口岸。〔註12〕《中國叢報》（The Chinese Repository）提到三年來，月印五百份，藉船舶之便，帶至南洋群島、暹羅等地，而內地實有輸入，送至北京（Peking）、南京（Nanking）與中國各地，近者改印一千份，需要大增，銷路漸暢。〔註13〕到報刊發行第五年，《察世俗·釋疑篇》曾寫到傳播情形，「此《察世俗》書、今已四年分散于中國幾省人民中、又于口外安南、暹羅、加拉巴、甲地等國唐人之間。蓋曾印而分送于人看者、三萬有餘本、又另所送各樣書亦不爲不多矣。」〔註14〕《特選撮要·序》也提到《察世俗》「分送中國幾省人民中、及外邦安南、暹羅、日本等國、又三抹、息力、檳榔嶼、各處地方、唐人之間、約有十餘萬本」〔註15〕。另外，部分由倫敦傳道會教士轉發。〔註16〕

## 二、宗旨性質與內容特徵

報刊編務工作主要由米憐全盤負責，所載文章多出其手。馬禮遜、麥都思和梁發等人曾提供後幾期稿件。〔註17〕馬禮遜和米憐創辦《察世俗》的宗旨是以「闡發基督教教義爲根本要務」。從米憐創刊序中得到體現，首先解釋「一神」的概念，期許對外國人持偏見的中國讀者能瞭解、比較「萬世、萬

〔註12〕 戈公振〈中國報紙進化之概觀〉。收錄於張靜廬輯注，《中國近現代出版史料·現代丁編》上冊（上海：上海書店出版社，2003年），頁11。

〔註13〕 Literarary Notices, The Chinese Repository, vol.3.4, 1834, p.185.

〔註14〕 《察世俗·釋疑篇》第五卷，頁24。
本文所引《察世俗》原文內容，標點符號依據原文標示。

〔註15〕 《特選撮要·序》第一卷。

〔註16〕 轉引自蘇精，〈近代第一種中文雜誌：察世俗每月統記傳〉《書目季刊》第二十九卷，第一期，頁3102。原載於倫敦傳道會檔案，麻六甲，1822年2月15日。

〔註17〕 Alexander Wylie, Memorials of Protestant missionaries to the Chinese: Giving a list of their publications and obituary notices of the deceased, with copious indexes（Shanghae: American Presbyterian Mission Press, 1867），p.19.
黎尚健認爲後期《察世俗》上刊登的韻文小品與嶺南民間社會廣泛流行的歌謠、順口溜句式極相似，透露出的白府廣語音韻明顯，很可能出自梁發等華人之手。詳參黎尚健，〈論梁發在我國近代中文報刊創辦中的作用與貢獻〉，《廣東教育學院學院》第二十九卷，第四期，2008年8月，頁52～57。
Robert Morrison, Memoirs of the Rev. William Milne, D.D. late missionary to China, and principal of the Anglo-Chinese college（Malacca: the mission press, 1824），P.76. 該篇米憐僅提到若干篇爲馬禮遜與麥都思所撰，未提及梁發。

處、萬種人」,「察」明「世俗人道」,求得客觀眞理,分辨是非善惡:

> 無中生有者、乃神也。……但世上論神多説錯了。學者不可不察。
> 因神在天上而現著其榮、所以用一個天字指著神亦有之。既然萬處
> 萬人皆由神而原被造化、自然學者不可止察一所地方之各物。單問
> 一種人之風俗。乃需勤問及萬世、萬處、萬種人,方可比較、辨明
> 是非、眞假矣。……所以學者要勤功察世俗人道。致可能分是非善
> 惡也。〔註18〕

米憐還仔細觀察到閱讀群眾,考慮讀者不同層次及需要,明確點出編寫《察世俗》時,宣揚基督要義是最大目的。米憐自謂「首要目標是宣揚基督教;其他方面的內容儘管被置於基督教的從屬下,但也不能忽視。」〔註19〕故報刊內容除「神理」之外,還包括「人道」、「國俗」、「天文」、「地理」、「偶遇」幾方面:

> 看書者之中有各種人。上、中、下三品、老少、愚達、智昏皆有。
> 隨人之能曉、隨教之以道。故察世俗書必載道裡各等也。神理、人
> 道、國俗、天文、地理、偶遇、都必有些。隨道之重遞傳之。最大
> 是神理。其次人道。又次國俗。是三樣多講。其餘隨時順講。〔註20〕

就文章篇幅和安排,米憐談到「但人最悅彩色雲、書所道理要如彩雲一般、方使眾位亦悅讀也。……因此察世俗書之每篇必不可長、也必不可難明白。」〔註21〕《察世俗》中的文章多以「短文」論述,連載與短篇並舉,又將一主題分若干章節,類似中國章回小說分回形式。每一章節盡量符合以「頁」爲單位的版面字數,便於閱讀和刻工,日後亦可隨時根據需求,取所需頁面再版印刷。

內容則追求通俗易懂,除宗教闡述外,夾雜故事、寓言、報導等,吸引讀者,蘊含世俗讀物的特徵,現就《察世俗》內容,簡要分成數類,詳細篇目分類見附錄二:

### (一)神理宗教

《察世俗》最重要的主題就是「神理」。檢視此八卷目錄,共一百六十

---

〔註18〕《察世俗‧序》第一卷,頁1~2。
〔註19〕William Milne, A Retrospect of the First Ten Year of the Protestant Mission to China,（Malacca: the Angle-Chinese press, 1820）, p.154.
〔註20〕《察世俗‧序》第一卷,頁3。
〔註21〕《察世俗‧序》第一卷,頁3~4。

八篇。第一卷十二篇，第二卷十一篇，第三卷二十五篇，第四卷二十九篇，第五卷二十七篇，第六卷三十三篇第七卷三十一篇，第八卷一篇。部分篇章內容爲闡述神理教義，但形式卻是假託少年之手所寫文章，仍以主要內容爲歸類準則。

　　細覽後發現前四年刊載傳教文章，多開門見山地闡述基督教要義、批判異教或比較基督教與異教差異等。第五卷開始出現寓言、故事、比喻等包裝手法傳教。其中最著名的長篇連載〈張遠兩友相論〉，是第一部具故事情節、敘事要素，且模仿古典章回小說分回形式的文章，就其啓發意義與影響力而言，開啓了傳教士小說文學傳教的先河，出版後一再重刻或增訂，1831 年在麻六甲重版，1836 年在新加坡再版，1844 年在香港刻印修訂本，以後在上海、寧波等地都有修訂本，書名改爲《長遠兩友相論》、《二友相論》和《甲乙兩友相論》等。估算到 1861 年爲止，共有十三種版本。〔註 22〕

　　高田時雄編：《映日書屋所藏閩南語教會羅馬字文獻目錄》〔註 23〕所收羅馬拼音閩南語宗教書目，有附錄一條，書名爲《TieⁿUan Liang-iuSiang-lun，ek-tso Tie-chiu Peh-ue》，其實就是譯爲羅馬拼音的潮州話版《張遠兩友相論》，於 1886 年出版，揣度有各種方言的譯本。〔註 24〕

　　至二十世紀初，估計此書印行已多達十萬至兩百萬冊，是歷來最暢銷的宗教小冊，〔註 25〕被看作中國近代小說或通俗小說，已被收入於多本小說目錄之中。〔註 26〕郭實獵 1833 年在中國沿海旅行便提到，隨行帶了很多宗教書

〔註 22〕 Alexander Wylie, Memorials of Protestant missionaries to the Chinese : Giving a list of their publications and obituary notices of the deceased, with copious indexes（Shanghae: American Presbyterian Mission Press, 1867），pp.16-17.

〔註 23〕 http://www.docin.com/p-216358161.html，頁 3。2009 年 3 月改訂。
TieⁿUân Liang-iú Siang-lun，ék-tsò Tie-chiu Péh-uè

〔註 24〕 陳慶浩，〈新發現的天主教基督教古本漢文小說〉。收錄於徐志平主編，《傳播與交融——第二屆中國小說與戲曲學術研討會論文集》（臺北市：里仁，2006 年），頁 473。

〔註 25〕 Daniel H. Bays, "Christian Tracts: The Two Friends," in Christianity in China: Early Protestant Missionary Writings, edited by Suzanne Wilson Barnett and John King Fairbank（Cambridge, Mass.: Harvard University Press, 1985），p.23.

〔註 26〕 江蘇省社會科學院明清小說研究中心文學研究所編，《中國通俗小說總目提要》（北京：中國文聯出版公司，1990 年），頁 753。
劉葉秋等編，《中國古典小說大辭典》（石家莊：河北人民出版社，1998 年），頁 844。
樽本照雄編，《新編增補清末民初小說目錄》（濟南：齊魯書社，2002 年），頁

籍分發附近居民，其中《張遠兩友相論》是最打動他們的，受到當地讀者喜愛。〔註 27〕在《中國叢報》也曾有一名作者大力推薦該小說，稱讚其中包含大量普通人常用語彙，是學習漢語的好工具。〔註 28〕

　　〈張遠兩友相論〉自 1817 年 9 月起，連續刊載兩年，藉由兩位虛擬人物——中國基督徒代表「張」（Chang），和對福音好奇的鄰居「遠」（Yuen），透過十二回的對談，以問答體來揭示基督教義。文中試圖附會引據儒家思想、中國經典、古訓諺語等，連結基督要義與部分中國儒家精神。

　　神理宗教類中，演述《聖經‧創世紀》的〈古今聖史紀〉，自第一卷連載至第五卷〔註 29〕，為篇幅最長者。〈聖書節註〉亦為連載，近乎每期一訓，摘引《聖經》經句，以大字體標示，下面再加以說明註釋。於 1818 年，在麻六甲集結出版《聖書節註十二訓》〔註 30〕，包括「論神主」、「論信有神」、「論人心本惡」、「論神恩顯著」、「論永福永禍」等十二篇。〔註 31〕

---

938。
〔註 27〕 Gutzlaff Charles, Journals of Three Voyages along the Coast of China in 1831, 1832 & 1833（London：Clay R., 1834），p.440.
〔註 28〕 Study of the Chinese Language, The Chinese Repository, Vol.8.7,1839, p.344.原文：After reading "The Two Friends" I would write Chinese, either translating or composing, half an houe or an hour daily.
〔註 29〕 第一卷：第一回論天地萬物之受造。
　　　　第二卷：第二回論萬物受造之次序；第三回論世間萬人之二祖；第四回論人初先得罪神主；第五回論人初先得罪神關係。
　　　　第三卷：第六回論神主之初先許遣救世者；第七回論始初設祭神之禮；第八回論始祖姙初生之二子；第九回論在洪水先之列祖；第十回論洪水；第十一回復論洪水；第十二回論挪亞與三子；第十三回論建大塔及混世人之言語。
　　　　第四卷：第十四回論亞百拉罕；第十五回論亞百拉罕之遊行於加南；第十六回論亞百拉罕至以至比多；第十七回論亞百拉罕及羅德相和；第十八回論米勒其西得；第十九回論撒利及夏厄耳；第二十回論所多馬及我摩拉；（以下為卷二）第一回論以撒革及以實馬以勒；第二回論亞百拉罕之獻以色革；第三回論撒拉之死；第四回論亞百拉罕替以撒革娶妻。
　　　　第五卷：第五回論牙可百及以叟；第六回論牙百遊下攔；第七回論牙可百娶親而回本地。
〔註 30〕 Alexander Wylie, Memorials of Protestant missionaries to the Chinese : Giving a list of their publications and obituary notices of the deceased, with copious indexes（Shanghae: American Presbyterian Mission Press, 1867），p.16.
〔註 31〕 《聖書節註十二訓》詳參柏林國家圖書館，數位典藏材料。
　　　　http://digital.staatsbibliothek-berlin.de/dms/werkansicht/?PPN=PPN3308102986&

## （二）人道倫理

誠如前文所述，米憐爲接近中國讀者，大量引用儒家經典，而儒家倡導的倫理道德，與上帝所喜悅的特質表現不謀而合，正好提供米憐有利的切入點，同時降低中國人對《察世俗》，這類宗教意味濃厚報刊的抗拒性。如：〈忠人難得〉、〈父子親〉、〈夫婦順〉、〈自所不欲不施之于人〉等，不僅將儒家思想轉化運用在內容亦呈現在篇名上。神理宗教與人道倫理兩類文章是《察世俗》精華，共計一九四篇，約占百分之八十。

## （三）天文科學

米憐爲打破報刊「宗教道德」的枯燥感，在編輯報刊時，他是有所規劃的，「有時刊登天文學、歷史傳記、重大政治事件等，但還不是很夠」〔註32〕。米憐曾言：「知識和科學是宗教的婢女，而且也會成爲美德的輔助者。（Knowledge and science are the hand-maids of religion, and may become the auxiliaries of virtue.）……關於天文學最簡單顯而易見的原理……給本刊增加一些變化。」〔註33〕因此，從第二卷起，先後發表「天文地理論」系列，〈論日居中〉、〈論行星〉、〈論月〉、〈論日食〉、〈論月食〉等，其中第五回〈論地周日每年轉運一輪〉，以讀者口吻發出疑問，地球西向東轉行爲何日、月卻是東向西去？「夫地若果有這樣動行、難道人嘗不覺其動麼？若日月星果不自東至西行、難道人皆估錯了麼？」〔註34〕對此，文章舉行船爲例說明。又問「地像爲圓的、又地常環運轉行。若果如此……豈不是在下面者立不穩當、將落下離地而去乎？」〔註35〕，編纂者以萬有引力原理解釋，清楚而準確，具重要意義。

還檢附插圖，批評民間「天狗吃月」的傳聞，介紹科學天文知識給中國讀者，積極地破除迷信。但另一方面，在傳教士角度，「知識」、「科學」是爲宗教服務，「再者天地萬物、不止神所造、乃又是其所宰制也」〔註36〕，最終目的仍盼領人歸向上帝。

---

DMDID=DMDLOG_0000

〔註32〕William Milne, A retrospect of the First Ten Years of the Protestant Mission to China,（Malacca: the Angle-Chinese press, 1820）, p.155.

〔註33〕William Milne, A retrospect of the First Ten Years of the Protestant Mission to China,（Malacca: the Angle-Chinese press, 1820）, pp.154-155.

〔註34〕《察世俗·論地周日每年轉運一輪》第二卷，頁100。

〔註35〕《察世俗·論地周日每年轉運一輪》第二卷，頁101。

〔註36〕《察世俗·天文地理論》第二卷，頁84。

## （四）國俗史地

此類文章以第六卷起開始連載的〈全地萬國紀畧〉篇幅最長，共分十一回。簡要介紹全球分歐洲（有羅巴）、亞洲（亞西亞）、非洲（亞非利加）、美洲（亞默利加）四大洲，概述各洲國名、首都、人口、語言等，各國詳略殊異，體例不一。不僅關注君主朝代更迭，國勢民情等灌注期間，經整理後於1822年，以單本發行。﹝註37﹞

其他單篇還有第六卷關於阿拉伯半島的「山野之船」、列舉英國缺乏茶、蔗、棉花等經濟作物的「英國土產所缺」、和描述自一七八九年法國大革命，至1815年恢復和平二十六年間，歐洲國家情勢的「法蘭西國作變復平畧傳」。鄒振環認為這是目前可見最早關於法國大革命和拿破崙的漢文文獻﹝註38﹞；第七卷的「先行船沿亞非利加南崖論」，則敘述狄亞士、達伽馬航行非洲至印度的經過。使報刊增加多元內容，並向中國人引證西方世界觀與西方歷史。

## （五）文　學

文學類文章是透過寓言、故事、詩歌「彩色雲」方式包裝，傳達教義或道德眞理，增加可讀性。米憐曾自伊索寓言翻譯六篇小故事：第五卷〈貪之害說〉（貪心的狗）、〈忙速求富貴之害論〉（生金蛋的鵝）、〈負恩之表〉（農夫與蛇）、〈蝦蟆之喻〉（蝦蟆與牛）；第六卷〈驢之喻〉（驢之喻）；第七卷〈羊過橋之比如〉（羊過橋）等，在篇後附解喻及評論，雖篇數不多，但深具翻譯文學意義，相較明末清初耶穌會的譯介，米憐稱得上是新教發軔。﹝註39﹞

詩文部分則有〈年終詩〉、〈新年詩〉、〈六月察世俗總詩〉、〈少年人作之詩〉等，雖非筆底生花，揚葩振藻，但對「外籍傳教士」而言，已不失文學況味。另自1821年起闢有〈少年人篇〉數篇，具青少年專欄的雛型，以少年人為對象，講述人生箴言或道德警句。值得一提的是，第七卷〈英吉利國字語小引〉引自馬禮遜編輯《華英字典》辭典，﹝註40﹞介紹英國語言和二十六

---

﹝註37﹞ Alexander Wylie, Memorials of Protestant missionaries to the Chinese : Giving a list of their publications and obituary notices of the deceased, with copious indexes（Shanghae: American Presbyterian Mission Press, 1867），p.18.

﹝註38﹞ 鄒振環，《西方傳教士與晚清西史東漸：以1815至1900年西方歷史譯著的傳播與影響為中心》（上海：上海古籍出版社，2007年），頁47。

﹝註39﹞ 顏瑞芳，《清代伊索寓言漢譯三種》（臺北市：五南，2011年），頁3。

﹝註40﹞ 黃興濤，〈第一部中英文對照的英語文法書——《英國文語凡例傳》〉，《文史知識》第三期，2006年，頁57～63。

個字母，促進中國人對外國語言的認識。

## （六）時事新聞

綜觀《察世俗》，真正具新聞即時性的文章寥寥可數，以第一卷八月刊登的〈月食〉：「照查天文、推算今年十一月十六日晚上、該有月食。始蝕於酉時約六刻。復原於亥時約初刻之間。若是此晚天色晴明、呷地諸人俱可見之」〔註41〕最具代表。另外就是〈立義館告帖〉和〈嗎嘞呷濟困會〉相關報告。〈立義館告帖〉是告知讀者，米憐創辦的一間學校，開始免費招生，教導子弟「讀書、寫字、打算盤」，「所有束金、書、紙、筆、墨、算盤等項、皆在弟費用」。〔註42〕〈嗎嘞呷濟困會〉爲一慈善救濟團體，相關報告記錄當地或附近區域華人、西洋人濟助雙方情況，以及會計詳情。

## 三、小　結

由上觀之，《察世俗每月統記傳》是新教開展文字傳教的新嘗試，作爲中國近代第一份漢文報刊，儘管文學性粗糙，未脫宗教服務領域，傳播效果也不盡理想，中西隔閡，一夕難破，但米憐不畏主觀條件、客觀環境、漢語程度等，極力寫作、出版，留意所面對的讀者，精神可感。他將西方概念引進中國，特別是爲打破單調穿插的「西學」，卻無意爲西方進入中國開啓捷徑，該報的成立，亦爲日後中國近現代報刊奠定基礎。

《察世俗每月統記傳》雖出自西方傳教士筆下，但不論樣式版型或是內容風格、行文筆法都散發強烈的「中國風」，編輯盡量貼近中國的文化傳統，靈巧運用明代教士利瑪竇「耶儒」傳教的策略，竭力將基督教義置入儒學思想中；並借鑑傳統章回小說手法，通過介紹西方科學地理等知識，委婉地與自恃文化優越、天朝子民的中國人進行對話，尊重中國讀者閱讀習慣及迎合中國讀者心理。在艱難險阻的禁教困境中，找到一條報刊出版的通路。

## 第二節　《特選撮要每月紀傳》版式與內容

繼《察世俗》後，米憐的助手──麥都思於1823年，在巴達維亞創辦一份名爲《特選撮要每月紀傳》（A Monthly Record of Important Selections）（以

---

〔註41〕《察世俗・月食》第一卷，頁8。
〔註42〕《察世俗・立義館告帖》第一卷，頁5。

下簡稱《特選撮要》）的漢文報刊。麥都思曾在米憐病重期間，協助管理印刷所工作，代爲編纂《察世俗》，從而體認創辦報刊輔助傳教的重要性與可行性。米憐去逝後，麥式繼承米憐未竟之業，加上他掌握數種不同語言和懂得印刷技術，文字傳道活動更顯游刃有餘。《特選撮要》與《察世俗》一脈相承，故特納入本論文討論範疇。《特選撮要》於 1823 年 7 月（道光癸未年六月）創刊，持續到 1826 年停刊，共出版四卷。

本論文主要參考國家圖書館微卷資料、德國柏林國家圖書館線上數位檔〔註 43〕，和香港大學蒐藏〔註 44〕。然根據資料，現存最完整版本收藏於哈佛燕京大學圖書館（Harvard–Yenching Library），可惜《特選撮要》已進行數年數位化計劃過程，無法透過館際借閱，經筆者數次電子郵件往來〔註 45〕得知該館預計將在 2016 年上線。現就筆者所親見資料，將樣式與內容兩部分析述如下：

## 一、版式結構與出版印刷

麥都思在回憶錄曾記述：「從中國請來印刷工後，刊印中文書籍。此外，在麻六甲因米憐早逝而停刊的漢文報刊，在巴達維亞重新復刊，每月發行一千份。」〔註 46〕說明《特選撮要》爲《察世俗》續刊。

從〈特選撮要序〉可知：

> 夫從前到現今已有七年、在嗎啦呷曾印一本書出來、大有益于世、
> 因多論各樣道理、惜哉作文者、一位老先生、仁愛之人已過世了、
> 故不復得印其書也、此書名叫察世俗每月統記傳、……夫如是、弟
> 要成老兄之德業、繼修其功、而作文印書、亦欲利及後世也、又欲
> 使人有所感發其善心、而過去其欲也、弟如今繼續此察世俗書、則

---

〔註 43〕http://digital.staatsbibliothek-berlin.de/dms
〔註 44〕特別感謝香港浸會大學圖書館黃淑薇小姐，以及香港大學臺灣同學會會長施百謙同學協助寄予資料。
〔註 45〕哈佛燕京圖書館方回信表示：Thank you for your email. Unfortunately, this item is not currently recallable because it is out for digitization. The title has not been digitized and will not be digitized until 2016.
〔註 46〕原文詳參 Walter Henry Medhust, China: Its State and Prospects（Boston: Crocker & Brewster, 1838），p.268. Having procured printers from China, books were published in the native language; among the rest, the Chinese magazine, which, having been discontinued at Malacca by the early removal of Dr. Milne, was resumed in Batavia. Of this work one thousand copies were published monthly.

易其書之名、且叫做特選撮要每月記傳、此書名雖改、而理仍舊矣、
夫特選撮要之書、在乎記載道理各件也、如神理一端……。其次即
人道……。其次天文、……又其次地理、除了此各端理、還有幾端、
今不能盡講之、只是隨時而講……。〔註 47〕

　　由引文可知不論編輯樣式、宗旨目的、內容分類或著述意識皆延續米憐
而來，雖易刊名，仍以「神理」爲最重要的旨意，輔以其他「人道」、「國俗
史地」等文章，可謂全面繼承《察世俗》。

　　《特選撮要》版式框長十六點七公分，寬十點一公分，四周雙邊，單黑
魚尾，〔註 48〕報刊名字、出版年號、出版者等編排位置與《察世俗》近乎相
同，亦是中國線裝書樣式。封面正中央爲名稱「特選撮要每月紀傳」，上方爲
清帝年號，左側爲麥都思模仿米憐取的筆名「尙德者纂」。上方爲右側題有「子
曰亦各言其志也已矣」，語出《論語‧先進篇》。〔註 49〕正文內頁對開，直式
書寫，於右上和左上方記《特選撮要》四字，中央記篇名，下方記頁次。半
頁九行，一行二十六個字。每篇篇名獨立成行，內頁文句右旁圈點作爲斷句，
上方時有小字引註聖經經文出處，如遇經文則以大字體標示，下方說明闡釋，
詳如附件一。《特選撮要》並沒有清楚「欄目」，僅以「回目」區分，亦無明
確的目錄頁。

　　關於《特選撮要》的發行量，《中國報紙》（The Chinese Periodical Press）
記載，在報刊初創時印行一千份，後來印量不斷增加，三年內共印行八萬三
千份。〔註 50〕可惜在 1826 年停刊，僅發行四卷。

---

〔註 47〕〈特選撮要序〉，第一卷。
〔註 48〕張美蘭編，《美國哈佛大學哈佛燕京圖書館藏晚清民國間新教傳教士中文譯著
　　　　目錄提要》（Descriptive catalogue of Chinese works by protestant missionaries
　　　　from late Qing Dynasty to Chinese republican period in the Harvard-Yenching
　　　　library, Harvard University, USA）（桂林：廣西師範大學出版社，2013 年），頁
　　　　21～22。
〔註 49〕對曰：「異乎三子者之撰。」子曰：「何傷乎？亦各言其志也。」曰：「莫春者，
　　　　春服既成。冠者五六人，童子六七人，浴乎沂，風乎舞雩，詠而歸。」夫子
　　　　喟然歎曰：「吾與點也！」三子者出，曾皙後。曾皙曰：「夫三子者之言何如？」
　　　　子曰：「亦各言其志也已矣。」〔清〕阮元校刻，《十三經注疏‧附校勘記》（下
　　　　冊）（北京：中華書局，1980 年），頁 2500。
〔註 50〕〔美〕白瑞華（Britton, Roswell S.）著，王海譯，《中國報紙》（The Chinese
　　　　Periodical Press1800-1912）（廣州市：暨南大學出版社，2011 年），頁 25。

## 二、宗旨性質與內容特徵

　　《特選撮要》繼承《察世俗》編輯方針，詳細篇目分類見附錄三，內容大略可分：

### （一）神理宗教

　　〈特選撮要序〉闡明「特選撮要之書、在乎記載道理各件也、如神理一端、……而既然此一端理、是人中最緊要之事、所以多講之」〔註51〕。因此，此類文章仍占報刊最重篇幅，如：連載的〈道德興發於心篇〉〔註52〕、〈十條誡註〉、〈古今聖史紀〉等。以及許多單篇，如：〈祈神法〉、〈論死之情形〉、〈水手悔罪〉、〈亞勒大門特之死〉、〈論聖書之貴〉、〈一生諸事比終日之路〉、〈信者托仗神天〉等，主要講述基督教義和勸人歸於真神。

　　麥都思較米憐對中國人的風俗習慣、宗教傳統等有更細緻地觀察。在〈清明掃墓之論〉、〈媽祖婆生日之論〉、〈普度施食之論〉、〈兄弟敘談〉等文章中，抨擊偶像崇拜、祭祀祖先。〈清明掃墓之論〉首先從介子推不受封賞，隱居深山古事說起，文末麥氏認為子推雖是廉士，但君尋不出，其母同在，卻死於非命，不忠不孝，正是名教罪人；而後人反禁火讚揚其志，寒食作為紀念，「寧可無從此等惡俗、乃每人自己修身尊德、則可為善於子推多矣」。〔註53〕暫且不論分析邏輯與對中國文化詮釋是否有所曲解。文中內容，已顯示麥氏為通過批判中國迷信風俗，來達到宣傳基督教目的，麥氏儘可能理解風俗由來，並以儒家禮儀名教思想角度作為指謫方向，企圖貼近中國人思維價值觀。

### （二）人道倫理

　　《特選撮要》以漢文辦報的目的，最主要因面對中國讀者。麥都思深知要讓視基督教為異端或幾乎沒有純粹宗教觀念的中國人接受上帝，絕非易事。他承繼《察世俗》以來慣用的手法，嘗試透過中國人熟悉的，甚至根深蒂固的儒家道德思想來引起讀者注意。因此，《特選撮要》刊登不少道德勸說的單篇，藉著簡單故事演譯仁愛、寬容、忠勇等良善德行，如：〈母善教子〉、

---

〔註51〕　〈特選撮要序〉，第一卷。
〔註52〕　共四十頁，於 1826 年曾單冊出版，1828 年、1829 年、1832 年和 1833 年曾再版。詳參：Alexander Wylie, Memorials of Protestant missionaries to the Chinese: Giving a list of their publications and obituary notices of the deceased, with copious indexes（Shanghae: American Presbyterian Mission Press, 1867），p.28.
〔註53〕　〈特選撮要·清明掃墓之論〉，第三卷。

〈貧婦大量〉、〈馬亦知仁〉、〈屠人有仁〉、〈賊首懷仁〉、〈有勇且忠〉等。

　　如就「短篇故事或寓言」形式，約有四十三篇之多，〔註54〕取材源自日常生活或聖經小故事，多以基督教義角度詮釋，勉人向善，接受基督，堪稱《特選撮要》重要特色。

　　《特選撮要》缺乏類似《察世俗》中短篇詩句或文學故事，但刊登數篇「雜句」。以簡短的句子說明神理或道德勸說，類似中國格言金句，如：第一卷八月「行好與好人、而必有報、若人不報、天必將報。」「摸膠者必黏其手、而凡近惡者、必染其身。」「有足時、記饑荒。富貴時、念貧窮。」〔註55〕

### （三）自然史地

　　報刊中無西方科技新知的介紹，天文史地類單篇亦不多，相關有：〈海洋〉、〈山兔〉、〈懶猴〉等。以連載的〈咬𠺶吧總論〉最具代表性。第一卷序後便畫了「咬𠺶吧地圖」和「中國往吧地總圖」。內容介紹「爪哇」山川、土性、四季、食物、人物、民數、衣服、農具、織布、打石、番人生理、唐人生理、祖家生理、姻禮、葬禮、跳舞、賭博、史記等等，項目眾多，非常詳細。又將歷史分為受印度人、伊斯蘭教徒和西方人影響等三階段。這部地志於1824年發行單行本，1825年、1829年、1833年和1834年連續再版，〔註56〕深受當時歡迎。可謂第一部漢文外國區域地志〔註57〕，對後來域外區

---

〔註54〕卷一：〈普度施食論〉、〈亞勒大門特之死〉、〈一生諸事比終日之路〉、〈論死之情形〉、〈感神恩〉、〈水手悔罪〉、〈信者托伙神天〉、〈天理無不公道〉、〈天理無不明〉。

　　　　卷二：〈論聖書之貴〉、〈論神主常近保助〉、〈論貧人若色弗〉、〈欽天監以天球受教〉、〈戰兵以聖書救命〉、〈天意要緊〉、〈不可性急〉、〈夫婦相愛〉、〈母善教子〉、〈父子相不捨〉、〈異國之偶像〉。

　　　　卷三：〈惡有惡報〉、〈太遲〉、〈清明掃墓之論〉、〈英吉利王之仁〉、〈貧婦大量〉、〈馬亦知仁〉、〈王爲醫生〉、〈老臣得賞〉、〈巡市行仁〉、〈屠人有仁〉、〈和尚受教〉、〈聽樂無益〉、〈愛之在心〉、〈悔罪之塔〉、〈婦救其夫〉、〈烏人相愛〉。

　　　　卷四：〈黑人大量〉、〈良心自責〉、〈神天主意〉、〈媽祖婆生日之論〉、〈賊首懷仁〉、〈有勇且忠〉、〈好友答恩〉。

〔註55〕〈特選撮要‧雜句〉，第一卷。

〔註56〕Alexander Wylie, Memorials of Protestant missionaries to the Chinese: Giving a list of their publications and obituary notices of the deceased, with copious indexes（Shanghae: American Presbyterian Mission Press, 1867），p.28.

〔註57〕鄒振環，〈麥都思及其早期中文史地著作〉，《復旦學報（社會科學版）》第五期，2003年，頁99～105。

域地志的編纂產生一定影響。〔註 58〕

## （四）國俗人情

〈英吉利國所用之錢糧〉爲報刊中較特別的篇章，對照中國大約是嘉慶年間，介紹英國使用錢糧情況。將英國宮廷內所花費的金額數字條列記載，鉅細靡遺，從皇室公主、王室姪子、王室賞給官員的金額、火藥、到軍馬花費與向百姓借貸利息等，透露西方國家的經濟情況，疆域雖不比中國版圖大，但「所用之錢糧、每年之間亦爲極多」〔註 59〕。

## 三、小　結

總體說來，《特選撮要》延續《察世俗》編輯旨趣、排版樣式、內容分類、風格筆法等，刊物目的在於闡揚基督教義，其他天文、史地、文學等文章，主要是爲了吸引中國讀者，作爲宗教輔助。且不論報刊普及率及受認可程度，以漢文表述的形式，已是近代西學東傳一大進步。與《察世俗》相較，《特選撮要》雖仍行於宗教主軸，但文章篇幅更趨近於短文，類似佈道風格，較少「神理」方面連載文章，以「軼事」或「短篇故事」勸人信教，增加文學況味。

然而，以「宗教」爲核心，直白式地寫作模式與手法，到《東西洋考每月統記傳》時，逐漸起了變化。

## 第三節　《東西洋考每月統記傳》版式與內容

1833 年 8 月 1 日（陰曆六月十六日），郭實獵創辦《東西洋考每月統記傳》（Eastern Western Monthly Magazine）（以下簡稱《東西洋考》〔註 60〕），作爲第一份在中國境內——廣州出版的漢文報刊，在報刊史、新聞史、出版史和中西交流史上別具意義。儘管當時中國針對外國傳教與出版禁令並沒有改變，但可能源於廣州天高皇帝遠，王法難以管轄，加上郭實獵與中國人之間

---

〔註 58〕鄭振環，《晚清西方地理學在中國：以 1815 至 1911 年西方地理學譯著的傳播與影響爲中心》（上海：上海古籍出版社，2000 年），頁 71～79。

〔註 59〕《特選撮要・英吉利國所用之錢糧》第二卷。

〔註 60〕本論文中《東西洋考》爲簡稱，非關明朝萬曆年間，張燮所著《東西洋考》，其內容有關明朝與三十八個王國貿易關係的著作。郭實獵亦有可能借鑑其意涵而採用該名稱。

有著非同尋常的良好私人關係（extraordinarily good personal relations with Chinese），因此，依舊能不受干涉發行報刊。〔註61〕亦有學者認爲當時清廷腐敗，官場賄賂成風，郭氏又擅於行賄，促使《東西洋考》意外成爲突破清朝報禁的先驅。〔註62〕

本論文是以黃時鑑根據哈佛燕京圖書館，典藏三十九冊全帙整理複印本爲析論版本〔註63〕，析述如下：

## 一、版式結構與出版印刷

《東西洋考》出版情況相當複雜且版型紛繁，〔註64〕曾在 1834 年（道光十四年）、1835（道光十五年）年中斷。可簡要可區分爲兩個時期：1833年創刊到 1835 年六月號，該時期編輯爲郭實獵；1837 年正月在新加坡復刊到 1838 年（現可見九月號資料），改由中國益智會（Society For the Diffusion of Useful Knowledge in China，又譯爲「在華傳播實用知識會」，或譯爲「在華實用知識傳播會」）〔註65〕編纂，印刷後仍在廣州發行，郭實獵、馬儒翰、麥都思等人先後參與編輯。

就目前資料所見，總共發行三十九期，扣除重刊六期（甲午一月、乙未正月到乙未四月、丁酉三月前半部分重刊），實際發行三十三期。《東西洋考》在當時廣州、澳門和東南亞華僑中影響很大。〔註66〕印刷與發行主要依賴廣

〔註61〕 Roswell S. Britton, The Chinese periodical press 1800-1912,（Shanghai: Kelly & Walsh: Shanghai, 1933），p.22.

〔註62〕 鄭連根，《那些活躍在近代中國的西洋傳教士》（臺北：新銳文創出版，2011年），頁 155。

〔註63〕 愛漢者等編，黃時鑑整理，《東西洋考每月統記傳》（北京：中華書局，1997年）。

〔註64〕 有關版本情況以及版型直式、橫式或直式再版等，詳參黃時鑑，〈《東西洋考每月統記傳》影印本導言〉，《東西交流史論稿》（上海：古籍出版社，1998年），頁 280～287。愛漢者等編，黃時鑑整理，〈《東西洋考每月統記傳》導言〉，《東西洋考每月統記傳》（北京：中華書局，1997 年），頁 4～9。

〔註65〕 該會 1834 年成立於廣州，郭實獵與禪治文（美部會傳教士，Elijah Coleman Bridgman，1801 年～1861 年）被選爲中文秘書，馬儒翰（馬禮遜之子，John Robert Morrison，1814 年～1843 年）被選爲英文秘書，三人並獲得連任。該會《章程》規定「盡其所能，用各樣的辦法，以廉價的方式，準備並出版通俗易懂的、介紹適合於中國之現狀的實用知識中文書刊。」

〔註66〕 何大進，《晚清中美關係與社會變革：晚清美國傳教士在華活動的歷史考察》（南昌：江西人民出版社，1998 年），頁 148。

州外國人提供經費資助，他曾在 1833 年 8 月的英文報刊《中國叢報》（The Chinese Repository）公開尋求經濟支援，「訂閱以每六個月爲一期，定價每期起價一圓」。〔註67〕該刊發行第一號曾紀錄「六百份馬上銷售一空，但還無法滿足前來訂購的人。第二次又已印刷了三百份。很少有中國人出錢訂購此份刊物，但有許多本是落到他們手中的。」〔註68〕。也曾多次在《東西洋考》上，首創自我行銷，「設使每月捐一員、收東西洋考十本、與親戚朋友看讀。稍效微勞、便有裨益已。」〔註69〕有別於過去傳教士免費贈閱的做法，展現出商業氣息，以維持收支平衡。

　　報刊形式部分，殆與上述報刊相似，同採木板雕刻，仿中國線裝書樣式。正文版框的四周雙黑邊，約長二十五點八公分，寬十三點七公分〔註70〕，因《東西洋考》有直式與橫式版型，封面較不統一，但大致包括報刊名稱「東西洋每月統記傳」〔註71〕，清帝年號月份，與一句格言。橫式版刊名直書置中，旁爲格言，年月在刊名上方，自右向左橫書。直式版刊名印於左側，年月印在刊名之下，分兩行直書。又三十九期中，扣除七期格言未刊以及七期重複，三十九期中共有二十五句不同格言，如：「人無遠慮必有近憂」、「子曰亦各言其志也已矣」、「知者不惑仁者不憂勇者不懼」、「孟子曰存其心養其性所以事天也」等等。1833 年至 1835 年各期還署有郭實獵筆名「愛漢者纂」。外觀形式盡可能仿照中國傳統書籍及文化習慣，彰顯儒學影響力，承襲《察世俗》一貫方式。

　　正文則是全頁對開，半頁中央上方記《東西洋考每月統記傳》幾字，接次篇名，下方記頁次。內頁直式書寫，半頁十行，每行約二十四字。每期皆附目錄，欄目較上述報刊固定。內文每篇篇名獨立成行，內頁文句右旁圈點作爲斷句，並偶附與內文相關之插圖。

---

〔註67〕 Charles Gutzlaff, A Monthly Periodical in the Chinese Language. The Chinese Repository, vol.2, 1833,　p.186.

〔註68〕 張西平主編，《中國叢報（1832.5～1851.12）》（廣西桂林：廣西師範大學出版社，2008 年第一版），卷二，頁 186。

〔註69〕 《東西洋考・招簽題》，戊戌年正月，頁 318。

〔註70〕 詳參愛漢者等編，黃時鑑整理，《東西洋考每月統記傳》（北京：中華書局，1997 年）原刊封面。

〔註71〕 《東西洋每月統記傳》與《東西洋每月統紀傳》用法並存報刊中。其中使用「記」共十五期，使用「紀」共二十四期。

## 二、宗旨性質與內容特徵

針對辦報目的與宗旨，郭氏曾在面向西方人士的報刊中表示：

雖然我們和他們（指中國人）長久交往，他們依自稱爲天下諸民族之首尊，並視其他所有民族爲「蠻夷」。如此妄自尊大嚴重影響到廣州的外國居民的利益，以及他們與中國人的交往。本月刊現由廣州與澳門的外國社會提供贊助，其出版是爲了使中國人獲知我們的技藝、科學與準則。它將不談政治，避免就任何主題以尖銳言詞觸怒他們。可有較妙的方法表達，我們確實不是「蠻夷」；編者偏向於用展示事實的手法，使中國人相信，他們仍有許多東西要學。又，悉知外國人與地方當局關係的意義，編纂者已致力於贏得他們的友誼，並且希望最終取得成功。〔註72〕

從《東西洋考》近千字的創刊〈序〉亦可見：

子曰。多聞闕疑。慎言其餘。則寡尤。多見闕始。慎行其餘。則寡悔。言寡尤。行寡悔。祿在其中矣。……蓋學問渺茫。普天下以各樣百藝文滿。雖話殊異其體一而矣。……子曰。四海之內。皆兄弟也。是聖人之言不可棄之言者也。結其外中之綱繆。倘子視外國與中國人當兄弟也。請善讀者仰體焉。不輕忽遠人之文矣。……則合四海爲一家。聯萬姓爲一體。中外無異視。弟情願推雍睦之意結異疏。故纂此文。讀者不可忽之。則樂不勝。爲序。

通篇十足八股教條，爲文謹慎，毫無尖銳觸怒中國人的字眼，反倒以中

---

〔註72〕原文刊登於 Chinese Repository, 1833, p.186. ……the Chinese alone remain stationary, as they have been for ages past. Notwithstanding our long intercourse with them, they still profess to be first among the nations of the earth, and regard all others as "barbarians."……This monthly periodical…is published with a view to counteract these high and exclusive notions, by making the Chinese acquainted with our arts, sciences, and principles. It will not treat of politics, nor tend to exasperate their minds by harsh language upon any subject. There is a more excellent way to show we are not indeed "barbarian"; and the Editor prefers the method of exhibiting the facts, to convince the Chinese that they still have much to learn. S. W. Barnett and J. K. fairbank, Christianity in China: Early Protestant Missionary Writings, （Cambridge: Harvard University press,1985）, p.96. 〔美〕白瑞華（Britton, Roswell S.）著，王海譯，《中國報紙》（The Chinese Periodical Press1800-1912）（廣州市：暨南大學出版社，2011 年），頁 27，曾全文引錄。本文使用黃時鑑，《東西洋考每月統記傳》影印本導言〉，《東西交流史論稿》（上海：古籍出版社，1998 年），頁 291 中文引譯。

國宣揚的包容海納、萬國一家、廣學多聞傳統精神包裝，掩蓋企圖扭轉中國人民族、文化上的優越感。鋪陳儒家語言及觀點，強調多「學」，擇善而從，學問渺茫，夷狄也有可取之處，破除中國人妄自尊大心理。期盼秉持「四海一家」的精神，消除排外情緒，爲彼此認識與交流拓展空間。其創刊首要任務與《察世俗》和《特選撮要》宣揚基督教義略有不同。筆者認爲方漢奇所述：「宗教仍然是《東西洋考》的必備的內容，上帝在這裡仍然有無上權威；但是，宗教內容已退居次位，解釋教義的專文沒有了，闡發基督教義已不是刊物的基本要務。」〔註73〕前半部分中肯，惟宗教福音仍是要務之一，如：復刊號〈序〉直截道出宗教目的「切祈上帝俯念、垂顧中國、賜漢人近祉亨嘉。且賦心自覺萬物主宰之寵惠、愈增感佩銘刻。蓋所食之飯、所飲之水、皆上帝之恩賜。莫不必盡力感激無涯焉。」〔註74〕

　　細閱《東西洋考》可發覺以新專欄爲糖衣，將宗教義理包裹其中，化用在世俗層面，模糊宗教與世俗間的界線。從某種角度而言，筆者甚至認爲郭實獵書寫模式，與行銷手法，較前期報刊更勝一籌，增設新奇的篇目，吸引更多中國讀者，最終以達成傳揚福音的使命。

　　沿著上述辦報宗旨與方針，《東西洋考》宗教神理類文章篇幅減少，介紹西方科技與文明文章比例增加。郭氏自創刊號起即採「分類編纂」方式，便於讀者閱讀，將欄目分爲：序、東西史記和合、地理、新聞。第三期起改「序」設「論」，增加「天文」及「煞語」。次年（1834年）五期均附「市價篇」，且增加文學、科技方面的文章。丁酉年（1837年）復刊後，欄目又進行調整，除基本欄目「史記」、「地理」、「天文」、「新聞」等外，「序」中明言增加「雜文」和介紹西方政治、文化、商業、法律等類文章，內容包羅萬象，應有盡有。

　　《東西洋考》較特出之處在於出現「煞語」，該欄位具評論性質，根據一定事理，抒發意見，層層遞進，引導讀者思維走向，內容多涉及道德人生主題，思想環繞基督教教義，通篇似乎透露出近現代報刊「政論」意味。程麗紅認爲《東西洋考》特意將「煞語」壓軸，與開端「序」或「論」輝映，無疑強化此種文體的重要性。〔註75〕

---

〔註73〕方漢奇主編，《中國新聞事業通史》第一卷（北京：中國人民大學出版社，1992年），頁266。

〔註74〕《東西洋考·序》丁酉年正月，頁191。

〔註75〕程麗紅，《清代報人研究》（北京：社會科學文獻出版社，2008年），頁113。

透過丁酉年復刊號〈序〉〔註76〕，可概要略述各欄內容：

> 弟註古史、慮聞見不博、尤慮其識不精。既如是焉、弟情願展發中
> 國與外國之對聯史。又致明古今中外史記之美、又使人景仰各國之
> 聖賢者。述史之時、表著上帝之福善禍淫、即是天綱之道也。……
> 願伸明地球之正背兩面、詳細列國之論、並仍从略說天文也。禽獸
> 部綱目、樹草花之總理、金石部之論、知之獲大益、故將一篇講論
> 之、另添雜文。……夫西國之人、行竅十分精巧、竭力製造新法子
> 不輟。此樣技藝、令人驚奇特異、因此手段絕妙非常、莫不必描畫
> 之。蓋歐邏巴人甚貴文字、新聞之本、以廣闊流傳不勝數、弟搜羅
> 擇取其要緊之消息、而翻譯之。……爲商賈多矣。是以開洋貨單（市
> 價篇）、論生理之事、欲讀者加意顧東西洋考。

《東西洋考》詳細篇目分類見附錄四，現就根據「內容」，扼要分爲：

## （一）神理人道

《東西洋考》自癸巳年（1833 年）八月刊出〈論〉，今共可見十二篇，排序在各期之首。其內容每篇皆不同主題：癸巳年八月就中國人稱外國人爲蠻夷發表看法，郭氏藉蘇東坡、孟子言論，說明「凡待人必須和顏悅色。不得暴怒驕奢。懷柔遠客。是貴國民人之規矩。是以莫若稱之遠客。或西洋。西方或外國的人。或以各國之名。一毫也不差。」〔註77〕九月〈論〉爲報刊中心精神，對應創刊宗旨，「學問不獨在一國之知。倒也包普天下焉。莫說禮樂射御書數藝等。就是天之道。……不論何國之文藝。若有益處。就覈察之。」〔註78〕十月勉人「盡力以仁義爲重。以利益爲輕……于上帝所賜爾之地。蓋凡行是情行不義者。上帝爾的神主可惡也。兄輩應留心。」〔註79〕十一月勸戒人勿賭博，賭博將激神天之怒。甲午年（1834 年）二月〈第一論〉談論天命、信仰，「爾中國與外國人應奉事之」；〈第二論〉述說上帝創造天地萬物。乙未年（1835 年）六月〈論〉再次說明上帝創造一切，「惟生命之源本、必非人也、乃是仰天賴焉。……我進世上帝眷顧、以性、以命以氣、以魂、賜我、皆蒙上帝之恩德。……知此事、爲人終生第一大事。」〔註80〕

---

〔註76〕《東西洋考・序》丁酉年正月，頁 191。
〔註77〕《東西洋考・論》癸巳年八月，頁 23。
〔註78〕《東西洋考・論》癸巳年九月，頁 33。
〔註79〕《東西洋考・論》癸巳年十月，頁 43。
〔註80〕《東西洋考・論》乙未年六月，頁 181。

以及死後情形「天堂善之寓、地域惡之宅、上帝公義分一均賞罰。」〔註81〕
丁酉年（1837 年）五月〈論〉介紹花旗國。戊戌年（1838 年）二月〈論〉
以魚鳥引說「但一雀之微、若非上帝旨意、則不隕地……上帝無所不在、無
所不知、垂顧生靈、扶持養育無已焉。」〔註82〕由是觀之，筆者認爲，除少
數單篇外，大多仍以宣揚上帝，黜斥異端爲主，和趙曉蘭等指出「評論內容
不是用來闡述教義，而是對現實問題發表看法」〔註83〕不同。宗教內容雖然
削弱，無固定講述教義專文，但上帝教義精神仍然體現，散落在文章行間，
只是已非列爲首要任務，採取不同包裝手法，在報刊文本脈絡中交涉會融。

### （二）歷史地理

　　郭實獵非常重視歷史的介紹，以「東西史記和合」、「史記」和「史」三
大專欄爲主。自創刊號起，分十一期轉載刊登麥都思撰寫的〈東西史記和合〉。
此文於 1829 年在巴達維亞刊印，同年麻六甲再版，1833 年又重印，頗受歡迎。
〔註84〕其中「東」指中國歷史，起自「盤古氏。爲開闢首君」〔註85〕迄於
明亡。「西」指西方歷史，起自「亞大麥。當初神天。即上帝造化天地。」
〔註86〕迄於英吉利哪耳慢朝，時間大致相同。透過上下欄方式並排敘述，進
行中西對照，爲中文著述中比較中西歷史的領銜嘗試。鄒振環〔註87〕認爲其
寫作模式很可能受到中世紀攸西比俄斯（Eusebius Pamphlius，西元 260～340
年）《編年史》形式的啓發，將世俗與聖經歷史融於一爐。取名「和合」亦
見麥氏宏大的史觀，吸納不同種族、宗教、文化、風俗和價值觀等，肯定多
元及非單一絕對價值的觀念，爲中國讀者建立一種橫向比較的歷史意識。

　　而丁酉年（1837 年）七月號〈東西和合綱鑒〉〔註88〕，則補敘〈東西史
記和合〉未提及的清代和歐洲列國近代史，使世界通史更形完整。雖然《東

〔註81〕同上。
〔註82〕《東西洋考‧論》戊戌年二月，頁 325。
〔註83〕趙曉蘭、吳潮，《傳教士中文報刊史》（上海：復旦大學出版社），頁 73。
〔註84〕Alexander Wylie, Memorials of Protestant missionaries to the Chinese: Giving a list of their publications and obituary notices of the deceased, with copious indexes（Shanghae: American Presbyterian Mission Press, 1867）, p.30.
〔註85〕《東西洋考‧東西史記和合　漢土地王歷代——西天古傳歷記》，癸巳年六月，頁 4。
〔註86〕同上。
〔註87〕鄒振環，《西方傳教士與晚清西史東漸：以 1815 至 1900 年西方歷史譯著的傳播與影響爲中心》（上海：上海古籍出版社，2007 年），頁 57。
〔註88〕《東西洋考‧東西和合綱鑒》丁酉年七月，頁 251～253

西洋考》僅是轉載麥氏文章，但目的契合發刊宗旨，爲要向古老中國證明，西方也具傳統歷史，諸宗族本源爲一，讓讀者體會西方歷史毫不遜色。

此外，還對西方知名人物進行傳記性介紹；例如：丁酉年連載的〈譜姓拿破崙戾翁〉，描述拿破崙一生重要事蹟及成就，同年八月號〈霸王〉一文，以拿破崙和秦始皇、忽必烈等比較，認爲「拿破崙戾翁乃爲霸中之魁也」〔註89〕。而戊戌年〈華盛頓言行最略〉，則是敘述華盛頓生平與貢獻。藉此匡正中國對西方的認識，廓清中國對西方誤認蠻夷的錯覺。

《東西洋考》一般歷史欄目之後，毗連「地理」專欄，刊登世界地理知識。大致沿海路交通，向中國人概略介紹東南亞、南亞、歐洲各國、南極和北美的風土民情、地勘地貌，約達三十五篇：〈東南州島嶼等形勢綱目〉、〈呂宋島等總論〉、〈蘇門答刺大州嶼等總論〉、〈暹羅國志略〉、〈以至比多〉、〈孟買省〉、〈葡萄牙國志略〉、〈歐羅巴列國版圖〉等，另繪有〈東南洋並南洋圖〉、〈大清一統天下全圖〉、〈俄羅斯國通天下全圖〉、〈北痕都斯坦全圖〉地圖，比之前漢文報刊提供的資訊更豐富，範圍更遼闊。歷史加地理專欄共計約八十四篇，占各專欄之冠。

### （三）自然科學——天文、科技、生物

在《東西洋考》中，「天文」仍是重點：〈論日食〉、〈論月食〉、〈黃道十二宮〉、〈宇宙〉、〈太陽〉、〈月面〉、〈露雹霜雪〉、〈經緯度〉等，填補中國此類天文知識的欠缺，但承襲《察世俗》以來「知識和科學是宗教的婢女」的觀點，郭實獵在文末常寫明「日月之食、乃神主預定如此」〔註90〕、「日月食。是明顯著神天之大能。而我人凡看日月食時。該大敬神主也。」〔註91〕科學理性夾雜神學思維，未完全屏棄宣道的使命。

郭氏竭力擺脫西方是夷狄的誤解，著重介紹西方近代的發明、工藝，將西方新知傳播盡速，彰顯西方亦有值得中國借鏡之處，如：〈孟買用炊氣船〉介紹炊氣船原理和便利性；〈火蒸車〉透過唐人李柱自英返國，敘述見聞，介紹火車；〈氣舟〉則介紹熱氣球；〈救五絕〉介紹急救方式「偶然吞璃玻銅錢等物件、立即食粘貼沙谷米、致包茲利害的物。後此服瀉藥也。」〔註92〕；〈推農務之會〉介紹新加坡耕作經驗與去除棉花種子的機具；〈察視骨節之

---

〔註89〕《東西洋考・霸王》丁酉年八月，頁262～263。
〔註90〕《東西洋考・論日食》癸巳年八月，頁27。
〔註91〕《東西洋考・論月食》癸巳年十月，頁47。
〔註92〕《東西洋考・救五絕》丁酉年四月，頁225。

學〉講述身體各骨、肉連結知識；〈醫院〉一文記述廣州醫局「伯駕」（Peter Park）醫生治眼疾與割瘤，且不收費用之義行，將西方醫院制度帶入中國，同時該文存錄中國病人感激紀念的詩，十分珍貴，見證西方醫術對中國的影響。

此外，自然科學類別中，還有部分關於動物的文章，如〈跳虱論〉、〈獅子〉、〈豹〉、〈鴕鳥〉、〈冰熊〉、〈鯨魚〉、〈河馬像略說〉等，或許能讓長年居住在中國內地，無法親眼見過的讀者，對該動物更加認識，擴展眼界。

（四）社會科學——經濟、法律、政治

除自然科學外，《東西洋考》引入社會科學文章。經濟方面主要圍繞「貿易通商」議題，可能與報刊是由英國商人查頓（William Jardine）出資贊助有關，商業信息較前述報刊濃厚，如：〈通商〉、〈貿易〉、〈公班衙〉（company 音譯）等，分析對外貿易和國家興衰成長關係密切，對長久以來以農立國、土地惟親的中國來說，帶來新觀念，衝擊保守閉關心態。又〈市價篇〉報導「省城洋商與各國遠商相交買賣各貨現時市價」，分「入口的貨」和「出口的貨」，詳細記錄商品價格，直接推動商業訊息的傳播，透過市價紀錄可詳細知道廣州當時進出口貨品的種類，比較漲幅情況，是中文最早的對外貿易行情表〔註 93〕，我國漢文報刊廣告的萌芽〔註 94〕，後來的漢文報刊多起而效尤，刊登物價行情。

《東西洋考》還刊登關於歐美政治制度的文章，〈北亞默利加辦國政之會〉介紹美國政治制度；〈自由之理〉藉旅居英國華人之口介紹英國司法制度；〈英吉利國政公會〉分三期連載介紹英國兩院制度、國會組織、職權、議事章程等；〈批判士〉對西方陪審員制度做一簡要描述。自戊戌年四月號到九月號〈論刑罰書〉、〈姪答叔書〉、〈姪奉叔〉、〈姪覆叔〉等數篇，以叔姪通信方式介紹中西刑罰及典獄制度。儘管粗陳梗概，但卻注入不同政治模式，讓中國知識分子對「自由、民主」留下印象。

（五）文　學

郭實獵是一位熱愛中國古典文學的傳教士，精通中國文化，熟捻儒家經

---

〔註93〕 黃時鑑，〈《東西洋考每月統記傳》影印本導言〉，《東西交流史論稿》（上海：古籍出版社，1998 年），頁 302。

〔註94〕 趙曉蘭、吳潮，《傳教士中文報刊史》（上海：復旦大學出版社，2011 年），頁 75。

典，不但每期封面引據儒家格言，文章內容常以儒家學者言論解釋道理或用以支持立論，且擅於使用漢文傳達西方思想觀念。癸巳年（1833 年）十二月曾登出〈蘭墪十詠〉，作者標註爲「住大英國京都蘭墪漢士所寫」，未知是否真是旅居海外中國人所作，但確實是編者借助中國詩歌形式，介紹倫敦氣候、宗教、民俗等，經由中國人之口增加說服力。

可能因襲郭氏喜好，後期近乎每月刊登「文學」文章：丁酉年（1837 年）三月刊登歐陽修的「陪府中諸官遊城南」〈詩曰〉、五月的〈李太白文〉、九月蘇東坡〈詞〉、十一月的〈李太白日〉、戊戌年正月的〈東都賦〉、二月的〈蘇東坡詞〉、三月的〈李太白〉、四月的〈管子之詞〉、五月的〈李太白詩〉、六月的〈蘇東坡詩〉、八月〈詩〉、九月左思的「蜀都賦」〈賦曰〉等。

其中丁酉年正月〈詩〉中讚：「李太白爲學士之才華魁矣。」文中指出「漢人獨誦李太白、國風、等詩、而不吟詠歐羅巴詩詞、忖思其外夷無文無詞。可恨繙譯不得之也、」並介紹「諸詩之魁、爲希臘國和馬（今荷馬）之詩詞、並大英米里屯（今米爾頓）之詩。」〔註95〕同年二月〈經書〉一文稱「中國經書已繙譯泰西之話、各人可讀、但漢人未曾繙譯泰西經書也、天下無人可誦之。」〔註96〕接著介紹西羅多德、蘇格拉底、柏拉圖等十四位文君，其後簡略敘述史實，使用「文藝復興」四字，對中國人來說都是新鮮題材，最末帶出聖經，「中國人可以學習上帝之律例」〔註97〕。戊戌年（1838 年）八月〈論詩〉提出詩六義，雖順序錯置，但掌握要旨，作爲異質文化背景的西方人，能比較中西創作旨趣，體會詩作微妙的風韻，進而評論，「外國詩翁所作者異矣」〔註98〕，誠屬不易。

## （六）新 聞

《東西洋考》中「新聞」是固定欄目，幾乎每期都刊登，但並非現代觀念新聞，無立即時效性，主要報導中國和各國消息，貫徹辦報方針，按郭氏

---

〔註95〕《東西洋考・詩》丁酉年正月，頁 195。
〔註96〕《東西洋考・經書》丁酉年二月，頁 204。
〔註97〕同上。黃時鑑認爲這是「文藝復興」一詞在中國文獻的最早紀錄，（詳參：愛漢者等編，黃時鑑整理，《東西洋考每月統記傳・導言》（北京：中華書局，1966 年），頁 23。）目前筆者亦無在其他中國文獻上看到「文藝復興」一詞。但羅志田認爲此一詞彙並未在清代流傳，清季讀書人「文藝復興」的譯法，主來自日本人。（詳參：羅志田，〈中國文藝復興之夢：從清季的古學復興到民國的新潮〉，《漢學研究》第二十卷，第一期，2012 年，頁 277～307）。
〔註98〕《東西洋考・論詩》戊戌年八月，頁 401。

想法「夫天下萬國。自然該當視同一家。而世上之人。亦該愛同兄弟。然則遠方之事務。無不願聞以增廣見識也。緣此探聞各國之事」。〔註99〕以國家政治型態、國家政策、政治事件等為多，如：〈土耳嘰國事〉、〈荷蘭國事〉、〈越南即安南國事〉、〈葡萄呀國〉、〈日本〉、〈歐羅巴列國〉等。偶爾也出現各國有趣新鮮事，如丁酉年八月就記錄某破羅國一百零五歲的人，四年前卻娶了二十二歲的閨女為妻，且已生子的妙聞。又欄目內容經常以文學筆法記敘，創刊號便以兩位王姓和陳姓朋友的對話，展示《東西洋考》的出刊。

從新聞欄目前的引言：「今月所到西方船隻皆無帶來緊要新息」〔註100〕、「此刻西方英吉利等國船隻、近月尚未有到、致無新息可傳」〔註101〕、「本月有英國船到粵、帶來新聞紙」〔註102〕可知新聞題材來源，多依賴西方船隻停靠廣州後帶來訊息，而後期由中國益智會主辦，在新加坡出版，加強中國方面的新聞。

經濟方面則為各地貿易或船貨情況，如：〈驛站〉、〈雜聞〉等；社會方面多關注在交通、新科技發明等，如：〈沈船〉、〈壞船〉、〈船敗〉、〈交通路〉、〈氣舟〉等，以及地方事件，如：〈釋奴〉、〈廣州府〉等。

癸巳年十二月號刊登的〈新聞紙略論〉，介紹西方國家報紙起源與發展、英美法三國新聞紙情況，還論及新聞自由問題，是第一篇漢文撰寫的新聞學專文〔註103〕，頗具啟蒙意味。

最引起注目的是丁酉年（1837年）四月、五月、六月同名〈奏為鴉片〉的文章，摘錄太常寺少卿許乃濟奏摺，文後編者認為「塞其流、鋤根除源、是我所當為。禁令繼不絕之、章程繼不斷之、必尋他方法、以盡絕根株。莫若多講善言、勸人善行、教人以善守志、樂道、且廣布耶穌之天道、除此外無他方法。」〔註104〕五月號就內閣學士兼禮部侍郎朱嶟奏折嚴禁鴉片，編者評論「立志絕鴉片、莫若定例云、汝食鴉片不可進考、不可為士、不可為官、

---

〔註99〕《東西洋考・新聞》癸巳年八月，頁28。
〔註100〕《東西洋考・新聞》癸巳年九月，頁38。
〔註101〕《東西洋考・新聞》癸巳年十月，頁48。
〔註102〕《東西洋考・新聞》甲午年四月，頁117。
〔註103〕黃時鑑，〈《東西洋考每月統記傳》影印本導言〉，《東西交流史論稿》（上海：古籍出版社，1998年），頁300。
　　　　趙曉蘭、吳潮，《傳教士中文報刊史》（上海：復旦大學出版社，2011年），頁71。
〔註104〕《東西洋考・奏為鴉片》丁酉年四月，頁227。

良民咸宜與鴉片之徒絕交……事情如此、誰肯食鴉片哉。」〔註105〕六月號兵科給事中許球，見洋夷车利，財源日耗，建議申明舊制，嚴属禁防，編者再次強調「教化民爲絕食鴉片之眞法。」〔註106〕然而，編者的雙重身分，身爲傳教士應嚴斥鴉片進口，卻又礙於西方支持國家商業政策的矛盾，故在評論鴉片事件時顯得滿紙禮教，言不由衷。

　　新聞眾多文章，雖不失客觀描述，但夾藏傳揚福音的終極目的，如：〈五印度國〉記敘因乾旱導致百姓民不聊生，瘟疫流行，編纂者歸結因怨恨上帝，言語褻瀆，民眾崇拜回回教或菩薩，才導致如此後果。又如〈土耳其國〉因國王改惡遷善，召耶穌之道開學、訓蒙等，最後使得國家日臻昌隆興盛等。總之，傳教士用心良苦、謹慎小心地逐步將福音擴展到報刊每一部分，而其新聞欄目的設置，對報業發展史具有不可忽略的影響〔註107〕。

## 三、小　結

　　綜上所述，《東西洋考》辦報意旨爲衝破中國傳統夏夷大防的堡壘，化解中國人文明獨尊的高驕心態，林語堂曾說這本雜誌是西方文明辯護書，刺激中國文化復興，「掀起用科學文化知識喚起中國文化覺醒的第一波。」〔註108〕在許多方面創造先例，帶入新的文字傳播載體模式，就報刊形式：（一）欄目穩定且設置經安排，頗具條理，便於讀者閱讀，分類編纂方式相當程度具近代報刊基本規模，對中國報刊編輯產生深遠影響。（二）開創自我行銷方式及刊登商業訊息市價表，呈現多元化面貌。另就報刊內容：（一）增添各式豐富訊息，活化內容，接軌西方，爲中國人開啓通往世界的渠道。（二）《東西洋考》中雖直接闡明教義的文章已淡化許多，但郭實獵等編輯者的傳教使命並未消失，而是調整、轉化書寫策略；在文本中滲透基督要義，考慮社會情勢與文化交流，將「宗教」隱藏在「世俗」之後，筆者認爲此爲《東西洋考》最具價值意義之處。

---

〔註105〕《東西洋考・奏爲鴉片》丁酉年五月，頁236。
〔註106〕《東西洋考・奏爲鴉片》丁酉年六月，頁247。
〔註107〕王曉霞，〈《東西洋考每月統記傳》中的新聞〉，《孝感學院院報》第三十卷，第二期，2010年3月，頁60～63。
〔註108〕林語堂著，劉小磊譯，《中國新聞輿論史》（上海市：上海人民出版社，2008年），頁86。

# 第四章　書寫範式與經典詮釋

　　自 1807 年基督新教傳教士進入中國，利用文字宣教，拓展福音事工後，便無法避免觸碰耶穌會曾經面臨的困境：是否要在禮儀問題與中國文化傳統上妥協？新教教士們秉承耶穌會棄置的文化適應策略，模仿中國式書寫體裁，營造文學氣氛，增加報刊可讀性和趣味性。試圖在大多數中國人認同的儒學經典中，尋找立論根據，掇拾觀點資源，詮釋反芻，透過借鑑、模仿、拼貼、引用等技巧，將基督教義、基督精神、西方科學文化等，傳遞進中國人的心中，在特定時代脈絡下，建構出獨特視域。

　　本章首先嘗試透過「互文性概念」，鉤稽前章所述漢文報刊臨摹中國書籍的書寫架構、創作手法；以及傳教士們對中國經典的闡釋：經過解讀後，直接摘錄文本，或因接嫁、誤用所產生的偏差風格。其次，配合歷史氛圍、文化角度等外緣因素解讀，歸納其書寫範式，關注其理解後再現的過程；同時挖掘文化意涵經改寫之後，被引入報刊中所呈現出的意義。

## 第一節　中國文學書寫範式的借鑑與融合

　　1960 年代 Kristeva 提出「互文性」的概念（intertexuality，或譯作「文本間性」、「互文本性」、「文本互涉」）。強調任何文學作品都是其他作品的吸收、轉化與改編；文學作品間存在一種彼此參照、相互指涉的性質，文本並非靜止的符號系統，而是一種動態的生產過程。〔註1〕

---

〔註1〕Kristeva 概念產生經過，詳參羅婷，《克里斯多娃（Julia Kristeva）》，（臺北：生智出版，2002 年），頁 15、20～23。

　　也就是說，在討論報刊論述與範式時，須先將報刊從一個完整封閉的結構中解脫出來，不僅著重文本本身，更涉及外在文化及社會環境的變數、意識形態、經濟體系、社會風尚、文本與文本間的援引、文本與文化間的問題等，以提供更廣闊的視域，拓深闡釋文本的空間。

　　清代傳教士在編纂漢文報刊時，有意無意地運用模仿、引用、拼貼、旁徵博引等「互文技巧」，拉近讀者距離，甚至在報刊封面設計，與中國古典書籍暗合，試圖以中國文化傳統與書寫方式為包裝，透過援引中國文本，為基督教義作精緻的裱褙，達到福音廣播的目的。而報刊版式形成的原因，實與傳教士身處特殊社會氛圍、時代背景，當時的社會風尚，及清政府看待基督教態度等，社會環境變數有關。因此，本節嘗試自互文性角度討論，首先就報刊中所借鑑融合的「形式」部分，歸納如下：

## 一、封面援引儒家格言

　　當傳教士欲將異質「基督教」文化植入中國的文化核心價值中，首當其衝便是觸碰根深蒂固的「儒家思想」。中國幾乎沒有純粹的宗教觀念，中國文化對「教」的包容性比西方強。在中國人觀念中，儒教不僅是「原教」典範，更是「正教」的判準〔註 2〕，很容易接納或吸收其他的「教」，中國儒家思維中沒有宗教與非宗教的觀念，正統與非正統教的分別，不存在一個非教的領域。〔註 3〕

　　1833 年的《中國叢報》（The Chinese Repository）曾評論米憐：「是一位善於觀察人的能手，能夠機敏地抓住各種機會，以研究中國人的性格與習慣，他知曉他們的偏見並用合適的方法進行處理」。〔註 4〕米憐曾表示，「面對中國

---

　　　　〔法〕蒂費娜·薩莫瓦約著，邵煒譯，《互文性研究》（天津：天津出版社，2003 年），頁 4～5。

　　　　Julia Kristeva, Language the Unknown: An Initiation into Linguistic. Trans. Anne M. Menke.（New York: Columbia UP. 1989），p.328.

　　　　Julia Kristeva, World, Dialogue and Novel, in Toril Moi, ed., The Kristeva Reader（New York: Columbia University Press, 1986），p.36.

〔註 2〕陳曦遠，〈「宗教」──一個中國近代文化史上的關鍵詞〉，《新史學》第十三卷，第四期，2002 年，頁 37～66。

〔註 3〕〔法〕梅謙立，〈宗教概念和其當代的命運：在中西之間宗教概念的形成〉。收錄於中山大學西學東漸文獻館主編，《西學東漸研究》（北京市：商務印書館，2008 年），頁 70。

〔註 4〕The Chinese Magazine, The Chinese Repository, vol.2, 1833, p.235.

人的評述及責難，讓中國哲學家們出來講話，對於那些對我們主旨尙不能很好理解的人們，可以收到良好效果」。〔註5〕是故，傳教士採取「附會儒學」的方式，讓中國古代哲人說話。

　　從《察世俗》到《東西洋考》報刊封面，不約而同都打著孔孟旗幟，中國人自小熟讀四書五經，孔孟格言早已內化在立身處事認知體系中，運用儒家格言醒目地置於刊首，很容易吸引中國人目光，且暗示著刊物植基在儒學思想中，盼能獲得價值認同。

　　現將三份報刊封面剖析整理，列表如下：

## 表一：報刊封面格言表

| 報刊名稱　　卷期 | 封　面　語　句 | 備　註 |
|---|---|---|
| 《察世俗》　全卷 | 子曰多聞擇其善者而從之 | |
| 《特選撮要》全卷 | 子曰亦各言其志也已矣 | |
| 《東西洋考》<br>癸巳六月 | 人無遠慮必有近憂 | |
| 癸巳七月 | <u>人無遠慮必有近憂</u> | 與癸巳六月同 |
| 癸巳八月 | 皇天無親惟德是依 | |
| 癸巳九月 | 好問則裕自用則小 | |
| 癸巳十月 | 德者性之端也藝者德之華也 | |
| 癸巳十一月 | 儒者博學而不窮篤行而不倦 | |
| 癸巳十二月 | 子曰唯君子能好其正小人毒其正 | |
| 甲午一月 | <u>子曰唯君子能好其正小人毒其正</u> | 與癸巳十二月同 |
| 甲午二月 | 子曰亦各言其志也已矣 | |
| 甲午三月 | 四海爲家萬姓爲子 | |
| 甲午四月 | 無 | |
| 甲午五月 | 知者不惑仁者不憂勇者不懼 | |
| 乙未正月 | <u>子曰唯君子能好其正小人毒其正</u> | 與癸巳十二月同 |
| 甲午二月（乙未刊） | <u>四海爲家萬姓爲子</u> | 與甲午三月同 |

〔註5〕The Bible, The Chinese Repository,vol.4, 1835, pp.300-301.

| 報刊名稱　卷期 | 封　面　語　句 | 備　註 |
|---|---|---|
| 甲午三月（乙未刊） | 子曰亦各言其志也已矣 | 與甲午二月同 |
| 甲午四月（乙未刊） | 知者不惑仁者不憂勇者不懼 | 與甲午五月同 |
| 乙未五月 | 無 | |
| 乙未六月 | 無 | |
| 丁酉正月 | 相勸勵共體懷慈愛之心常切水木本源之念 | |
| 丁酉二月 | 遏惡揚善推多取少 | |
| 丁酉三月 | 不知禮義而與閭○鄙俚同其習見而不知爲非者多矣 | |
| 丁酉四月 | 飽食煖衣逸居而無教則近於禽獸 | |
| 丁酉五月 | 仁宅也義路也禮服智獨也信符也 | |
| 丁酉六月 | 無 | |
| 丁酉七月 | 無 | |
| 丁酉八月 | 無 | |
| 丁酉九月 | 無 | |
| 丁酉十月 | 推古驗今所以不惑欲知未來先察己性 | |
| 丁酉十一月 | 學之染人甚於丹青 | |
| 丁酉十二月 | 教子孫兩行正路惟讀惟耕 | |
| 戊戌正月 | 好勇不好學其蔽也亂好剛不好學其蔽也狂 | |
| 戊戌二月 | 形式不如德論 | |
| 戊戌三月 | 教子孫兩行正路惟讀惟耕 | 與丁酉年十二月同 |
| 戊戌四月 | 孟子曰今王發政施仁使天下仕者皆欲立於王之朝 | |
| 戊戌五月 | 孟子曰存其心養其性所以事天也 | |
| 戊戌六月 | 孟子曰非禮之禮非義之義大人弗爲 | |
| 戊戌七月 | 詩云民之所好好之民之所惡惡之 | |
| 戊戌八月 | 道也者不可須臾離也 | |
| 戊戌九月 | 修身則○立尊賢則不惑 | |

　　《察世俗》與《特選撮要》較單純，格言出自《論語》，表達出藉由報刊「言其志也已矣」，介紹一種思想或傳遞一種概念，希望中國人多所聽聞，接受報刊所述觀點，「擇善從之」。而《東西洋考》扣除七期重刊與七期未刊，

共有二十五句格言，語句主要攫取自長久以來建構、支撐中國道德倫理價值的精華，多出於《論語》、《孟子》、《四書五經》，但並非全部迻錄自儒學書籍。有些極可能是傳教士學習漢語，旁及其他中國古書，閱讀中國經典的成果，如：「四海爲家萬姓爲子」出自《太平御覽‧偏霸部十八‧陳頊》「王者以四海爲家，萬姓爲子」〔註6〕。「不知禮義而與閭○鄙俚同其習見而不知爲」出自歐陽修〈歸田錄〉「士大夫不知禮義，而與癌閭鄙俚同其習，見而不知爲非者多矣」〔註7〕。「教子孫兩行正路惟讀惟耕」，出自清代詩人王士禎家中懸掛之祖傳家訓楹聯「繼祖宗一脈眞傳，克勤克儉；教子孫兩行正路，惟讀惟耕」〔註8〕。又如：「學之染人甚於丹青」，出於《太平御覽‧學部‧敘學》「學之染人，甚於丹青。丹青吾見其久而渝也，不見久而渝於學也」〔註9〕。以倫理道德的訓誡爲主要選錄指標。

　　黎子鵬在《晚清基督教敘事文學選粹》指出，傳教士在撰著及傳播福音書時，特別注意到明清時中國民間流傳的勸善書籍或勸世文〔註10〕。簡單地說，善書是教人行善去惡的書，鼓勵讀者能遵循書中的訓誡，努力實踐善行，以期能得到上天諸神的獎賞，反之則會受到懲罰，是以因果報應或感應陰騭的信念立基。十九世紀前，中國長期以來已有訓誡講德的相關著作，如：《孝經》、《三聖經》、《弟子規》等。明清時期因三教合流，善書囊括了儒、釋、道三教的內容，把聖諭、官箴、家訓、格言等納入其中，當時盛行：「功過格」、「感應篇」、「陰騭文」等。〔註11〕

　　筆者發現丁酉年（1837年）二月格言「過惡揚善推多取少」，正是出自《太上感應篇》：「不彰人短，不炫己長；過惡揚善，推多取少。」〔註12〕極可能與傳教士接觸到民間流傳的善書有關。米憐就曾將傳教小冊

---

〔註6〕　〔宋〕李昉，《太平御覽‧偏霸部十八‧陳頊》第一冊（北京，中華書局，1998年），頁649。

〔註7〕　〔宋〕歐陽修，《歸田錄卷二》。收錄於〔唐〕張讀等撰，《筆記小說大觀正編》第二冊（北京，中華書局，1973年），頁1074。

〔註8〕　曾昭安，〈家訓對聯韻味長〉，《農民文摘》第六期，2001年，頁65。

〔註9〕　〔宋〕李昉，《太平御覽‧學部‧敘學》第三冊（北京，中華書局，1998年），頁2733。

〔註10〕黎子鵬編，《晚清基督教敘事文學選粹》（臺灣：橄欖出版社，2010年），頁iv。

〔註11〕吳震，《明末清初勸善院動思想研究》（臺北：國立臺灣大學出版中心，2009年），頁x-xi。

〔註12〕財團法人臺北行天宮編印，《太上感應篇》（臺北：行天宮，2012年），頁36～37。

「religious-tracts」一詞，翻譯爲「勸世文」，「Religious Tracts Society」譯爲「勸世小書會」，即該會成立的目的「特爲散諸般小本善書之意思」。〔註13〕其中文宣道小冊《鄉訓五十二則》，即借用善書概念，對鄉人說教，並說明：「故我等耶穌門徒，來中國傳救世之道。但善書用中文譯西文，恐人未明……」。〔註14〕《特選撮要・序》也談到「還有幾樣勸世文書、再印出來的、又可復送於人看。」〔註15〕說明早期傳教士受民間勸善文化影響，以中國既有的善書閱讀習慣與途徑，促進傳教士福音書籍的通行，也許中國人面對西方福音書籍報刊，同樣也以「勸善書」的角度觀看。

除了封面引用之外，報刊〈序〉中亦引用儒家格言，如：《特選撮要・序》〔註16〕提到「人都該謹之於始、而慮其所終」〔註17〕，有「修德從善」的心智，進而說明應認識眞主，祈求神天幫助，並「志於道」〔註18〕多讀書，以便分辨眞理，敬天愛人。

《東西洋考・序》〔註19〕全文詳附錄五，引用儒家格言情況更鮮明，全篇幾乎是以中國古代經典語句拼湊而成，乍看之下，會讓讀者以爲是中國知識分子所寫的錯覺。短短八百餘字，引述《論語》十處之多、《孟子》兩處，其他部分則綴連四書五經集合成篇，較特別的是，還有摘錄自清政府，爲訓諭世人守法和應有的德行所官修的典籍《聖諭廣訓》，現整理如下：

---

〔註13〕米憐（William Milne），《三寶仁會論》（麻六甲：出版社不詳，1821 年），頁 9～11。
　　　　詳參：http://digital.staatsbibliothek-berlin.de/dms/werkansicht/?PPN=PPN3308099276&PHYSID=PHYS_0000
〔註14〕參考〔日〕吉田寅，《中國プロテスタント傳道史研究》（東京：汲古書院，1997 年），頁 62。
〔註15〕《特選撮要・序》第一卷。
〔註16〕《特選撮要・序》第一卷。
〔註17〕〔宋〕朱熹，《四書章句集注・論語集注・學而第一》（臺北市：藝文印書館，1996），頁 130。
〔註18〕〔清〕阮元校勘，《十三經注疏・論語・述而》（臺北縣：藝文印書館，1997 年），頁 60。
〔註19〕以下原句引自《東西洋考・序》癸巳年六月，頁 3。

## 表二：《東西洋考‧序》援引中國經典語句

| 援引中國經典書目 | 《東西洋考‧序》原句 |
|---|---|
| 《論語》 | 多聞闕疑。慎言其餘。則寡尤。多見闕殆。慎行其餘。則寡悔。言寡尤。行寡悔。祿在其中矣〔註20〕 |
| | 多聞擇其善者而從之〔註21〕 |
| | 弟子入則孝。出則弟。謹而信。汎愛眾。而親仁。行有餘力。則以學文〔註22〕 |
| | 志於道。據於德。依於仁。游於藝〔註23〕 |
| | 當仁不讓於師〔註24〕 |
| | 三人行。必有我師〔註25〕 |
| | 居處恭。執事敬。與人忠。雖之夷狄。不可棄也〔註26〕 |
| | 惟上知與下愚不移〔註27〕 |
| | 好仁不好學。其蔽也愚。好知不好學。其蔽也蕩。好信不好學。其蔽也賊。好直不好學。其蔽也絞。好勇不好學。其蔽也亂。好剛不好學。其蔽也狂〔註28〕 |
| | 四海之內。皆兄弟也〔註29〕 |

---

〔註20〕 〔清〕阮元校勘，《十三經注疏‧論語‧為政》（臺北縣：藝文印書館，1997年），頁 18。

〔註21〕 〔清〕阮元校勘，《十三經注疏‧論語‧述而》（臺北縣：藝文印書館，1997年），頁 63。

〔註22〕 〔清〕阮元校勘，《十三經注疏‧論語‧學而》（臺北縣：藝文印書館，1997年），頁 6。

〔註23〕 〔清〕阮元校勘，《十三經注疏‧論語‧述而》（臺北縣：藝文印書館，1997年），頁 60。

〔註24〕 〔清〕阮元校勘，《十三經注疏‧論語‧衛靈公》（臺北縣：藝文印書館，1997年），頁 141。

〔註25〕 〔清〕阮元校勘，《十三經注疏‧論語‧述而》（臺北縣：藝文印書館，1997年），頁 63。

〔註26〕 〔清〕阮元校勘，《十三經注疏‧論語‧子路》（臺北縣：藝文印書館，1997年），頁 118。

〔註27〕 〔清〕阮元校勘，《十三經注疏‧論語‧陽貨》（臺北縣：藝文印書館，1997年），頁 154。

〔註28〕 〔清〕阮元校勘，《十三經注疏‧論語‧陽貨》（臺北縣：藝文印書館，1997年），頁 155。

〔註29〕 〔清〕阮元校勘，《十三經注疏‧論語‧顏淵》（臺北縣：藝文印書館，1997年），頁 106。

| 援引中國經典書目 | 《東西洋考・序》原句 |
|---|---|
| 《孟子》 | 城郭不完。兵甲不多。非國之災也。田野不辟。貨財不聚。非國之害也。上無禮。下無學。賊民興。喪無日矣〔註30〕 |
| | 吾聞出於幽谷。遷于喬木者。未聞下喬木而入於幽谷者〔註31〕 |
| 《詩經・衛風》 | 君子如切如磋，如琢如磨〔註32〕 |
| 《尚書・咸有一德》 | 德無常師主善為師。善無常主協于克一〔註33〕 |
| 《禮記・學記》 | 化民成俗〔註34〕 |
| 《大學》 | 眾物之表裏精粗無不到。而吾心之全體大用無不明矣〔註35〕 |
| | 湯之盤銘曰。苟日新。日日新。又日新〔註36〕 |
| | 致明明德〔註37〕 |
| | 窮至事物之理〔註38〕 |
| 《中庸》 | 舟車所至。人力所通。天之所覆。地之所載。日月所照。霜露所墜。凡有血氣者。莫不尊親〔註39〕 |
| 《聖諭廣訓》 | 猶水之有分派。木之有分枝。雖遠近異勢。疏密異形。要其本源則一。故人之待其宗族。……必如身之有四肢百體。務使血脈相通而痾癢相關〔註40〕 |

　　《東西洋考・序》中藉由中國經典語句，不斷反覆說明，希望中國人願意放下成見，發揮「禮儀之邦」的精神，即使「夷狄」亦有可供學習之處，

〔註30〕　〔清〕阮元校勘，《十三經注疏・孟子・離婁上》（臺北縣：藝文印書館，1997年），頁124。
〔註31〕　〔清〕阮元校勘，《十三經注疏・孟子・滕文公》（臺北縣：藝文印書館，1997年），頁99。
〔註32〕　靳勇等注釋，《詩經譯注》（臺北市：國家出版社，2011年），頁82。
〔註33〕　〔清〕阮元校勘，《十三經注疏・尚書・商書》（臺北縣：藝文印書館，1997年），頁119。
〔註34〕　〔清〕阮元校勘，《十三經注疏・禮記・學記》（臺北縣：藝文印書館，1997年），頁648。
〔註35〕　〔宋〕朱熹，《四書集注・大學・傳五》（臺北市：藝文印書館，1996年），頁18。此為朱熹注釋「格物」之語。
〔註36〕　〔宋〕朱熹，《四書集注・大學・傳二》（臺北市：藝文印書館，1996年），頁12。
〔註37〕　〔宋〕朱熹，《四書集注・大學章句》（臺北市：藝文印書館，1996年），頁7。
〔註38〕　〔宋〕朱熹，《四書集注・大學章句》（臺北市：藝文印書館，1996年），頁9。
〔註39〕　〔宋〕朱熹，《四書集注・中庸》（臺北市：藝文印書館，1996年），頁100。
〔註40〕　臺灣商務印書館編，《景印文淵閣四庫全書・聖諭廣訓》（臺北市：臺灣商務，1986），頁593。

盼能平等對待，體察中國不足，並徵引儒家格言或經典句式，喚起中國人「好學」意識，一再強調「學」的重要性。

　　傳教士報刊在封面、序文刊登引文的用意，主要追求中國讀者認同，內文援引中國經典或儒家格言更是不勝枚舉。借用當時中國人最尊奉的儒家學說，以及被視為金科玉律的經典書籍為己發聲，勸服中國人，考慮讀者接受程度，營造一個友善閱讀環境。包裝成中國式報刊，不急於辯駁中國迷信陋習，或傳播福音、新知等概念；而是將所欲宣揚觀念，牽合在中國人既有思想中，達到讓讀者願意接受的第一步，另一方面也反映出中國文學作品的實用功能價值。

## 二、使用訓詁學術語

　　「義訓」為中國傳統訓詁學中術語，《爾雅》即是義訓的權威著作。是指「字義的解釋不以字音為訓，不以字形為訓，只求說明其相當的意義」〔註41〕，傳教士報刊曾使用義訓：《察世俗・天球說》〔註42〕介紹黃道各星宿名稱時，特別註明要以官話發音，並說明某些字的西音，若以漢字發音「不能得西音十分正也」〔註43〕。現舉數例如下：

　　　　一號西音「亞利衣士」　　　　　義訓公羊也
　　　　二號西音「道路士」　　　　　　義訓公牛也
　　　　九十二號西音「比西士夂闌士」　義訓飛魚也
　　　　九十三號西音「羅布耳加羅里」　義訓加羅里之橡樹也

　　意即一號星宿，若以西方讀音來唸，讀為「亞利衣士」（「公羊座」英文為「Aries」，發音近似「亞利衣士」），又利用訓詁學中的義訓，在星宿下方標記義訓，該星宿的意思為「公羊」。運用中國人熟悉的註記方式，讓中國讀者明白西音與星宿代表的意思。

## 三、套用中國文學體裁

　　傳教士為使漢文報刊符合中國人口味與閱讀習慣，模仿中國文學的樣式，將欲宣揚的基督教義或各類知識置放在中國傳統體裁框架中，在傳遞信

---

〔註41〕 林尹，《訓詁學概要》（臺北縣：正中書局，2007年二版），頁164。
〔註42〕 《察世俗・天球說》第五卷，頁72～78。
〔註43〕 《察世俗・天球說》第五卷，頁72。

仰之餘，顧慮讀者閱讀心理以及追求閱讀的樂趣。檢閱三部報刊，套用借鑑中國體式大致可分四大類：

## （一）章回小說

明清之際隸屬天主教的耶穌會士，奉行自上而下的傳教策略，傳教士主要和上層階級打交道，而中國上層階級向來視小說爲小道，耶穌會士們受其觀念影響對小說未能十分注意，其他修會也沒有多餘的精力，關注此類異教文學。然而，基督新教與明清時期天主教相比，他們對中國小說採取較正面的態度。清代基督新教傳教士大多以學輔教，傳播西學的同時，也留心中學，爲要熟悉中國人的思維和文化，達到最終改變中國人信仰的目的。〔註44〕

特別是十九世紀風氣漸變，中國小說、戲曲作品等被選入漢語學習範本。扭轉在此之前，重書寫、輕口語；重儒學經典、輕通俗小說的語言學習傾向。〔註45〕馬禮遜所編《華英字典》和《中國一覽》中提及「孔明」和《三國志》，可能是西方國家最早涉及《三國演義》的文字紀錄。〔註46〕又在其所編的《中文對話與單句》中擬寫一段師生對話，學生問教師初學中文看什麼書好？教師先回答《大學》，學生認爲《大學》難以明白，又再請教老師，老師說：「甚次念《紅樓夢》甚好。」〔註47〕馬禮遜亦曾建議傳教士學習中文，應首先閱讀小說入手，〔註48〕可見中國小說在馬禮遜心中的地位，和馬氏與中國古典小說間交涉的聯繫。

至於郭實獵何時開始接觸中國小說則不得而知，但早在 1833 年郭實獵在中國沿海旅行途中，從普陀山僧人手中獲得一部《香山寶卷》，他將該書視爲佛教小說，稱爲 The Story of Fragrant Hill（香山的小說），從中領悟宗教教義

---

〔註44〕孫軼旻、孫遜，〈來華新教傳教士眼中的中國小說——以《教務雜誌》刊載的評論爲中心〉，《學術研究》第十期，2011 年，頁 152～160。

〔註45〕宋莉華，《傳教士漢文小說研究》（上海：上海古籍出版社，2010 年），頁 216。

〔註46〕王燕，〈馬禮遜與《三國演義》的早期海外傳播〉，《中國文化研究》冬之卷，2011 年，頁 206～212。

〔註47〕王燕，〈作爲海外漢語教材的《紅樓夢》——評《紅樓夢》在西方的早期傳播〉，《紅樓夢學刊》第六期，2009 年，頁 310～315。

Robert Morrison, Dialogues and Detached Sentences in the Chinese Language; with a free and verbal translation in English, Macao, 1816, pp.64-66.

〔註48〕參考 Robert Morrison, A view of China for philological purposes: containing a sketch of Chinese Chronology, Geography, Government, Religion and Customs（Macao: East India Company's Press, 1817）, P.120.

可用通俗故事闡述，小說可以用來宣傳宗教。〔註49〕他還發現「中國的宅第中擁有大量藏書，但若不是小說（通俗本），那些藏書是一般人所無法可見的。」〔註50〕點出他所觀察到的眞實情況。中國古代讀書分子對藏書具一定的重視，對藏書閣具相當程度的崇敬，不是人人都能隨意取得，只有印刷較粗糙的通俗本，容易流通傳閱。換句話說，通俗本子或小說是便於福音散布的媒介。

自明代始，章回小說體式越漸成熟，成爲中國古代小說的主要體制，其特點是「分回標目、故事連續、段落整齊、首尾完具」。〔註51〕傳教士報刊中文章情節多爲作者自創，故事情節框架參照不少中國小說常見橋段，如：路途偶遇、文人出遊、好友對坐閒談、請客食宴，或是中國風俗民情，如：元宵節（《察世俗・張遠兩友相論第八回》）、中元普渡（《特選撮要・普度施食之論》）、寒食節（《特選撮要・清明掃墓之論》）、重陽會（《東西洋考・天文月面》）、賀新年（《東西洋考・賀新禧》）等。試圖建立一個中國情境式的文化觀照，在此文化觀照中傳遞福音。

《察世俗》中自卷三起連載米憐編著的〈張遠兩友相論〉，最具代表性。共分十二回，是第一部新教模仿中國傳統章回小說撰著的基督教作品，採用章回形式演譯基督教義，深具意義。甚至在 1939 年抗日戰爭期間仍在發行，受歡迎程度可見一斑〔註52〕。該小說所創造的書寫框架，深刻地影響在華傳教士作品，如：郭實獵曾寫下的小說，至少六種以「回」劃分單位。〔註53〕

---

〔註49〕 Gutzlaff Charles, Journals of Three Voyages along the Coast of China in 1831, 1832 & 1833（London：Clay R., 1834），p.438.郭氏於 1833 年 2 月訪問該島。Remaks on Buddhism, The Chinese Repository, 1833, vol.2, p.233.
〔美〕韓南（Patrick Hanan）著，徐俠譯，《中國近代小說的興起》（上海：上海教育出版社，2010 年），頁 67。

〔註50〕 Poo Nang Che Tsang Sin, The Chinese Repository, vol.10, 1841, p.554.原文：We have seen extensive collections of books in Chinese houses, scarcely one of which, if not a novel, had ever been touched since it came out of the hands of the binder.

〔註51〕 劉勇強，《中國古代小說史敘論》（北京：北京大學出版社，2007 年），頁 219。

〔註52〕 廣協書局總編，《中華全國基督教出版物檢查冊》（上海：廣協書局總發行所，1939 年），頁 33。

〔註53〕 宋莉華，《傳教士漢文小說研究》（上海：上海古籍出版社，2010 年），頁 60。
黎子鵬編注，《贖罪之道傳——郭實獵基督教小說集》（臺北市：橄欖出版有限公司，2013 年）。
吳淳邦，〈十九世紀九○年代中國基督教小說在韓國的傳播與翻譯〉，《東華人文學報》第九期，2006 年 7 月，頁 215～250。

　　故事活動背景、人物角色、文化背景等小說元素，皆以中國材質進行設定，謀篇布局流露章回小說痕跡。故事主角張和遠是兩位好友，張是虔誠基督教徒；遠顓蒙不明，由不信到信教的過程。

　　第一回呈現中國式的謙虛，遠向張就教，張指出信耶穌者「心、行」與世人不同，分別在第一回、第二回闡述。第三回兩人再度相會，遠詢問張「信耶穌」何意？張曰：「其體有三位⋯⋯而比聖賢尤尊⋯⋯聖賢所教人之道理、都盡在五常、五倫⋯⋯大概屬今世眼前之事、未講到死後之事。像贖罪之理、復活之理⋯⋯。」〔註54〕以中國人熟知的「五常」、「五倫」及對「聖賢」的概念爲切入點，進行解釋。第四回張告遠「信者皆以天之情爲重、而不留心於地之情（名、利、權、勢）」〔註55〕，靈魂存在比身體更貴重。第五回遠至張屋，見張在樹下默思，張表示月明天色美，正看天默想造天、造月、造星的神主如此美妙。遠從未思及如此，乃流淚久不出聲，張安慰遠不妨讀聖書（聖經）向耶穌祈求罪可赦免，心亦可得安。第六回遠返家深想張之言，終夜不得入睡，三更起身祈禱，晚至張家，便詢問關於死後復活之事。第七回遠請張食宴，席散後，強留張再推講復活之理。第八回元宵節晚上，遠去拜訪張，見其拜神（跪地禱告）無神臺、香燭，覺得十分可異，張談及祈禱方法，不拘時間、場地，或坐或走或靜默讀經，祈禱有益於人。第九回張又告知遠，禱告拜神並非欲得財、名，是爲免罪、潔心、救靈與佑身，再論述復活後事，遠又請張爲之祈禱，並教之禱告。第十回遠回家後，一路思考張的祈禱詞，張聲稱自己有罪，但人人都稱張是善人，遠非常不解，三日後詢問張。張告謂人只見外面，惟神內外都見得明白，不應有自義之心而應認罪祈求赦免。第十一回遠告辭回家，深想永福永禍，甚是苦惱，又怕天堂不能得，地域不能脫，徹夜未眠，勉強飲食如常，計劃晚上必到張家訴說心事。第十二回張見遠面有悶色，問其源由，遠即淚如雨下，將昨夜苦思之事傾訴「我此小可微物、曾多多得罪神天。⋯⋯我此罪人實該受神天之大怒。⋯⋯我一向都如此隻狗子一般、肚飽、身暖、就安。天之大道、又永福、永禍、

　　　　李小龍，〈中國古典小說回目對傳教士漢文小說的影響〉，《長江學術》第三期，2010 年 3 月，頁 45～49。
　　　　郭實獵章回小說：《贖罪之道傳》（二十一回）、《常活之道傳》（六回）、《是非略論》（六回）、《正邪比較》（三回）、《誨謨訓道》（三回）、《聖書注疏》（五回）。
〔註54〕《察世俗・張遠兩友相論》第三卷，頁 71～74。
〔註55〕《察世俗・張遠兩友相論》第四卷，頁 1。

與自己靈魂等、我總不以之爲念」〔註56〕，點出當時中國大部分百姓庶民就像「遠」一樣，忙於經營生活溫飽，樸實平淡的性格，故對基督教沒有迫切需求，也反映作者米憐對中國民間習俗、宗教信仰、百姓生活的觀察與思考。

　　此外，游子安指出：「若有人隨意翻閱《長（張）遠兩友相論》，也許會認爲這是一本佛教書籍。」〔註57〕因內容借用佛家「罪」、「靈魂」、「悔」等語彙說明基督教義，其中蘊含道德勸說意味，又可視作傳教士受民間勸善書影響所呈現出的作品。最後，「遠」經過與「張」談論後，才有所略悟，求「張」告之去罪之道，「張」取書架《新遺詔書》（馬禮遜所譯新約聖經），指出「神愛此世、致賜己獨子、使凡信之者不致沉忘、乃得常生」〔註58〕，並以「汝要依靠救世者勿疑、勿違神天之令、則必得救也」〔註59〕作結。

　　〈張遠兩友相論〉連載分回，未標回目，也無章回體前套語、承套語或結束套語，人物亦缺乏個性形象發展。但具備人物、情節和場景三項小說要素。故事前後呼應，呈現因果關係，並描述「遠」受教後掙扎矛盾心理、情感活動，以及「遠」與「張」的性格描寫對比，即中國古典小說中的「用襯」，利用性格衝突來刻劃人物，富含小說特點。行文亦參考章回小說評點出注形式，如：第七回，說明復活身與現在身，眉批「見保羅與可林多輩書第十五章四十二、三節」〔註60〕；第十回，談到《新遺詔書》中的話語，「見若翰福音書第三章十六節」〔註61〕等，全十二回共出現四條眉批。

　　〈張遠兩友相論〉全文大都通過張和遠兩人對話、問答爲主要敘述方式，近似古代希臘柏拉圖（Plato，西元前 427～西元前 347）寫作時常使用的問答體或中國古代語錄體、答客體等。此問答體成爲基督教理文書或福音傳播慣用的敘述方式。米憐之後的郭實獵、理雅各（James Legge，1815 年～1897 年）、楊格非（Griffith John，1831 年～1912 年）等相繼仿效，撰寫宣揚福音小說，成爲宣教特色。〔註62〕

---

〔註56〕《察世俗‧張遠兩友相論》第五卷，頁 60～61。
〔註57〕游子安，《勸化金箴：清代善書研究》（天津：天津人民出版社，1999 年），頁206。
〔註58〕《察世俗‧張遠兩友相論》第五卷，頁 63。
〔註59〕《察世俗‧張遠兩友相論》第五卷，頁 64。
〔註60〕《察世俗‧張遠兩友相論》第四卷，頁 23。
〔註61〕《察世俗‧張遠兩友相論》第五卷，頁 64。
〔註62〕宋莉華，《傳教士漢文小說研究》（上海：上海古籍出版社，2010 年），頁 61～66。

　　此外，在一般性文章中，同樣可見章回小說形式，包括：較長篇連續的篇章以「分回形式」，如：《察世俗·古今聖史紀》（第一卷至第四卷分二十回，第四卷至第五卷之二共分七回）、《察世俗·天文地理論》（共分九回）、《特選撮要·咬𠺭吧總論》（共分十六回）等皆是分回形式。每篇既可獨立閱讀，又可互相連結，用來講述道理或傳播知識。

　　在《東西洋考》中的運用更為靈活，如：《東西洋考·貿易》〔註 63〕，編纂者竭力向中國人灌輸貿易的重要性和利益好處，故事描述廈門商人「林興」因貿易改變負債舖閉的命運。戊戌年（1838 年）三月起以「辛鐵能」、「曾植產」為主角，透過兩人言談和見聞介紹國外經商的經歷、情況，期望中國能打開通商貿易的大門。《東西洋考·英吉利國政公會》〔註 64〕和〈貿易〉寫作手法，如出一轍。由儒者「張現德」向「蘇發令」介紹國政公會情況，之後蘇引薦曾於英經商的商人「吳正益」，講述國政程序等內容。丁酉年（1837年）的《東西洋考·拿破戾翁》〔註 65〕、《東西洋考·馬理王后略說》〔註 66〕等則具章回歷史演義痕跡。丁酉年十月《東西洋考·格物窮理》〔註 67〕雖不是連載文章，書寫手法類似，經由三位儒生好友，介紹自然界雲、雨、彩虹等現象，後篇接續〈露雹霜雪〉，承續三位儒生故事說明氣象道理。雖然每回開頭並沒有對仗整齊、辭藻精鍊、撮舉要旨的「回目」，但每回故事皆有連貫性，能直接而全面地反映社會，並穿插詩詞、套語等，儼然具備章回小說的雛型。

　　傳教士報刊中呈現另一種章回小說的特點，就是「套語」的使用，如：《察世俗·神理》「後月續講」〔註 68〕、《察世俗·張遠兩友相論》「後月再講」〔註 69〕、《察世俗·釋疑篇》「兄仍有疑則待後月方解」〔註 70〕、《東西洋考·貿易論》「不知後來如何、只看下月傳」〔註 71〕等，類似「欲知後事如何，且聽下回分解」的形式，《察世俗·諸國之異神論》「看官、你若還有

---

〔註 63〕　《東西洋考·貿易》戊戌年二月～九月連載。
〔註 64〕　《東西洋考·英吉利國政公會》戊戌年四月～六月連載。
〔註 65〕　《東西洋考·拿破戾翁》丁酉年十月、十二月連載。
〔註 66〕　《東西洋考·馬理王后略說》戊戌二月，頁 333。
〔註 67〕　《東西洋考·格物窮理》丁酉年十月，頁 284～286。
〔註 68〕　《察世俗·神理》第一卷，頁 7。
〔註 69〕　《察世俗·張遠兩友相論》第四卷，頁 12。
〔註 70〕　《察世俗·釋疑篇》第五卷，頁 27。
〔註 71〕　《東西洋考·貿易論》戊戌年五月，頁 370。

疑、請等第二回與汝論一論」〔註72〕，《察世俗‧眞神與菩薩不同》「看官、爾幸勿棄眞神」〔註73〕，則表現出章回小說內文常夾有「看官」、「諸公」的稱呼。章回小說每回有開端語和結束語，開頭常用「話說」、「卻說」、「且說」、「卻是」，如：《東西洋考‧敘話》「話說漢人姓王名發法」〔註74〕、《東西洋考‧第二論》「且說先來有個朋友」〔註75〕等，在結構或風格上表現出「說話人的虛擬修辭策略」（simulated rhetoric of the storyteller）〔註76〕的常規，也符合古典小說發端語的使用趨勢〔註77〕。

　　還有，報刊章回小說形式文章的「篇首」，開頭常使用章回小說的套路「篇首詩」。胡士瑩曾言：「詩詞的作用可以是點名主題，概括全篇大意；也可以是造成意境，烘托特定的情緒；也可以是抒發感嘆，從正面或反面陪襯故事內容。」〔註78〕如：《東西洋考‧敘話》開頭寫到：「詩曰：從來人世美前程，不是尋常旦夕成。鼎鼐千端方是袞，鹽梅面偹如爲羹」〔註79〕，顯然模仿中國「有詩爲證」的文學傳統。經考察，該詩引自清代小說《玉嬌梨》第十回〔註80〕，原詩爲「從來人世美前程，不是尋常旦夕成。鼎鼐千端方是服，鹽梅百备始爲羹。大都樂自愁中出，畢竟甘從苦裡生。若盡一時僥倖得，人生何處是眞情？」。報刊所引詩句，「袞」字應爲刊刻筆誤，且讀音不合詩韻，「面、如」應爲形近上的筆誤。

　　講述天文自然理論性知識前，亦喜以詩做開頭，描述自然環境或風景情態，再說明各種自然天文現象情況，如：《東西洋考‧太陽》〔註81〕，：

　　　天晴水在水、水闊亦連天、寧似秋芳靜、剛逢月正圓、一塵清不翳、
　　　六幕淡無烟、如挽銀河瀉、全將珠緯湔、澄波翻下映、倒影竟高懸、
　　　虛名三千界、空明十二纏、四周同澹沱、萬里共澄鮮、便擬浮山棹、

〔註72〕《察世俗‧諸國之異神論》第三卷，頁 55。
〔註73〕《察世俗‧眞神與菩薩不同》第六卷，頁 4。
〔註74〕《東西洋考‧敘話》癸巳年十二月，頁 63。
〔註75〕《東西洋考‧第二論》甲午年二月，頁 86。
〔註76〕王德威，〈「說話」與中國白話小說敘事模式的關係〉。收錄於簡政珍主編，《當代臺灣文學評論大系──文學理論》（臺北：正中，1993 年），頁 117。
〔註77〕吳禮權，《古典小說篇章結構修辭史》（臺北：臺灣商務，2005 年），頁 248～251。
〔註78〕胡士瑩，《話本小說概論》（北京：中華書局，1980 年），頁 135。
〔註79〕《東西洋考‧敘話》癸巳年十二月，頁 63。
〔註80〕〔清〕張勻，《玉嬌梨》（拉薩：西藏人民出版社，2005 年），頁 133。
〔註81〕《東西洋考‧太陽》丁酉年七月，頁 255。

瓢斟大極泉

《東西洋考·天文》〔註82〕則引自《武夷山志·宿天遊觀》〔註83〕：

石磴捫蘿天上游、琳宮獨宿夢魂幽、孤峰咫尺通霄漢、九曲清涼漾鬥牛、光透疏欞星送曙、寒生小簟露驚秋、虹橋望斷無消息、月色溪聲自一樓、又曰隱屏日暮孤高晚、處處濤聲起翠林、雲濕萬峰寒錯落、月明長嶝獨憑臨、山中歲候青鞋老、天上樓臺紫霧深、幾度武陵迷路客、桃花流水亂春潯

又《察世俗》每卷卷末做年終詩，詩作內容大多是感歎時光運轉不息，應把握時間，悔罪信主。雖無高明文學意象或技巧，卻類似章回小說的「篇尾詩」（下場詩），使全卷顯得意味深長，加強主旨印象；加上詩聲律上的優勢，助成餘韻迴蕩之姿。在詩詞前又放置「領起語」，如：《東西洋考·敘話》「詩曰」〔註84〕、《東西洋考·醫院》「詩云」〔註85〕等，加強印證內容，遺留下套用章回小說的模仿範式。

癸巳年六月《東西洋考》〔註86〕新聞欄後，描述「在廣州府有兩個朋友。一個姓王。一個姓陳。……因往來慣了。情意淡洽。全無一點客套……」〔註87〕，〈論歐邏巴事情〉「就聚道敘話。往來慣了。情意洽淡」〔註88〕，傳教士敘寫兩人交往情況和清代小說《玉嬌梨》第一回「三人因平日往來慣了，情意淡洽，全無一點客套……」〔註89〕描述雷同。丁酉年二月〈博愛〉描述園林景色「山川秀氣所鍾」，與《玉嬌梨》第一回描述女主角紅玉「果然是山川秀氣所鍾，天地陰陽不爽」〔註90〕，文字相同。又同年七月〈太陽〉寫到「今幸相逢、然咫尺有雲泥之隔了。不勝欣慶。常想高情僥倖。後即欲遣候、奈道遠莫致、今日幸逢臨。」〔註91〕融合《玉嬌梨》十七回〈回勢位逼倉促

---

〔註82〕《東西洋考·天文》丁酉年八月，頁 265。
〔註83〕徐湖、邱雲霄，〈宿天遊觀〉。收錄於王挺之等主編，《中國世界文化和自然遺產歷史文獻叢書》第三十二冊（上海：上海交通大學，2011 年），頁 407。
〔註84〕《東西洋考·敘話》癸巳年十二月，頁 63。
〔註85〕《東西洋考·醫院》戊戌年八月，頁 405。
〔註86〕《東西洋考·新聞》癸巳年六月，頁 8。
〔註87〕同上。
〔註88〕《東西洋考·論歐邏巴事情》乙未年五月，頁 171。恔字疑爲筆誤或刊刻錯誤。
〔註89〕〔清〕張勻，《玉嬌梨》（拉薩：西藏人民出版社，2005 年），頁 4。
相關論述詳參：黎子鵬編注，《贖罪之道傳——郭實獵基督教小說集》（臺北市：橄欖出版有限公司，2013 年），頁 liv.
〔註90〕〔清〕張勻，《玉嬌梨》（拉薩：西藏人民出版社，2005 年），頁 3。
〔註91〕《東西洋考·太陽》丁酉年七月，頁 255。

去官〉〔註92〕，顯示傳教士受中國小說影響，鎔鑄小說句式於報刊中。

　　雖然傳教士小說礙於作者語言能力和考慮所面對的中下階層讀者，更強化用語淺白的特色，卻恰好與章回小說通俗易懂、文字淺白的特質近似。而為闡發基督教義使得故事性弱化，情節粗糙，敘事性缺乏，穿插各種文類以及文言格言用語，但無疑開創出一種新的創作嘗試，為讀者帶來刺激的、嶄新的閱讀經驗。

　　另外，為便於說明或吸引讀者眼目，特別是講述天文類或技藝類文章，配合版畫插圖，進行知識解說，頗具「繡像小說插圖」樣式。如：《察世俗・地每日運行圖》〔註93〕繪有地球每日運行一輪圖片；《察世俗・論日食》〔註94〕繪有日食之圖（如圖一）等。《東西洋考・論月食》〔註95〕繪有月食圖；《東西洋考・火蒸水器所感動之機關》〔註96〕繪製火蒸水氣相關構造；《東西洋考・水內匠籠圖說》〔註97〕附有水內小匠籠圖和弔繩圖（如圖二）等。《東西洋考》不含地圖，共出現五幅插圖。

圖一：《察世俗》中，「人居地腳相對圖」和「日食之圖」

〔註92〕〔清〕張勻，《玉嬌梨》（拉薩：西藏人民出版社，2005年），頁112。

〔註93〕《察世俗・論地每日運行圖》第二卷，頁94。

〔註94〕《察世俗・論日食》第五卷，頁1。

〔註95〕《東西洋考・論月食》癸巳年十月，頁47。

〔註96〕《東西洋考・火蒸水氣所感動之機關》甲午年五月，頁126。

〔註97〕《東西洋考・水內小匠籠圖》丁酉年六月，頁244。

圖二：《東西洋考》中，「火蒸水器所感動之機關」和「水內小匠籠圖」

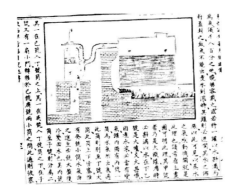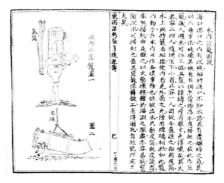

由此可見，「章回小說體式」是傳教士們慣用的策略之一。編纂者喜歡借助章回小說的範式進行書寫，不論談論基督福音、科學技藝或是政治經濟等；皆擅於利用中國材質樣式作爲載體，衍發報刊理念，達到宣揚的目的。

## （二）詩文歌賦、文學評論

中國「詩詞歌賦」在文學系統中佔相當重要比例，具特殊地位，從先秦《詩經》、《楚辭》，漢代賦、樂府古詩，南北朝民歌，唐宋詩詞高度發展，到清代詩詞創作，歷史淵源悠久，重要性不可言喻。〔註98〕至於「文學評論」方面，魏文帝曹丕的〈典論論文〉是最早討論的專篇；自曹丕開風氣後，文學評論專著日漸增加，曹植的〈與楊德祖書〉、應瑒的〈文質論〉、陸機〈文賦〉、劉勰〈文心雕龍〉、鍾嶸〈詩品〉等。〔註99〕

傳教士們意識到報刊讀者並不會輕易接受西方文明宗教產物的著作，爲想獲得中國人青睞與信任，投其所好，刊載中國人認同的內容，抓取目光。一方面顯示推崇中國古代文人創作，另一方面可增添報刊文學興味。而文學評論先介紹中國文學，再過渡橫越到西方文學家，緩和了直接比較中西優劣的衝擊力，巧妙又含蓄地拉近讀者距離。

此處「詩文歌賦」係指傳教士報刊專文摘錄或創作的中國古代文學詩、文或賦等作品，可分爲「摘錄刊登」和「原創發表」兩類爲主。其中摘錄刊登部分以《東西洋考》爲主，詳參本論文附錄六：《東西洋考每月統記傳》之引用中國文學迻錄校釋。剔除重刊六期，共有十二期刊登摘錄，換句話說，

〔註98〕劉大杰，《中國文學發展史》上、中、下三冊（臺北：華正書局，2008年）。
〔註99〕劉大杰，《中國文學發展史》上冊（臺北：華正書局，2008年），頁264～268、340～355。

中國文學作品的收錄在報刊中（共三十三期）約占三分之一，編纂者有意識地通過該種形式，建立與讀者關係對話的橋樑。

原創發表部分，《察世俗》共十四首。〈年終詩〉與〈新年詩〉主旨回顧一年景況，勉人把握時光，及早悔罪，掌握福音，另〈六月察世俗總詩〉和假托少年人之口──〈少年人作之詩〉，仍以宗教宣揚爲主調，運用淺顯的文言和韻律，編撰成中國人熟悉和推崇的方式，以中國人興味雅好爲觸媒，完成傳遞福音的目的。《察世俗》刊出的詩歌，被視作最早的「副刊性文字材料」，現代報紙副刊的源頭〔註100〕。

〈年終詩〉〔註101〕：

其一

日月星辰常運行。川流不息亦無停。

世人生命總有限。每到年終該想明。

其二

生命長短有定數。年隨運轉少不多。

終了一年老一歲。須想往日醉如何。

其三

一年四時十二月。自頭到尾多行爲。

心話與行向人已。前醉痛悔後無違。

其四

神恩保我得長生。賜我衣食該事神。

不知死日並後事。年終省察遵神行。

〈年終詩〉四首均押韻，在淺白的文字中帶出基督教義，由宇宙自然恆定地運行，寫到人世生命的變化，以「醉」來象徵過往歲月的昏沉蒙昧，以及未能認識眞神而虛擲光陰的狀態，詩組四論述到中國百姓最在意的生活溫飽，和個人死日與後事情形，其實都是掌握在眞神手中。勉勵讀者在年終歲末應當把握有限的生命時間，好好省察自己的行爲，遵行神的眞理而行。

〈新年詩〉〔註102〕：

---

〔註100〕　姚福申、管志華，《中國報紙副刊學》（上海：上海人民出版社，2007年），頁57。

〔註101〕《察世俗・年終詩》第一卷，頁32～33。

### 其一

每年一度到新年。今朝猶是舊時天。

光陰不老催人老。立德立功快向前。

### 其二

桃符戶戶掛門當。英華各自樂新君。

都緣上帝恩澤廣。萬國同該拜至尊。

### 其三

昊天上帝臨八方。總總蒸民賴生養。

誅鋤惡孽無能脫。賞報善人福日長。

### 其四

普天萬國歷新正。凡有生長悉自神。

若人虔孝遵真道。祈禱方可達純靈。

《察世俗》善於利用節期來傳遞時間的變化，利用年首與歲末，提醒讀者應當醒察自身。此四首〈新年詩〉同樣皆押韻，第一首先帶出時序，並以中國人追求的「三不朽」──立德、立功、（立言）驅策讀者在人生道路上，要繼續向前。第二首中的「桃符」是一種典型意象，勾勒出中國人過年習俗和歡愉節慶氣氛，筆鋒一轉，再回到報刊傳揚福音的意旨，「都緣上帝恩澤廣」，言下之意意謂人生的福祉，都來自於上帝的恩賜，「其四」的「凡有生長悉自神」有異曲同工作用，認為普天之下，不論中西都應該敬拜至尊上帝。第三首則借用早在《尚書》中的記載「乃命羲、和，欽若昊天。」〔註103〕早已存在中國人觀念中的「昊天」，和歷來代表所有方位的「八方」，來說明基督教中「上帝無所不在」觀念，以中國常使用的「蒸民」表示百姓，用字遣詞可見傳教士的考慮用心，最末「誅鋤惡孽」和「賞報善人」，雖是中國式「善有善報」思想，卻為傳教士承衍運用，成為基督教義思想過渡的橋樑，在「其四」中又接回福音，詩言遵「真」道，而不是「儒」道，說明認識真理，透過「祈禱」才是途徑，不是中國人熟知的偶像崇拜，呈現出在中國傳統文化觀念基礎上的化新。

---

〔註102〕《察世俗・新年詩》第六卷，頁 77。

〔註103〕〔清〕阮元校勘，《十三經注疏・尚書・堯典》（臺北縣：藝文印書館，1997年），頁 19。

《察世俗・六月察世俗總詩》〔註104〕：

其一

世人蒙昧似癲狂、不拜眞神拜偶像。

邪謠嫉妒相謀殺、損人利己常說謊。

其二

君子不與小人同、實認神義行善工。

喜引人善戒人惡、不是眞理必不從。

其三

西賢教子有良方、姓名畫土菜苗長。

小事俾知需做成、可悟眞神宰上蒼。

其四

上帝降災非偶然、都因人事慢神天。

但願眾生遵神誡、災害必定離汝前。

此四首詩分別押「尢、ㄥ、尢、ㄢ」韻，第一首寫出未接受福音世人的
形象：蒙昧癲狂、邪謠嫉妒、損人利己、說謊、相互謀殺。第二首借用儒家
對人的分類——「君子」和「小人」，說明上帝喜歡助人行善，戒除惡行，
再次強調獨有「眞理」才是唯一要遵從的方向。第三首由中國社會相當重視
的「家庭教育」著墨，「西賢教子有良方、姓名畫土菜苗長」，可對照報刊同
卷六月刊載的「西賢教子之法」〔註105〕，描述在英吉利國有位賢人，為教
授兒子，天地萬物都是由上帝所創造，便在田地書寫兒子姓名，然後播種在
上面，以土掩蓋，某日孩子見自己姓名在菜苗所生之處，非常驚奇，父親順
勢引導「汝既知此小事不自成，乃必有個成之者，何況天地萬物之生乎。」
其後，兒子「可悟眞神宰上蒼」。第四首寫明人世災禍並非偶然，其來有自，
因為人怠慢上帝或不認識眞理，再次借用中國人害怕上天降災的心理，期勉
讀者遵守上帝戒命，以遠離災禍。

《察世俗・少年人作之詩》〔註106〕：

金造銀雕不是神、諸國因何叩向身。

有口不能談義善、有目難觀萬國軍。

---

〔註104〕《察世俗・六月察世俗總詩》第五卷，頁36。
〔註105〕《察世俗・西賢教子之法》第五卷，頁35。
〔註106〕《察世俗・少年人作之詩》第六卷，頁42。

耳有不聽眞是否、有手何能助爾靈。〔註107〕

五內並兼無力氣、俱然偶像是虛文。

造者倚可爲一念、豈知無用固欺神。

**又作**

敬神神濟賜恤憐、消除邪念洗光鮮。

聖主純靈無不在、並無還往到河邊。

萬物始根神主造、普濟無儔數萬千。

《察世俗・少年人作之詩》可能爲米憐於 1815 年，在麻六甲所創建學校之少年所作，更大可能是傳教士假借少年人之手所寫，上段押「ㄣ」韻，下段押「ㄢ」韻，文字淺白流暢。此詩組較前面幾首更加宗教性，充滿傳教宣言，否定中國普遍可見人手塑造的「偶像」，雖有眼、耳、口等五官，卻不能發揮作用，即使有口，也不能暢談中國人心中「義」和「善」價值信念。下段則說明萬物都由神創造，神掌管一切，且神靈無所不在。

至於《東西洋考》，原創詩歌共十五首，多集中在癸巳年（1833 年）十二月〈蘭墩十咏〉，共十首。借寓居倫敦（蘭墩）中國文人之口所寫，透過詩組談論他在倫敦所見所聞。其一寫出英崙（現英國）地理位置與天候情況，並指出當時法國（佛啷嘶）仍有戰事。由於此處是借中國人之口所寫，在其二、其三和其八中，對英崙風景郊野的描述，使用非常中國化的詞語，如：形容山川「鍾靈秀」、「展畫眉」，使用「村郊晚」、「行人」、「村郭」等詞彙，且當地以「女士爲尊貴」，夫婦之間情愛重，彼此樂相依，是中國少見的場景，可見旅英中國作者的開明觀念，或可能僅是傳教士假託創作，因此沒有驚詫，筆下一派美好。其四寫到娛樂雅趣，西方同樣有戲樓，且以中國人對戲曲所關注的角度進行刻劃，描繪戲樓樣式如何，「生旦」樣貌如何，衣飾如何，一幅舞台戲曲場景，躍然紙上。其五寫英崙河流、橋樑等交通情形，且以中華夏文明發源地，在中國歷史上舉足輕重的「洛陽」古都爲形勢比擬。其六作者指出英崙繁華熱鬧，城市開發完備，竟替英崙擔心起沒有地方可以種植桑麻，骨子裡仍未離「以農爲本」的中國思維。其七、其八描述英崙市井街道的景象，令讀者憧憬，暗喻哪裡有中國人眼中的「蠻夷土番」？最末提到英崙氣候寒冷，因此栽種困難，但人民不缺飲食，且講究食器，尊重飲食這件事。大致說來，〈蘭墩十咏〉爲五言律詩，幾乎都押韻，雖描寫西方景物，卻

---

〔註107〕此處應爲筆誤，修正成：「有耳」不聽眞是否，較符合詩詞情境與句式。

蘊含濃厚的中國風味。

《東西洋考‧蘭墩十咏》〔註108〕：

**其一**

| 海遙西北極 | 有國號英崙 | 地冷宜親火 | 樓高可摘星 |
| 意誠尊禮拜 | 心好尚持經 | 獨恨佛唧嘶 | 干戈不暫停 |

**其二**

| 山澤鍾靈秀 | 層巒展畫眉 | 賦人尊女貴 | 在地應坤滋 |
| 少女紅花臉 | 佳人白玉肌 | 由來情愛重 | 夫婦樂相依 |

**其三**

| 夏月村郊晚 | 行人不斷遊 | 草長資牧馬 | 欄闊任棲牛 |
| 拾麥歌宜唱 | 尋花興未休 | 相呼早回首 | 烟霧恐迷留 |

**其四**

| 戲樓關永晝 | 燈後綵屏開 | 生旦姿容美 | 衣裝錦繡裁 |
| 曲歌琴笛和 | 跳舞鼓簫催 | 最是詼諧趣 | 人人笑臉回 |

**其五**

| 兩岸分南北 | 三橋隔水通 | 舟船過胯下 | 人馬步雲中 |
| 石礎千層疊 | 河流九派溶 | 洛陽天下冠 | 形勢暑相同 |

**其六**

| 富庶烟花地 | 人工鬪物華 | 帝城雙鳳闕 | 雲樹萬人家 |
| 公子馳車馬 | 佳人曳縠紗 | 六街花柳地 | 何處種桑麻 |

**其七**

| 高閣層層上 | 豪華第宅隆 | 鐵欄傍戶密 | 河水繞牆通 |
| 粉壁塗文采 | 玻璁綴錦紅 | 最宜街上望 | 樓宇畫圖中 |

**其八**

| 九月蘭墪裡 | 人情樂遠遊 | 移家入村郭 | 探友落鄉陬 |
| 車馬聲寮日 | 魚蝦價賤秋 | 樓房多寂寞 | 破壞及時脩 |

**其九**

| 大路多平坦 | 條條十字衢 | 兩傍行士女 | 中道騁駢車 |
| 夜市人喧店 | 冬寒雪積塗 | 晚燈懸路際 | 火燭燦星如 |

---

〔註108〕《東西洋考‧蘭墪十咏》癸巳年十二月，頁67。

其十

地冷難栽種　由來不阻饑　濃茶調酪潤　烘麵裏脂肥

美饌盛銀器　佳醪酌玉巵　土風尊飲食　入席預更衣

　　另外五首，刊登在戊戌年（1838 年）八月〈醫院〉文中，同樣援引漢人所吟之詩，稱揚伯駕醫生醫術高明，救人疾病，民眾感念其恩，遂利用中國古代文人以詩相贈的傳統，表明心態，強化西洋外夷亦是朋友的印象，別於《察世俗》以宗教信仰爲出發的寫作目的，也爲當時中國社會情況留下參考。

《東西洋考・醫院》〔註109〕：

今引漢人之吟國手之詩云、

我居重樓越兼句。所聞療治皆奇新、製法迥與中國異。三分藥石七分針。求醫之人滿庭宇。肩摩膝促猶魚鱗。癱疽聾瞽雜焉坐。先生周歷如車輪。有女眉生斗大瘤。血筋縈絡光輪囷。自言七歲遘此疾。今又七年半等身。先生俯視曰可治。但須稍稍受苦辛。乃與刀圭日一服。五日再視局樓門。縛女于榻戒弗懼。霜鑱雪刃爛若銀。且挑且割約炊許。脫然瓜落如逃鶉。過以瓶藥日洗換、旬餘膚合如常人。有兒生無兩耳竅。坦然輪廓皆平湮。先生爲之鑿混沌。實以銀管香水歕。塗膏抹藥頻改換、輪廓隱起耳有聞。有婦患臌腹如鼓。肢體黃腫死已濱。銀錐三寸入臍下。黑血湧注盈雙盆。須臾肌肉倏瘦皺。精神漸複回陽春。至如治目尤專技、挑剪鈎割無虛辰。治癒奚啻百十計。奇巧神妙難具陳。得效忻然無德色。不治泫然悲前因。嗚呼先生心何苦。噫嘻先生術何神。神術不嫌狠毒手。毒手乃出菩提心。是法平等無貴賤。物我渾一無踈親。我疑西方佛弟子。遣來東土救病民。不然航海萬里來。耗人舍己將何徇。非醫一藥不受報。且出已資周孤貧。勞心博愛日不懈。嗚呼先生如其仁。其道自是如來教。其術卻得元化眞。

其一云

尋醫留住五羊城、幸遇眞人善點睛、

已喜撥雲能見日、從教汙濁轉清明。

〔註109〕《東西洋考・醫院》戊戌年八月，頁 404。

**其二云**

昨秋重九始登樓、自得登樓疾漸療、

費盡勞心餘兩月、明朝何忍別孤舟。

**其三云**

眾書催入五羊城、一夕愁聞折柳聲、

安得與君長久敘、樓頭話到日重明。

**其四云**

良醫相敘怕相離、一別從訂後會期、

來年問我重遊日、正聽街頭賣杏時。

〈醫院〉詩組首先闡明，伯駕醫生醫術與中國治療方式迥異，記載「女眉生瘤」、「男無耳竅」、「婦患臟腹」等特殊病例，經過醫生妙手濟世，病患重拾健康的歷程。充滿中國意象與深植文化底層的意涵：描寫醫生治療無耳竅病患，醫生為他「鑿混沌」，轉化運用莊子「渾沌開竅」的寓言。又稱許醫生醫術高超，以中國道德理想境界「仁心」讚譽。認為應該是西方「佛弟子」，有一顆「菩提心」，其道是「如來教」，其術得「元化真」。在中國傳統思維中「佛教」或「出家人」，帶有慈悲為懷的標記，在未接觸或不理解西方基督教背景下，從既有的文化脈絡與傳統中尋找對應比擬的形容，將中國式觀念思維，直接投射在詩句中。

其一開頭寫為尋找醫生便留住「五羊城」，五羊城是廣州的別稱，據傳聞廣州曾出現連年荒災，南海天空突然出現五朵祥雲，上有五位仙人，分別騎乘不同毛色的山羊，羊口中銜著良種稻穗，祝願廣州無飢荒，後五隻羊化為石頭；或有一說是仙人為救一對遭地主逼迫繳交穀租的父子，將穀種送給少年的故事。從此以後，廣州便有五羊城、穗城的美稱。〔註 110〕而廣州正是伯駕醫生開設「博濟醫院」的所在地，顯示詩組的真實性。其二寫經醫生診治，眼疾逐漸痊癒，但想到之後要離別，「明朝何忍別孤舟」，開始點染離別情緒。其三以古典詩詞常出現的「折柳」意象表示離別。其四寫出與醫生離情依依，不捨話別，並相約後會之日。

筆者認為《察世俗》原創詩歌應為傳教士主筆，但《東西洋考》所刊登的詩歌，不論意象的呈現或詞彙的選用更貼近「中國」文人之筆，不似出於

〔註110〕〔宋〕郭祥正，《青山集・五仙謠》卷十五（北京：書目文獻，1990 年），頁8。
陳慶浩、王秋桂編，《廣東民間故事集》（臺北：遠流出版，1989 年），頁3～5。

母語非漢文的傳教士之手，應誠如傳教士所言，詩組來自漢人之手，或傳教士撰寫後由中國讀書人大加潤飾完成。不論模仿借鑑或直引漢人著作，都爲了更融合中國語境和文化，爲報刊贏得讀者的目的。雖然刊登的詩作，採用淺近文言文，五字句或七字句，講究押韻，但與中國詩歌相較，仍明顯口語化許多，絕少冷僻字或典故，也許爲白話文詩歌研究提供新的材料或關注方向。〔註 111〕

### （三）語錄體

所謂的「語錄」指「文體名。直接記錄講學、論政及傳教者言談的文體。古史有記言、記事之分，前者即爲語錄體之濫觴。先秦諸子中《論語》、《孟子》、《莊子》、《墨子》中的一些篇章皆爲語錄體。其名始於唐代，與僧侶講道刊刻禪宗語錄有關。」〔註 112〕。

游國恩《中國文學史》〔註 113〕指出先秦散文大約可分三階段，第一階段是《論語》和《墨子》，即純語錄體和語錄體中帶有質樸議論文。第二階段是《孟子》、《莊子》，漸由語錄體形成對話式的論辯文，甚至《莊子》幾乎突破語錄形式發展爲論點及中的專題議論文。第三階段是《荀子》和《韓非子》，在先秦散文中發展到議論文最高階段，中國文學發展到後期，小說或戲曲中的對話都可看作語錄體的延伸。

反觀西方古希臘時代，柏拉圖（希臘文：Πλάτων，Plato，約公元前四二七年～前三四七年）是當時重要的思想哲學家，其作品幾乎都用「對話體」寫成〔註 114〕，柏拉圖的思想主要是通過和他老師蘇格拉底（希臘文：Σωκράτης，Socrates，公元前 469～公元前 399），以及其他人的對話來體現，他所樹立的對話體典範，是後來許多思想家都採用的形式。〔註 115〕

---

〔註 111〕袁進教授認爲新教傳教士的「譯詩」是新詩形式的發軔。詳參：
　　　　袁進，〈試論近代西方傳教士對中國文體的影響〉。收錄於關西大學文化交涉學教育研究據点編集，《東アジア文化交涉研究》第七冊（大阪府吹田市：關西大學文化交涉學教育研究據点，2008 年），頁 1～16。
　　　　袁進，〈從新教傳教士的譯詩看新詩形式的發端〉，《復旦學報》第四期，2011年，頁 26～33。
〔註 112〕中國文學大辭典編輯委員會，《中國文學大辭典》（上海：上海辭書出版社，2003 年三刷），頁 1995。
〔註 113〕游國恩，《中國文學史修訂版》（北京：人民文學，2004 年），頁 70。
〔註 114〕柏拉圖著，朱光潛譯，《柏拉圖文藝對話錄》（臺北：網路與書，2005 年），頁 7。
〔註 115〕詳參柏拉圖著，王漢朝譯，《柏拉圖全集》（臺北縣：文化出版，2003 年）。

　　不論語錄體或對話體，都是將高深的道理轉化成大眾、詩化、口語化的語言；語言簡潔易懂，具臨場感，通過對話說明思想或要旨。在「彼──此」關係中作出對答和論辯，把一方的想法概念宣告另一方，另一方將思考輸向彼方。在一來一往的互動作用中，加深論點，提出精華。

　　西方「對話體」和中國「語錄體」最大的差異之一在於：「西方對話體」是一個平等對話的探討過程，也就是一個主體提問，另一個主體回答，彼此論辯，沒有預測答案的前提，並強調言說本身的邏輯性。「中國語錄體」較類似獨斷式思想的傳遞，看重的是結論，一錘定音，不在意反覆的辯難。而傳教士報刊內容，不斷強調福音教義的正確性，兩個言說主體話語並不平權（詳本論文第五章第三節），正是「中國語錄體」的展現。

　　傳教士們自《察世俗・張遠兩友相論》所立下的書寫範式，已靈活運用，如：〈曾息二人夕談〉〔註116〕、〈鐵匠同開店者相論〉〔註117〕、〈東西夕論〉〔註118〕等。《特選撮要》的〈水手悔罪〉〔註119〕、〈一生諸事比終日之路〉〔註120〕、〈論聖書之貴〉〔註121〕到《東西洋考》更是運用自如，舉凡講述西學或地理介紹或闡述教義，如：〈第二論〉〔註122〕、〈亞非利加浪山嶨說〉〔註123〕、〈論歐邏巴事情〉〔註124〕、〈火蒸車〉〔註125〕、〈博愛〉〔註126〕、〈論〉〔註127〕、〈太遲〉〔註128〕、〈太陽〉〔註129〕、〈月面〉〔註130〕、〈論〉〔註131〕、〈貿易〉〔註132〕等，樂此不疲，一再使用。甚至是自我行銷的廣

---

〔註116〕《察世俗・曾息二人夕談》第六卷，頁 40。
〔註117〕《察世俗・鐵匠同開店者相論》第七卷，頁 52。
〔註118〕《察世俗・東西夕論》第七卷，頁 79。
〔註119〕《特選撮要・水手悔罪》第一卷。
〔註120〕《特選撮要・一生諸事比終日之路》第一卷。
〔註121〕《特選撮要・論聖書之貴》第一卷。
〔註122〕《東西洋考・第二論》甲午年二月，頁 86。
〔註123〕《東西洋考・亞非利加浪山嶨說》甲午年五月，頁 123。
〔註124〕《東西洋考・論歐邏巴事情》乙未年五月，頁 171。
〔註125〕《東西洋考・火蒸車》乙未年六月，頁 185。
〔註126〕《東西洋考・博愛》丁酉年二月，頁 205。
〔註127〕《東西洋考・論》丁酉年五月，頁 231。
〔註128〕《東西洋考・太遲》丁酉年七月，頁 254。
〔註129〕《東西洋考・太陽》丁酉年七月，頁 255。
〔註130〕《東西洋考・月面》丁酉年八月，頁 265。
〔註131〕《東西洋考・論》戊戌年二月，頁 325。
〔註132〕《東西洋考・貿易》戊戌年三月，頁 344。

告文，如：〈新聞〉〔註133〕、〈敘話〉〔註134〕、〈敘談〉〔註135〕，同是經由兩位主角對話，說明「撰者心敬唐人、雖才劣學疏、有愧於雕蟲、而不敢委也。萬一有補、化民成俗、喜不勝矣。」〔註136〕。語錄體的撰寫方式，顯示傳教士受〈張遠兩友相論〉影響，不斷複製同類型書寫範式外，更是將編纂者的思想，一層層注入讀者的靈魂中。

### （四）書信體

在西方以書信進行文學創作，源於古希臘時期。古羅馬詩人賀拉斯（Quintus Horatius Flaccus，西元前 65～前 8）就曾用書信創作詩歌，被稱為「書信體詩文」（verse epistle）。〔註137〕至十八世紀，西方更將「書信」作為小說表達途徑與結構格局，簡要定義，即是通過一個或幾個人物寫的書信，來推進敘述小說，稱為「書信體小說」。〔註138〕中國小說傳統中並無此類小說形式，書信體小說的出現是五四之後才出現的文體，如：盧隱《或人的悲哀》、冰心的《遺書》等。

雖然「書信體小說」並非中國傳統小說的形式，但在中國古代即有以「書信體」進行文學創作，名稱甚多，或稱書、簡、箋、札、尺牘等〔註139〕。文人彼此書牘贈序，日常生活往來，廣泛多樣，內容無所不包；可論文，可說理，可記遊，可論辯，可抒發情感等。〔註140〕甚至融入小說情節中，如：唐傳奇〈鶯鶯傳〉中即有鶯鶯與張生互通的書信〔註141〕；《紅樓夢》中亦收錄多封書信，第三十七回中，更出現兩封完整書信。〔註142〕在抒發作者情思、觀念上，與詩文同樣具審美價值。西方「書信體小說」是以第一人稱表達情意

〔註133〕《東西洋考·新聞》癸巳年六月，頁 8。
〔註134〕《東西洋考·敘話》癸巳年十二月，頁 63。
〔註135〕《東西洋考·敘談》丁酉年十二月，頁 306。
〔註136〕同上。
〔註137〕張鶴，《虛構的真跡：書信體小說敘事特徵研究》（北京：人民文學，2006 年），頁 11。
〔註138〕同上，第一章。林驤華，《西方文學批評術語辭典》（上海：上海社會科學出版社，1989 年），頁 281。
〔註139〕中國文學大辭典編輯委員會，《中國文學大辭典》（上海：上海辭書出版社，2003 年三刷），頁 1993。
〔註140〕王國瓔，《中國文學史新講》下（臺北：聯經出版，2006 年），頁 618。
〔註141〕〔宋〕李昉，《太平廣記·雜傳記五》卷四八八（臺北市：文史哲出版，1987 年五月再版），頁 4015。
〔註142〕〔清〕曹雪芹、高鶚，《紅樓夢校注》（臺北：里仁出版，1983 年），頁 557。

的方式發出信函，但「書信體的散文」則是寫信者即信件的創作者。傳教士報刊書信體類文章，依其創作內涵應為「書信體散文」，和中國傳統書信體文學接近。

　　剖析三份報刊的書信體文章，《察世俗・好友走過六省寄來書》信中以中國書信體常出現的遊記形式，敘述作者走過中國六個省分，和朋友分享山水風光和路途所見，並感嘆：「我所經過之各處、除回回之外、未有人拜創天地萬物獨一眞主、都是拜人手所作之泥像之類。」〔註143〕反映當時中國民間信仰的情況。

　　《東西洋考》陸續刊登約十四封書信，仿照中國書信應用文體式及用語，寫信給叔父、姑母、子姪等至親，穿戴「中國家書」外衣，常以「拜別慈顏」、「不肖」、「久違顏範」、「愚姪遠離家國」等話語開端，內容則介紹國外風土民情、教育政治、監獄刑罰等，扳正中國人想像中的蠻夷情況，開拓中國人眼界。現將《東西洋考》書信體整理，列表如下：

### 表三：《東西洋考每月統記傳》書信體列表

| 卷期、頁碼 | 篇　名 | 內　容　摘　要 |
|---|---|---|
| 甲午年四月、頁111 | 〈子外寄父〉 | 離家遊子思念父母的家書，信中報告海外見聞，看到西方國家：農業、商業發展良好，人民熟知禮義，並非蠻夷，與原本想像相去甚遠。 |
| 丁酉年二月、頁201 | 〈姪外奉姑書〉 | 住在英國的留學生寫給姑姑的信，信中描述英國風俗，當地沒有溺女嬰、纏足等惡習，對待男女一律平等眷愛，且設女學館，教識聖書、詩書樂唱等。 |
| 丁酉年四月、頁221 | 〈儒外寄朋友書〉 | 住在阿里曼國（日耳曼國）的儒生寫信給朋友，介紹該國教育及學校傳授的學理科別，經比較後感嘆：「我漢人只留心本話、我儒毋用學習各類學理、倘能讀書、寫書、作文、就罷了。」 |
| 丁酉年六月、頁241 | 〈姪外奉叔書〉 | 姪子寫給叔叔的信，介紹美國地廣物豐，民眾通商貿易，且有各項殊異中國的器具，如：蒸舟、蒸車等。人民敬服救主耶穌，風俗醇厚。 |
| 丁酉年七月、頁251 | 〈叔家答姪〉 | 叔答覆姪的來信，表示對信中所闡述美國的情況，甚是感慕，願姪能更詳細描述。 |
| 丁酉年七月、頁251 | 〈姪覆叔書〉 | 姪子奉函回覆，說明美國本蠻荒之地，漸漸累積人口，成為強盛之國的始末。 |

〔註143〕《察世俗・好友走過六省寄來書》第三卷，頁115～116。

| 卷期、頁碼 | 篇　名 | 內　容　摘　要 |
|---|---|---|
| 戊戌年三月、頁 339 | 〈自主之理〉 | 信中談到英吉利國的政體法律：自帝君至於庶人、各品必凜遵國之律例。所設之例，必爲益眾者。官員審案，公平公開，人民對上帝更是存著敬畏的心。法律僅是外在約束，唯有信仰上帝才是眞正「自主」的正道眞理。 |
| 戊戌年四月、頁 360 | 〈姪寄叔〉 | 姪見律法中有笞刑、杖、徒、遣軍、斬、絞、凌遲等，盼叔能說明原何設立刑法之意。 |
| 戊戌年四月、頁 360 | 〈叔寄姪〉 | 叔表示若罪犯不施刑罰，律法將無用，且施刑罰，可讓眾人敬畏警戒之意。 |
| 戊戌年五月、頁 371 | 〈姪答叔論監內不應過於苦刑〉 | 姪收到信後表示，他了解叔所謂施刑罰除罪之意，並向叔介紹英吉利人「侯活」的例子。侯氏因一次旅行意外無故被關入法國監獄，收監期間受很多苦楚，釋放後決心揭露監獄惡行。 |
| 戊戌年七月、頁 389 | 〈北亞墨利加辦國政之會〉 | 假托在北亞默利加國經商的父親口吻，向兒子說明該國政治體制，民主情況等，並勉勵孩子應孝順向善。 |
| 戊戌年七月、頁 396 | 〈姪答叔書〉 | （呈前叔姪書信）侯活後來訪查律法森嚴的俄羅斯，除死罪外，其餘人犯都以鞭刑懲處。侯活訪問一位行刑之人，流露出鞭刑的殘酷，短短一、兩天便體無完膚，監牢環境惡劣，惡臭不堪。 |
| 戊戌年八月、頁 408 | 〈姪奉叔〉 | 承接前面內容，侯活爲揭發暴虐惡事，作三卷書，廣布天下。卷一論述監獄內苦楚，卷二說明監獄惡規，卷三則論述如何能建好監獄。 |
| 戊戌年九月、頁 421 | 〈姪復叔〉 | 姪表示道光十五年時，因侯活事件，英吉利王令人探查監獄，並訂立十七條章程，改進監獄惡習陋規。 |

## 四、小　結

　　由上觀之，爲獲得中國讀者的親近及垂青，傳教士們重彩濃墨地引用已內化在中國人價值內在的儒家思想格言，調和緩衝中國人對蠻夷的誤解，挪用中國經典觀點闡釋福音教義，貼近中國人既有的概念，參酌儒釋道三教提供的「良心」、「羞恥」、「懺悔」等漢語詞彙。藉中國人喜聞樂見、熟悉通曉的文學形式：章回小說體、語錄體、詩歌、書信體等，承載新的觀念或思想，並有意無意使用互文手法，創造出獨特的文本畛域及空間範圍，邀請讀者中西穿梭，以一種潛移默化、溫和友善的方式，注入新的信仰意識與開啓新的視野系統。

另一角度，傳教士爲迎合中國讀者，大量引經據典，導致白話中夾雜文言且容易模糊基督主題，弱化敘事性，不諳教義或初次接觸讀者，乍看之下誤認耶穌是孔孟之徒。套語的使用有時亦顯突兀，留下模仿的生硬痕跡，也正是傳教士漢語書寫嘗試的過渡紀錄。

# 第二節　中國文學文化內涵的承衍與化新

上節就傳教士報刊中引用、擷取中國經典，形成書寫範式的部分進行討論，本節就報刊中向儒學、先賢語錄、中國經典書籍及文化意識所拆解引申的「內容」部分，歸納如下：

## 一、延伸轉化經典要義

報刊編纂者巧妙運用儒家思想義理，緊扣儒家意旨，轉化概念成爲輔助論證傳教士的觀點，中國經典或儒家要義成爲一種工具性語言，降低讀書仕人與百姓庶民的防衛心理，勸服中國讀者，試圖解釋「新異」其實蘊藏在中國人部分觀念意識，中西之間是具有互通與對話性。

《察世俗・序》指出「看書者之中有各種人。上中下三品、老少、愚達、智昏皆有」。〔註144〕「性三品」一直是古代人性主張重要流派之一。《論語》中也談到「中人以上，可以語上也。中人以下，不可以語上也」〔註145〕，又董仲舒將人性劃分爲聖人之性、中民之性、鬥筲之性；〔註146〕王充「人性三品說」，根據秉氣，將人分爲善、中、惡三種〔註147〕，到韓愈「性之品有三，……上焉者，善焉而已矣；中焉者，可導而上下也；下焉者，惡焉而已矣」〔註148〕等。《察世俗》延續這樣的見解，根據此決定報刊篇幅及寫作

---

〔註144〕《察世俗・序》第一卷，頁2。
〔註145〕〔清〕阮元校勘，《十三經注疏・論語・雍也》（臺北縣：藝文印書館，1997年），頁54。
〔註146〕〔漢〕董仲舒著，鍾肇鵬主編，《春秋繁露校釋》（石家莊：河北人民出版社，2005年），頁682～689。
〔註147〕〔漢〕王充，張宗祥校注，《論衡校注・論衡卷三》（上海：上海古籍出版，2010年），頁69。「余固以孟軻言性善者，中心以上者也。孫卿言性惡者，中人以下者也；楊雄言人性善惡混者，中人也。若反經合道，則可以爲教；盡性之理，則未也。」
〔註148〕〔唐〕韓愈著，屈守元主編，《韓愈全集校注》（成都：四川大學，1996），頁2686～2687。

方式「每篇必不可長、也必不可難明白……淺識者可以明白、愚者可以成得智、惡者可以改就善、善者可以進諸德」〔註149〕。

　　排除報刊〈序〉，就整體文章內容，亦常引用儒學觀點，傳教士截取中國經典加以闡發，作為教義佐證。如：《察世俗·立義館告帖》引「玉不琢不成器、人不學不知道」〔註150〕來說明學習的重要性，並告知將免費招收學生，鼓勵家長父母送子弟前來就讀。講述聖經內容，引「保羅曰、聞耶穌之福音則死者、利也。孔夫子曰、朝聞道、夕死可矣。朱夫子曰、道者、事物當然之理。苟得聞之、則生順死安、無復遺恨矣」〔註151〕，將儒學聖賢的言論比附《聖經》話語，就字面意義延伸擴大解釋，所謂的「道」是與天堂地獄、福音有關，一個人耳朵聽聞，通曉天理，堅持所得之福音，確實力行本分之道，則死亦可也。又《東西洋考·洪水之先》記載《聖經》挪亞方舟的故事，後文引用孟子「當堯之時。天下猶未平。洪水橫流。氾濫於天下。草木暢茂。禽獸繁殖。五穀不登。禽獸逼人。獸蹄鳥跡之道。交於中國」〔註152〕，表示並非憑空捏造，中國古書有同樣記錄。

　　引述儒家觀點用以輔證的書寫策略，在《察世俗》和《特選撮要》單篇講述道理，以及《東西洋考》中〈論〉、〈煞語〉類「論說文章」使用較多。如：《察世俗·講小人》開頭寫到「子曰、君子懷德、小人懷土。朱子曰、懷思念也。懷德、謂存其固有之善、懷土、謂溺其所處之安、君子小人趣向不同、公私之間而已矣。尹氏曰、樂善。惡不善、所以為君子。苟安務得、所以為小人」，〔註153〕一口氣引用孔子、朱熹、尹焞等中國先賢的話語，後面再接續「聖若和論耶穌……聖保羅曰、小人之終乃沉亡……小人之心係溺於世界生前之土情。君子係仰望來世永福之天情」〔註154〕，重新定義儒家的「君子、小人」，小人心存地上貪利虛名之事，掩己罪詔，不肯求上帝赦罪，忽略救世主耶穌；君子則克己守貧，痛悔己罪，求天赦免，仰望永福，尊崇上主。

　　　　大學曰、物有本末、事有終始。知所先後、則近道矣。……一人拜
　　　　神天的時節、則留心、盡力、為洗身、穿乾淨之衣服、首上戴帽子、

---

〔註149〕《察世俗·序》第一卷，頁3。

〔註150〕《察世俗·立義館告帖》第一卷，頁4。

〔註151〕《察世俗·腓利比書》第五卷，頁4。

〔註152〕〔清〕阮元校勘，《十三經注疏·孟子·滕文公》（臺北縣：藝文印書館，1997年），頁98。

〔註153〕《察世俗·講小人》第五卷，頁30。

〔註154〕《察世俗·講小人》第五卷，頁30～31。

就算完了本分……那人亦不知本末先後之道理。又一個人不慮及臨終死後一個寶貝靈魂之大關係、乃止慮及生前肉身之所涉者、則那人亦不曉本末先後之大道理也。〔註155〕

引述《大學》話語，說明若不認識上帝，不思索死後靈魂問題，或是敬拜上帝僅有繁禮儀表，便是本末倒置，未能掌握事情本末先後。運用儒家思想話語，解釋基督教義內涵，輸送編纂者思想，不離傳教福音宗旨。

又如《特選撮要‧媽祖婆生日之論》「孔子曰、獲罪於天、無所禱也」〔註156〕以聖人之言駁斥祭拜媽祖行為，傳教士帶著先驗的假設和目的，透過中國根深蒂固先賢思想觀點或經驗，接合基督教教義，娓娓道出「傳教士西方性」的詮釋，為基督教進入中國帶來可能性的路徑。

再觀《東西洋考》，癸巳年（1833年）八月的〈論〉「子曰良藥苦口。利於病。忠言逆耳。利於行。……蘇東坡曰。夷狄不可以中國之治治也。……凡待人必須和顏悅色。不得暴怒驕奢。……孟子曰。今王發政施仁。使天下仕者。皆欲立於王之朝……」〔註157〕，等三處借用孔孟語錄〔註158〕以及蘇軾〈王者不治夷狄論〉〔註159〕，增強勸說對待外來西洋人要像對待朋友般。

癸巳年八月〈煞語〉〔註160〕，起頭推崇儒家重人倫、守宗禮、揚名顯親思想，引用孟子「居天下之廣居。立天下之正處。行天下之大道。」〔註161〕帶出個人雖親疏不同，但源根一體，皆上帝之子。

癸巳年九月《東西洋考‧論》〔註162〕引孟子「善養浩然之氣」〔註163〕，

---

〔註155〕《察世俗‧本末之道》第六卷，頁31。

〔註156〕〔清〕阮元校勘，《十三經注疏‧論語‧八佾》（臺北縣：藝文印書館，1997年），頁28。

〔註157〕《東西洋考‧論》癸巳年八月，頁23。

〔註158〕王肅，《孔子家語譯注》（桂林：廣西師範大學，1998年），頁172。
〔清〕阮元校勘，《十三經注疏‧孟子‧梁惠王》（臺北縣：藝文印書館，1997年），頁23。

〔註159〕〔宋〕蘇軾著，傅成、穆儔標點，《蘇軾全集》（上海：上海古籍出版社，2000年），頁671。

〔註160〕《東西洋考‧煞語》癸巳年八月，頁29。

〔註161〕〔清〕阮元校勘，《十三經注疏‧孟子‧滕文公》（臺北縣：藝文印書館，1997年），頁108。

〔註162〕《東西洋考‧論》癸巳年九月，頁33。

〔註163〕〔清〕阮元校勘，《十三經注疏‧孟子‧公孫丑》（臺北縣：藝文印書館，1997年），頁54。

解說學問文藝的重要，且不僅「禮樂射御書數藝」〔註164〕，其他同樣有益者如：「天之道。算法天文。天地海理。醫學草木萬物之知識……不論何國之文藝。若有益處。就要覈察之。終生用之。」〔註165〕同樣有益，勘合創報宗旨，鼓勵中國人不妨拋棄成見，向外國學習。

　　癸巳年十月〈論〉〔註166〕，透過孟子見梁惠王「叟。不遠千里而來。亦將有以利吾國乎」〔註167〕說明人應行「仁義」，凡行不義者，上帝同樣視為可惡。

　　癸巳年十一月〈論〉〔註168〕，寫作手法更上層樓，先說明賭博之大害，傾家蕩產，親戚朋唾罵，上帝發怒；後引孟子「牛山之木嘗美矣。以其交於大國也。斧斤伐之。可以為美乎。」〔註169〕寓含人性本善，可以保存也可以除去，外在環境或慾望會有所影響，一旦漸入惡行，摒棄神所賜愿心，將迷惑掉入蹈罪之綱。企圖連結人的心性與神的關係，雜揉儒學思想，交織基督教義，讓中國人更容易明瞭，更快速接納基督思想。

　　承衍儒家思想化新己用的模式，不僅在論說方面文章，「其他類型文章」同樣有類似情況。如：《察世俗》和《特選撮要》中附有「雜句」，類似中國古代格言警語，雖不一定出自儒家經典，但可見句式相似，頗具韻律：「人心如黑夜、而真道如日光、為能消此黑者也」〔註170〕、「摸膠者必黏其手、而凡近惡者、必染其身」〔註171〕、「寧有少財及多義、不可少義多財也」〔註172〕等，給予中國讀者聯想到儒學意象。《特選撮要‧普度施食之論》先撻伐中國民間七月半施食餓鬼和祭祀好兄弟習俗，搬出「四書五經不說普度、孔子之教無言施食」〔註173〕，站在中國讀書人同一陣線的角度，讓讀者暫時忘卻編纂者「洋夷」身分。

---

〔註164〕同上。
〔註165〕同上。
〔註166〕《東西洋考‧論》癸巳年十月，頁43。
〔註167〕〔清〕阮元校勘，《十三經注疏‧孟子‧梁惠王》（臺北縣：藝文印書館，1997年），頁9。
〔註168〕《東西洋考‧論》癸巳年十一月，頁53。
〔註169〕〔清〕阮元校勘，《十三經注疏‧孟子‧告子》（臺北縣：藝文印書館，1997年），頁200。
〔註170〕《察世俗‧雜句》第六卷，頁60。
〔註171〕《特選撮要‧雜句》第一卷。
〔註172〕《特選撮要‧雜句》第一卷。
〔註173〕《特選撮要‧普度施食之論》第一卷。

三份報刊中又以《東西洋考》運用最爲出色，《東西洋考・新聞》開宗明義「夫達也者。質直而好義。察言而觀色。慮以下人。在邦必達。在家必達。夫聞也者。色取仁而行違。居之不疑。在邦必聞。在家必聞」〔註 174〕帶出《東西洋考每月統記傳》，並自我推舉，言明報刊是爲「推德行廣知識」〔註 175〕。《東西洋考・訣言》〔註 176〕「子曰、君子不重、則不威、學則不固」〔註 177〕說明應當避免風水蠱惑，執迷不悟，心恆仰上帝恩澤，又引「民人飽食、煖衣、逸居而無教、則近於禽獸」〔註 178〕表示如僅照管生理需求，與牛馬何異？憑藉中國聖人之口：「好仁不好學、其弊也愚。好知不好學、其蔽也蕩……好剛不好學，其蔽也狂」〔註 179〕，仁、知（智）、信、直、勇、剛，六者都是美德，但若不通過學習，將難以深入，體會所得。點出看《東西洋考》不可抱持「今年不學，尚有來年」的心態。

《東西洋考・史記》〔註 180〕則引《孟子》：「人之所以異於禽獸者幾希。庶民去之。君子存之。」〔註 181〕後記《聖經》亞當夏娃偷食善惡樹果實故事。而〈貿易〉〔註 182〕，引《孟子》許行、陳相事例：「孟子曰、許子必種粟、而後食乎、曰然。許子必織布而後衣乎、曰、否、許子衣褐、許子冠乎、曰、冠。……許子奚爲不自織、曰、害於耕。……一人之身、而百工之所爲備、如必自爲、而後用之、是率天下而路也。」〔註 183〕說明貿易經商的重要性，希冀打破中國人認爲貿易是天朝施以外夷的「恩惠」與國內自給自足的經濟模式，同年四月〈貿易〉〔註 184〕「孟子曰。使民養生、喪死無憾王

〔註 174〕《東西洋考・新聞》癸巳年六月，頁 8。

〔註 175〕同上。

〔註 176〕《東西洋考・訣言》丁酉年十二月，頁 306、307。

〔註 177〕〔清〕阮元校勘，《十三經注疏・論語・學而》（臺北縣：藝文印書館，1997年），頁 7。

〔註 178〕〔清〕阮元校勘，《十三經注疏・孟子・滕文公》（臺北縣：藝文印書館，1997年），頁 97。

〔註 179〕〔清〕阮元校勘，《十三經注疏・論語・陽貨》（臺北縣：藝文印書館，1997年），頁 155。

〔註 180〕《東西洋考・史記》甲午年四月，頁 111。

〔註 181〕〔清〕阮元校勘，《十三經注疏・孟子・離婁》（臺北縣：藝文印書館，1997年），頁 145。

〔註 182〕《東西洋考・貿易》戊戌年正月，頁 315。

〔註 183〕〔清〕阮元校勘，《十三經注疏・孟子・滕文公》（臺北縣：藝文印書館，1997年），頁 97。

〔註 184〕《東西洋考・貿易》戊戌年四月，頁 359。

道之始也。如若廣通商之路、五穀不可勝食、百貨不可勝用。……七十者衣帛食肉，黎民不飢不寒」〔註185〕，將實行貿易帶來種種好處陳明，並把「貿易」與「仁政」掛勾在一起，賦予高度稱譽。

論述政治體制亦是，戊戌年（1838 年）四月〈英吉利國政公會〉〔註186〕「聖王在上、分義行乎眾百姓、無姦怪之俗無盜賊之罪。莫敢犯太上之禁。天下曉然、皆知盜竊之人、不可以為富也。賊害之人、不可以為壽也。皆知夫犯上之禁、不可以為安也。」〔註187〕和「天之生民、非為君也。天之立君、以為民也」〔註188〕分別引述荀子。又多次引述孟子「萬乘之國弒其君者、必千乘之家、千乘之國弒其君者、必百乘之家。萬取千焉、千取百焉、不為不多矣。」〔註189〕、「域民不以封疆之界、固國不以山谿之險、威天下不以兵革之利。得道者多助、失道者寡助、寡助之至、親戚畔之、多助之至、天下順之。」〔註190〕以及梁惠王「國君進賢、如不得已、將使卑逾尊、疏逾戚、可不慎與。……」〔註191〕。

闡述民貴君輕思想以及主政者行仁義，解釋英國國會情況，在五月和六月的〈英吉利國政公會〉〔註192〕又大量摘錄管子言論：「凡人君者欲眾之親上鄉意也。欲其從事之勝任也。而眾者、不愛、則不親、則不明。不教順、則不鄉意。是故明君兼愛以親之、明教順以道之、便其勢、利其備、愛其力、而勿奪其時、以利之。如此、則眾親上鄉意、從事勝任矣。故曰、兼愛無遺、是謂君心。必先順教、萬民鄉風。且暮利之、眾乃勝任。」〔註193〕、「君德、

---

〔註185〕〔清〕阮元校勘，《十三經注疏・孟子・梁惠王》（臺北縣：藝文印書館，1997年），頁 12。

〔註186〕《東西洋考・英吉利國政公會》戊戌年四月，頁 353～354。

〔註187〕中華書局編輯部輯，《諸子集成・荀子・君子》（北京：中華書局，1954 年），頁 30。

〔註188〕中華書局編輯部輯，《諸子集成・荀子・大略》（北京：中華書局，1954 年），頁 332。

〔註189〕〔清〕阮元校勘，《十三經注疏・孟子・梁惠王》（臺北縣：藝文印書館，1997年），頁 9。

〔註190〕〔清〕阮元校勘，《十三經注疏・孟子・公孫丑》（臺北縣：藝文印書館，1997年），頁 72。

〔註191〕〔清〕阮元校勘，《十三經注疏・孟子・梁惠王》（臺北縣：藝文印書館，1997年），頁 41。

〔註192〕《東西洋考・英吉利國政公會》戊戌年五月，頁 365～366。

〔註193〕中華書局編輯部輯，《諸子集成・管子・版法解》（北京：中華書局，1954 年），頁 340。

臣忠、父慈、子孝、兄愛、弟敬、禮義章明。如此則近者親之遠者歸之。凡人君所以尊安者、賢佐也。佐賢則君尊、國安、民治。無佐、則君卑、國危、民亂。故曰、備長存乎任賢」〔註194〕，說明仁君施政主張，如能順應民意，以民爲主，人民將自動歸順。

「明主者、一度量立表儀、而堅守之。故令下、而民從法者、天下之程式也、萬事之儀表也。吏者民之所懸命也。故明主之治也、當於法者賞之、違於法者誅之、故以法誅罪、則民就死而不怨、以法量功、則民受賞而無德也、此以法舉錯之功也。故明法曰、以法治國、則舉錯而已」〔註195〕，強調君主應以「法」治國，不能憑一己喜好行事，建立規準後，堅決地維護，依法行事，使天下人言行是非、功過、曲直有所根本，建立客觀、公平的標準，讓君民共同遵守，並介紹英國國會「爵房」（貴族組成的上議院）與「紳鄉房」（庶民推舉組成的下議院）制度，彼此監督，展現出別於中國的政治運作制度。

另外，向中國人介紹《聖經》人物時，同樣摘借儒家對「聖賢」形象與觀念，如：論及約色弗，稱其德性「可謂之金玉君子也……執守如舜之德」〔註196〕；論述亞伯拉罕，稱他「善人」〔註197〕；稱即使身陷獅穴卻仍信仰上帝的但依理爲「聖人」〔註198〕；描述「聖人」〔註199〕摩西出生遭遇困阨環境，引述孟子語句「天將降大任於是人也。必先苦其心志。勞其筋骨、餓其體膚、空乏其身、行拂亂其所爲、所以動心忍性、增益其所不能」〔註200〕，將儒家對聖賢正面肯定的崇敬觀點轉化，熨貼在聖經人物身上。

講述《聖經》或經句要義，也時常牽挽中國經典、先賢思想，賦予不同層次的觀點意識，如：《察世俗・腓利比書一章二十節》先說明「聞耶穌之

---

〔註194〕中華書局編輯部輯，《諸子集成・管子・版法解》（北京：中華書局，1954 年），頁 342。

〔註195〕《東西洋考・英吉利國政公會》戊戌年六月，頁 377。
中華書局編輯部輯，《諸子集成・管子・版法解》（北京：中華書局，1954 四年），頁 345。

〔註196〕《東西洋考・亞伯拉罕之子孫》乙未年六月，頁 182。

〔註197〕《東西洋考・挪亞之苗裔》丁酉年二月，頁 202。

〔註198〕《察世俗・聖人在獅穴中保安》第六卷，頁 53。

〔註199〕《察世俗・古王改錯說》第一卷，頁 8。

〔註200〕《東西洋考・以色列民出麥西國》丁酉年五月，頁 232～233。
〔清〕阮元校勘，《十三經注疏・孟子・告子》（臺北縣：藝文印書館，1997年），頁 223。

福音則死者、利也」〔註201〕，反覆引述說明「孔夫子曰朝聞道、夕死可矣」〔註202〕和朱熹「道者、事物當然之理。苟得聞之、則生順、死安，無複遺恨矣」〔註203〕，運用先賢語錄爲其背書，加強論述聽聞福音的重要。《察世俗·羅馬輩書一章三十二節》〔註204〕「子曰、君子成人之美、不成人之惡、小人反是」〔註205〕推衍出不要供奉木頭等物做成的偶像，成人之惡，應信靠上帝眞神才是君子成人之美的作爲。

更進一步發現，由於儒學或中國傳統思想中相當關心人的道德發展及整體社會秩序的穩定建構，與基督教關注的焦點具聯繫。因此，兩者間存在某些共通點。中國固有的仁、義、孝、德等觀念，爲基督教豐衍言說教義的根基，如：《察世俗·父子親》〔註206〕、《察世俗·夫婦順》〔註207〕，出於中國蒙童琅琅上口的《三字經》以及《論語》名句的使用——《察世俗·自所不欲不失之于人》〔註208〕等，篇名的詞句設定，促使讀者聯想，引發集體文化認同。

在《特選撮要》中尤其明顯，文章並無直接引用中國經典章句，而是將中國文化意識、集體價值觀鎔鑄潛藏在內容中。《特選撮要·英吉利王之仁》〔註209〕以英吉利王爲主角，敘述少年英吉利王常幫助危及之人，有一次換朝服爲粗布衫，佯裝成別人，救助窮人，「爲仁心之眞表也」。又《特選撮要·賊首懷仁》〔註210〕記敘有一盜賊首領，統領數百賊，常搶人擾民，某次賊首獨行被官兵活捉，卻半夜逃脫，司官知道後，認爲兵卒未能嚴加看管，正要斬首之際，賊首出現，表明不可殃及無辜兵卒。暫且不論故事邏輯正義，儒家代表人物——孔子的中心思想，無庸置疑就是「仁」，「行仁義公平比獻祭

---

〔註201〕《察世俗·腓利比書一章二十節》第五卷，頁 4。
〔註202〕〔清〕阮元校勘，《十三經注疏·論語·里仁》（臺北縣：藝文印書館，1997年），頁 37。
〔註203〕〔宋〕朱熹，《四書章句集注·論語集注》卷二（北京：中華書局，1983），頁 71。
〔註204〕《察世俗·與羅馬輩書一章三十二節》第五卷，頁 33。
〔註205〕〔清〕阮元校勘，《十三經注疏·論語·顏淵》（臺北縣：藝文印書館，1997年），頁 109。
〔註206〕《察世俗·父子親》第七卷，頁 11。
〔註207〕《察世俗·夫婦順》第七卷，頁 12。
〔註208〕《察世俗·自所不施之于人》第七卷，頁 31。
〔註209〕《特選撮要·英吉利王之仁》第三卷。
〔註210〕《特選撮要·賊首懷仁》第四卷。

更蒙耶和華悅納」〔註211〕、「你要逃避少年的私慾，同那清心禱告主的人追求公義、信德、仁愛、和平」〔註212〕也是《聖經》中一再強調的人格特質。

再看《特選撮要・有勇且忠》〔註213〕描述一將軍出戰，見戰場有一小兵極勇無敵，使將荷包賞賜，次日小兵來到將軍面前：「昨日有賞，但有一件、要實告知、蓋荷包內、有藏別物、恐有差失、荷包之銀、量是爲我、惟珠玉寶貝、該屬主公、請收回之」，與中國社會強調的「忠、勇」美德及《聖經》中訓誡的「人在最小的事上忠心，在大事上也忠心……倘若你們在不義的錢財上不忠心，誰還把那眞實的錢財托付你們呢？」〔註214〕不謀而合。中國以文明古國、禮儀之邦自居，重德行、貴禮儀，傳統文化美德是民族生存、傳承的精神中心，和基督文化或《聖經》闡述的「聖靈所結的果子，就是仁愛、喜樂、和平、忍耐、恩慈、良善、信實、溫柔、節制」〔註215〕表現於外的特性，相輔相成，彼此相襯，互爲所用。

傳教士漢文報刊對儒學思想的運用、轉化、拆解、拼貼甚多，但除儒學要義的延伸外，還引用中國熟知的經典或論述，如：《察世俗・張遠兩友相論》第四回舉范縝的「神滅論」，透過「張」的口吻說明「依我愚見、此話大錯……凡有人所能看能捫之材質者皆必至壞、惟靈無人能看捫之質。靈是個靈神、而靈神不得致壞也」〔註216〕，表達基督教靈魂觀念。《東西洋考・煞語》先以短詩「僧言佛子在西空。道說蓬萊往海東。惟有儒門崇現事。眼前不日無前眼。」〔註217〕評論佛道說法之謬，該詩在明代陸容的《菽園雜記》〔註218〕和清代褚人穫《堅瓠首集》〔註219〕皆曾出現過。後又引范縝的

〔註211〕聖經資源中心，《聖經・舊約・箴言》和合本，二十一章三節（臺北：聖經資源中心，2003 年），頁 711。

〔註212〕聖經資源中心，《聖經・新約・提摩太後書》和合本，二章二十二節（臺北：聖經資源中心，2003 年），頁 295。

〔註213〕《特選撮要・有勇且忠》第四卷。

〔註214〕聖經資源中心，《聖經・新約・路加福音》和合本，十六章十到十一節（臺北：聖經資源中心，2003 年），頁 107。

〔註215〕聖經資源中心，《聖經・新約・加拉太書》和合本，五章二十二到二十三節（臺北：聖經資源中心，2003 年），頁 261。

〔註216〕《察世俗・張遠兩友相論》第四卷，頁 6。

〔註217〕《東西洋考・煞語》癸巳年九月，頁 38。

〔註218〕〔明〕陸容，《菽園雜記》卷二。收錄於〔唐〕張讀等撰，《筆記小說大觀三編》（北京，中華書局，1973 年），頁 1119。

原文：回回教門，異於中國者，不供佛，不祭神，不拜屍，所尊敬者惟一天

「神滅論」「神之於形。猶利之於刀。未聞刀沒而利存」〔註220〕，從反面論證郭氏的神學思想，認爲「靈魂亡滅。說者不合理之言」〔註221〕。癸巳年十一月〈煞語〉〔註222〕引《尙書》「王曰。嗚呼。肆哉。爾庶邦君。越爾御事。來邦由哲亦惟十人。迪知上帝命越天棐忱。爾時罔敢易剙。今天降戾于周邦惟大艱。人誕鄰胥伐于厥室。爾亦不知天命不易」〔註223〕，引申天命乃是靈魂常在，死後或居天堂或居地獄，全憑上帝，應克己勤修。

衡諸以上，傳教士們自中國文獻汲取相對應基督教思想的概念，附儒合儒，嘗試在儒家要義或中國經典底層鑽探空間，將儒家綱常倫理、中國人價值觀等吸納進基督信仰文化，淡化西方「拔新領異」的外來思想及文化，放大彼此文化、觀念間的「同質性」，打破中國讀者心理壁壘。儘管經典或儒學要旨運用並不完全精確，但在傳教士們漢文程度有限的前提下，就數量與內容，都可看出編纂者的努力用心，值得思考諦視。

## 二、聯想或引述中國古代神話、民間故事

傳教士撰寫報刊時，或因閱讀漢文典籍之由，或因與民眾接觸之故，不免受到中國民間故事或傳說影響，有意識或潛意識將其交融文章之中。《察世俗·忤逆子悔改孝順》〔註224〕中記載，老人加羅法疼愛兒子，早起晚睡地工作，以增加兒子收入。後因病無法做工，不料，其子與媳相當不孝，老人衣食均不夠用，幸而，孫子甚是孝愛。某日，子媳兩人要將老人趕出，老人令孫拿床上的粗氈布，以便坐在路旁求人周濟。孫兒請求父親裁開粗布，待父

---

字，天之外最敬孔聖人。故其言云：僧言佛子在西空，道說蓬萊往海東，惟有孔門眞實事，眼前無日不春風。

〔註219〕〔清〕褚人穫，《堅瓠首集》卷之二。收錄於〔唐〕張讀等撰，《筆記小說大觀三編》（北京，中華書局，1973年），頁3349～3350。
原文：回回教門不供佛。不祭神。不拜屍。所尊敬者惟天。天之外最敬孔聖。故言曰。僧言佛子在西空。道說蓬萊往海東。惟有孔聖眞實事。眼前無日不春風。

〔註220〕〔唐〕姚思廉，《梁書·列傳四十二·范縝傳》卷四十八（北京：中華書局，1973年5月），頁665～666。

〔註221〕《東西洋考·煞語》癸巳年十月，頁49。

〔註222〕《東西洋考·煞語》癸巳年十一月，頁59。

〔註223〕〔清〕阮元校勘，《十三經注疏·尚書·大誥》（臺北縣：藝文印書館，1997年），頁93。

〔註224〕《察世俗·忤逆子悔改孝順》第一卷，頁1。

年邁便可使用，子與媳即刻跪求老人赦免，不再薄待老人。故事情節與中國
民間故事非常雷同（民間故事類型爲九八〇A），如丁乃通將之編歸爲「半條
地毯禦寒」〔註225〕；金榮華列爲「半條毯子禦嚴冬」，故事初見於印度佛經《雜
寶藏經》第十六則〔註226〕。

　　或許是中西世界各自有類似故事發展，東西方人民的思想、感情有共同
之處，刊登在報刊中引發聯想，產生共鳴。《察世俗・古王審明論》〔註227〕
中記載，有兩位婦人同居一室，各自育有一名嬰孩。某日夜間，其中一位不
愼悶死其子，便偷偷將子和另名婦人的嬰孩互換。婦人細查有異，便向所羅
門王告狀請求評斷。所羅門王思忖一番後，下令侍衛拿刀將活的嬰孩劈開兩
半，兩位婦人各取一半。活子之母護子心切，願意將嬰孩讓給另名婦人，只
希望孩子能繼續活著，眞假母親水落石出，所羅門王立即將嬰孩判還給眞正
母親。編纂者後記：「國內大家聽著王審明這一件事、最是智巧、則甚敬遵之、
各人皆知道斯才智、非在人力能得的、乃是造天地萬物之神者、所賜之也」，
不忘傳揚福音、領人信主的使命。兩婦搶子的故事不僅基督世界有，中國亦
有類似故事，《風俗通義》佚文：

> 潁川有富室，兄弟同居。兩婦皆懷妊，長婦胎傷，因閉匿之。產期
> 至，同到乳母舍。弟婦生男，夜因盜取之，爭訟三年，州郡不能決。
> 丞相黃霸出坐殿前，令卒搶兒，取兩婦各十步，叱婦曰：「自往取之。」
> 長婦抱持甚急，兒大啼叫。弟婦恐傷害之，因乃放與，而心甚愴愴，
> 長婦甚喜。霸曰：「此弟子也。」責問乃伏。〔註228〕

　　馮夢龍《智囊全集》述評「陳祥斷惠州爭子事類此。」可以想見類似故
事在中國流傳甚多，幾乎歷代都有所記錄〔註229〕。

---

〔註225〕丁乃通，《中國民間故事類型索引》（武漢：華中師範大學，2008年），頁220。
〔註226〕金榮華，《民間故事類型索引》增訂本（新北市：中國口傳文學會，2014年），
　　　　頁739。
〔註227〕《察世俗・古王審明論》第一卷，頁23。
〔註228〕〔清〕盧文弨、錢大昕、孫志祖、張澍、繆荃孫、孫詒讓、王仁俊輯有《風
　　　　俗通義》佚文。收錄於新文豐出版，《叢書集成續編》第十六冊（臺北：　新
　　　　文豐，1991年），頁267。
〔註229〕該文又見於〔唐〕馬總編，《意林・卷四・風俗通》（臺北市：臺灣商務，1997
　　　　年），頁2864。
　　　　〔唐〕張讀等撰，《筆記小說大觀》（臺北：新興，1960年），頁1399。
　　　　〔宋〕李昉等編，《太平御覽・刑罰部五・聽訟》（北京，中華書局，1998年），

《察世俗‧論合心之表》〔註230〕敍寫昔有賢王快死時，命令三子前來，取數枝用繩索捆起，要各子試試能否折斷，每個兒子盡力卻折不斷，賢王表示同心團結不費力就可以折斷，勸勉三子日後同心合志，則國無敵能攻。早在《魏書‧吐谷渾傳》〔註231〕中亦有類似記載，勸勉後代應團結一致，力量方能無窮，只是改爲「折箭」，更符合北方吐谷渾情境。民間故事中也曾流傳，丁乃通將之編歸爲「爭吵的兒子和一把筷子」〔註232〕，且與三峽民間故事〔註233〕雷同。

《察世俗‧官受贓之報》〔註234〕描述彼耳西亞國的國王厭惡貪官，爲逞治貪官，活剝貪官全身皮，且將皮製放審官座位，告誡後來審官，不可徇私受賄。中國明朝皇帝朱元璋有鑒於元朝敗亡的歷史教訓，使用重刑懲治違法官員，面對貪官汙吏，施行「剝皮揎草」的酷刑〔註235〕，和彼耳西亞國的國王手段有異曲同工效果。

此外，報刊也自中國民間傳說故事汲取題材，《特選撮要‧媽祖婆生日論》〔註236〕中記錄，因傳教士見過海貿易與行船客商皆奉祀媽祖，便訪問

頁 2864。

〔明〕馮夢龍，《智囊全集‧得情‧黃霸 李崇》第九卷（北京市：中華書局，2007 年），頁 293。

另外，馬良春，李福田總主編，《中國文學大辭典》（天津市：天津人民出版社，1991 年），頁 1644。記錄有名的元代雜劇「包待制智賺灰闌記」可能就是脱胎於此故事。此劇與《聖經》中所羅門王以劍判爭兒案有類似之處，頗受信奉基督教的歐洲人欣賞，1832 年就有法文譯本。現代著名德國戲劇《高加索灰欄記》也是受其影響而出之新作。

〔註230〕《察世俗‧論合心之表》第三卷，頁 111。

〔註231〕〔北齊〕魏收，《魏書》第一百一卷（北京：中華書局，1985 年），頁 2235。

〔註232〕丁乃通，《中國民間故事類型索引》（武漢：華中師範大學，2008 年），頁 194。

〔註233〕田海燕，《三峽民間故事》（北京市：通俗文藝出版社，1957 年），頁 51～55。

〔註234〕《察世俗‧官受贓之報》第四卷，頁 14。

〔註235〕〔明〕王圻，《稗史匯編》卷七十四。收錄於〔唐〕張讀等撰，《筆記小説大觀三編》（北京，中華書局，1973 年），頁 3195。

《國憲門‧刑法類‧皮場廟》：國朝初嚴於吏治，憲典火烈，中外臣工少不稱旨，非遠戍則門誅，死者甚衆。吏守貪酷，許民赴京陳訴。贓至六十兩以上者，梟首示衆，仍剝皮實草，以爲將來之戒，於府、州、縣、衛、所之左特立一廟，以祀土地，爲剝皮之場，名曰皮場廟。於公座傍各置剝皮實草之袋，欲使嘗接於目而儆於心。人皆惴惴焉，得以罷免爲幸。

王永寬，《扭曲的人性：中國古代酷刑》（鄭州：河南人民出版社，2006 年），頁 40～46。

〔註236〕《特選撮要‧媽祖婆生日之論》第四卷。

此事,「依人俗語、媽祖婆原來係人⋯⋯名曰默娘⋯⋯」〔註237〕,起首講述中國民間傳說,最後就故事情節,從默娘夢見父親船隻遇害、人不能使船免於風浪、默娘不可能同一時間進行兩件事(聽母命召、外出救父船)、信媽祖之唐船年年有失事,反而不信者甚有平安等多方面進行評論,「故萬勸諸兄、勿拜如此之神、蓋木頭之像⋯⋯寧可托仗神天、望求保佑、行船之時、得個平安、及信依耶穌、則可獲永福也」〔註238〕。中國人觀念中的「眾神」信仰阻礙對上帝的認識,取代了傳教士心中定義的信仰本質。因此,編纂者透過深植人心的民間故事著手,頗析不合理之處,論述誤區,勸戒中國讀者能接受「獨一眞神」。

《特選撮要・清明掃墓之論》則以寒食節介之推故事展開,「依東周列國之書所云、子推原係晉文公從亡之臣⋯⋯此乃子推之古事、而清明之源由也」〔註239〕。編纂者認爲「此事非善、無可稱讚⋯⋯不忠、不孝、無父、無君」,利用儒家觀點反駁此「惡俗」,又談到清明掃墓是好事,可表陳孝心,但清明不只掃墓,還爲祭祀鬼神,服事木偶人,「君子之人、不可行之也」,又說古代所設定的事,並非件件都好,不可妄從。傳教士爲傳揚基督教義,必須首先破除中國民間舊有迷信傳說和陋俗,方可爲福音散佈騰挪出空間。

類似情形也出現在《東西洋考・東西史記和合・漢土帝王歷代洪水之先》〔註240〕,以中國古代傳說「盤古開天」作爲中國開天闢地始祖:

> 盤古氏。爲開闢首君。生於大荒。莫知其始。又不測其終。且言或在位一百年。按天地初分之時。盤古生於其中。能知天地高度。及造化之理。故俗傳曰。盤古分天地。〔註241〕

> 五運歷年記曰、元氣孕首生盤古、天地混沌盤古生其中、萬八千歲、盤古之魂一日九變、神於天、聖於地、天日高一丈、地日厚一丈、盤古日長一丈、如此萬千歲、天數極高、地數極深、盤古極長、垂死化身、氣成風雲、聲爲雷霆、左眼爲日、右眼爲月、四肢五體爲四極五嶽、血液爲江河、筋脈爲地理、今南海有盤古

---

〔註237〕同上。
〔註238〕同上。
〔註239〕《特選撮要・清明掃墓之論》第三卷。
〔註240〕《東西洋考・東西史記和合》癸巳年六月,頁4〜6。
〔註241〕《東西洋考・東西史記和合》癸巳年六月,頁4。

氏墓……。〔註 242〕

描述中國人對天地萬物初始來源所共享、傳承、構塑的集體記憶，盤古孕育於混沌之中，隨著身體長大，開闢天地，之後，盤古的形氣幻化爲風雲日月、山川河流，盤古生命的終結卻帶來新生，故事蘊含最大限度的捨盡及化生精神，結尾補上「盤古氏墓」，增添神話眞實性。

對照中國上古史，《東西洋考・第二論》〔註 243〕寫明「中國人未明白創世歷代傳、可看其全詳」：

> 即是當始時神天上帝造天創地……惟可知茲地原來渾沌、無光無昭、全地暗焉、如海之淵、除非聖神浮之、草木終不可芽。故曰、神天之聖神浮在水面、至上帝立即造化、不以材料做萬物、卻神諭、使萬物凜遵厥命、蓋至上帝曰、必有光、即有光、必有穹蒼、即有穹蒼、皆秩然序然無勞而成、惟全能之至上帝可成之。光者無處不昭、穹蒼者無所不蓋……向來其水也、漲地面、滔天滿地、所以神主令之集一處、兼始海洋成……及至上帝令太陽與太陰星宿皆生在天空中。畢竟亦造魚鱉諸類……然則造人、即萬物之靈也。

傳教士認爲宇宙世界，乃神天上帝所創造，從「無」到「有」，甚至比盤古氏更早（盤古生時已有大荒，未知其始），填補中國上古史模糊空白之處，且上帝創造萬物不須使用已有物質，不憑外力，上帝的話語即帶有能力，異於須憑藉盤古身形，方能幻化成日月星辰等萬物的模式。上帝透過「神諭」、「命令」，說有光就有光，令水聚集就形成海洋，彰顯神的屬性，具有無上權威，萬物依祂旨意次序安排，最後才創造萬物之靈——「人」，神和人遠比其他動物來得親密，神和人之間是有連結的關係。

爲強化「神創造天地」，不僅在各個專欄中重複言說，《東西洋考・東西史記和合》中引述「司馬遷史記不錄三皇。以其茫昧。況盤古在三皇之前乎」〔註 244〕，印證盤古開天之不可信。《東西洋考・史記萬代之始祖》〔註 245〕引述「古陽子云、太古之事滅、孰誌之哉。屈原曰。遂古之初、誰傳道之、三復斯言、而知稽古之難信、考論者之無徵也」，竟連中國人自己都感到質疑問難，足見荒唐迂誕。

---

〔註 242〕《東西洋考・史記・萬代之始祖》甲午年三月，頁 100。
〔註 243〕《東西洋考・第二論》甲午年二月，頁 86。
〔註 244〕《東西洋考・東西史記和合》癸巳年六月，頁 4。
〔註 245〕《東西洋考・史記萬代之始祖》甲午年三月，頁 100。

## 三、重複言說的書寫特徵

　　傳教士報刊還有一特殊現象，宗教教義精神的繼承外，某些文章內容相似度極高。《察世俗·兇殺不能脫罪》〔註246〕敘述一名「牛」姓金匠，和一位「良」姓跟班。某日遠遊，良見主人寶物萌發貪念，擊斃主人並將屍體投入溝中，逃往遠方。起初不敢常出門，做小生意，生意漸漸加增，娶得地方體面之人的女兒為妻，又被封為攝都督與審司。一日正好審理犯人殺害主人案件，良便與犯人同立，「惟今日至義之神天使我心內自責、而我不能不認己之罪。神天已容我三十年間、惟今罪到頭、且時辰到了。我只得求眾位亦定我與此人同受死罪」。編纂者後記，從這件事可知真實存在一位至公至義的主宰，管理世界。《特選撮要·良心自責》〔註247〕也記載有一商人常帶眾多金銀珠玉外出貿易，隨身只有帶一童僕，某日主人小解，童僕趁機奪刀殺主，投屍江中，逃往遠地。開始時佯裝貧窮，做小生意逐漸發財，鄰人全無疑惑，數年後聲明顯揚，官至邑長，忽日審理殺主搶銀案件，周圍群眾高聲斥責，只見邑長默然無語，與犯人並立，天道極公，良心不滅，說出當年犯行，最後依法定罪，童僕痛愧懊悔不已。

　　《特選撮要·太遲》〔註248〕和《東西洋考·太遲》〔註249〕兩篇都說明昔有一善人少年，某日前去探視病危老人，少年問老人是否聽聞過耶穌？老人從未聽聞，少年便將上帝作為與恩典細講，介紹基督教義。老人聽完淚流滿面，長嘆表示可惜太晚聽聞，少年示意事還未遲，勸勉老人認罪求赦免，可惜話還沒說完，老人便身亡。相同故事情節，僅敘述文字不同，刊登在兩份報刊中。傳教士透過短文，欲告誡世人應當把握時間，即刻悔罪求告上帝，切莫像老人一般，為時已晚。也可能展現傳教士們的集體焦慮與急迫，中國還有千千萬萬人從未聽聞上帝福音，面對轉瞬即逝的生命，傳教士盼望世人能儘早承認己罪，歸向上帝。

　　另一例子：《察世俗·父子親》〔註250〕描述極西邊有一對父子，某日走路間，忽然看到周圍有盜賊伏候，欲殺劫財，因只有一匹馬，僅能供一人入城逃脫，父親立刻跳下馬，要兒子上馬逃脫，父子倆人彼此相讓，互相哭求

〔註246〕《察世俗·兇殺不能脫罪》第六卷，頁96～97。
〔註247〕《特選撮要·良心自責》第四卷。
〔註248〕《特選撮要·太遲》第三卷。
〔註249〕《東西洋考·太孝》丁酉年七月，頁254。
〔註250〕《察世俗·父子親》第七卷，頁11。

對方上馬，相爭不下，不幸盜賊抵達，父子倆人同時遭到殺害。《特選撮要‧父子相不捨》〔註 251〕同樣敘述一少年與父親相伴，行於山野，遠處望有賊陣來，不幸只有一馬可乘，彼此不忍心對方遭到殺害，相讓懇求，延誤時間，賊陣近至，不分好歹，隨殺兩人。雷同的故事內容，也在《東西洋考‧太孝》〔註 252〕出現，西洋父子入荒山，見賊黨靠近，只有一匹馬可脫困，雙雙推託，賊黨隨即追上，兩人皆慘死。惟《東西洋考》於篇末補述，認同中國人的孝道，並在基督教義和中國道德品行間尋求會通，進一步說明既然在地上講求孝道，更何況是「天上之父」：

> 夫孝者為萬善之源本、孝順父母之子、令人敬仰、倘能孝地父、況天父乎。神天至上帝之愛、過父母之慈、神主之眷顧、勝父母兩人之盛意、若是人子之本分恭敬家尊、矧世人之該當全心盡意奉事皇上帝也。

三份報刊出現重複雷同故事，推究原因，很可能因為故事寓意，貫穿中國傳統推崇精神和基督教義，且《特選撮要》承繼《察世俗》而來，書寫範式與宗旨大同小異，題材選擇也很近似。《東西洋考》雖非承襲上述報刊，但編纂者身份亦是傳教士，郭氏可能閱讀過上述報刊，且故事散發出的精神與基督教義相通，傳教士宣揚福音責無旁貸，在選擇題材過程不經意所見略同，重要主旨需重複強調，再三言說，將基督要義移植到中國人的記憶和意識中，故呈現出不同編纂者、不同時期，卻出現雷同文章的現象。

## 四、小　結

總體說來，傳教士擷取中國經典或儒家思想，加以轉化延伸，小心地回應主客、夷夏關係，從中國民間習俗及神話傳說入手，同時表達同理立場，又從信仰或科學等不同角度進行辯駁，突破植基中國人內在不可動搖的觀念及習俗，期盼瓦解迷信與陋習，型塑新的集體認同，鬆動長久居軸心的價值印象概念，重複言說，讓福音及基督信仰得以滲透進中國人的心中。

## 第三節　中國文學經典的訛用與詮釋

傳教士報刊為迎合中國讀者，吸引拉近彼此間的距離，故在報刊中大量

〔註251〕《特選撮要‧父子相不捨》第二卷。
〔註252〕《東西洋考‧太孝》甲午年三月，頁 103。

以互文手法迻錄、模仿、拼貼等，引用及解讀中國文學經典。然則，漢文對傳教士畢竟不是母語，漢語程度有限，在缺乏背景理解及文化語境薰陶的情況下，實難精確掌握語意和語用。再說，傳教士辦理報刊的目的是為宣傳福音，讓中國人認識、進而信仰上帝，選擇中國經典的動機已帶有先驗假設，闡述的過程引導扣合基督教義，造成對經典的訛用與誤解。又語言是一種符號，隨著文本的開放，作者已消失，讀者憑藉自己的理解來詮釋，傳教士看待中國經典正是如此，產生有意或無意的變形與疏解。本節主要將針對報刊所刊登「中國文學作品」，特別是《東西洋考》部分進行解析。

## 一、報刊刊載之「中國文學作品」訛用與誤讀

　　《東西洋考》是三份傳教士報刊中，在篇名中清楚登載歸類「中國文學作品」，且三分之一以上的卷期，闢有專欄刊載，是故特以《東西洋考》為討論中心。

　　傳教士在選擇、抄印、刊登、詮釋中國文學作品的過程，不免產生謬誤或疏漏。然而，本論文研究重心偏重書寫範式的討論及文化詮釋的剖析，文章字句考釋及校勘，不在本篇討論範圍，相關字形誤用或增字、漏字甚多，整理說明在附錄六：《東西洋考每月統記傳》之引用中國文學迻錄校釋。另一角度觀之，傳教士刻意地修剪、裁切也顯示出其對報刊所欲傳達思想的謹慎態度，以及宣教目的。

　　雖然《東西洋考》大部分直接刊登摘錄文學作品，未抒己見，僅少部分進行詮釋。但這少部分的解讀不盡精準，如：《東西洋考・李太白》〔註253〕一文引用李白〈古風〉一詩：「大雅久不作，吾衰竟誰陳。王風委蔓草，戰國多荊榛……。」透過歷代文壇的興衰變化，通篇論詩、論政，乃至整個文化，表現出李白政治上欲建功立業的心智，和文學上復振大雅之聲的精神，但傳教士理解為「嘆時勢之變遷、有興則有廢、有成則有敗、勿以一時榮華富貴、驕傲陵人」，和詩作文意明顯出入，最後傳教士歸結「上帝主宰萬方、權衡萬世、惟修德者、受天之佑」，讓文學作品與宗教掛勾，硬拉上與上帝的關係。

　　此外，中國文學體裁繁多，內蘊豐富，經歷長期的發展、汰選而定型，外籍傳教士要梳理掌握並非易事，因此報刊中文體混淆訛用的情況較多，如：

〔註253〕《東西洋考・李太白》戊戌年三月，頁347。

《東西洋考‧李太白文》〔註254〕刊登李白〈擬恨賦〉，編纂者誤當成「文」;《東西洋考‧詞》〔註255〕引用蘇東坡〈富鄭公神道碑〉，體裁應當歸屬「銘」，並非傳教士誤認的「詞」;《東西洋考‧蘇東坡詞》〔註256〕謄錄〈明君可與爲忠言賦〉，體裁是「賦」，而不是「詞」作;《東西洋考‧蘇東坡詩》〔註257〕內容實則是〈上虢州太守啓〉的「散文」，並非編纂者篇名標示的「詩」;《東西洋考‧詩》〔註258〕則引用左思的〈吳都賦〉，亦非標題所寫的「詩」。

《東西洋考‧詩曰》〔註259〕刊登的歐陽修詩歌，將〈陪府中諸官游城南〉和〈智蟾上人遊南嶽〉緊鄰刊登，但未標詩名、作者等訊息，很容易被誤認爲同一首詩或是作者的原話。

## 二、報刊刊載之「中國文學作品」詮釋與修正

傳教士報刊中「中國文學作品」專欄文章，直接引述或大量剪截拼接中國經典文句，細察偵視可發現，行文脈絡間透露出編纂者與中國經典的對話，以及辯析論證的痕跡，法國精神分析及哲學家拉康（Lacan Jacaueo，1901年～1983年）認爲「書寫語言最爲可貴之處不在當初以爲的重點或中心，而在其邊緣思想和部分隱藏著的蟠隙或空隙」〔註260〕，傳教士就在縫隙處尋找詮釋及修正空間，透過中國經典闡釋，對自身信仰再評價與建立。如:《察世俗‧入德之門》〔註261〕特別講述宋儒程頤程門立雪典故，以及大學爲入德之門的言論，傳教士表示這樣的言論「尚不説盡」〔註262〕，因爲世人承蒙上天生養，又蒙神子爲世人降生，有德之人應該敬畏神天，愛尊上帝兼行人德，才可稱爲有德之人。

傳教士藉助中國儒學思想家的言論，更上層樓加以詮釋，修正古來對德行既定觀念，重新定義爲「敬畏神天是乃入德之門」。又卷七的《察世俗‧四

---

〔註254〕《東西洋考‧李太白文》丁酉年五月，頁235。
〔註255〕《東西洋考‧詞》丁酉年九月，頁275。
〔註256〕《東西洋考‧蘇東坡詞》戊戌年二月，頁330。
〔註257〕《東西洋考‧蘇東坡詩》戊戌年六月，頁383。
〔註258〕《東西洋考‧詩》戊戌年八月，頁401。
〔註259〕《東西洋考‧詩曰》乙未年六月，頁185。
〔註260〕Michael Payne 著，李奭學譯，《閱讀理論：拉康、德希達與克麗絲蒂娃導讀》（臺北：書林，2005年），頁29。
〔註261〕《察世俗‧入德之門》第五卷，頁81。
〔註262〕《察世俗‧入德之門》第五卷，頁81。。

書分講》〔註263〕徵引「自天降生民、則既莫不與之以仁義禮智之性矣。然其
氣質之稟、或不能齊、是以不能皆有以知其性之所有、而全之也」〔註264〕，
接著表達傳教士看法「夫天者不可指形體之天而說、乃指神靈之天……於上
古天原造生人于地、則莫不與之以仁義禮智之善性矣。但人生世以後、獲罪
于天、致善性變惡」，就傳教士宗教視野，詮釋論述中國經典文句，引入基督
宗教的「天」。暗指中國儒學等經典有真理的成分，卻不夠全面，需基督教教
義來補足。

　　報刊文中亦模仿中國傳統評點書的注疏形式，用註解小字方式，表示傳
教士的看法，試圖修正中國經典。以〈論管子之書〉〔註265〕為例，「子曰、凡
有地牧民者、務在四時、守在倉廩、國多財、則遠者來……在明鬼神、祇山
川」〔註266〕。傳教士註解「遠者來、為國豐盛之祥、國無通商、未有旺相、
通商愈繁、國愈興焉。貧民勞苦食物、必棄禮也。若論其明鬼神、祇山川、
嗚呼遠哉其錯也。惟上帝乃真主、萬人萬物服其手下、其山川系物而已。然
鬼神皆被造、且凜遵其造主之聖命也。讚美真主即我所當為、不服事之者、
而非人也。」藉以重申貿易通商的重要性，若能使財貨流通，國家越興旺繁
榮，再改正中國祭祀山川鬼神的觀念，說明萬事萬物皆是上帝所造，即使鬼
神等都是受造物，上帝才是至高無上的真神，應該讚美服事上帝。

　　引述「其功順天者、天助之、其功逆天者、天遠之、天之所助、雖小
必大、天之所違、雖成必敗、順天者有其功、逆天者懷其凶、不可復振也」
〔註267〕，註解「若指蒼天、此等言不正經。惟上帝賜福、降禍、若逆其聖
旨、上帝棄之、倘順其旨、上帝助之、此其定理矣」，解釋此處觀點應修正，
是「上帝」掌管萬事萬物，只有上帝主動賜福或降禍，人必須按照神的旨意
而行，就會走在神的道路中。

　　又如，引《管子・君臣下》:「古者未有君臣上下之別、未有夫婦匹配之
合、獸處群居、以力相征、於是智者詐愚、彊者凌弱、老幼孤獨不得其所」

〔註263〕《察世俗・四書分講》第七卷，頁73～74。
〔註264〕〔宋〕朱熹，《四書集注・大學章句序》(臺北市：藝文印書館，1996年)，頁1。
〔註265〕《東西洋考・論管子之書》丁酉年九月，頁271。
〔註266〕中華書局編輯部輯，《諸子集成・管子・牧民》(北京：中華書局，1954年)，
　　　　頁1。
〔註267〕中華書局編輯部輯，《諸子集成・管子・形勢》(北京：中華書局，1954年)，
　　　　頁5。

〔註 268〕，又小字註解「我本始祖原全善焉、惟違上帝之聖諭、其善者心志向惡也。由是其苗裔爲蠻焉、君子憫之、以天道傳之、漸向化也。設使民進學、而半途廢、其學問無中用。古王日新又日新、惟今世息止矣、故其教化不成焉」，重提《聖經》人類始祖亞當、夏娃因違背上帝誡命，遂使人心逐漸敗壞，成爲未教化的野蠻人，相互欺騙，源頭出於未聽從上帝旨意。傳教士又鼓勵人要多學習，促進教化之功。從〈論管子之書〉可見傳教士在選擇刊載中國文學作品時可能挾帶目的性，加上宗教信仰的背景，主觀地將自身理解摻合其中，故產生誤讀或斷裂模糊地帶，但傳教士藉由詮釋過程投射主觀期望，在文化詮釋空白處創造新的論述言談，也部分反映出西方眼中所理解的中國。

## 三、小　結

　　綜上所述，傳教士在報刊中刊登中國文學作品的出發點，並不是爲藉此傳播中國文化，除展現編纂者對中國文學的喜好，更大的目的是爲消除中國讀者及知識份子對異質文化、外來宗教和蠻夷辦報的抗拒與輕蔑。刊載中國文學作品傳遞西方傳教士同樣欣賞、尊重和理解的訊息，甚而順勢介紹西方文學，將東西文學與文化拉到齊一基準線，相互比附，交互指涉，渴盼中國讀者放下成見，願意同理悅納西方事物。

　　傳教士透過中國文學經典作爲橋樑，仍未忘懷傳揚基督福音的使命初衷。在中國文學文本的字裡行間，帶入主觀性的理解和宗教詮釋，造成誤讀訛用，卻也浮現傳教士在論述的縫隙間，辯證對話、質疑修正，揭示上帝信仰，傳教士個人的眞理、價值與信念，試圖導引閱讀者接受福音。

---

〔註 268〕中華書局編輯部輯，《諸子集成・管子・君臣》（北京：中華書局，1954 年），頁 237。

# 第五章　文學意蘊與價值觀

　　從《察世俗》到《東西洋考》可發現傳教士們擅於運用報刊當作媒介平臺，透過發行報刊的形式，傳遞基督福音思想。同時在編撰報刊的過程中，受到不同作品間相互的影響，與東西方知識領域，彼此角力所展演出的各種文化張力，以及面對中西文化相遇，產生歧異時，傳教士自身所提出的詮釋。

　　傳教士置身在中國這個異質環境，和清代歷史氛圍的特殊處境下，加上傳揚福音的使命驅力，傳教士們兼具接收與傳播文化的雙重角色。面對內在西方文化的養成背景，與外在的東方文化衝擊，使內外不斷交互作用，不論是對中國異邦語境的文化解碼，或是對熟悉的西方文化予以再次論述、重建，無時無刻都在進行意義的重塑與文化的疏解。

　　本章將探討傳教士如何穿梭在陌生與熟悉、如何跨越差異與通同、如何依違世俗與宗教、如何融攝東方與西方，進而釐清或統合關於他者與自我間的界線。其書寫模式，透露中西文化協商討論的過程，以及嘗試透過自我與他者間交涉的痕跡。以下便針對傳教士報刊文本剖析，且看傳教士在論述歷程中，因背負「宗教」目的，有意識地或不自覺地套用、拼貼、挪移、駁斥、修正、闡述、詮釋等，最後所呈現出的文化價值觀與意蘊。

## 第一節　中西文化之歧異與融攝

　　古老的中國擁有悠久歷史文明，封閉安定的地理環境，加上高度文化發展，成功地維繫「天朝進貢」制度，養成自給自足、自成世界的慣性。經過歷代不斷承襲、強化，華夷思想及我族中心思維，深刻烙印在中國人記憶中，

潛藏在中國文化最底蘊的深處，傳教士們正以此爲缺口切入。以對照的方式演繹西方歷史，試圖填補西方欠缺歷史傳統的印象；以系統性介紹世界地理，試圖化解中國中心主義的世界觀；透過對東西方人文的描寫，試圖營造新的文明準則。在傳揚福音的主要使命下，嫁接文化引述或文明啓蒙的任務，在中國文化語境下，重塑一套傳教士意識形態詮釋下的文化系統。

## 一、歷史詮釋──神創天地，中西同源

《察世俗》中關於歷史的篇目約二十八篇；《特選撮要》約兩篇；《東西洋考》約四十三篇，爲三報刊中數量最多者。[註1]

《察世俗》中最具代表性的歷史書寫莫過〈古今聖史紀〉，第一回首述「論

[註1] 《察世俗》歷史相關篇目：〈古今聖史紀第一回〉、〈古今聖史紀第二回〉、〈古今聖史紀第三回〉、〈古今聖史紀第四回〉、〈古今聖史紀第五回〉、〈古今聖史紀第六回〉、〈古今聖史紀第七回〉、〈古今聖史紀第八回〉、〈古今聖史紀第九回〉、〈古今聖史紀第十回〉、〈古今聖史紀第十一回〉、〈古今聖史紀第十二回〉、〈古今聖史紀第十三回〉、〈古今聖史紀第十四回〉、〈古今聖史紀第十五回〉、〈古今聖史紀第十六回〉、〈古今聖史紀第十七回〉、〈古今聖史紀第十八回〉〈古今聖史紀第十九回〉、〈古今聖史紀第二十回〉、〈古今聖史紀卷二第一回〉、〈古今聖史紀卷二第二回〉、〈古今聖史紀卷二第三回〉、〈古今聖史紀卷二第四回〉、〈古今聖史紀卷二第五回〉、〈古今聖史紀卷二第六回〉、〈古今聖史紀卷二第七回〉、〈法蘭西國作變復平畧傳〉。
《特選撮要》歷史相關篇目：〈古今聖史紀〉、〈咬嚼吧總論第一回〉。
《東西洋考》歷史相關篇目：〈史記──萬代之始祖〉、〈史記──始祖之愆〉、〈史記──洪水之先〉、〈史記──亞伯拉罕之子孫〉、〈史記──洪水後紀〉、〈史記──挪亞之苗裔〉、〈史記──麥西國古史〉、〈史記──以色列民出麥西國〉、〈史記和合綱鑒──大清年間各國事〉、〈史──霸王〉、〈史──約書亞降迦南國〉、〈史──主帥治理以色列民〉、〈史──非尼基國史〉、〈史──亞書耳巴比倫兩國志略〉、〈東西史記和合──洪水之先〉、〈東西史記和合──洪水之後〉、〈東西史記和合──商朝──以色耳神廟〉、〈東西史記和合──周紀──以色耳王朝〉、十一月〈東西史記和合──周紀──以色耳王朝〉、〈東西史記和合──秦紀、漢紀──以色耳王朝羅馬朝〉、〈東西史記和合──西漢紀、後漢、西晉紀、北宋朝、齊紀、梁紀、陳紀、隋紀──羅馬朝、英吉利撒孫朝〉、〈東西史記和合──唐紀──英吉利撒孫朝〉、〈東西史記和合──五代紀、宋朝──英吉利撒孫朝、哪耳慢朝〉、〈東西史記和合──宋紀、元紀──英吉利哪耳慢朝〉、〈論歐遟巴事情〉、〈歐羅巴列國之民尋新地論〉、〈以色列遊野〉、〈希臘國史略〉、〈希臘國史〉、〈荷蘭國志略〉、〈猶太國史──掃羅王記〉、〈史──大辟王紀年〉、〈瑞典國志略〉、〈猶太國史──瑣羅門王紀〉、〈猶太國史──以色列王紀〉、〈周紀〉、〈大尼國志略〉、〈史──以色列王紀〉、六月〈周紀〉、〈猶太國王紀〉、七月〈周紀〉、〈周朝略志〉、〈西國古史──亞書耳國〉。

天地萬物之受造」，「天地萬物並非從永遠而有之、亦非自來而有之者也。非從永遠者、則必有始。非自來者、則必有創造之者也……在宇宙間止有一個無始無終、從永遠至永遠者、即是眞活神。」〔註2〕表明不論中國人或西方人，人類源頭都來自神的創造。依序按《聖經》記載，往下講述神造物順序、人類始祖得罪上帝、始初設祭神之禮到第十回「論洪水」。〈論洪水〉一文提及神指示按亞一家躲避洪水，且舉例證證明洪水是眞實發生，「然不拘何往、或華國、或蠻國、都同一意……也就是我們中國五經上、所說洪水在皇王堯之時候、然看來這洪水、大概亦本都是指著此所講洪水之事」〔註3〕，再一次毗連中西方歷史，說明「普天下萬國、皆有洪水之蹤跡存之至今日、但未有此舊經者、不能明知其因緣等也」〔註4〕，呈現中西方本爲同源，歷史脈絡記載雷同的印象。

　　第十三回的〈古今聖史紀〉，傳教士描述洪水退去後，約二百餘年，按亞子孫漸多，當時全地上的人類字形、聲音無異，人類開始產生傲意惡心，謀劃合意合力建一座高可衝天的「巴別」高塔，企圖取代上帝的位置，上帝便打亂世人語言，最後因語言不通，只好不得已布散各地，「今有各言語、有各國各府各州等。皆由此而起也。」〔註5〕說明巴別塔事件造成：中西方各國語言不同的緣由，以及世人因語言不同，只好各自成國、族、家，分散到不同地方去，爲中國與西方間的歧異做了合理闡釋。

　　到《東西洋考》更進一步以「中國皇帝紀年」爲主要記載方式。輔附西方公元年代，可見傳教士安排的苦心，佈置中國人熟悉又習慣的紀年方式，並以「東西史記和合」、「史記」和「史」三大專欄論述歷史，又歷史專欄僅次序、論之後，佔據報刊重要位置，此項安排可能有鑑於中國重視歷史的傳統，或是再度展現郭氏本身對歷史的愛好〔註6〕。

---

〔註2〕《察世俗・古今聖史紀》第一卷，頁27。
〔註3〕《察世俗・古今聖史紀》第三卷，頁146。
〔註4〕《察世俗・聖書卷分論》第八卷，頁10。
〔註5〕《察世俗・古今聖史紀》第三卷，頁180。
〔註6〕1838年9月開始，郭實獵在《中國叢報》（The Chinese Repository）發表一系列文章，介紹中國小說，其中多是歷史演義，如：《三國志》（The Chinese Repository, 1841）、《南宋志傳》（The Chinese Repository, 1842）、《三皇紀》（The Chinese Repository, 1841）等。
　　　　在1838年出版的《China Opened》有專門章節介紹《三國志演義》、《東周列國志》、《群英杰》等中國歷史小說。Gutzlaff Charles, China opened（London：Smith, Elder and Co., 1838），pp.467-468.

　　「和合」是中華民族獨特的哲學概念與文化概念，亦是文化精髓和主要內容之一。中西文化衝突是客觀的存在，解決衝突最好方式便是將諸多對立元素在動態過程中加以和合。〔註7〕〈東西史記和合〉以一種東西歷史對照方式敘說，東史起於盤古開天，迄於明亡；西史起於上帝創造天地，迄於英吉利哪耳曼朝。

　　〈東西史記和合〉原是《特選撮要》編纂者麥都思所撰，《東西洋考》轉刊。說明傳教士們在一來克服宗教史的侷限，和單一歷史產述的狹隘性，將世界歷史全面展示給中國人看；二來欲表達西方歷史時間長短和東方近似，打破中國觀念西方無歷史的印象；三來強調「故在此件東西史記皆和合矣」〔註8〕、「自盤古至堯舜之時、自亞坦到挪亞、東西記庶乎相合、蓋諸宗族之本源爲一而已。」〔註9〕舉挪亞方舟與堯之時天下大水橫流的「洪水事件」〔註10〕、成湯時期與埃及「旱災事件」等歷史時間點契合實例〔註11〕，證明東西方本是一家，出於相同支脈，傳教士嘗試重新形塑同源記憶，弭平鴻溝，不應用夷異眼光看待。

　　〈史記〉專欄九篇中，其中七篇講述「上古歷史」：〈萬代之史祖〉、〈史祖之愆〉、〈洪水先世記略〉、〈洪水之先記〉、〈亞伯拉罕之子孫〉、〈洪水後紀〉、〈挪亞之苗裔〉，占一半以上篇幅，反覆書寫《聖經・創世紀》章節。內容一再強調「雖各國之民俱分別、卻厥統始祖一者」〔註12〕，承襲《察世俗》描述的「巴別塔事件」本來漢人、西人同一根源：「惟上帝不悦其計、故令人之話音混亂、各講異説……及四面離散。嗣後家爲族、族爲民、由此散之民、東亞細亞、漢人取其本原焉」〔註13〕。

　　傳教士又在〈西國古史〉中寫到「離四川省一萬有餘里、兩河之間、一望平坦之地……堯舜年間、天下話均音同民人……莫若建城築塔、頂高及天、藉此揚名……皇上帝曰。民都一心、音語亦同。今始作此、且後所欲爲、必

　　郭氏歷史題材相關小說創作還有：1834 年的《大英國統志》，1838 年的《古今萬國綱鑑》，1839 年的《聖書注疏》等。

〔註7〕 鄒振環，《西方傳教士與晚清西史東漸：以 1815 至 1900 年西方歷史譯著的傳播與影響爲中心》（上海：上海古籍出版社，2007 年），頁 62。
〔註8〕 《東西洋考・東西史記和合》癸巳年六月，頁 6。
〔註9〕 《東西洋考・史記和合綱鑑》丁酉年七月，頁 252。
〔註10〕 《東西洋考・東西史記和合》癸巳年六月，頁 6。
〔註11〕 《東西洋考・東西史記和合》癸巳年九月，頁 34。
〔註12〕 《東西洋考・史記》甲午年三月，頁 100。
〔註13〕 《東西洋考・史記》丁酉年正月，頁 192。

作無妨、宜下去混雜言語、使得不相通話也。且上帝散眾遍地四方。」〔註14〕刻意以中國四川爲中心，描繪巴別塔發生的具體位置，暗示中國也涉入其中，不是西方獨特的歷史事件，而是屬乎全人類。

另外，〈史記〉中引證「屈原曰、天皇以下之君盡可指數乎。吾亦弗敢信也。舍詩書六藝之文。而妄信諸子讖緯之雜說。」〔註15〕利用「中國人」自己否定盤古女媧、三皇五帝等上古歷史，向讀者提出質疑「學者不可不察」〔註16〕，重新建立「惟有聖書能解此大問」〔註17〕觀念，述說上帝創造天地，「神主至上帝已完全天地……惟萬物之靈未曾生矣、神天至上帝俯念照人樣……神天至上帝就以地塵甄陶人也、吸活氣于厥鼻孔、則賦人以靈魂矣」〔註18〕，比較中國上古史是已「有」的渾沌情況，透過盤古而展開，而西方歷史則清楚交代神創造宇宙天地和「人」的由來，將中國未記錄上古遠史原因歸於「中國秦始皇。有焚書坑儒。故上古世遠。或有失記」〔註19〕。如此論述處理方式，再次強化以「神」爲中心的歷史論述，同時再次挑戰盤古開天的眞實性。

除歷史專欄，其他欄位同樣不斷彰顯「神創造天地」與「中西方同源」的概念。《東西洋考・第二論》〔註20〕透過「郭」、「陳」兩位朋友，郭先生代表中國人對上帝神理顯得驚訝「難道至上帝、默示與人知、天地之歷代傳乎」〔註21〕，反面詰話實則肯定答案，呼應傳教士安排勘合中國歷史的謀劃，一來一往對話，點出神不以材料造天萬物，說有光便有光，世界秩序井然，「惟全能之至上帝可成」〔註22〕，讚頌上帝至高無限能力，萬物造成後，最後才造「人」，換句話說，人的起源是同一，都是上帝的創造，並不分中或西。

---

〔註14〕《東西洋考・西國古史》戊戌年九月，頁416。
〔註15〕《東西洋考・史記》甲午年四月，頁112。
〔註16〕《東西洋考・史記》甲午年五月，頁124。
〔註17〕《東西洋考・史記》甲午年四月，頁112。
〔註18〕《東西洋考・史記》甲午年三月，頁100。
〔註19〕《東西洋考・東西史記和合》癸巳年七月，頁16。
〔註20〕《東西洋考・第二論》甲午年二月，頁86。
〔註21〕同上。
〔註22〕同上。《察世俗・古今聖史紀》第一卷，頁27、28，亦記：「在人要做物、必須先有材料、方可成事。在神則不須也。蓋天地萬物之前、都無材料可用、而神亦不用何材料、獨以其全能自然而成之也。」

## 二、地理詮釋——世界一隅，空間重塑

　　審視傳教士報刊關於地理方面的詮釋，《察世俗》約十二篇；《特選撮要》約十八篇；《東西洋考》共計約四十二篇，同為三報刊中份量最多者。〔註 23〕

　　《察世俗》以〈全地萬國紀畧〉「夫神天所造普天下萬地、今賢分之爲四分。有羅巴一分、亞西亞一分、亞非利亞一分、又亞默利加一分。」〔註 24〕依序介紹歐洲、亞洲、非洲與美洲，以「而其各地各國各島、亦皆爲一上帝原本所造、日日所宰治者。又其之居人各種、亦爲此一上帝原本所造、日日所宰治也」〔註 25〕作結，回應歷史詮釋形塑的觀點。文中介紹歐洲、美洲花旗國（今美國）等政體自由，人民可以參與政治，又重視學校教育，學生像中國的孺子學習六藝科目外，還學醫、習武等，且除交戰時，其他時間不拘何國人入其境、住下貿易，細讀報刊撰文取材和視角，特意針對傳教士眼中，清代中國較欠缺薄弱部分，如：民主的政體、開放的貿易和多元的教育等，爲當時與西方少有接觸的廣大中國人啓迪新的思潮，勾勒一幅嶄新國度。

　　作爲延續《察世俗》辦刊精神及創作宗旨的《特選撮要》，因編纂者麥都思主要以巴達維亞爲活動傳教範圍，故《特選撮要》自第一期起便連載〈咬嚼

---

〔註 23〕　《察世俗》地理相關篇目：〈全地萬國紀畧〉十一篇、〈先行船沿亞非利加南崖論〉。

　　　　　《特選撮要》地理相關篇目：〈中國往咬吧地總圖〉、〈咬嚼吧地圖〉、〈咬嚼吧總論〉共十六回。

　　　　　《東西洋考》地理相關篇目：〈地理——東南州島嶼等形勢綱目〉、〈地理——南洋洲〉、〈東南洋並南洋圖〉、〈地理——東南州島嶼等形勢綱目〉、〈地理——南洋洲〉、〈東南洋並南洋圖〉、〈地理——呂宋島等總論〉、〈地理——蘇祿嶼總論〉、〈地理——芒佳虱大洲總論〉、〈地理——美洛居嶼等與吧布阿大洲〉、〈地理——波羅大洲總論〉、〈大清一統全圖說〉、〈大清一統天下全圖〉、〈地理——蘇門答剌大州嶼等總論〉、〈地理——新埔頭或息力〉、〈地理——呀瓦大洲 附麻剌甲〉、〈哦羅斯國通天下全圖〉、〈地理——暹羅國志畧〉、〈地理——地球全圖之總論〉、〈地理——列國地方總論〉、〈地理——（噶喇吧洲總論）〉、〈地理——（以至比多）〉、〈亞非利加浪山略說〉、〈地理——天竺或五印度國總論〉、〈北痕都斯坦全圖〉、〈地理——瑪塔喇省〉、〈地理——榜葛喇省略〉、〈地理——榜葛喇省略（續）〉、〈地理——孟買省〉、〈地理——大英痕都斯坦新疆〉、〈歐羅巴列國之民尋新地論〉、〈地理——破路斯國略論〉、〈地理——葡萄牙國志略〉、〈地理——峨羅斯國志略〉、〈耳蘭地〉、〈西班牙國〉、〈葡萄牙國〉、〈地理——法蘭西國志略〉、〈歐羅巴列國版圖〉、〈新考出在南方大洲〉、〈阿里曼國〉、〈北亞米利加〉。

〔註 24〕　《察世俗・全地萬國紀畧》第六卷，頁 15。

〔註 25〕　《察世俗・全地萬國紀畧》第七卷，頁 17。

吧總論〉。詳細地介紹爪哇地理、歷史、民情、日常生活、節期禮俗等，並附地圖。麥氏認爲爪哇島受到印度、中國、伊斯蘭教徒和歐洲人影響，文化交流與相互影響所產生出的結果。整體而論，敘述中肯，未從西方人眼光批評貶抑，且爲吸引中國讀者，行文風格類似中國傳統地理著述方式，論述多以中國爲參照或比較對象，利於中國讀者更快進入文本，了解當地概況。

　　前述《察世俗》和《特選撮要》兩份報刊中地理方面文章，雖不免挾帶西方視野與基督宗教價值觀評論，但主要目的還是不脫離爲增加報刊可讀性，以及擴展中國人眼界，誘發接觸外面世界的動機。到《東西洋考》，闡述地理方面文章出現較多「評論」口吻，瘞埋傳教士的價值判斷。

　　《東西洋考》在介紹地理方面頗具條理。以東西經度和南北緯度作爲準則，沿著東西交通海陸，從中國由近到遠帶領讀者認識東南亞、南亞到歐洲，並介紹五大洲：亞細亞（亞洲）、歐邏吧（歐洲）、亞非利加（非洲）、亞墨利加（美洲）、澳大利亞（澳洲）。透過一連串概要論述，「亞細亞東山有中國、南有安南、暹羅、老撾、緬甸、咭唎咘等、兼南洋諸州」〔註26〕，明顯將「中國」歸入亞細亞中的一個國家而已，而非位居世界的中央。〈地球全圖之總論〉敘述「說緯度用蘭墊正中之線數」〔註27〕，無疑以英國爲中心，雖與現今地理位置，英國倫敦的格林威治（Greenwich）爲本初子午線（Prime meridian）雷同，但地理文章書寫似乎是某種手段，猶如一套表意系統，顯示傳教士的信念和世界觀。

　　除文字書寫的闡述外，藉由地理學中的重要表意符號──「地圖」，也能夠窺探傳教士眼下的世界。地圖不論選材範圍、圖畫方式、比例尺、圖例等，構成一種潛在符號，符號經策略性編碼後具象化，影響讀者地理空間認知。《東西洋考》中共收錄四張地圖，除〈大清一統天下全圖〉位居地圖中央外，中國在其他三張地圖：〈東南洋並南亞圖〉、〈峨羅斯通天下全圖〉、〈北痕都斯坦全圖〉中不過是世界眾多國家或接鄰的國家之一，報刊不見對中國各省份或區域地理論述，反而對世界各國多所著墨，圖中還清晰可見「大英國藩屬國」標示，象徵國家實力的宣告，隱藏製圖背後的企圖和建構新世界秩序的目標，意圖打破中國置身世界之外的空間關係結構，尤其十九世紀西方東來的人士，多伴隨資本主義商業活動，郭氏除想將基督福音傳揚給中國人，

〔註26〕《東西洋考‧列國地方總論》甲午年三月，頁101。
〔註27〕《東西洋考‧地球全國之總論》乙未年正月，頁139。

同時也想將自由貿易的觀念帶入中國，地圖所呈現出的視覺刺激，期望改變中國基礎深厚的對外關係模式。

《東西洋考》繪製的四張地圖，約在六十到一百五十度經度之間，在橢圓體的概念下，隱含世界另一半是中國過去不曾認識、未所熟悉的，且「左西右東」方向相違傳統「左東右西」。﹝註28﹞當失去邊界、可控制、熟悉的領域後，將削弱中國以自我為中心的天下觀，期能瓦解過去萬國朝貢的歷史追憶，達到為讀者帶來一股渴慕知識的衝擊。

《禮記‧王制》﹝註29﹞中可代表中國由來已久的文化中心主義：

> 中國戎夷，五方之民，皆有其性也，不可推移。東方曰夷，被髮文身，有不火食者矣。南方曰蠻，雕題交趾，有不火食者矣。西方曰戎，被髮衣皮，有不粒食者矣。北方曰狄，衣羽毛穴居，有不粒食者矣。中國、夷、蠻、戎、狄，皆有安居、和味、宜服、利用、備器，五方之民，言語不通，嗜欲不同。達其志，通其欲：東方曰寄，南方曰象，西方曰狄鞮，北方曰譯。

中國向來具有濃厚的「華夷之防」民族意識、「重農抑商」的經濟意識、「天圓地方」的空間意識和「天朝上國」的地理意識，和四周國家歷來保持「朝貢制度」的互動模式。漢族居於世界中央，華夏以外民族被稱作「化外之民」（史稱「四夷」，即東夷、南蠻、西戎、北狄）。中國的皇朝是「天朝」或「上國」，而其他民族和中國的關係，是貢國和屬國的關係，其首領只能被稱為王。﹝註30﹞形成一個由華夏人主觀意識構成，頗複雜的中國觀，此觀點打破地理、種族與政治的界限，著眼於文明視角，意味「文化中國」與「地理中國」的觀念混淆，﹝註31﹞認為地理空間越邊緣的區域文化層次越低，觀念深植民族血脈，這種空間觀不僅是文化空間觀，也體現在對周圍民族的態度。

---

﹝註28﹞ 連慧珠，〈《東西洋考每月統記傳》中地圖意識與地理學傳播之探究〉，《地圖》第二十一卷，第二期，頁53～65。

﹝註29﹞ 〔清〕阮元校勘，《十三經注疏‧禮記‧王制》（臺北縣：藝文印書館，1997年），頁247～248。

﹝註30﹞ 陳喆燁，〈天下觀的沒落〉，《文學教育》第四期，2010年，頁53～54。
黎小龍、徐難于，〈五方之民格局與大一統國家民族地理觀的形成〉，《民族研究》第六期，2008年，頁69～74。

﹝註31﹞ 陳贇，〈混沌之死與中國中心主義天下觀之解構〉，《社會科學》第六期，2010年，頁108～190。

　　《察世俗‧全地萬國紀畧》到《東西洋考‧地理》試圖調整中國人從過去的「天下」，縮小到「東南亞一隅」，歷來以中國為中心的地理意識漸漸被世界整體所取代，暗示中國隸屬世界脈絡中，不應再故步自封，應與其他國家相互交流、增廣見聞。

## 三、華夷之辯——西方文明，基督指標

　　在十八世紀初，「夷」有各式英譯，絕大多數譯為：stranger（陌生人）或foreigner（外國人）等。馬禮遜在其編著的《英華字典》〔註32〕中也是譯為「foreigner」，指番、夷或外國的。翻閱王力《古漢語字典》和楊合鳴的《古代漢語字典》對「夷」字的名詞解釋：我國古代對東方各民族的泛稱。〔註33〕張永言等編《簡明古漢語字典》，則有「我國古代對東部各族的泛稱，近代指西洋人」之意。〔註34〕密西根大學劉禾教授所著《The Clash of Empires: The Invention of China in Modern World Making》直指「夷」在清代的意思就是外國人（foreigners），並無貶義，且大清統治者的外族身分，並未禁用「夷」字，反而努力將儒學經典中的「夷」，據為己有，轉變其解釋性，發展出一套適合於滿足的普世主義觀念。〔註35〕李昌銀亦認為「夷」字在歷代多帶鄙夷蔑稱，但到清代，身為異族統治者，對「夷」的態度採雙重標準。在國內為統治需要，盡可能模糊明夷之辨的理論，甚至認為歷代疆域不能廣遠就是受到夷狄思想限制，夷狄僅止於地域的劃分，並非殊視，〔註36〕但在中西關係的外交

〔註32〕中央研究院近代史研究所收錄《英華字典》資料庫，馬禮遜，《英華字典》1822年版，頁177。
　　　　http://140.109.152.25:8080/dictionary/?word=%E5%A4%B7 字典原文：Foreigner 番、夷、外國的。
〔註33〕王力，《王力古漢語字典》（北京：中華書局，2005年），頁180。
　　　　楊合鳴主編，《古代漢語字典》（上海：上海古籍出版社，2010年二刷），頁518。
〔註34〕張永言等編，《簡明古漢語字典》（成都：四川人民出版社，2005年二刷），頁989。
〔註35〕劉禾（H. Liu），《The Clash of Empires: The Invention of China in Modern World Making》（President and Fellows of Harvard College, 2004），pp.38、46、95、119。
〔註36〕李昌銀，〈翻譯與歷史語境——「夷」字的語義沿革與英譯問題〉，《雲南民族大學學報》第二十五卷，第四期，2008年，頁144～146。
　　　　李世愉，〈對清代君主專制制度的幾點看法〉，《河南大學學報》第三期，2004年，頁64～66。
　　　　汪暉，《現代中國思想的興起》上卷，第二部（北京：三聯書店，2008年），頁582～584。

語境中，無論民間或官方皆帶藐視或憎惡情緒稱西方或西方人。

　　暫且不論「夷」字本身在中文中，是否暗合某種文化優越感，或是該字在中國歷代詞源的演進變化，到了郭實獵，卻採取其他英譯方式，開始將「夷」，由原本英譯中性字發展爲貶抑字，力主譯作「barbarian」（野蠻人）〔註37〕，切斷「夷」字與漢語其他相關概念的聯繫，有別於過去東印度公司雇用的所有翻譯官。劉禾認爲將「夷」翻譯爲「barbarian」是種異文化間意義鏈的衍指符號（super-sign），雖符號游移於兩種語言中，但正確意義卻須屈從英方。〔註38〕此舉顯示在郭氏眼中，中西文化互動關係「華夷問題」躍上檯面，且暗示郭實獵認爲中國具中心主義的證據，也再次呼應郭氏辦刊目的。

　　清代，中國與英國並沒有自己的翻譯官，需仰賴理解漢文的傳教士居中翻譯，而翻譯後的文件，將影響政府所下的決策，一再稱呼英人爲「野蠻人」，大大冒犯英國尊嚴，是平等開放思潮下所不能容忍的「挑釁」，爲主戰派提供有利的口實，劉禾〔註39〕甚至發現，在一篇不長交予兩院討論的文書中，出現二十一次「barbarian」（野蠻人），很可能某種程度間接促成對華的戰爭。

　　就在傳教士大聲疾呼「萬姓雖性剛柔緩急。音聲不同。卻萬民出祖宗一人之身。因此原故。子曰。四海之內皆兄弟也。……中外無異視」〔註40〕，

---

〔註37〕 Gutzlaff Charles, Journals of Three Voyages along the Coast of China in 1831, 1832 & 1833（London: Clay R., 1834）, pp.288-289.郭氏日記中將「夷」（E）等同「野蠻人」（barbarians），認爲應稱爲外國人（foreigners）或英國人（Englishmen）。We reasoned our friends out of the use of the epithet E, "barbarians", which they apply to all strangers indiscriminately. The idea of cunning and treachery is always attached to this name when uttered by the Chinese. ……From this time they abstained from the use of it, and called us foreigners, or Englishmen.
郭氏雖不是第一個把「夷」翻爲「野蠻人」的歐洲人，但其不認可十八世紀中文裡對外國人的其他稱謂，也不認可「夷」的其他英文翻譯。把「barbarians」固定爲漢字「夷」的翻譯，甚至上升成爲法律事件，《天津條約》第五十一款「嗣後各式公文，無論京外，內敘大英國官民，自不得提書夷字」。迫使「夷」用「barbarians」來表義，另一方面取代清官方對「夷」更早滿文翻譯「tulergi」（外地、外部）。詳參劉禾，《帝國的話語政治：從近代中西衝突看現代世界秩序的形成》（北京：三聯書店，2009 年），頁 45、57。
〔註38〕 陳國興，〈費正清夷字翻譯的話語解讀〉，《聊城大學學報》第一期，2011 年，頁 27～30。
〔註39〕 劉禾，〈歐洲路燈光影以外的世界——再談西方學術新近的重大變革〉，《文粹周刊》，2003 年 8 月，頁 1～4。
〔註40〕 《東西洋考·序》癸巳年六月，頁 1。

希望中國能平等對待西方人，取消對西方人「夷」稱呼的同時，傳教士自身卻不免陷入「我族中心觀點（ethnocentrism）」。所謂我族中心觀點是一種傾向，將自己所擁有的文化信念視爲較優越，並運用自己文化的價值觀，非議其他文化的行爲與信念。〔註41〕傳教士報刊變成一個文化場域空間，可以嗅到隱藏在文字底下主觀的意識評斷。

《察世俗》：

> 在極南海有許多小洲。這洲之一名吠唏吔、總名南海羣洲。住彼之人、本不穿衣服、乃穿樹皮不建住屋乃住地穴。不拜眞神主、乃拜一木神。他們亦多被巫卜之誘惑、又屢次殺人祭其木神、止其怒之意。……惟近來有書至說那民多被眞神主感化其心、致其向來所拜偶像各等、今自將之投入火燒。……向那民無文字、不知讀書、寫字、今卻有設學堂、而進學堂習字者許多人、大小幼老都有。向那民不知其眞神主、今確知而事之也。這亦不是人勉強他如此、化是眞理使他自然化也。〔註42〕

> 二十八、大耳夫耳國。其京曰戈比。其地之民面色甚黑。其亦多蠻民但未聞其詳也。〔註43〕

《特選撮要》：

> 夫上回既言呱哇人民之行爲心性、今略述其朝廷家内之風俗、規矩及其禮儀等、蓋雖與中國禮儀不同、看之亦有益也。〔註44〕

《東西洋考》：

> 其嶼皆嶄巖參差。其中亦有火焰山。……其居民異樣。土蕃處山野裡。面黑攣毛。以樹皮做衣服。……只可恨眾人懶惰。無數遊手。……〔註45〕

> 只可恨人都逸然偷閒。……那吧布阿之土番是蠻也。個人欲娶妻。必以人顱聘定下。故好殺人以枯顱頭爲寶貝。猶亞非利甲人。厥面

〔註41〕科塔克（Conrad Phillip Kottak）著，徐雨村譯，《文化人類學》（臺北市：巨流圖書，2009年），頁59。

〔註42〕《察世俗‧南海洲被化》第三卷，頁112～113。

〔註43〕《察世俗‧全地萬國紀畧》第六卷，頁63。

〔註44〕《特選撮要‧咬𠺕吧總論第十三回》第一卷。

〔註45〕《東西洋考‧呂宋島等總論》癸巳年八月，頁26。

黑。狂妄強徒。懷利害人的心。……〔註46〕

內山之土番爲蠻。食人肉。飲人血。不守五倫。海濱居之民。是武吉兼馬萊酋民。武吉者布國覓利勤勞。但其馬萊酋懶惰。爲海賊。夫各族各黨各州。有其頭目。頭目者。遵國王之命。因帝君之多。不可守平安焉。時常相鬪打仗。甚至九死一生之際。〔註47〕

有土番名呀尾人。甚老實。信諸空言。勤勞耕地。……但因賭博之好。輸田屋子婦賣身爲奴。偷盜哄騙。莫勝其利害。〔註48〕

當傳教士描述亞洲南洋諸國地理風物，對當地居民稱其「番」、「蠻」，對當地特殊文化未予以尊重，如：當地習慣以「人顱聘定」爲嫁娶儀節，傳教士卻以野蠻行爲視之，並認爲居民性格懶惰、遊手好閒、喜好賭博，時常作亂鬧事，或以西方價值觀來評斷當地文化。《察世俗‧南海洲被化》記載當地居民因受上帝感召，不再崇拜偶像，且開始讀書識字，篇名中的「化」字，含有轉變成某種狀態或性質的意思，是否隱喻信仰上帝才是文明的表現？因爲信仰眞神之後，當地才興起教化風氣？

相較《察世俗》和《特選撮要》書寫其他各國地理文化風貌，《東西洋考》描述更仔細，特別對居民的描述，用語更鋒利。把「人顱聘定」等當地生活習俗，界定爲野蠻象徵。是否淪爲另外一種「華夷」觀點？文化身分認同本就屬於一種自私、主觀的認定，所延伸設計出的符號系統將表達、解釋自身隸屬文化的優越性，鮮明地豎立文化價值觀。

西方人在確立自己的文化表述系統後，進而提高到政治層面，在介紹南洋諸國風貌的背後，隱藏西方殖民母國的指導身影，強調經由英、荷等國開墾教化後該國文化有所提升，居民大受其惠：

自今以來荷蘭管其國。值適道光年間。以萬古累易之。給英吉利人麻剌甲新藩。當是之時。有大英國某士開華英院。嘉慶年間。教唐人在土生之子。英與華字兼大英國之文藝。令之獲大益焉。另在麻剌甲之義學甚多。男子與女兒。不論土番漢人皆讀書也。〔註49〕

〔註46〕《東西洋考‧美洛居嶼等與吧布阿大洲論》癸巳年九月，頁37。
〔註47〕《東西洋考‧波羅大洲總論》癸巳年九月，頁37。
〔註48〕《東西洋考‧呀尾大洲》癸巳年十一月，頁56。
〔註49〕《東西洋考‧呀尾大洲》癸巳年十一月，頁57。

……爲素戰鬭不息、故來粟不足用、必赴榜葛喇布、糴五穀也。
自從大英公班衙蒞治、國土平安、五穀勝用矣。……古時地主賦
斂、勒索農夫、擋阻過止工夫。是以大英設新法度、推產生法計。
〔註50〕

自從英吉利人操其國之權、恆務土番、漸入佳境……〔註51〕

　　傳教士報刊最終目的是傳遞福音，基督教義思想是三份報刊立基精神。
在刻劃當地居民風俗信仰時，無可避諱將基督教義理滲透、對照其中，進而
攻訐異教。是否又是另一種蠻夷觀念的轉化，推移到宗教層面？暗喻未領受
福音者或福音未及之地爲「蠻夷」？

婚則群僧迎婿至女家以爲吉祥。于木高埠。燒屍作樂。……釋氏異
端甚害民。……惑世誣民。大率假災祥禍福之事。以售其誕句無稽
之談。則誘取貲財以圖肥己。建廟塔無數皆徒然……〔註52〕

甚執妖鬼之誕。守邪術之法。地震日食大驚。誠恐災禍遍來。還不
數年之上。東方之民。聽聞某大山之頂。有一個聖仙住。若不開路。
不肯下來。故晝夜勤勞。寢食俱廢。開大路自山腳至于山頂。正到
之時。不逢聖仙。不到人跡。只討見笑而已……〔註53〕

好信菩薩、聚集此邑、河邊剃髮、僧誑曰、毛落河、萬劫享樂園
之福。愚民以銀錢送異端之魁、即是婆羅門僧、且浪費耗失貲財、
若欲死後步雲梯、且登月墊飛騰九萬里……就自投河內、而甘心
溺死也。此是異端迷世人之惑、害人之事、不止於貲業、還有害
於人之性命……忽然一人自投地、車輪壓破稀碎。多人如此自行
輕生、妄想可贖本罪、獲菩薩之恩焉。此是婆羅門教、所以瞞昧
人心……〔註54〕

　　傳教士不僅對南洋諸國抒發審斷，面對中國社會風俗情況，透過《東西
洋考》陳述西方風俗民情、城市樣貌、各類制度等，也做了一番介紹：

〔註50〕《東西洋考·瑪塔喇省》乙未年六月，頁183。
〔註51〕《東西洋考·新聞·五印度國》丁酉年二月，頁207。
〔註52〕《東西洋考·地理·暹羅國志畧》癸巳年十二月，頁65。
〔註53〕《東西洋考·地理》甲午年四月，頁115。
〔註54〕《東西洋考·地理》丁酉年二月，頁203。

表四：《東西洋考》對西方之介紹

| 類　　別 | 內　　容 | 卷期、篇名、頁碼來源 |
|---|---|---|
| 城市樣貌 | 倫敦京都之民繁多、如微塵之多、人口浩盛、生意不止百計。居民造作巧技卓異無二。機房織造、絲綢布帛百貨運出賣於天下。財帛堆積、金玉如鐵、居民于高梁錦繡之中、大豐盛奢。 | 《東西洋考・新聞・英國》戊戌年七月，頁397。 |
| | 上年八月、英國北方之穀未熟、必刈之與畜生食。……異國之人如此危臨、不免孤貧之餒、但英國之商賈與普天下通商、使得本國五穀豐盛。 | 《東西洋考・雜聞》戊戌年七月，頁267。 |
| | 如今諸西國中、若論居民之多、光輝恆烜之著、此京都獨立無比矣。其城長三十里、週圍九十里矣、居民一百五十萬……所出入之貨價、每年共計三千七百萬有餘員……自開闢以來未有如蘭墩京之富廣也。 | 《東西洋考・蘭墩京都》戊戌年四月，頁356。 |
| 宗教風俗 | 九年住蘭塾〔註55〕、即大英京都。與英仁義氣相投、情意最篤、每日往來。頗可認識風俗。英婦幸產一子添丁、弄璋弄瓦不異、一均撫育成立、並無溺女及死罪。男女不別、父母一齊眷愛……恐女不能行走、極害於身、故視步出蓮花、不恁踐踏腳穩、非為踦麗之態、故不攣腳筋矣。……好伉儷調琴瑟、不止於夫婦。卻女人之交接任意、甚佳敏慧……。 | 《東西洋考・姪外奉姑書》丁酉年二月，頁201。 |
| | 英吉利公會立法定例、凡販賣人口者、其罪之重、如為海賊矣。 | 《東西洋考・新聞・釋奴》丁酉年十二月，頁307。 |
| | 每禮拜日晚時、子女雲集、有七萬人誦聖書、進聖學、蒙上帝之教矣。其京內、恩濟之會有多、期間治人之病、或扶人之危、或遏邪樊、或廣布聖書、或傳聖教、或援聖教或授人於流俗也。 | 《東西洋考・蘭墩京都》戊戌年四月，頁357。 |

〔註55〕此處「蘭塾」疑似為原報刊書寫或刻印錯誤，應為蘭「墩」。墩的「土」字移至下方，與「塾」字形相近，且「蘭墩」與英文發音（London）接近，報刊其他部分作「蘭墩」。

| 類　別 | 內　　容 | 卷期、篇名、頁碼來源 |
|---|---|---|
| 政治法律 | 自帝君至於庶人、各品必凜遵國之律例。所設之例、必爲益重者……上自國主公侯、下而士民凡眾、不論何人、犯之者一齊治罪……。 | 《東西洋考·自主之理》戊戌年三月，頁 339。 |
| | 上年八月理國事公會散、良民選擇鄉紳代表兼攝。於是百姓眉花眼笑蜂集。 | 《東西洋考·新聞·英吉利國》戊戌年三月，頁 347。 |
| | 王發政施仁、公會悅順王之意而行、不然、出情短薄行、弗納餉以贄國用、只到此際、王另召公會、既堅辭析駁、就無計可施、只得順民意而已矣……遇有臣等不秉公、其會責之、臣不改、再糾斗參、後不得不革職矣。就是恃寵擅權之臣、亦不可當仕矣。 | 《東西洋考·英吉利國政公會》戊戌年四月，頁 353、354。 |
| | 國政之公會、爲兩間房、一曰爵房、一曰鄉紳房、……倘百姓或願立法、抑想改正擬處之本、遂請本鄉紳、以事陳明公會。 | 《東西洋考·英吉利國政公會》戊戌年五月，頁 365。 |
| 教育制度 | 及設女學館教之、以樂、唱、畫、寫作文、識地理、認文理、可誦史記、必讀聖書……。 | 《東西洋考·姪外奉姑書》丁酉年二月，頁 201。 |
| | 故此學理各項日廣、民人設書院兩座、而招國之門生、今藝文大盛。另立學堂經館、不勝其數。 | 《東西洋考·雜聞》戊戌年七月，頁 267。 |
| 醫學科技 | 大英國人進船〔註 56〕、兩邊作機關、推兩箇鐵輪、以蒸之力、使之搖槳若橹一然、不依風、不隨潮、自然迅速移、大勝我船之速度。 | 《東西洋考·火蒸車》乙未年六月，頁 185。 |
| | ……除非藥材、漢人不留草木、至于禽獸、未看一本書總擴其綱領、又此可怪矣…… | 《東西洋考·本草目》丁酉年二月，頁 206。 |
| | 中國有風紙（箏）浮氣內、西國人用絲緞、滿之以熱氣爲球……此乃尋常之事、但中國人未看此、一觀、驚異之。 | 《東西洋考·新聞·氣舟》丁酉年四月，頁 228。 |

　　描寫西方，特別是大英國，都市呈現一片海宇昇平、物富民豐的風光，流露民主、人們參與政治、反對蓄奴或販賣人口的景象。即便是法律的設置，也是以人民的利益爲優先考量，天子犯法與庶民同罪論斷。至於科技醫學發展也是令「中國人驚異之」，連中國最自豪的文化教育，當時也還未普及照顧女子受教權和多元科目的教授。文中雖未刻意物議，但似乎對中國男尊女卑、

---

〔註 56〕疑似書寫或刻印錯誤，應爲「造船」，較符合語境意思。

重男輕女以及纏足意有所指，相形之下，中國的保守蒙昧、因循不前與僵化不變，彷彿成了傳教士眼目中的「蠻夷」之邦。

> 《察世俗‧上帝神天作主之理》：及如山東省古時魯國被神主生下一位孔夫子、教以五常之道、而以是理、可謂萬世之師、但因何于山東魯國出一個孔夫子、而別省之各古國無之乎。既然天無私心、因何這方爲禮義之國、那方爲無知之蠻民乎。顯然是神天之主意、要我世人以有無交易、以彼教以此學、致廣傳以己及人之理也。……既神情願以睿智賜賦一人、成之爲億兆君師……世人何得傲氣駁神天乎……。〔註57〕

傳教士借用中國華夏文化代表的「孔子」，點明世人輕忽基督，孔子的智慧及大道思想乃由基督所賜，隱指西方基督，爲普天下所有人應該學習與尊崇的對象，方能成爲「禮義之國」。

報刊中一再以西方國家爲參照體系，樹立理想文明的國度指標，營造美好的基督精神「伊甸園」風光，扭轉華夷觀念，其中是否又暗合信仰基督，方能發展良好社會的邏輯？然而，在文學中的異國形象，不能單純地被視爲眞實世界的複製書寫，而須放在「自我」與「他者」，「本土」與「異域」的互動關係中研究，其實就是一種對主體——他者對應關係及其變化的研究〔註58〕。當傳教士認爲中國未能客觀公平地對待外來民族，反觀傳教士本身，挾帶「東方主義」色彩評斷其他異族文化，以西方的基督教文化爲「自我」，中國文化及其他諸國成了「他者」。

薩伊德（Edward W. Said）在其名著《東方主義（Orientalism）》中清楚表示：「東、西方是人製造出來的地理及文化實體，東方是意義存在於西方，同時也是爲了西方而出現，並被賦予其現實」。〔註59〕換句話說，東方主義下的東方，是西方人建構出的形象，「東方」，是「西方」的反面和附屬面。東方主義視域下，東方是異常、特殊的，西方是普遍、正常的，東方需要西方關注、救贖、重構等，特別是潛藏在十八、十九世紀興起的帝國主義，爲涉入、掠奪東方各國，提供一種合理化解釋。簡言之，東方主義是爲了支配、再結

---

〔註57〕《察世俗‧上帝神天作主之理》第六卷，頁33。

〔註58〕孟華，〈形象學研究要注重總體性與綜合性〉，《中國比較文學》第四期，2000年，頁1～20。

〔註59〕薩伊德（Edward W. Said）著，傅大爲、廖炳惠、蔡源林等譯，《東方主義》（臺北縣：立緒文化，2000年二版），頁13。

構並施加權威於東方之上的一種西方形式。〔註60〕

　　十九世紀初，清廷對外界世界確實所知甚少，對西方地理、關係認識不足，〔註61〕傳教士報刊似乎彌補此一不足，但卻又走向另一極端，以歐洲優越論取代中國的傲慢盲目，刻意迴避鴉片等社會弊害正是列強船堅炮利侵襲、帝國主義蔓延下的證據。

　　故此，傳教士們反對中國華夷觀點的同時，自身卻陷入另一種「華夷」評斷價值觀中，偏頗、扭曲又概略地向中國讀者介紹異國。在著力改變中國對西方的誤解之餘，透過書寫東方重塑西方形象，默示唯有「西方基督化」才是理想美善的國度。

## 四、小　結

　　鄒振環曾言：「隨著地理觀念變化而來的，還有歷史觀念的變化。而歷史觀念的變化，也隱含著關於文明的傳統觀念的崩壞和轉型」〔註62〕。傳教士透過歷史欄位的書寫，貫穿上帝觀念，或運用《聖經》中所記載事件，傳遞「神創造天地，東西方本是一家」的觀念；透過地理欄位的書寫，將中國置入「世界一隅，空間重塑」的區域範圍中，特意突顯文化衝擊，注入傳教士著述意識，在文本中滲透對中國文化的見解，潛藏著傳教士對世界的觀感和意識型態，嘗試在中西差異中找尋詮釋空間。

　　不斷向中國文化發聲，挾帶各種西方文化成分，不但是一種越界的試探，也是一種自我文化再確認，所碰觸到東西文化核心價值體系，而引發的邊界落點與意義重塑，值得深思，藉由針砭華夷之辯，豎立另一種「西方文明，基督指標」，創造出一個中西文化交流的對話空間，帶給讀者不同文化刺激。

## 第二節　基督福音之調適與修正

　　作為外來文化背景的基督福音，當與中國文化相遇，無法逃避文化差異、

---

〔註60〕薩伊德（Edward W. Said）著，傅大為、廖炳惠、蔡源林等譯，《東方主義》（臺北縣：立緒文化，2000年二版），頁4。

Edward W. Said, Orientalism（New York: Manchester University Press, 1995）.
〔註61〕張海林，《近代中外文化交流史》（南京：南京大學出版社，2003年），頁87。
〔註62〕鄒振環，《西方傳教士與晚清西史東漸：以1815至1900年西方歷史譯著的傳播與影響為中心》（上海：上海古籍出版社，2007年），頁102。

意識形態衝突等問題。新教傳教士試圖在中國儒、釋、道普世文化中，摸索宗教文化適應策略。

　　儒、釋、道三種學說相比，佛教與道教具較強的宗教性，與基督教明顯衝突。儒家學說的仁、恕、德等倫理觀點與道德體系，似乎和基督福音可以並存，耶穌教義，與中國四書五經所傳講的道理，若合符節，甚至能運用「補儒易佛」的作法，講述外來所有宗教中，只有基督教與傳統儒家文化契合。誠如前章討論，借鑑儒家的觀點和語言來解釋基督教義，尋求共通之處。面對歧異層面，調整修正福音敘說路線，並綴補儒家思想不足的部分，將基督福音從原本旁襯角色移轉至思想中心，實現真正地宗教目的。

## 一、耶儒會通之文化共融與他性

　　金觀濤曾提出，中國封建社會組織機制的特徵是一種「超穩定系統」，而系統由政治結構（中央集權）、經濟結構（地主經濟）和意識型態結構（儒家思想）三大支柱相互協調，得以使中國即便改朝換代，或屢遭兵燹仍延續不輟。政治結構賦予儒家思想正統地位，儒家思想又反過來鞏固中央集權、君權神授和地主經濟的概念。〔註63〕可見，「儒家思想」長久以來，在中國社會文化中的影響力。美國傳教士何天爵（Chester Holcombe，1844 年～1912年）亦曾有一段生動的描述：「孔子在每個中國人的記憶裡被奉若神明，他的話在帝國內形同法律。非常驚訝的是，他的說教無論對於龍子龍孫還是貧民乞丐，都耳熟能詳。」〔註64〕

　　自明末，天主教耶穌會士入華，即考察體認到「儒家思想」在中國的特殊地位與重要性，因此，採取「耶儒會通」、「以儒釋耶」、「引耶入儒」或「援儒入耶」等文化適應的傳教模式，倡導通過比附儒學思想以傳播基督福音，該傳教方針一直延續到清代基督新教，成為主流傳教策略。馬禮遜發現基督教經典《聖經》之意義，與中國古代經典「孔孟之道」相對應，由此可借助對經典的比較和理解，來協助中國人認識基督教，〔註65〕1833 年來華傳教士

---

〔註63〕金觀濤、劉青峰，《開放中的變遷——再論中國社會超穩定結構》（新界：中文大學出版社，1993 年），頁 25、31、32。

〔註64〕〔美〕何天爵著，鞠方安譯，《真正的中國佬》（北京：光明日報出版，1998年），頁 94。

〔註65〕卓新平，〈馬禮遜與中國文化的對話——《馬禮遜文集》出版感言〉，《世界宗教研究》第三期，2010 年，頁 4～11。

衛三畏亦表示：「除了《聖經》以外任何著作都無法與之匹敵」〔註66〕，對儒家思想相當推崇，認為具輔助參酌的價值。

　　宋好認為十九世紀外國傳教士創辦華文報刊，採用的「儒學」策略，大致經過三個階段：1815 年至鴉片戰爭前的「附儒」階段；鴉片戰爭結束至十九世紀七〇年代的「知儒」階段；十九世紀七〇年代至十九世紀末「批儒」階段。〔註67〕簡言之，清代傳教士早期漢文報刊，如：《察世俗》、《特選撮要》和《東西洋考》等，屬「附儒」階段，傳教士對儒學知識比較膚淺，僅能探求儒學經典字面意義，如：《察世俗・三疑問》描述胡姓、龔姓和酈姓讀者去信詢問儒學與基督幾項差異〔註 68〕，傳教士無法針對疑問給予解答，反求助眾讀者，「有囑愚傳其疑與眾為看書者、故愚敢求兄臺細心思之、而若有何位釋之、則可寄字來愚處、而其字若合理、則後月必印刻之給大家知也」〔註69〕，便可印證。

　　傳教士之所以對中國經典產生興趣，主要是為了將基督教義，賦予在古典文學作品，或儒家孔子言行錄中，為傳教所用。摘錄《四書》、《五經》上的章句，依傍套用在基督教義上，認為儒家的倫理道德是上帝意旨的體現，或是把它說成和上帝的概念一致，即使顯得有些牽強附會，但對思想啟蒙或傳教效果有一定作用，且在基督教義與儒學共通點——特別是倫理道德思想上發揮，無異是縮小中西文化差異，也在中西文化間找尋共同價值觀，具重要意義。

　　然則，傳教士是從宣揚福音角度，認識與研究儒學，將基督教與儒學加以比較，並且找出當中可堪比附的部分，又指出其相異處，論證基督福音甚於儒學，以補足儒學之不足：

　　　以教而言之、則聖賢所教人之道理、都盡在五常、五倫、故雖是好、

〔註66〕S. Wells Williams, The Middle Kingdom, New York, Vol.1, 1848,　pp.530-531.
〔註67〕宋好，〈論十九世紀外國傳教士創辦華文報刊的「合儒」策略〉，《理論界》第四期，2011 年，頁 120～122。
〔註68〕「孟子書常言性善、無惡。又言、人為善、如水流就下。但聖書言、神天見以在地各人之惡為大、以致其心之各念圖、常常獨系不善而已。夫此兩書之話似乎不合……四書上多處有言祭先。又言、事死如事生。又孟子言、不孝有三、無後為大。但聖書在數處、嚴禁人祭死、拜先……聖書常說修德、行仁、全要依靠神天、求聖神風入人心內幫助、纔得成仁。……但論語書有曰、為仁由己……。」摘錄自《察世俗・三疑問》第六卷，頁 5。
〔註69〕《察世俗・三疑問》第六卷，頁 5。

　　而亦不足爲世人之教。蓋還有多端重理、伊未講得到、而耶穌所教皆齊備、一端亦不缺也……又不止教修身、齊家治國之理、乃又教去罪、救靈、而得永福之理也。聖賢所教之道、大概屬今世眼前之事、未講到死後之事。像贖罪之理、復活之理、審世之理、永福永禍之理、皆未曾講之、故似不足也〔註70〕。

　　而儒家思想到底算不算一種宗教信仰？學者黃俊傑：「儒學是一種不屬於一般西方宗教經驗定義下的『宗教』範疇之內，但卻是具有強烈的『宗教性』的傳統」〔註71〕，從理論上來說，儒家並非嚴格意義上的宗教，只能說具宗教功能，沒有宗教外形，似乎更容易被基督教調適共融，傅佩榮亦主張「就宗教信仰而言，孔子也接受周代對『天』的信仰，相信天是至高而關心人間的主宰……儒家共同接受的一點是：由傳統的天概念衍生而成的『德治』理想，進一步被轉化成一種人倫道德上的理想」〔註72〕。

　　簡單地說，也就是儒家思想將重心放在「倫常關係」，展現在人際關係處理上。其道德規範指標、人際倫常關係與基督教不謀而合，兩者同具有相似的唯心主義和非功利主義色彩，便於共融；孔子對靈魂鬼神或因果報應思想保持淡然態度，以含混的「天」的概念取代一切宗教觀，不提供任何有關宇宙本源的論調，反而爲基督福音提供絕佳契機，補足形而上的超越層面空缺，給予基督教闡釋宗教的空間，呈現他性。

　　所謂「共融」，就是尋求基督教與儒學間的共通性和可運用處，主要體現在兩方面：第一，在儒家經典中搜求與基督教義互爲印證的詞語，試圖建立兩者間聯繫，塑造殊途同歸形象，儒家提倡的仁、義、禮、智、信等五常和人倫孝道在基督中同樣看重，「且聖賢所教之眞理、耶穌亦教之、而伊等未講得到之各件、其亦盡講之也」〔註73〕。

　　又如堯舜開創的政治局面，是儒家所推崇的社會理想，傳教士將堯舜的興起歸之上帝所立，堯舜建立的功績亦是出於上帝旨意：「中國有其堯舜、名垂萬世。上帝立之、以興國、敦俗開基、創業肇造國家」〔註74〕。在描述《聖經》摩西領以色列人出埃及的故事時，上帝爲造就訓練摩西，磨盡他的

〔註70〕《察世俗・張遠兩友相論》第三卷，頁 71。
〔註71〕黃俊傑，《東南儒學史的新視野》（臺北：臺灣大學出版社，2004 年），頁 119。
〔註72〕傅佩榮，《儒道天論發微》（臺北：學生出版社，1985 年），頁 72、107。
〔註73〕《察世俗・張遠兩友相論》第三卷，頁 72。
〔註74〕《東西洋考・顯理號第四》戊戌年六月，頁 382。

脾氣、嗜好、雄心，使他變成一位溫柔、謙卑的人，能以承擔上帝的重責大任，傳教士未標明出處，直截引用孟子話語：「惟皇上帝將降大任於是人也、必先苦其心志、勞其筋骨、餓其體膚、空乏其身、行拂亂其所爲、所以動心忍性、增益其所不能。」〔註75〕，將中國式觀念的「天」轉爲「上帝」的概念。報刊中讚美伯駕醫生視病如親的態度，寫道：「由是觀其仁慈惻隱之心、遵上帝救世主之命」〔註76〕，連結儒家核心價值與基督教義部分，讓中國讀者感受，長久接受的儒學其實源起基督教義中，讓中國讀者相信，信奉上帝並不需要拋棄儒家價值觀。

第二，站在儒家立場，批判其他與儒學不相容的異教文化，拉攏中國士人百姓，排「佛」驅「道」，借儒宣教，完成福音使命。如「四書五經不說普度、孔子之教無言施食、依正經道無祭陰人、在上古無此規矩、但後來愚人所設、佛教和尚創此法度……」〔註77〕，指出中國自古以來，聖賢書教本無「普度施食」的規矩，僅是佛教所創設用以賺取錢財的方法。

俞祖華、胡瑞琴〔註78〕認爲耶儒間的比較，涉及上帝觀、自然觀、人性論、倫理論和禮俗觀等，但最主要的還是批評儒學只注重「人倫」忽略「天倫」，忽視對超越層面的關注，或是缺乏對獨一眞神堅定的信仰，導致民間泛神論及文人階層無神論信仰。

綜覽三份傳教士報刊中，耶儒會通的最大「他性」，展現在「上帝觀」。如：《察世俗・四書分講》引述大學章句序「自天降生民、則莫不與之以仁義禮智之性矣……」〔註79〕，傳教士修正「夫天者不可指形體之天而說、乃指神靈之天……」〔註80〕。基督教以神爲本，具永恆單一眞神概念，儒家卻以人爲本，「未能事人，焉能事鬼？」〔註81〕，僅只論述人間待人處事原則方法，未及天道，即便是孔子時常使用「天」字，面對宗教問題，孔子選擇棄置一邊，閉口不談，〔註82〕又「古者所說太極之理、及陰陽混沌之氣、浮而上爲

〔註75〕《東西洋考・以色列民出麥西國》丁酉年五月，頁232～233。
〔註76〕《東西洋考・醫院》戊戌年八月，頁405。
〔註77〕《特選撮要・普度施食之論》第一卷。
〔註78〕俞祖華、胡瑞琴，〈近代西方來華傳教士的儒學觀〉，《齊魯學刊》第三期，2007年，頁33～37。
〔註79〕《察世俗・四書分講》第七卷，頁74。
〔註80〕《察世俗・四書分講》第七卷，頁74。
〔註81〕〔清〕阮元校勘，《十三經注疏・論語・先進十一》（臺北縣：藝文印書館，1997年），頁97。
〔註82〕〔美〕何天爵著，鞠方安譯，《眞正的中國佬》（北京：光明日報出版，1998

天、凝而下爲地等話、大不分明白、又似錯矣。」〔註 83〕基督教「神創造天地論」與儒家建立在物質世界上，陰陽會通的「宇宙生成論」相異，特別是後期宋明理學發展出「理本論」、「心本論」、「氣本論」等，報刊中常見傳教士對儒家「上帝觀」的修正。

另外，廣義儒學與中國民間文化混合，具祭天祭祖或對孔子懷念景仰的崇拜等儀式，〔註 84〕「依儒教之意，當存天神地祇人鬼三類之正者，以外則爲之邪。」〔註 85〕，追根究柢，祭祀崇拜的本質，大相違背基督信仰中的上帝觀，妨礙福音的傳播，是耶儒無法共融的差異。

其次，耶儒會通最大差異便是「人性觀」。代表儒家思想的孔子，對人性善或惡並未明確說明，所以子貢曾說：「子貢口：夫子之文章可得而聞也；夫子之言性與天道，不可得而聞也。」〔註 86〕也未交代人心存有仁心的來源。直至孟子，提倡「人性本善」〔註 87〕，並界定爲先驗的本性，不假外求；而人若爲不善，主要是捨棄了本性，耳目受到誘惑，順從私慾，未能擴充四端（仁、義、禮、智）。傳教士體察到孟子的說法，雖然人心本是良善的本質，但轉變爲惡的「根源」在哪裡？卻無法提出一套說法。正好《聖經》得以填補續接，「言者不明白怎何世人棄天所秉之性？惟有聖書能解此大問矣。」〔註 88〕把「性善論」詮釋爲人類初祖嘗禁果前的天性，「孟子曰。人之所以異於禽獸者幾希。庶民去之。君子存之。……人之罪愆始進世矣。本始祖之心善變惡沾染諸人物。人之生也。與罪俱生。自是言之。」〔註 89〕、

---

〔註 83〕《察世俗・天文地理論》第二卷，頁 85。
〔註 84〕陳詠明，《儒學與中國宗教傳統》（臺北市：臺灣商務印書，2004 年），頁 371、385。
〔註 85〕〔德〕安保羅，《救世教成全儒教說》。收錄於錢鍾書主編，《萬國公報文選》（北京：三聯書店，1998 年），頁 170。
〔註 86〕〔清〕阮元校勘，《十三經注疏・論語・公冶長》（臺北縣：藝文印書館，1997 年），頁 43。
〔註 87〕孟子認爲人生而即有之「性」有二義：一爲耳、目、口、鼻的生理慾望，又將之歸爲命；一爲仁、義、禮、智，後者乃孟子所謂善性 的主要內容。孟子曰：「口之於味也，目之於色也，耳之於聲也，鼻之於臭也，四肢之於安佚也，性也。有命焉，君子不謂性也。仁之於父子也，義之於君臣也，禮之於賓主也，智之於賢者也，聖人之於天道也，命也。有性焉，君子不謂命也。」收錄於〔清〕阮元校勘，《十三經注疏・孟子・盡心下》（臺北縣：藝文印書館，1997 年），頁 253。
〔註 88〕《東西洋考・始祖之愆》甲午年四月，頁 112。
〔註 89〕《東西洋考・始祖之愆》甲午年四月，頁 112。

「惟上古元蒙天老爺初生之人心、乃靈聰明明德、止於至善。但獲罪於天後、則爲氣稟所拘、人欲所敝、且常時而昏焉」〔註90〕，由於人類始祖違背上帝的命令，從此和神的關係破裂，越行越遠，「由是言之、諸人類始終行惡、自罪進世、萬代變惡」〔註91〕，因著人類初祖偷嚐禁果，本屬乎亞當、夏娃個人的「罪」，隨著繁衍延續在人類當中，「諸代人有罪。從世間人之始祖始、二人初犯罪以來、各世代的人、都有罪也。」〔註92〕「性惡論」成了先驗的前提。性惡論或罪的觀念並未否定性善本質，而是順著中國儒家思想觀念，對未論及由善轉惡的「根源」提供闡釋的說法，調整「原罪論」敘說方式。

　　儒學和基督教並非敵對，傳教士努力探索一條能改變中國人信仰的有效途徑；在中西文化交流間，尋找可供運用之處；在耶儒會通中，編織可供融攝之脈絡；在空隙留白的地帶，挹注轉化詮釋；在中國文化底蘊下，調整福音論述方式，使基督教真諦最終取代儒家學說。

## 二、中國文化語境下之權變與易轍

　　基督新教傳入中國，承接耶穌會部分「中國化」的政策；爲使福音廣布，讓更多數中國人認識基督，接受天國的訊息。傳教士在編纂報刊書寫過程中，做出權變制宜措施，主要呈現在兩方面：對基督教義翻譯或詞彙選擇上，以及對天國功利酬償的導向。

　　利瑪竇《天主實義》說明：「吾天主，即古經書所稱上帝也……歷觀古書，而知上帝與天父，特意以名也。」〔註93〕新教傳入後，把至上神從「天主」改成「上帝」，而「上帝」一詞首先出現於儒家五經之一的《尚書‧虞書‧舜典》「肆類于上帝，禋于六宗，望于山川，徧于群神。」〔註94〕其他的儒家經典以及各史書中也提到了上帝或稱天帝、皇天上帝等〔註95〕。在中國古書中

---

〔註90〕　《察世俗‧勸世人行善幾樣法》第四卷，頁57。
〔註91〕　《東西洋考‧洪水先世記略》甲午年五月，頁124。
〔註92〕　《察世俗‧萬人有罪論》第三卷，頁124。
〔註93〕　朱維錚主編，《利瑪竇中文著譯集》（香港：香港城市大學出版社，2001年），頁25～26。
〔註94〕　《尚書》多用「天」來指稱至高者，其次是用「上帝」一詞，有時還用「神」。〔清〕阮元校勘，《十三經注疏‧尚書‧虞書》（臺北縣：藝文印書館，1997年），頁35～36。
〔註95〕　孟子曰：「西子蒙不潔，則人皆掩鼻而過之。雖有惡人，齊戒沐浴，則可以祀

其意義的確與「天」等同，存在「終極」的概念。中國古書對「天」和「帝」多指超越自然界、人文界，有主宰天地萬物的意義。研究者把這類概念概括爲主宰者、造生者、啓示者、審判者等。〔註 96〕

傳教士在翻譯或說明宗教相關概念、術語時，爲了減少隔閡，降低外來宗教之感，往往從儒家典籍或中國文化中汲取相互對應的觀念及詞語。在〈張遠兩友相論〉中可明顯看出：

> 遠又問曰、其眞神有別名、沒有。張曰、有。或曰、神或曰、神主。或曰天地之主。或曰一個天字。亦皆有、而總皆指著止一眞神、此是信耶穌者所敬之神也。〔註 97〕

> 但在其體有三位、曰父、曰子、曰聖神風、此三位非三個神、乃止一全能神。〔註 98〕

> 張見其心如此急迫、乃自書架上取下一部八本書、名曰新遺詔書……。〔註 99〕

文中採用「眞神」、「主」、「神主」、「神」等詞彙來稱呼《聖經》中的「上帝」，其他篇章內容還有以「全能者」、「天老爺」、「天父」、「神天」〔註 100〕

---

上帝」。

〔清〕阮元校勘，《十三經注疏‧孟子‧離婁下》（臺北縣：藝文印書館，1997 年），頁 152。

《禮記‧王制》：「天子將出，類乎上帝，宜乎社，造乎禰。諸侯將出，宜乎社，造乎禰。」

〔清〕阮元校勘，《十三經注疏‧禮記‧王制》（臺北縣：藝文印書館，1997 年），頁 235。

《詩經‧大雅‧雲漢》「昊天上帝、則不我遺。」收錄於〔清〕阮元校勘，《十三經注疏‧詩經‧大雅》（臺北縣：藝文印書館，1997 年），頁 661。

《十三經注疏‧周禮‧大宗伯》「以吉禮事邦國之鬼神示：以禋祀祀昊天上帝，以實柴祀日月星辰，以槱燎祀司中、司命、風師、雨師。」收錄於〔清〕阮元校勘，《十三經注疏‧周禮‧大宗伯》（臺北縣：藝文印書館，1997 年），頁 270。

〔註 96〕鄔昆如，〈天與上帝——儒家與基督宗教形上本體之對話〉。收錄於鄭志明主編，《儒學與基督宗教對談》（嘉義縣大林：南華大學，1990 年），頁 171～191。傅佩榮，《儒家哲學新論》（臺北：業強出版，1993 年），頁 122。

〔註 97〕《察世俗‧張遠兩友相論‧第一回》第三卷，頁 61、62。

〔註 98〕《察世俗‧張遠兩友相論‧第三回》第三卷，頁 61、62。

〔註 99〕《察世俗‧張遠兩友相論‧第十二回》第五卷，頁 63。

〔註 100〕「或稱神天、或稱天老爺、或稱眞神、或稱一個主字、或稱神主、或稱天地之主、或稱全能者或稱天父、或稱上帝、皆言一個神。」《察世俗‧論人該潔

等稱呼。除〈張遠兩友相論〉外，報刊多處以「聖神風」指稱「聖靈」，《新約全書》則被譯作《新約詔書》：

耶穌、蓋其降世、肉身乃以<u>聖神風</u>之德、而得生於貞女胎中。〔註101〕

是指人得<u>聖神風</u>之恩、感化其心、使其棄舊情從新情也。〔註102〕

據<u>新遺詔書</u>所云、米勒其西得爲無父無母、無生譜、無日子之始。〔註103〕

而〈法蘭西國作變復平畧傳〉中：「有人看破拿霸地實比得三國之<u>曹操</u>，爲甚有才無德之人。」〔註104〕使用中國人熟知的三國人物比擬拿破崙的性格爲人，減少東西隔閡，以中國讀者現有概念去推衍拿破崙行事。

以及《東西洋考》中〈馬耳亭殿〉〔註105〕一文，實爲介紹阿里曼國內的教堂，卻譯爲馬耳亭「殿」。宋莉華研究亦發現，郭實獵在其傳教小說中，將「教堂」翻譯爲「上帝殿」〔註106〕，如此中西混雜、非驢非馬的術語用法，正昭示傳教士在中國文化語境下所做的權變。

其次，爲吸引中國人閱讀《聖經》，了解福音，在報刊中編撰許多因信基督，或涉獵聖書而有美好結果的事例，如：《特選撮要‧論聖書之貴》〔註107〕講述工人因爲選擇閱讀聖書，不但得到書中值十兩銀的一塊金，終身誦讀獲利更大。又如：《特選撮要‧戰兵以聖書救命》〔註108〕寫到英咭利國戰兵離家出戰時，攜帶一本聖書入戰場，以便閒暇閱讀，還來不及翻閱，即迎敵打戰，敵營一兵拉弓射箭，幸好射中胸前的聖書，保住性命。文中佈置信主讀經的意外好處，並暗喻上帝無所不在，時時彰顯公義與慈愛。

此類意外的好處，接近點綴性質，獲得永生與進入天家才是更宏大終了

---

　　心事神善良於人》第四卷，頁77。
　　「倘能孝地父、況天父乎。」《東西洋考‧太孝》，甲午年三月，頁103。
　　「思神天之不偏愛、如慈父之愛子、如慈母之護育其子也。」《東西洋考‧煞語》，甲午年五月，頁128。
〔註101〕《察世俗‧古今聖史紀》第三卷，頁106。
〔註102〕《察世俗‧新年論》第三卷，頁109。
〔註103〕《察世俗‧古今聖史紀》第四卷，頁33。
〔註104〕《察世俗‧法蘭西國作變復平畧傳》第六卷，頁39~40。
〔註105〕《東西洋考‧馬耳亭殿》戊戌年正月，頁318。
〔註106〕宋莉華，《傳教士漢文小說研究》（上海：上海古籍出版社，2010年），頁202。
〔註107〕《特選撮要‧論聖書之貴》第二卷。
〔註108〕《特選撮要‧戰兵以聖書救命》第二卷。

的指望。傳教士一面積極地駁斥靈魂不滅與輪迴轉世之說，否定異教的真實性，強調儒學缺乏未論述的宗教性；一面又想方設法讓中國人更嚮往福音，更願意追求永生的盼望。於是傳教士將進入「天堂」或「天國」塑造成為一種可交換的條件，一種功利報償的結果，抓緊中國人務實、講究報酬的心理，說明只要信了耶穌，就能進入天國，免除地獄之苦。

> 然神主有大恩、可憐世人、遣耶穌從天降地、代贖我罪。神主又令我悔改、致受罪之赦。不悔改、則不免地獄之永苦。〔註109〕

> 其靈魂得救、不落地獄、乃受無盡之福于天堂。不肯信者、落地獄、那時、信者之靈魂、即升天堂。世人之福、到死日就完了、信者之福、卻不窮至世世。〔註110〕

> 我今跪下求神至上者、此年間保佑我、與父母、妻子、兄弟、朋友。
> 而若我今年必死、則賜恩受我靈魂進天堂享福也。〔註111〕

《東西洋考‧拯溺》描述一善心老人，見溺水水手，不畏困難帶著馬匹，搶救十二個人的性命，來回往返之際，老人和馬匹雖已疲倦不堪，但不忍水手呼泣，仍奮力拚搏，最後和馬匹溺斃而死，雖然結局不幸，「惟上帝看顧其英豪闊大之心、雖溺死、還存活上帝座前也。」〔註112〕傳教士為其往生後情況，佈置永生的獎賞，讓人們面對人生的勞苦愁煩等諸多重擔，仍存永恆的希望與想像，唯有相信耶穌才能得到永生，邁向祝福的道路。

## 三、小　結

　　基督新教傳教士來華的首要目的就是傳播福音。為了完成使命，不僅學習中國語言文字，更努力理解中國累積千年博大精深的文化，藉由通過儒家體系的宗教適應模式，營造耶儒對話的空間，以收事半功倍的果效；進而就儒學未提及的宗教觀念、上帝創造和來世景況等部分論述，將福音拉至思想核心，先立後破。在中國文化與儒學思想框架下予以適度調整及修正，在儒學中尋求共通的可能。借力使力，在共融中見其宗教文化差異，在不違背宗教教義的底線下，包裝修飾，改弦易轍，增進福音的廣播。

---

〔註109〕《察世俗‧張遠兩友相論‧第二回》第三卷，頁 63。
〔註110〕《察世俗‧張遠兩友相論‧第三回》第三卷，頁 74。
〔註111〕《察世俗‧人得自新之解》第三卷，頁 118。
〔註112〕《東西洋考‧拯溺》乙未年六月，頁 187。

# 第三節　中國信仰之質疑與辯證

　　傳教士遠赴中國，最終的目的是完成宗教使命，傳教士發行報刊最重要的目的，是將福音帶給中國人民。因此，對於「基督福音」的辯證不遺餘力，對於「基督福音」的正確性不容他人質疑，含有強烈的主觀意識，其宗教意涵在文本中得到舒展，其教義論述在報刊的對話空間中被填滿。

　　本節將討論傳教士在書寫報刊時，面對中國複雜的傳統民間信仰、偶像崇拜，佛、道廣泛流傳的多神論和儒家宗教觀念衝擊等情況所提出的質疑與抨擊。剖析在論述新知技藝之間，傳教士如何在宗教與科學間擺盪？在文化與科學層面，如何安排上帝所處的位置？又為了吸引讀者，編纂者一再借用儒學觀點與儒生形象，傳教士自身在對話場域中，扮演什麼樣論述角色？隱身的背後傳遞什麼樣的信念？

## 一、多神信仰與偶像崇拜之非議

　　基督教教義以獨一真神為信仰基石，反對多神信仰與偶像崇拜，嚴斥假道，而中國普遍流傳的宗教，不論佛教、道教或民間信仰等，大多充滿各類崇拜儀式或偶像祭祀，成為傳教士大為撻伐的議題。對異教或民間習俗的詆毀，充分反映在報刊中。《特選撮要》特別就中國清明祭祖、媽祖婆生日奉祀和中元普渡等重要宗教祭祀活動做了闡述，並就當中不合傳教士思維邏輯處加以評述：

> 清明節不只為掃墓、乃又為祀神祭鬼、而獻物與死者耳、若非其然、何故人殺雞宰鴨、焚香點燭、燒金銀紙、作戲打醮等事、都是因為服事木偶人、奉承那神主牌也……然那有陰間之鬼、食享陽間之物乎。是誰看其食用一粒飯、一塊肉乎……到底是爾自己食飲之、非為祭神非為祀祖、乃為祭祀自己肚腹、要親友大家食飽飲醉、豈不是活人任意宴樂……但爾該想想、昔父母在陽間時、可服事得……。〔註113〕

> 夫三月二十三日、係媽祖婆生日、凡行船之人及過海貿易客商、皆奉祀媽祖婆、以求其保佑順適也。……且或有人曰、既船失事、海中沉溺、則媽祖無害、乃其神飛天去、只留木像在船內、但此等話、

---

〔註113〕《特選撮要・清明掃墓之論》第三卷。

又講不去、蓋若媽祖眞係神明、則其必能救自家之像、連神連身都帶上去、倘若不然、則眞無聖、媽祖無能、而其偶像、只係木頭而已。……故萬勸諸兄、勿拜如此之神、蓋木頭之像、實不得聽聞、不會庇佑……。〔註114〕

夫七月半、係唐人普度、大家題緣、以祭陰人、施食餓鬼言做好心……但想無甚憑據、無書可考……在上古無此規矩、但後來愚人所設、佛教和尚創此法度、想要賺錢意欲取利、邀百姓來做此事、致自己可得禮錢修金、而食飽居安也。在西遊一本小說之書、有略語論一節奇事、講及目蓮救母……但此等語、只屬虛談小說之類、通達之人、豈能信之、又何得因此設祭打醮、施食餓鬼、豈不是虛浮之事乎……世人有口能食、有鼻能聞、有肚會餓、有體會冷、故必須食飯穿衣服、終能養活身體、過日平安矣、至於陰人、則皆非然……。〔註115〕

傳教士從不同角度評斷中國民間常出現的宗教活動，對崇拜媽祖、祭祀鬼神、打醮燒錢持負面看法，認爲普渡是佛教僧人爲自身利益所散布的活動。清明掃墓本是出於良善，表達對親人追思與敬意，但宰雞殺羊、祭祀食物、燒金銀紙的背後，不僅活人滿足飲食宴樂，本質上受到人手造偶像的支配，悖逆基督思想。

《察世俗》與《東西洋考》對中國多神崇拜信仰，有更多誅討與批評，強調眞神只有一個，其內容顯示基督教與其他異教（佛教、道教、回教）間的交鋒：

我所經過之各處、除回回之外、未有人拜創造天地萬物獨一眞主、都拜人手所做之泥像之類、致負其眞神主也。〔註116〕

至于回回之教、傳及中國、其信士廣乎幾萬。……倘人不肯遵教者、而敵抵之、立攻伐、打戰、終不饒生命、而盡皆戮殺、……。〔註117〕

這各處的菩薩、神像等都不能自動、亦不能做任何一樣的事情。但因爲世上有多好人心迷了、所以多有說菩薩、神像的大能幹、說其

---

〔註114〕《特選撮要・媽祖婆生日之論》第一卷。
〔註115〕《特選撮要・普度施食之論》第一卷。
〔註116〕《察世俗・好友走過六省寄來書》第三卷，頁 116。
〔註117〕《東西洋考・回回之教》戊戌年九月，頁 413。

會管生、管死、管活世人的事、管陰間輪迴的事、管興祥、管災難也。……諸國之偶像乃金與銀、及人手所作也……。〔註118〕

神主、天老爺有如此云、你們各奉神禮宴之日、我恨之……因爾等爲自拜之用、而所做了各樣偶像、並行不義、不公、及各般惡事也。〔註119〕

我父之家、謂天上神天所自現之處。是爲聖賢及凡有善人、于死後永居之所。亦謂神之國、天國等云。……並非佛家所云、無相天、似乎木石不靈物之福……。〔註120〕

此冷淡無心之情。由異端而生。僧言佛子在西空。道說蓬萊在海東。惟有儒門崇現事。眼前不日無前眼。分明是以重務爲輕。以輕物爲重。眼瞬之快樂……。〔註121〕

　　中國不僅民間有各式占卜或儀式、且民俗節慶常與宗教祭祀牽扯在一起。基於對大自然和未知力量的憺畏、拜山拜石、偶像紛雜、壟罩在一片多神信仰當中。《特選撮要・異國之偶像》從西方人角度、描述母親教孩子敬天事神、母子討論到異邦情況、「母親答曰、在異邦果有人奉事別神、但其神非眞的、乃假的……而皆爲金銀木石所做、無能行動、不得作爲也」〔註122〕、異邦外國人「忘其大、而取其小、棄眞神、而從偶像哉」〔註123〕、正是當時傳教士眼中中國寫照。

　　在傳教士報刊中、不斷出現對其他異教的嚴厲批評與勸說、顯明傳教士們對福音外傳的熱切盼望。《察世俗・曾息兩人夕談》「我雖未受耶穌之教、而亦看這拜菩薩、拜已死了的人、實在爲糊塗之事……、」〔註124〕且傳教士藉分析中國人不放棄拜偶像的六項原因、包括：不知道此事不好、延續祖先流傳儀式、因依靠祭祀等謀生之人、喜歡神明出巡與節慶時的熱鬧活動、喜愛祭祀時的食物以及看到眾人及官吏都祭拜、怕不跟從會遭人訕笑或迫害。傳教士從切身觀察、找出中國人多神信仰原因、在〈釋疑篇〉也替中國人提

〔註118〕《察世俗・諸國之異神論》第三卷、頁51～56。
〔註119〕《察世俗・論古時行香奉祭等禮神天今皆已廢除了》第六卷、頁11。
〔註120〕《察世俗・天宣論》第七卷、頁32。
〔註121〕《東西洋考・煞語》癸巳年九月、頁38。
〔註122〕《特選撮要・異國之偶像》第二卷。
〔註123〕《特選撮要・異國之偶像》第二卷。
〔註124〕《察世俗・曾息兩人夕談》第六卷、頁40。

出他們的疑惑：「我們所敬之各神、各菩薩、何不可算之爲神天之臣乎。……神天豈不需用各神、各菩薩等以助他……，」〔註125〕一一進行解答。對深入人心的佛教輪迴轉世、道教長生不死等觀念，與基督復活間作了比較和論述，「若有輪迴、則不止一死、只怕百千死亦不足。世人身死、靈即有審判、至說陰間十殿閻王、審人生前善惡之話、皆荒唐、哄愚人」〔註126〕、「死人轉出世成禽獸之形、皆虛話哄騙愚人。相公不可信之。今所言復活大不同，」〔註127〕批駁迷信行爲。在說明《聖經》人物——以諾革及以來者，活著進入天堂的事，補充「活進天堂之事、與仙家之虛談大不同。」〔註128〕

對在中國信奉者眾多的「佛教」，還特別交代其傳入情況「早耶穌道入天竺國、被該處人錯聽亂傳、眞假相參、弄出佛教來、值明帝使人西求聖人、恨不得不識路、不知眞本、乃逢沙門、隨引入中國、爲禍不淺矣，」〔註129〕連佛教的傳入都是「誤會一場」，其源頭本是基督門徒廣傳四方的結果。

爲強化一神論觀點，不惜找出多神崇拜導致災禍的佐證：「武乙無道。爲木偶人。謂之天神。與之傳令人爲行。天神不勝。乃僇辱之後四年。暴雷震死。」〔註130〕、「惟上帝不悅之、蓋恨耶穌之教、其罪甚重。故成敗利鈍、東得西失矣。正千鎗萬刃之中、胸著箭傷、血流。……由此觀之、順上帝者昌、逆上帝者亡、此乃自然之理矣。」〔註131〕上帝的百姓則「恃神天至上帝之佑。雖常時篤危。終不受害。」〔註132〕終究指望中國人能離棄偶像轉向上帝。

## 二、神話傳說與自然科技之歸向

傳教士們始終秉持「科學爲宗教所用」的價值信仰。因此在報刊引入天文科學新知的目的，除吸引中國讀者觀看，擴大眼界外，更重要的是矯正存在中國人信仰深層對神話傳說的戀慕。

第二卷《察世俗・天文地理論》中開端即聲明：

天地萬物、皆非從永遠而有、又非自然而生、又非偶然而來、乃是

---

〔註125〕《察世俗・釋疑篇》第五卷，頁 54。
〔註126〕《察世俗・聖書節註 訓八 論人死》第四卷，頁 8。
〔註127〕《察世俗・張遠兩友相論》第四卷，頁 17。
〔註128〕《察世俗・古今聖史紀》第三卷，頁 133。
〔註129〕《東西洋考・西漢紀》甲午年二月，頁 87。
〔註130〕《東西洋考・東西史記和合》癸巳年九月，頁 35～36。
〔註131〕《東西洋考・姓譜》戊戌年五月，頁 369。
〔註132〕《東西洋考・子外寄父》甲午年四月，頁 111。

止一眞活神所創造。……再者天地萬物、不止神所造、乃又是其所
宰制也。……天奉神之命、而得建。日月星、奉神之命而發光。雨
奉神之命、而降下。雷奉神之命而作響。電奉神之命而閃飛。風奉
神之命、而吹噓也……。〔註133〕

　　天地萬物都是由神所造，受神掌管，接下來分回依次說明太陽、行星、
地球運行，第三卷說明月亮、彗星、靜星，第五卷說明日食和月食等。而《東
西洋考》特意設置的「天文」專欄，一系列地搭配圖像說明，介紹星宿、北
極星尋找方式、黃道十二宮、節氣、經緯度、露雹霜雪和日食、月食等天文
現象，逐步建立宇宙天體的樣貌。

　　在報刊篇末解釋「此亦顯神之大智大恩於人」〔註134〕、「彗星之顯隱、皆
在先神定著、如四時之運行。然這諸情皆眞神所預定命、而宰督也」〔註135〕、
「日月之食、乃神主預定之如此」〔註136〕、「日月食、是明顯著神天之大能、
而我人凡看日月食時、該大敬神主也」〔註137〕等，將宇宙氣候之一切變化歸向
上帝：

四時行焉、萬物生焉。星辰繁焉。萬物覆焉。神天之全能明智。穹
蒼者著之。此之謂也。高目仰天不信。在萬物之上。有萬物之主宰。
非人也。一定必欽崇此大主。〔註138〕

星者、並地周行太陽者、爲水星、金星、火星、土星、木星、並列
星也。若論其輪轉、其距太陽近遠只觀其星圖。宇宙之一撮此地
也……由此顯上帝之能權、可以造化掌治。養保環宇之中、人之至
慧至智不能盡測之……。〔註139〕

自是言上帝之明智、定期立節、終一毫也不錯。太陽之旋轉、地之
輪周、晝夜之長短、皆依神主之政、一瞬間也不可離矣。故恃至上
帝之天道、專心靠之、敬之、信之、自然必如意、獲大展焉。〔註140〕

〔註133〕《察世俗・天文地理論》第二卷，頁84。
〔註134〕《察世俗・論月》第三卷，頁128。
〔註135〕《察世俗・論彗星》第三卷，頁136。
〔註136〕《察世俗・論日食》第五卷，頁12。
〔註137〕《察世俗・論月食》第五卷，頁9。
〔註138〕《東西洋考・北極星圖記》癸巳年十二月，頁68
〔註139〕《東西洋考・宇宙》丁酉年四月，頁224。
〔註140〕《東西洋考・天文・日長短》丁酉年正月，頁194。

　　各種天文氣候景象，視爲上帝展現全能的形式，也是造物主存在的證據，上帝是所有奧妙知識的源頭，一草一木、星辰日月皆是祂所造，四季流轉、定期立節毫無差錯，對上帝充滿稱頌之意。

　　對於中國歷代承衍宇宙生成的神話，採完全否定：「古者所說太極之理、及陰陽混沌之氣、浮而上爲天、凝而下爲地等話、大不分明白、又似錯矣。」〔註141〕不論盤古開天或是女媧化育的傳說，編纂者在「歷史」、「天文」欄位都歸結爲上帝創造。「天狗食月」等流淌在中國人記憶中的傳聞，在報刊中也屢遭傳教士貶責，認爲是愚昧、無學之人的行爲：

> 夫日月之食、乃一定而不易之事、且非因天上有何狗、何獸、先食而後吐之、此愚者之錯見耳……蓋月遮日之光、致不得射到地來、所以住地上之人、見日或一身黑、或一半黑、或數分黑、此黑處之大小、是照月之高低經過於日地之間……日月之神、乃神主預定如此、且年年常常多有之、嗚呼世人於日食時去打鼓、鳴金、欲救日、最愚之至矣。〔註142〕

> 月食。示非因天上何狗何獸先食而後吐之。乃日月之食同一理。……古者與今無學之人。多常說月食爲不吉之兆。而因怕天狗盡食下肚去。所以打鑼擊鼓。點燭燒香。周圍救月臺邊。走來走去念經。欲救月的意思。卻不知是月食。是神天預早所定著。世人若欲止住之。豈不是擅違逆天哉。〔註143〕

　　再者，傳教士爲重申上帝安排世界井然有序，掌管萬有，引述例證說明上帝是具有權柄降下閃電、大雨、地震或雹落等天災，世人應當省察，時保謙卑虛心，敬畏上帝：

> 去年正月二月之時、中國數省、雷霹靂震地、電礦磻、當雷擊斃多人也。英吉利國亦然、電落、滂沱大雨、擊人壞木。……由是觀之、上帝全能大操權勢、人類豈非宜敬畏之哉。〔註144〕

> 昔時上帝刑惡王、聖書述之曰、天皇上帝諭其僕云、伸手指天、致雹下其國、擊人獸及草木也、其僕遂伸棍指天。天皇上帝即令雷劈

〔註141〕《察世俗・天文地理論》第二卷，頁85。

〔註142〕《東西洋考・天文・論日食》癸巳年八月，頁27～28。

〔註143〕《東西洋考・天文・論月食》癸巳年十月，頁47～48。

〔註144〕《東西洋考・新聞・天氣》丁酉年正月，頁197。

閃電……當下王命召上帝之僕云、寡人有罪、惟天皇上帝乃公義、而寡人與民作惡矣。〔註145〕

天道最忌滿盈、禍福每相隱伏。……上帝撫臨億兆、秉公掌主、無所不能、無所不知、倘世人強悍不柔、執拗不順、殘忍乖僻損德、貽禍不已矣。各禍之甚重、爲地震焉。地內之硫磺火物山積、常時燋焠、煙騰火熾。〔註146〕

「諸國欲知上帝之權能、明智、推天文之學。」〔註147〕傳教士言明越是認識天文，越是敬畏上帝，越見其全能。上帝創造安排宇宙萬物，如：太陽照射的溫暖、寒暑節氣有序等，種種豐盛顯示上帝的恩惠，世人常享受其中而不自知。透過介紹自然天文，導向人類看到宇宙萬物的奇妙現象，應當想到上帝偉大的創造以及無限能力，「但諸星辰在於皇上帝之掌下焉。惟天下至聖、爲能聰明睿知、思量上帝之全能也。……創造萬物之眞主、如大如皇、如巍如赫、其泥土塑像、何以及哉。」傳教士一方面極力宣揚西方科技知識，另一方面又身陷宗教意識，反映出傳教士特有的矛盾與解悟。

## 三、儒學形象與基督福音之爭競

段懷清將傳教士文體分爲「敘事體宣教文」和「對話體宣教文」兩類，所謂「對話體宣教文」〔註148〕指「採用虛擬的人物之間就宗教信仰進行對話問答的方式，來討論傳播基督眞理。」〔註149〕相較於平鋪直敘的書寫方式，傳教士更偏好將人物間的「對話」創造成敘述文本的焦點核心，且自《察世俗》到《東西洋考》，對話內容比例逐漸升高。取材多來自日常生活言談，透過虛擬的中國人物，大多是「傳統儒生」，亦見年輕人或百姓，彼此相互對話，文中點染中國氛圍或習慣，以多重提問或彼此相互論述爲主，最後藉由一位智者或儒生爲眾人及讀者解惑。不難發現，傳教士實則隱身在儒生或智者背後，不斷向中國讀者闡發其議論，灌輸觀點。然而，傳教士在雙重弱勢——

〔註145〕《東西洋考・露電霜雪》丁酉年十月，頁286。
〔註146〕《東西洋考・地震暑說》戊戌年三月，頁346。
〔註147〕《東西洋考・宇宙》丁酉年四月，頁224。
〔註148〕段懷清，《傳教士與晚清口岸文人》（廣州：廣東人民出版社，2007年），頁290。「敘事體宣教文」實際上就是將《聖經》中上帝創世紀的故事，以及有關耶穌及聖徒們的信仰傳教故事改寫成爲中文故事。
〔註149〕就報刊文章對話性質與內容，筆者認爲較偏向「語錄體」式的宣講，而非平等對話。此處引用段氏分類，故暫以「對話體宣教文」稱呼。

蠻夷身分和異質宗教的言說中，卻弔詭地扮演意識形態的發言人，擁有積極發言權，此現象值得細究研商。

《察世俗》中連載的〈張遠兩友相論〉便是有名的「對話體宣教文」，通常問話者淺，答話者深，似乎成爲定式。代表一般中國人的「遠」，發問的問題通常淺略稚嫩，或是不帶觀點、不帶意見的順其回答往下追問，面對張的回答多半認同接受；身爲基督徒的「張」則是能言善辯，利用自身觀點充實遠問句間的空白，話語篇幅佔很大版面，挾帶大量宗教意識，兩人話語權並不平等，未能彼此攻克或達到真正的討論目的。

幸而傳教士藉由中國人熟悉的習俗或日常生活來提點問題，穿插文章中，如：第四回〔註150〕描述先是「敘禮奉茶」後才對話講述，並舉農夫、讀書人考科舉等例子說明地上的事不過暫時，天上之事卻是永存；第八回〔註151〕以元宵節慶爲背景，穿插中國人習慣在元宵十五做的活動：點燈結彩、燒花炮、祭祖等，帶出祈禱之法；第十一回〔註152〕寫到遠受張啓發，思量永福永禍、天堂地獄等問題，怕人知覺終夜在花園思索，便回屋、洗臉、換衣、工作，勉強飲食如常，寫出一般中國百姓日常生活作息型態，沖淡話語不平權和完全西化觀點的現象。

《特選撮要》中「對話體宣教文」仍是主流書寫範示，如：〈一生諸事比終日之路〉〔註153〕，描述一名稱「阿比大」得少年，本欲前往五印度國，前往途中錯走歧路，又遇狂風驟雨，旋即祈禱，呼求神主，後幸見一茅廬中的老人，分食晚餐，聽其由來經歷後，老人曰：

> 子乎、我實告爾、爾該當常紀念今日之事、蓋此終日之路、正爲人
> 生諸日之表樣……但論及爾、更爲幸喜蓋爾知發憤、而雖晚、亦尋
> 求正道、如此得神天相助、而獲救於險危之中也。

將人生歷經的階段即心境上的轉折濃縮在短篇文章中，經老人之口帶出重點，說明人生在世，時時謹醒小心，避免誤走錯路，蒙蔽正道，隨時祈禱，求神引領正確的人生道路。

《東西洋考》「對話體宣教文」，如〈第二論〉〔註154〕兩位朋友，「郭」

〔註150〕《察世俗・張遠兩友相論》第四回，第四卷，頁1～6。
〔註151〕《察世俗・張遠兩友相論》第八回，第四卷，頁29～31。
〔註152〕《察世俗・張遠兩友相論》第十一回，第五卷，頁43～46。
〔註153〕《特選撮要・一生諸事比終日之路》第一卷，頁29～31。
〔註154〕《東西洋考・第二論》甲午年二月，頁86。

和「陳」，經過郭與陳之間對話，帶出神創造天地的宗教思想。〈博愛〉〔註155〕以第一人稱「我」和「少年」園林偶遇相談起筆，論述上帝之博愛，「上帝普濟眾生、使太陽照諸善而惡者之上。令雨下潤義而不義人、故此我應仰體、以著博愛、追隨效法。然則神天上帝垂顧、稱我罪人爲親子也。……我漢人甚藐視外國人、以儺報儺矣。……倘我以恩待外國人、遠客以恩待我。彼此懷厚情、協力解難……，」〔註156〕同時抒發希望中國人能秉博愛之道，善待外國遠客。戊戌年〈論〉〔註157〕借「于」和「謝」兩人暢遊山水，見野鴿不勝數情況，謝問于是否能估算有若干隻？于某便說「老先生之心事不消説得、都在我腹中。那野鴿之數異常、難以盡言，」〔註158〕于某回顧過去駕船曾見海鳥一齊繁飛，數目雖多，但每日食飽，推衍到「聖書云、勿慮生命、何可飲食、勿思身體、何可衣穿、生命非貴於糧、身體豈非貴於衣乎……上帝普濟羣生、厚澤深仁通化育、連蚯蚓也未缺食。上帝無所不在、無所不知、垂顧生靈、扶持養育無已焉。」〔註159〕內容亦幾乎全是于某一人的言談場面，謝扮演引導話語的裝飾角色。

在《東西洋考》「對話體宣教文」中〈天綱〉〔註160〕一文十分殊異。安排第一人稱「我」，左思右想，想了解上天旨意、測度天綱，卻測不得，不覺睡著。夢到置身曠野，尋無路徑，忽然出現一老人，欲導引「我」出荒地。因路途遙遠，行間夜宿商賈之家，主人厚待，臨走老人卻偷主人銀杯。「我」內心暗怨，但因不識路只好繼續跟隨。次日暫住一財主家，財主待人小氣，錙銖必較，老人卻將銀杯留下。黃昏時巧遇一位好漢，招呼我倆住宿，款待酒肉，老人早起卻一把火燒了好漢的房屋。翌日，寓居另一東家，主人好心吩咐其子帶路，途中老人卻把其子丟入水中溺斃，老人這般奸滑詭詐，「我」忍無可忍對老人罵到「你奇形怪狀、有人形、鬼心哦、都是你背後弄鬼説話，」〔註161〕話還沒說完，老人忽變仙儀光範，對「我」說：

> 你應學習天綱、那銀杯、我見染了毒、若留下、其善人用此杯、飲
> 酒必死、故交那寒磣咬氣人汝亦可知、那君子屋下有財庫、故此焚

〔註155〕《東西洋考・博愛》丁酉年二月，頁205～206。
〔註156〕同上，頁206。
〔註157〕《東西洋考・論》戊戌年二月，頁325。
〔註158〕同上。
〔註159〕同上。
〔註160〕《東西洋考・天綱》丁酉年六月，頁245～246。
〔註161〕同上，頁246。

屋、其後掘地、再建基、能獲財帛多矣。我投好主人的子落水、若
不然、那少年後必懷毒心、謀弒父親。〔註162〕

當文中的「我」正要開口，便從夢中驚醒。傳教士借「我」和「老人」
間對話，點出上帝旨意非人所能測度，萬事互相效力，隱匿的背後都有神美
好的旨意，文末記載，此後「我」不再疑惑，實行善行善德。

然而，在《東西洋考》中話語不平權現象較《察世俗》更為明顯，範圍
也不再僅只是教義的宣揚。〈論歐邏巴事情〉〔註163〕借漢人「黃習」和佛蘭西
人「胡蕃」兩人對話，黃習見到胡蕃家中懸掛世界地圖，認為歐邏巴「就是
一箇國、如暹羅、安南一樣否？」胡笑一笑對黃曰「嗚呼、其錯遠乎、歐邏
巴甚寬大。包列國列民二百五十兆……。」黃又問該國「可有皇帝一位管天
下否」，胡指著地圖回答「歐邏巴地陸猶亞細亞一然。帝君幾位理列國。但天
下統皇主未之有也。」刻劃出中國人的蒙昧未知，長久以天朝自居，而不知
外面的世界，以中國皇帝集權制度看待天下所有國家，作者甚至在兩位主角
名字上有一番安排，身為蠻夷的胡「蕃」，掌握的地理知識遠甚漢人，暗示中
國人還是有需學「習」的地方，再次呼應報刊創刊序一再強調「學」，以客觀
陳述的方式讓中國人醒悟開眼。

〈貿易〉〔註164〕一文由商人「林興」和名為「梁」的「迂謭儒生」展開
對話，梁認為「南洋諸人、不能為害洋商、或賣船與人、或載來接濟。異域
所運出金銀財帛、損內、利外、大關於國家者。設使晚生權在掌握之中、立
示禁止其舶出洋、以省盜案，」〔註165〕林興立即滔滔不絕地回應，文中賦予
林興口若懸河、對答如流的形象，「諸朋在座、聽他辯論、讚譽外海貿易經營、
而不住口欣仰矣」〔註166〕。就分量和篇幅，梁生僅述說上所引述話語，其餘
全為林興所暢談之言論，兩人實則談不上「辯論」，文章僅一面倒的支持通商
貿易。

戊戌年（1838 年）三月至八月連載刊登的〈貿易〉篇，透過「辛鐵能」
和「曾植產」兩人對話，辛表示「此樣貿易損國、害民，」〔註167〕曾辯駁道

---

〔註162〕同上。
〔註163〕《東西洋考‧論歐邏巴事情》乙未年五月，頁 171～172。
〔註164〕《東西洋考‧貿易》戊戌年二月，頁 331～332。
〔註165〕同上，頁 331。
〔註166〕同上，頁 332。
〔註167〕《東西洋考‧貿易》戊戌年三月，頁 344。

「爲民生之大利、於國家關係甚重。」〔註168〕文中辛時常語塞或無言，即使提出不同主張看法或評論，很快便被說服與負氣離開，相較之下，曾則思慮清晰，口條清楚。後又加入「林」姓外商及「洋商」，林公表示擔心洋銀流通，有損國力及財富，洋商確回應「無洋銀、利路充塞、貿易難作。今此洋銀人人用之、兌換貨物、如垂手也，」林公認爲每年所出紋銀共計一千萬，「豈非損國乎，」〔註169〕洋商以貨幣爲銀或銅所鑄，同是金屬，終無分別，使林公「欲辯出又駁不得、欲言意見、又明不得矣」作結。再一次昭示話語不平權，曾植產與洋商的言暢口利，雖掩藏在「中國式情境對話」下，但西方人的自恃傲慢不自覺流露，而象徵大部份中國人當時對貿易、貨幣流通畏懼代表的辛鐵能與林公顯得渺小、微弱。

〈火蒸車〉〔註170〕由一位自英返國的唐人「李柱」，和本國朋友「陳成」，分享該國見聞，該國可任意進城，埠市熱鬧，甲板數百等，陳成聽了相當驚訝道「難道大英人不防範國乎，」〔註171〕李柱回答「防範仇敵、交接遠客、及厚待之、爲國之法度。蓋與外國人往來、令本民進藝加文。故准諸國之民、任意來往，」〔註172〕陳成聽後低頭不語，言論間暗喻中國禁令的不合理，反諷中國未盡善待遠客之道。其後又引出西方火蒸車的迅捷，大英國至大清國兩月間可往來，運貨經營相當便利，普遍的中國人對外界先進交通技術，卻還渾然未知。

通過以上數例可發現，傳教士報刊藉由虛擬人物間的對話，營造中西溝通、辯思的渠道。在每段看似兩個主體相互對答的脈絡下，爬掘探蹟，其實只有一個主體言說，另一個主體只是爲言行提供契機。鋪陳往下說明觀點的道路，特別展現在《東西洋考》中，或許和郭實獵經歷背景：身爲十九世紀歐洲人、多次海外旅行、報刊由商人資助與曾爲英國政府服務有關，無法充分劃清大英帝國帶來的優越感和帝國主義。

傳教士透過他者問句，從答句中再次確認觀點，並非平等的對話和參與。在這樣的書寫模式框架中，他者（通常中國人或異教徒代表）只能作爲意識的客體，而不是另一個意識，甚至進一步大膽假設，擁有發言權的主體，並

〔註168〕同上。
〔註169〕同上。
〔註170〕《東西洋考・火蒸車》丁酉年三月，頁215～216。
〔註171〕同上，頁215。
〔註172〕同上，頁215。

不是眞的要與他者論辯或討論，他者只是擔任流通的管道，連結發言者接續的縷述，或代議不便自提的疑問。

再者，傳教士在刻意營造的對話情境中，引領讀者思考，刺激讀者面對問題的反應，如同羅蘭巴特認爲「讀者經由不同的閱讀行爲，能不斷的賦予文本多變的意義，持久的再改寫創造文本，一個已死的創意觀念，變相的寄生在讀者身上，」〔註173〕縱使文本話語言說不平權，但中國讀者在閱讀後，很可能激發內在價値觀或文化方面的爭辯，不一定全面接收主體觀點，反倒延續文本爭辯場域。

另一方面，傳教士雖欣賞並運用儒學講述，但並非所有言論都恭維客氣、讚賞士人知書達禮，某些篇章透露出對中國人，尤其是儒門書生，迂腐、無知與表裡不一的嘲諷。在人物形象刻畫及對話安排上可見編纂者不斷向中國傳統文化發聲，衝撞邊界，挑戰中國固有思維。

像是《察世俗・鐵匠同開店者相論》〔註174〕便透過「何」與「進」兩位唐人，離開中國至海外尋求賺錢之道。「進」爲鐵工，「何」開店做小生意。「何」某日在街上獲得〈萬年壽樂〉與〈永鍊論〉兩本小書，書中談及「全地萬方之人、獲罪於上帝、此爲世人之大病、且爲人自己之所不能醫者。……耶穌贖罪之恩爲藥、而能醫世人最之病」〔註175〕和天堂地獄問題，「何」暫不能理解書中意思，欲與「進」請教討論。故事中穿插一名老儒者「昭先生」的言論：「這個杳瞑目不見的事情、我儒門總不管之……汝不要理這個虛談、只管目下的事就好，」〔註176〕充分顯示傳教士認爲儒家思想對神的存在毫無論及，亦無提到永恆景況，基督教義正可補其不足之處。文中甚至將「昭先生」塑造爲食鴉片、在學堂睡覺、出入賭館與妓屋的形象，借中國人「何」之口評論儒生：「現今的儒門大變了不好、不再如古聖了。我自有看好多讀書人、口內常說云、我儒門、又聖人、又大學中庸等話、而亦爲酒色之徒、常云孝悌忠信之語、而自己亦爲諸惡之表。」〔註177〕

《察世俗・曾息兩人夕談》〔註178〕中的儒門「照先生」看待天堂地獄，

---

〔註173〕呂正惠編，《文學的後設思考》（臺北：正中書局，1991 年），頁 90。
〔註174〕《察世俗・鐵匠同開店者相論》第七卷，頁 52～56。
〔註175〕同上，頁 51～52。
〔註176〕同上，頁 52～53。
〔註177〕同上，頁 53～54。
〔註178〕《察世俗・曾息二人夕談》第六卷，頁 41～42。

認爲「我眾人差了。不該當行此無益的事。那個菩薩有何用。那已死了天竺國之各佛何能助得世上之人呢」〔註179〕，呼應孔門子弟不語怪力亂神、未知生焉知死的教導，文中主角——「息」回應「我們的儒教人自己亦拜偶像、蓋古時候大聖賢之像，」另一主角——｜曾」曰「然我有看此等人常常笑百姓之愚笨奉事壞偶、而他們自己卻反行此事，」〔註180〕給了儒家一記重擊。

　　至於《東西洋考》中描述中國讀書人亦是嘲諷，〈敘談〉〔註181〕以第一人稱「余」和進士「胡亮靜」展開對話。作者描述「胡」爲「鐘靈毓秀卓異、不是尋常、高高中了、自誇不勝、素行只好文墨、每日不是寫字就是做詩、與朋友聚、或是分題做詩、或是看花玩水，」十足典型讀書人形象。兩人稍坐，互相續談，「余」問「胡亮靜」「老先生既讀書尋繹、揣摩、敢問此太陽何物、晚生向來未知此事、得奉台顏、可謂厚幸，」儒生俯首默想，不出言語，後「余」又一連串問了儒生什麼是「雲」？何謂「虹蜺」？此「風」何來？儒生吟詠卻不言語或是要言無語，要說無解。反映中國人天文氣象知識的貧乏，讀書人長久以來只在意文學詩書，看似學富五車，實則對自然科學毫不知悉，儒生的噤聲無語意謂完全失去發言主導權。

## 四、小　結

　　總體說來，基督信仰本質與中國傳統宗教或文化是分歧不睦，但傳統文化與宗教又深深影響中國人觀念思維，傳教士利用報刊文章或欄位，去編織營造一個綿密的宰制系譜，貶抑異端，駁斥任何不符合福音教導的成分，以科學眼光抨擊中國神話傳說，帶著潛意識的宗教先驗，奉《聖經》爲圭臬。

　　科學技藝僅是導體工具，借用儒家觀點、儒生形象亦是提點缺失的媒介，以中國之矛攻中國之盾。不論打破神話傳說或是引介科技新知，最終都指向「宗教福音」的核心價值觀。

---

〔註179〕同上，頁41。
〔註180〕同上，頁41。
〔註181〕《東西洋考・敘談》丁酉年六月，頁246～247。

# 第六章　傳教士早期漢文報刊
## 對近代中國的影響

　　中國近代史中西文化的開展，始自清嘉慶十二年（1807 年），英國新教傳教士馬禮遜來華。傳教士們透過漢文報刊，以漢字爲工具，以報刊爲載體，宣揚福音教義，傳遞西方異國消息，介紹新知新學。

　　與晚明耶穌會士著作相比，清代早期傳教士，不僅介紹西方科學與物質文明，更觸及貿易、外交、政治、經濟、教育、社會風俗等文化層面，樣貌既豐富又廣博，直達文化精神核心，開啓中國人接通世界的管道。

　　雖因傳教士時代背景使然，無法完全與「殖民主義或帝國主義文化侵略」脫鉤，趙曉蘭等卻發現，學界研究理路逐漸由「文化侵略」、「文化征服」位移到「文化交流」，甚至是「文化交融」。〔註1〕至晚清，隨著西學大量湧入，士林們也不再堅持夷夏之辨，比起清初士大夫更願意接納西方文明，對中西文化融合更進一步，連帶對中國文化思想發生新的震撼變化，包括：新式理論建立、傳媒事業興起、小說界、詩界、史學革命等。

　　本章將聚焦在傳教士報刊文本，剖析篇章蘊含意義精神及文化符碼，探討中西文化碰撞融合後的結果，所滲透在近代中國科學知識、新聞傳媒、文學思想等層面的影響。

## 第一節　對近代中國天文史地觀之影響

　　梁啓超曾論：

---

〔註1〕趙曉蘭、吳潮，《傳教士中文報刊史》（上海：復旦大學出版社，2011 年），頁 391。

> 言世界地理者，始於晚明利瑪竇之《坤輿圖說》，艾儒略之《職方外
> 紀》。清初有南懷仁、蔣友仁等之《地球全圖》，然乾嘉學者視同鄒
> 衍談天，目笑存之而已。〔註2〕

在明末以前，中國從未出現過世界地圖及具體的世界各大洲和大洋名
稱。中國現代天文地理觀，啓蒙於明清耶穌會士的東來。可惜當時僅有少部
分與傳教士往來密切的士大夫有所感悟，多數仍存半信半疑，或以「目笑存
之」的態度看待，像是傳教士特爲乾隆賀壽而獻的《增補坤輿全圖》，隱藏
著西方天文學知識。令人惋惜乾隆未能識穿價值，朝臣權貴亦多認爲是標新
立異，不足爲信，蝸居在傳統地理認知所製造的「虛幻環境」中。因此侷限
了天文地理知識的傳播，錯失促使中國走向世界、步入近代的機會。直至鴉
片戰爭，「天朝上國」竟戰敗給「邊陲蠻夷」，沉睡中的中國才無奈急迫地想
了解世界，方始重視「蠻夷」所居住之地理空間。鴉片戰爭前後，出現一批
參考傳教士翻譯著作，以及吸收西方傳教士所帶來的天文地理知識，轉化後
成爲中國知識分子撰著的作品。

若以鴉片戰爭爲時間分期點，《察世俗》、《特選撮要》和《東西洋考》
可謂最早刊登天文、地理、歷史相關知識訊息的傳教士著作。現就報刊文本
對近代中國天文史地影響評敘如下：

## 一、天文觀

《察世俗》中刊載「天文地理論」共十回，以日心說、恆星、行星、彗
星運轉原理、日食、月食等天文知識爲主，同時第五卷〈天球說〉〔註3〕，
編纂者使用英吉利國新造之天球，分九十三宿，爲便於中國讀者閱讀，特別
將星宿西音漢義標示，此外，報刊還針對讀者對宇宙或地球的疑問，耐心解
答。

《察世俗》最值得留意、最重要的貢獻就是較完整、系統性地，透過〈論
日居中〉、〈論行星〉、〈論地爲行星〉和〈論地周日每年轉運一輪〉等文章引
入：與天主教教義相違背，致使明末清初耶穌會無法介紹的——「日心說」。
〔註4〕又〈論地爲行星〉〔註5〕一篇言明「地非平、乃象如圓球也，」反駁地

---

〔註2〕梁啓超，《中國近三百年學術史》（臺北市：臺灣中華書局，1975 年），頁 323。
〔註3〕《察世俗‧天球說》第五卷，頁 71～78。
〔註4〕哥白尼《天體運行論》初稿成於 1533 年，1543 年出版，當中的「日心說」與

球是平地的說法，舉數例證明地球是圓體，附上〈人居地腳相對圖〉〔註6〕，以圖示再次論示地球的圓體樣貌，衝擊中國文士由來已久「天圓地方」，或「星宿在一層球殼上運行」的臆測假想形象〔註7〕，打破對宇宙天運地處、天動地靜的認識。〔註8〕

《察世俗》關於天文等科學，還記載一段發人深省的話：

> 近來西儒皆宗試學一門。伊不泥舊、不慕新、乃可試之事、務要試過才信也。故此天文、地理、格物等學、一百餘年由來大興矣。又且西邊讀書人與工匠相參、我心謀、你手製作、故此弄出來最功助學各樣儀器、量度天星等是也。〔註9〕

傳教士指出西方科學之所以進步原因之一，就是不堅守故舊傳統知識、不道聽塗說，結合理論與實務，要親眼所見，親手所試方為可信。透過西方眼光，分享其研究方法，某種角度來看，此種科學態度，正是中國時人欠缺，應當效法的精神。

總體說來，《察世俗》介紹的天文知識質量不一，語言表達粗糙，數據欠精準，部份說法罅漏，甚至將所有天文奇觀或變化情況歸結「神所安排」，但

---

天主教長久接受的「地心說」相抗，1616年時被天主教列為禁書，只能將「日心說」視為假說，至1757年羅馬教廷才取消「日心說」的禁令。耶穌會士面對歷史悠久的中國，不得不採取學術傳教策略，以西方教會遭禁的「日心說」輔助說明西方天象研究符合事實，並協助中國繪製地圖，表現出一種自相矛盾的態度。

吳伯婭，《康雍乾三帝與西學東漸》（北京市：宗教文化，2002年），頁452。

胡浩宇，〈《察世俗每月統記傳》刊載的科學知識述評〉，《自然辯證法通訊》第二十八卷，第五期，2006年，頁84～87。

〔英〕阿利斯科・E・麥克格拉思著，王毅譯，《科學與宗教引論》（上海：上海人民出版社，2008年），頁5～14。

〔註5〕《察世俗・論地為行星》第二卷，頁89～94。

〔註6〕《察世俗・日居地腳相對圖》第二卷，頁102。

〔註7〕《晉書・天文志上》：「古言天者有三家，一曰蓋天，二曰宣夜，三曰渾天。」「蓋天說」即是認為地像棋盤是方的，天像圓頂班蓋在上面；「渾天說」認為天是圓的，似蛋殼般，星星鑲嵌其上，地球則是蛋黃，人在蛋黃上觀測天象；「宣夜說」則是認為天上星體都飄浮在無硬殼的天空中，宇宙是無盡的。房喬撰，《晉書》。收錄於方鵬程總編，《百衲本二十四史》（臺北：商務印書，2010年），頁69。

詳參：林慶彰主編，《中國學術思想研究輯刊》第二十三卷（臺北縣：花木蘭文化，2008年），頁242。

〔註8〕郭雙林，《西潮激盪下的晚清地理學》（北京市：北京大學，2000年），頁239。

〔註9〕《察世俗・天球說》第五卷，頁72。

畢竟爲當時封閉的中國人打開接收外界西方天文知識的窗口，後來的《特選撮要》和《東西洋考》到鴉片戰後的《遐邇貫珍》、《六合叢談》等近世報刊都有所繼承。

此後的《東西洋考》天文類文章約十二篇，主要還是談論日食、月食、宇宙、太陽等實用知識，部分文章與《察世俗》雷同近似，可看出承續的脈絡痕跡。而《東西洋考》除實用天文知識外，更細緻論及黃道十二宮、節氣、露電霜雪、經緯度等，傳教士語言使用技巧愈見成熟，所傳播的天文知識也逐漸深廣，雖仍不離「神天廣大所造」，但爲日後傳教士出版與翻譯科學類知識的工作，以及清末洋務運動西方科學的引渡，埋下種子。

## 二、歷史觀

人類對歷史的法則性解釋或分析，也就是以什麼樣的觀點來看待歷史，稱爲「歷史觀」（view of history or the concept of history）。李守常將衍類多端的史觀歸納整理，分爲四組相互對立：

> 曰，退落的或循環的歷史觀與進步的歷史觀；曰，個人的歷史觀與社會的歷史觀；曰，精神的歷史觀與物質的歷史觀；曰，神教的歷史觀與人生的歷史觀。〔註10〕

中國傳統普遍以週期循環史觀，從先秦「五德終始說」、董仲舒循環「三統說」、何休「三世說」到羅貫中「話說天下大勢，分久必合，合久必分」，〔註11〕以後又與佛教「輪迴轉世」和道教「開運會世說」結合，形成根深蒂固的「循環史觀」〔註12〕。雖有學者認爲三統說、三世說具進步思想，〔註13〕

---

〔註10〕 李守常，《史學要論》（石家莊：河北教育，2000 年），頁 294。
〔註11〕 陳俊華，〈論董仲舒的循環史觀〉，《歷史學報》第二十四期，1996 年，頁 1～40。
　　　　張瑞穗，〈董仲舒思想中三統說的内涵、緣起及意義〉，《東海中文學報》第十六期，2004 年，頁 55～103。
　　　　譚元亨，《中國文化史觀》（廣州：廣東高等教育出版社，1994 年），頁 4。
〔註12〕 鄒振環，《西方傳教士與晚清西史東漸：以 1815 至 1900 年西方歷史譯著的傳播與影響爲中心》（上海：上海古籍出版社，2007 年），頁 317。
〔註13〕 詳參宋艷萍，《公羊學與漢代社會》（北京：學苑出版社，2010 年）。
　　　　吳從祥，〈何休《三世說》淺議〉，《紹興文理學院》第二十八卷，第二期，2008年，頁 87～90。認爲三世說繼承董仲舒基礎上，爲一種歷史進化理論。
　　　　汪高鑫，〈三統說與董仲舒的歷史變易思想〉，《齊魯學刊》第三期，2002 年，頁 99～100。

但學界未達成共識，且三統說和三世說仍強調「复」，「复」則帶有一種循環、周而復始的意味，富含循環色彩，〔註14〕不可否認其中隱藏若干進化觀念和變易因子，但大部分學者仍主張歸為循環史觀。

　　然而，審視傳教士報刊關於歷史方面的文章，卻明顯透露出「進步史觀」和「神學史觀」的概念。「神學史觀」即認為整個人類歷史被寫成是上帝意志在人世間的實現，也就是說每個「歷史事件」與上帝的作為有密切關係，流瀉神的旨意，以天命或神意為最終歸宿。〔註15〕此種觀點在傳教士報刊中比比皆是。另一個「進步史觀」（Idea of Progressive History）則影響近世中國較為深遠，所謂「進步史觀」是指持該論點者認為歷史絕對是保持進步的，反對靜止或倒退，如：

《察世俗・全地萬國紀畧》：

> 上古有羅巴列國人為樸陋、無學、無文、無禮義、不習技藝、蓋在
> 其中有的不居屋、乃掘地住在穴、洞等處。……約二千年以息了、
> 而今在普天之下無有手人倫、重人生命、過於有羅巴列國之人也。

〔註16〕

《東西洋考・蘭墩京都》：

> 於東漢明帝年間而興焉。歷來口傳者必有不實。故上古之史不可述
> 矣。蠻夷侵擾邊際之際、其海賊上但西河、縱橫河面、截刲商船。
> 既如是、國王擇之為京都、俾可拱禦海盜、後日漸興旺。元順帝十

〔註14〕馮友蘭，《中國哲學史新編》第三冊（北京：人民出版社，1984年修訂本），
　　　　頁83。
　　　　余治平，〈論董仲舒的「三統說」〉，《江淮論壇》第二期，2013年，頁67～72。
　　　　喬家駿，〈董仲舒三統說——以《春秋繁露》〈三代改制質文〉為探討中心〉，
　　　　《問學》第七期，2004年，頁84～85。
　　　　張秋升，〈董仲舒歷史哲學初探〉，《開南學報》第六期，1997年，頁9～15。
〔註15〕鄭仰恩，《基督教歷史觀之研究：對實存史觀與拯救史觀的分析和整合》（臺
　　　　北：永望文化，1985年），頁1、15～16。
　　　　西方歷史哲學之父的聖・奧古斯丁（St. Aurelius Augustine，354年～430年）
　　　　力圖以一種上帝指導世界歷史的神學來說明歷史歷程，並從信仰角度闡明歷
　　　　史意義，其提出的神學歷史觀，不僅是整個中世紀基督教史學研究的理論框
　　　　架，對近代啟蒙運動時期的進步史觀產生一定影響。詳參：奧古斯丁（Aurelius
　　　　Angustine）著，湯清、楊懋春、湯毅仁譯，《奧古斯丁選集》（香港九龍：基
　　　　督教文藝，1986年）。賀璋瑢，〈聖奧古斯丁神學歷史觀探略〉，《史學理論研
　　　　究》第三卷，1999年，頁67～73。
〔註16〕《察世俗・全地萬國紀畧》第六卷，頁25。

五年、瘟疫流行、庶民傳染計五萬人斃矣。……而數年後、復建之、華麗雕染之宅、大過於先造座也。於是時、通商甚盛、生理紛繁、普天下商船赴其市矣。〔註17〕

報刊中浮現的時間觀念和歷史進化情況，挑戰中國人長久以來對歷史演進的循環觀念。其後晚清大量西方譯著的傳入與達爾文進化論引進等，促使學界反省中國循環史觀的問題。至梁啓超〈新史學〉條列說明：「第一歷史者敘述進化之現象也……循環之現象也。故物理學身理學等。皆天然科學之範圍。非歷史學之範圍也。……第二歷史者敘述人群進化之現象也……。」〔註18〕，旗幟鮮明地表述應用「歷史進化觀」來取代舊史的「迴圈史觀」，正式突破中國傳統史觀；也就是說，傳教士早期漢文報刊已開始散播西方的「進步史觀」。

且傳教士報刊在介紹西方文化、政治、文學、社會等的同時，特別是《東西洋考》歷史專欄，編纂者常自覺性地摻入東西「橫向」比較意識；打破原有傳統歷史朝代與經典考據「縱向」比較思維藩籬，逐漸拓展成「橫向比較」的多元觀點；加上日益加增的西化知識和讀物，使晚清中國人視野提升，漸具世界全球觀。

## 三、地理觀

《察世俗》自第六卷起，開始刊登〈全地萬國紀畧〉，是報刊中首次較系統性介紹世界四大洲的地理篇章。其他零散的文章還有〈英國土產所缺〉、〈先行船沿亞非利加南崖論〉、〈山野之船〉等。《特選撮要》是以〈咬𠺕吧總論〉作爲向中國人介紹地理知識的開端，共分十六回；詳細地介紹爪哇島全貌，並從中國人角度鋪陳描述，加強中國與爪哇間的連結。後繼的《東西洋考》，闢有「地理」專欄，刊登世界地理知識；此外，還穿插專文及新聞方式介紹各國地理。之後，郭實獵將報刊中地理相關文章收進他，1838 年出版的《萬國地理全集》〔註19〕。

---

〔註17〕《東西洋考·蘭墩京都》戊戌年四月，頁 356。
〔註18〕梁啓超主編，《新民叢報》第三號（北京：中華書局，2008 年），頁 333～339。
〔註19〕 Alexander Wylie, Memorials of Protestant missionaries to the Chinese: Giving a list of their publications and obituary notices of the deceased, with copious indexes（Shanghae: American Presbyterian Mission Press, 1867）, p.60.

　　根據李喜所〔註20〕、黃時鑑〔註21〕的研究，在《察世俗》、《特選撮要》和《東西洋考》等刊出後，在新教傳教士推波助瀾下，一連串地理著作應運而生：1838 年俾治文（Elijah Coleman Bridgman，1801 年～1861 年）出版《美理哥合省國志略》；1848 年禕理哲（Richard Quarterman Way, 1819 年～1895 年）出版的《地理圖說》；慕維廉（William Muirhead，1822 年～1900 年）1856 年出版的《大英國志》；俾士（George H. Piercy，1856 年～1941 年）1859 年出版的《地理略論》等，掀起第二波地理知識的興起。影響所及至十九世紀中葉，中國學術界接踵產生地理相關著述。

　　例如：林則徐組織幕僚，根據英人慕瑞（Hugh Murrary）所著《世界地理大全》（The Encyclopaedia of Geography），摘錄編譯集成《四洲志》；〔註22〕其資料主要源於廣州、澳門、南洋等地之西方傳教士所辦《察世俗》、《東西洋考》等報刊；《四洲志》爲新地志之嚆矢。其他地理學成果還有：魏源在《四洲志》基礎上建立的《海國圖志》、徐繼畬詳細蒐集資料和新教傳教士雅俾理（David Abeel，1804 年～1846 年）多次訪談所完成的《瀛環志略》，以及梁廷枏采輯外國及中外關係有關史料，合爲一書的《海國四說》等。〔註23〕「中國士大夫之稍有世界智識，實自此始」〔註24〕。在一個半世紀前，中國學者資料取得不易，加上民情排外與同儕輿論壓力的情況下，敢於在自身著作中引述，開拓國人的視野，實執時代之牛耳。而無形中所建立的新型研究型態：

〔註20〕李喜所，〈中國人初識世界的歷史考量〉，《江漢論壇》，2012 年，頁 86～91。
〔註21〕黃時鑑，〈《東西洋考每月統記傳》影印本導言〉。收錄於《東西交流史論稿》（上海：上海古籍出版，1998 年），頁 278～319。
　　　　第一波世界地理知識興起緣於明末清初傳教士所引進，其影響曾引起清廷組織各地測繪，繪製《皇輿全覽圖》和《乾隆內府地圖》。張楠楠、石愛華，〈西方傳教士對中國地理學的影響〉，《人文地理》第十七卷，第一期，2002 年，頁 77～81。
〔註22〕蕭致治，〈從《四洲志》的編譯看林則徐眼中的世界〉，《福建論壇》第四期，1999 年，頁 51～55。
〔註23〕王立新，〈美國傳教士與鴉片戰爭後的開眼看世界思潮〉，《美國研究》第二期，1997 年，頁 27～51。
　　　　李喜所，〈中國人初識世界的歷史考量〉，《江漢論壇》，2012 年，頁 86～91。
　　　　張楠楠、石愛華，〈西方傳教士對中國地理學的影響〉，《人文地理》第十七卷，第一期，2002 年，頁 77～81。
　　　　鄒振環，〈十九世紀西方地理學譯著與中國地理學思想從傳統到近代的轉換〉，《四川大學學報》第三期，2007 年，頁 26～36。
〔註24〕梁啓超，《中國近三百年學術史》（臺北市：臺灣中華書局，1975 年），頁 324。

參照西學地理觀的概念，修訂訛誤的地理論點，採納歐美文獻和傳教士報刊資料，以著書立說的方式，無形中爲後世所仿效。

　　在上述地理相關巨著中，以魏源和梁廷枏受傳教士報刊影響較深，特別是多處參酌第一份在中國境內發行的《東西洋考》。

## （一）魏源《海國圖志》

　　魏源（1794年～1856年）曾提及他編纂《海國圖志》（初版五十卷於1843年刊印，至1848增補爲六十卷，1852年擴充爲一百卷）：「有取之夷人者：艾儒略《職方外紀》、南懷仁《坤輿圖說》……澳門人之《每月統紀傳》及《天下萬國地理全圖集》、《四洲志》、《貿易通志》諸書。」〔註25〕熊月之以《海國圖志》百卷本爲依據，比對魏源徵引處凡二十八處。〔註26〕黃時鑑更細膩地進行核對，統計出魏源引用《東西洋考》，單就文章共二十四篇，若以篇目內容計算（同一文章引用非僅一篇），引用之文字達二十八處，占七種所徵引的西書中第四位，〔註27〕由此可推量魏源受傳教士報刊影響甚深。現參酌黃氏與熊氏研究，將比對徵引處整理如下：

**表五：《海國圖志》徵引《東西洋考》處**

| 《海國圖志》 | | 《東西洋考》 | |
| --- | --- | --- | --- |
| 出　　處 | 篇　　名 | 出　　處 | 篇　　名 |
| 七卷，頁 454 | 東南洋三重輯 | 癸巳年十二月，頁 65 | 暹羅國志略 |
| 九卷，頁 494 | 東南洋四暹羅東南屬國沿革三 | 癸巳年十一月，頁 56 | 呀瓦大洲附麻剌甲 |
| 九卷，頁 497 | 東南洋四暹羅東南屬國沿革三 | 癸巳年十二月，頁 65 | 暹羅國志略 |
| 九卷，頁 498 | 東南洋四暹羅東南屬國沿革三 | 癸巳年十月，頁 46 | 新埠頭或息力 |
| 十二卷，頁 553 | 東南洋荷蘭所屬大島 | 癸巳年九月，頁 37 | 波羅大洲總論 |
| 十二卷，頁 554 | 東南洋荷蘭所屬大島 | 癸巳年九月，頁 36 | 蘇祿嶼總論 |

---

〔註25〕魏源，《海國圖志》。收錄於魏源全集編輯委員會《魏源全集》第四冊（長沙市：岳麓書社，2011年），頁 401。

〔註26〕熊月之，《西學東漸與晚清社會（修訂版）》（北京：中國人民出版社，2011年），頁 203、206。

〔註27〕黃時鑑，〈《東西洋考每月統記傳》所載世界地理述論〉。收錄於《東西交流史論稿》（上海：上海古籍出版，1998年），頁 270～272。

| 《海國圖志》 | | 《東西洋考》 | |
|---|---|---|---|
| 出　　處 | 篇　　名 | 出　　處 | 篇　　名 |
| 十二卷，頁 554 | 東南洋荷蘭所屬大島 | 癸巳年九月，頁 36 | 芒佳虱大洲總論 |
| 十三卷，頁 575 | 英荷二夷所屬葛留巴島 | 癸巳十一月，頁 56 | 呀瓦大洲附麻剌甲 |
| 十四卷，頁 599 | 東南洋葛留巴所屬島 | 癸巳十一月，頁 56 | 呀瓦大洲附麻剌甲 |
| 十四卷，頁 601 | 東南洋葛留巴所屬島 | 甲午年四月，頁 114 | 噶喇吧洲總論 |
| 十五卷，頁 617 | 東南洋英荷二夷所屬亞齊及三佛其島 | 癸巳年十月，頁 45 | 蘇門答剌大州嶼等總論 |
| 十五卷，頁 629 | 東南洋荷佛二夷所屬美落居島 | 癸巳年九月，頁 37 | 美落居嶼等與吧布阿大洲 |
| 十九卷，頁 715 | 西南洋五印度重輯 | 戊戌年九月，頁 418 | 公班衙 |
| 十九卷，頁 717 | 西南洋五印度重輯 | 丁酉年四月，頁 222 | 孟買省 |
| 二十五卷，頁 834 | 各國回教總考 | 戊戌年九月，頁 413 | 回回之教 |
| 二十七卷，頁 881 | 西南洋天主教考下 | 戊戌年七月，頁 394 | 尋新地 |
| 三十三卷，頁 1034 | 小西洋厄日度國 | 丁酉年四月，頁 222 | 麥西國古史 |
| 三十三卷，頁 1045 | 小西洋阿邊司尼國 | 甲午年四月，頁 116 | 以至比多 |
| 三十五卷，頁 1094 | 小西洋重輯 | 丁酉年十二月，頁 307 | 釋奴 |
| 四十一卷，頁 1234 | 大西洋佛蘭西國沿革 | 戊戌年六月，頁 381 | 顯理號第四 |
| 四十一卷，頁 1236 | 大西洋佛蘭西國沿革 | 丁酉年十一月，頁 292 | 法蘭西國志略 |
| 四十四卷，頁 1299 | 大西洋耶馬尼 | 丁酉年四月，頁 221 | 儒外寄朋友書 |
| 五十八卷，頁 1600 | 國沿革 | 戊戌年六月，頁 380 | 大尼國志略 |
| 五十九卷，頁 1623 | 外大西洋墨利加洲沿革總說 | 甲午年二月，頁 91 | 地球全圖之總論 |
| 六十卷，頁 1679 | 外大西洋補輯 | 丁酉年七月，頁 251 | 叔家答姪 |
| 七十卷，頁 1803 | 外大西洋南墨利加諸島 | 甲午年二月，頁 91 | 地球全圖之總論 |
| 七十卷，頁 1813 | 外大西洋南極未開新地附錄 | 癸巳年八月，頁 29 | 新考出在南方大洲 |
| 八十五卷，頁 2023 | 火輪船說 | 甲午年五月，頁 126 | 火蒸水氣所感動之機關 |

比對後發現魏源大部分是全文引述，偶作刪稿、潤飾、校正訛字、斷句修正或更動譯名。如：〈海國圖志・東南洋英荷二夷所屬亞齊及三佛其島〉〔註28〕：

　　《每月統紀傳》曰：蘇門答剌大洲嶼一帶皆山。于其州中間，分州

〔註28〕魏源，《海國圖志》第十五卷。收錄於魏源全集編輯委員會《魏源全集》(長沙市：岳麓書社，2011 年)，頁 617。

兩分。瘦嶺磽地，只產錫、金、沙藤、胡椒、檳榔、椰子、冰片等貨。英吉利人又種荳蔻、丁香樹，其金鳳有大聲名，不勝其美。吐蕃皆馬萊酉族類，不勝數。回民居住由來已久，強悍習頑，肆爲不法。年年往默底那國拜其聖人穆罕默德鐵棺槨。各處皆有小土酋，沿溪居茅，不善生理，故上下窮苦。唐時爲亞齊國，權勢甚大，今則西洋藩屬。

以下爲《東西洋考》原刊載：

一帶山於其州中間。分州二分。瘦嶺磽地。只產錫金沙藤胡椒檳榔椰子冰片等貨。英吉利人。又種荳蔻丁香樹。蘇門達剌之金鳳有大聲名。不勝其美。吐蕃諸類。但其馬萊酉族類不勝數。各省皆有回民居住。由來已久。強悍習頑。肆爲不法。年年往默底那國。拜其聖人穆罕默德鐵棺槨。〔註29〕

再舉一例：〈海國圖志・外大西洋墨利加洲沿革總說〉〔註30〕：

《每月統紀傳》曰：亞墨利加南至冰海，北至冰海，西至大洋，東至大西洋，西北庶與亞細亞相連，只隔峽也。南極出地五十五度五十九分，北極出地八十度有餘。自此更南更北，因冰如岳，船不能到，故不知其度數。西出地偏西一百六十八度一十八分，東出地偏西三十四度五十四分。

以下爲《東西洋考》原刊載：

亞墨利加南至冰海、北至冰海西至大洋、東至大西洋、西北庶與亞細亞相連、只隔峽也。南極出地五十五度五十九分北極出地八十度有餘、船因冰如嶽不得到、故不知度之數、西出地偏西一百六十八度一十八分、東出地偏西三十四度五十四分。

所有徵引文獻中，卷九〈東南洋四暹羅東南屬國沿革三〉則是綜合三篇構成，先引《東西洋考・暹羅國志略》，介紹柬埔寨四周鄰國與居民，再借用《東西洋考・呀瓦大洲附麻剌甲》簡述麻剌甲歷史、居民與物產等，最後另起一段摘錄《東西洋考・新埔頭或息力》，介紹息力小島。

魏源的《海國圖志》博參群書，在所引用段落前標示引用書目，部分篇章闡述己見，標註「魏源曰」。書中以相當大的篇幅，介紹天文與全球地理，

---

〔註29〕《東西洋考・蘇門答剌大州嶼等總論》癸巳年十月，頁45。
〔註30〕魏源，《海國圖志》第五十九卷。收錄於魏源全集編輯委員會《魏源全集》（長沙市：岳麓書社，2011年），頁1623。

並收錄各種地圖約七十五幅，以及西洋船、炮、器藝等圖式；如：上列〈火輪傳說〉一文附有圖示，即全部引用《東西洋考‧火蒸水氣所感動之機關》。其書肯定研究外國史的重要性，並出現橫向比較，東西方互通聲息的格局；同時考慮整個世界的歷史進程，如：七十二卷比較中國農曆與西洋立法的差異，還說明設立對照表因「今華夷通市，正朔相通，姑表其異同，以便稽覽。」〔註31〕，換句話說，魏氏認同華夷正朔並列的事實，不再堅持中國爲正統，建立中西對應的時空觀。面對整體世界，曾感嘆「自非諮諸遠人，則天文度數之遠近，國土古今之盛衰，形勢風俗之殊異，畢世其能想像乎？」〔註32〕可看出魏氏的世界觀，意識到中國僅爲全球範圍內之中國，反對「彼株守一隅，自畫封域，而不知墻外之有天，舟外之有地者：適如井龜蝸國之識見，自小自郤而已。」〔註33〕，需要借鑑參考西方。《海國圖志》亦非一味讚揚西方，對中國源遠流長的典章制度、物產豐饒、儒學傳統和四大宗教起源於亞洲、地理意義上起崑崙或葱嶺中心等頗爲自負，透露出自我意識的優越感。

### （二）梁廷枏《海國四說》

梁廷枏（1796 年～1861 年）的《海國四說》（1844 年陸續完稿，於 1846 年刊印），該書是合〈耶穌教難入中國說〉、〈合省國說〉、〈蘭崙偶說〉和〈粵道貢國說〉四說而成。〈耶穌教難入中國說〉置卷首可看出作爲中國文化知識分子對外來宗教的高度警惕。〈合省國說〉是一部美國通志，單獨細述與歐洲諸國類似卻又相異的地方，突顯梁氏前瞻獨到的眼光。〈蘭崙偶說〉則論述英國歷史、地理、人文制度、中英貿易關係等，頗爲細緻。〈粵道貢國說〉以中國舊時代對藩屬的稱謂，包括 1840 年以前，經廣州進行貿易的國家，此部分表現出未能擺脫天朝大國的心態。

書中大量引據西洋教士中譯之作。如：地圓說、地球繞日運行論等，而訂立五大洲名稱〔註34〕，是依循《東西洋考》中的地理文章。另因鴉片戰爭的動因，特別對「英國」詳加闡述，指出英國的目的不在戰爭，而是貿易商

---

〔註31〕 魏源，《海國圖志》第七十二卷，收錄於魏源全集編輯委員會《魏源全集》（長沙市：岳麓書社，2011 年），頁 1821。

〔註32〕 魏源，《海國圖志》第七十六卷，收錄於魏源全集編輯委員會《魏源全集》（長沙市：岳麓書社，2011 年），頁 1889。

〔註33〕 魏源，《海國圖志》第七十六卷。收錄於魏源全集編輯委員會《魏源全集》（長沙市：岳麓書社，2011 年），頁 1889。

〔註34〕 梁氏自言參用《東西洋考》，其五大洲最新正名，自是本於此。梁廷枏，《海國四說》（北京：中華書局，1993 年），頁 54～55。

業利益。書中對英國商貿結構，集資、周轉、匯兌、存貸、專利、保險等要項，明確詳細地介紹，為中國注入新的思維與識見。現將文章中多處徵引《東西洋考》處，整理如下：

**表六：《海國四說》中參考《東西洋考》處**（依《海國四說》頁數順序排列）

| 《海國四說》 | 篇名頁碼 | 《東西洋考》 | 篇名頁碼 |
|---|---|---|---|
| 〈耶穌教難入中國說〉 | 頁 48 | 〈洪水之先〉癸巳年七月 | 頁 14～16 |
| 〈合省國說〉 | 頁 54～55 | 〈列國地方總論〉甲午年三月 | 頁 101 |
| 〈海國四說序〉 | 頁 61～62 | 〈金銀論〉甲午年三月 | 頁 103 |
| 〈合省國說〉 | 頁 88 | 〈新聞紙略論〉癸巳年十二月 | 頁 68 |
| 〈蘭崙偶說〉 | 頁 141 | 〈公班衙〉戊戌年九月 | 頁 418 |
| 〈蘭崙偶說〉 | 頁 154 | 〈蘭墩京都〉戊戌年四月 | 頁 356 |
| 〈蘭崙偶說〉 | 頁 158 | 〈英吉利國政公會〉戊戌年五月 | 頁 365 |
| 〈蘭崙偶說〉 | 頁 160 | 〈火蒸水氣所感動之機關〉甲午年五月 | 頁 126 |

　　梁廷枏《海國四說》引用方式與《海國圖志》不同，唯獨〈合省國說〉與《東西洋考》〈列國地方總論〉為全文抄錄，內容僅做句讀調整或訛字修訂，但該篇將五大洲知識與名稱修訂正確，寫入著述，為中國昌言五洲之先驅者〔註 35〕。其餘篇章則是梁氏以《東西洋考》為基礎，進行摘錄修飾，如：〈海國四說・合省國說〉〔註 36〕：

> 自經史詞賦外，最重而通行者曰新聞紙。按：其紙遞長至五尺，闊至三尺。始於利打爾亞國，歐羅巴人行之已三百餘年。紙不訂裝，兩面皆有字，或日一出，或七日出三四紙，或半月一紙……。

以下為《東西洋考》原刊載：

> 在西方各國有最奇之事、乃係新聞紙篇也。此樣書紙乃先三百年初出於義打里亞國、……其新聞紙有每日出一次的、有二日出一次的、有七日出二次的、亦有七日或半月或一月出一次不等的、最多者乃每日出一次的、其次則每七日出一次的也。

---

〔註 35〕王爾敏，〈梁廷枏對於西方之認識及其開新視野〉，《臺灣師大歷史學報》第三十五期，2006 年，頁 115～140。

〔註 36〕梁廷枏，《海國四說》（北京：中華書局，1993 年），頁 89。

又如：〈海國四說・蘭崙偶說〉〔註37〕：

> 所都蘭墩城，在古之但西河畔。相傳漢明帝時，海賊入河上，縱橫劫掠，故擇地建城，居而控制之，至今不改。王宮二，並在城外，謂環以城，則畏人示弱也。……元順帝十五年，疫作，死至五萬人。未幾，國有黨叛，其臣有襲封爵者，備兵出戰，遂殉國難。明化成十九年，疫又作。逾三十年，再疫，死三萬餘人。天朝康熙三年，王以好色死，民隨染疫死者數至十萬。明年，遭火，焚毀民居萬餘間。……城長三十里，圍三之。……。

以下爲《東西洋考》原刊載：

> 蘭墩建在但西河畔。於東漢明帝年間而興焉。歷來口傳者必有不實。故上古之史不可述矣。蠻夷侵擾邊境之際、其海賊上但西河、縱橫河面、截刧商船。既如是、國王擇之爲京都、俾可拱禦海盜、後日漸興旺。至元順帝十五年、瘟疫流行、廣民傳染計五萬人斃矣。……有某子爵者，殉國家之急、盡忠報主、征剿叛黨。而不幸民人漸生弊端、因此、明朝成化十九年、瘴氣盛行、民人多病……及三萬人染瘟疫而死矣。還不上三十年、瘟疫再流而三萬五千人死矣。康熙三年、國王耽溺女色……染瘟疫而死者、共計十萬人也。次年火起、焰氣大作、沖天蓋地、所焚之屋、共計一萬三千間。……其城長三十里、週圍九十里矣……。

《海國四說》以《東西洋考》爲底本，大致事件記載雷同，梁氏加以潤飾改寫，調整句讀，撰寫成較順暢的漢文，遺留下參酌西方資料文獻的軌跡，以及反映出對域外史料的反思和中國社會對世界認識的過程。

### （三）徐繼畬《瀛環志略》

徐繼畬（1795 年～1873 年）的《瀛環志略》（1848 年編成），全書分十卷，卷一至卷三分述地球知識與亞細亞等情況；卷三爲印度與西域概述；卷四至卷七介紹歐羅巴洲（今歐洲）各國；卷八敘述阿非利加（今非洲）各國；卷九、卷十介紹南、北亞墨利加（今南、北美洲）。內容記有疆域、地形、山川、氣候、物產、歷史、風俗等，共收圖四十二幅。

《瀛環志略》雖未明註引用傳教士報刊處，但在凡例提到曾取用泰西人

---

〔註37〕梁廷枏，《海國四說》（北京：中華書局，1993 年），頁 141。

月報。參酌黃時鑑〔註 38〕與邵志擇〔註 39〕研究，整理出至少三處引用《東西洋考》大段文字，一則出現在《瀛環志略》卷四〔註 40〕：

> 泰西人有歐羅巴列國版圖說。一曰峨羅斯。國王主治。地三百二萬正方里。居民四千一百萬人。每年進帑五千二百萬圓（洋銀皆以圓計。重者七錢二分。輕者四五六錢不等）。國家欠項二萬萬圓。額兵六十萬。戰時百萬餘。師船三十六隻。二曰英吉利。女王主治。地三十萬正方里。居民二千二百萬人。……。

以下爲《東西洋考・歐羅巴列國版圖》〔註 41〕原刊載：

> 一曰俄羅斯國、皇帝主掌延袤三百二萬正方里、居民四千一百萬人、每年國帑所進之項、五千二百萬員、國家欠項二萬萬員。太平之際、軍兵六十萬、戰時百萬有餘。師船三十餘隻。二曰英吉利國、王后主掌、延袤三十三萬正方里、居民二千二百萬口……。

基本內容無太大差異，僅做句讀以及譯名的修正，小字註解說明「洋銀」計算方式，文末徐繼畬特別記載「余按此說。各國地域之正方里。與中國開方法不同。不知其如何折算。其所列進帑。兵額。師船之數。與別書多不合。殊不足據。」〔註 42〕可見徐氏治學嚴謹，且對西方世界資料陳述並非單向接受，撰著過程挾帶反思。

第二則出現在卷七〔註 43〕，描述英國國政公會組織、人員等，與《東西洋考》相較，行文較多刪減及改寫：

> 都城有公會所。內分兩所。一曰爵房。一曰鄉紳房。爵房者。有爵位貴人及西教師處之。鄉紳房者。由庶民推、擇有才識學術者處之。國有大事。王諭相。相告爵房。聚眾公議。參以條例。決其可否。復轉告鄉紳房。必鄉紳大眾允諾而後行。否則寢其事勿

---

〔註 38〕黃時鑑，〈《東西洋考每月統記傳》所載世界地理述論〉。收錄於《東西交流史論稿》（上海：上海古籍出版，1998 年），頁 275～276。

〔註 39〕邵志擇，《近代中國報刊思想的起源與轉折》（杭州：浙江大學，2011 年），頁 18。

〔註 40〕〔清〕徐繼畬，《瀛環志略》阿陽對嵋閣藏刻本，卷四（北京市：中華全國圖書館文獻縮微複製中心，2000 年），頁 92。

〔註 41〕《東西洋考・歐羅巴列國版圖》戊戌年五月，頁 367。

〔註 42〕〔清〕徐繼畬，《瀛環志略》阿陽對嵋閣藏刻本，卷四（北京市：中華全國圖書館文獻縮微複製中心，2000 年），頁 93。

〔註 43〕〔清〕徐繼畬，《瀛環志略》阿陽對嵋閣藏刻本，卷七（北京市：中華全國圖書館文獻縮微複製中心，2000 年），頁 196～197。

論……。

引自《東西洋考・英吉利國政公會》〔註44〕：

國政之公會、為兩間房、一曰爵房、一曰鄉紳房。在爵房獨有公侯等世爵、並國之主教。在鄉紳房、有良民之優者、被庶民選舉者。設使王定政事、必須核實辦理、遂諭宰相轉告爵房。僉公然計議停當、決論微言、出意見、獻其計、詳擬定例。遂令鄉紳房、各位酌覆妥議。恐庶眾不合意、又必察其大眾允諾否。不允、則棄之、再不題論……。

最後一則是卷七〈歐羅巴佛朗西國〉中一小段落：「明萬曆二十五年。王顯理被弑。（一作英黎給）顯理第四（一作英黎給第四）由旁支嗣位。發奮自修。廣佈仁惠。百姓歸之。」〔註45〕引《東西洋考・法蘭西國志略》〔註46〕：「國危民困之時、顯理號第四、於萬曆二十五年、戰勝登位、善德、善行、發奮自修、廣布仁惠、於是百姓歸之、且相互結和。雖改寫部分較多，仍可略窺參考蹤影。

《瀛環志略》採用《東西洋考》資料量雖不多，但學者多視為清代知識分子在現實壓迫下，向西方取經，參酌西方地理文獻資料而著書立說脈絡的延續。徐氏對西方文化予以肯定，儘可能地客觀描述真實，淡化夷夏之辨，如：認為歐洲文明有其獨立發生、發展之歷史進程，與中國古老文化了無干涉，等於間接承認西方是具有文化與文明，又對英國議會制度和美國民主制度等加以介紹，實具時代典範意義。

然而，由於徐氏背景學識經驗影響，傳統意識仍為中國中心觀留下一定痕跡，如：第一卷介紹世界總述，接著講亞洲，亞洲是以中國為圓心，順時針方向說明周圍各國，《瀛環志略》雖記載五大洲說，但同時又說明「四大土之名。乃泰西人所立。本不足為要。今就泰西人海圖立說，姑仍其舊。近又有將南洋群島名為阿塞亞尼亞洲，稱為天下第五大洲，殊屬牽強」〔註47〕，顯示清代知識分子的內外矛盾與自我衝突。

---

〔註44〕《東西洋考・英吉利國政公會》戊戌年五月，頁377。
〔註45〕〔清〕徐繼畬，《瀛環志略》阿陽對嵋閣藏刻本，卷七（北京市：中華全國圖書館文獻縮微複製中心，2000年），頁168。
〔註46〕《東西洋考・法蘭西國志略》丁酉年十一月，頁292。
〔註47〕〔清〕徐繼畬，《瀛環志略》阿陽對嵋閣藏刻本，卷一（北京市：中華全國圖書館文獻縮微複製中心，2000年），頁12。

## （四）其他著作

另外，值得留意的資料是清代地理學家徐松（1781 年～1848 年），仿照《水經注》體例，以西域水系爲架構，記敘沿岸聚落、交通、物產、典章制度、人文風情等的——《西域水道記》（1819 年完成）。其中第一卷寫到：「《明史》曰：三百五十四日爲一周，周十二月，月有閏日，凡三十年閏十一日。……當託始於唐高祖武德六年<u>三月初三日也</u>。」〔註48〕學者周振鶴，在日本早稻田大學找到《西域水道記》「自筆修訂本」，在「三月初三日也」下方，自筆簽條寫明：《每月統記傳》謂生於陳宣帝太建元年。西洋人尊耶穌之教，其言不足據。」〔註49〕如周氏所見正確，經筆者比對，資料應是出自《東西洋考》戊戌年九月〈回回之教〉〔註50〕內容。

清代曾任臺灣知縣的姚瑩（1785 年～1852 年），曾撰著十六卷的《康輶紀行》（成書於 1845 年），內容主要介紹中國西南邊境及外國一些地區的史地風情。該書第十二卷佛蘭西條目，引述《澳門每月統紀傳》，「澳門每月統紀傳曰。法蘭西國。東連阿里曼國。西及大西洋西班牙國。南及地中海意大理國。……道光十年。新王創立國家。受諫寬仁。百姓安堵。論西國之權柄。大有勢力者。英吉利爲第一。俄羅斯爲第二。法蘭西爲第三。」〔註51〕但查對內容，應是源於《東西洋考每月統紀傳》，可能因刊物受澳門外國社會提供幫助，或因當時在廣州、澳門和東南亞華僑中影響很大，而誤認爲《澳門每月統記傳》，相關條目爲丁酉年十一月刊登之〈法蘭西國志略〉〔註52〕，幾乎將全文抄錄，內容近似，僅敘述語句、部分國家譯名略爲不同。例如：《東西洋考》中的西班雅國，《康輶紀行》譯爲西班牙；《東西洋考》中的以大理國，《康輶紀行》譯爲意大理等。

整體而言，中國學者地理著作，對西方資料的運用，從直接的挪移，到摘錄拼貼，再到經消化後轉化文字呈現，反映中國士大夫對西方觀念及資訊接受程度，越益提升，對歷史文化進程思考也越益多元豐富。又剖析後發現，西學論述出現在中國地理著作中，多是取法西方經緯度的定位或關於世界地

---

〔註48〕〔清〕徐松著，朱玉麒整理，《西域水道記》（北京：中華書局，2005 年），頁 41。
〔註49〕周振鶴，〈早稻田大學所藏《西域水道記》修訂本〉，《中國典籍與文化》第三十六期，2001 年，頁 86～95。
〔註50〕《東西洋考・回回之教》戊戌年九月，頁 413。
〔註51〕〔清〕姚瑩著，《康輶紀行》。收錄於新興書局輯，《筆記小說大觀》（臺北：新興，1997 年），頁 3649。
〔註52〕《東西洋考・法蘭西國志略》丁酉年十一月，頁 292～294。

理觀念相關敘述上，縱使受到一定關注及肯定，主要還是反映出統治階級現實需求，在取捨內容素材的同時透露中國士紳、學者的價值選擇及各自世界觀，以既定原有框架或社會文化架構看待世界，選擇性吸收外界知識，接受與原本價值文化近似的事物，面對中國歷代既有的地理觀念或中國自身層面，西方地理知識體系處於相對從屬位置，浮現邊緣化意味，中國傳統地裡觀仍占一席之地。

## 三、小　結

清代早期漢文傳教士報刊，雖立意初衷皆以傳揚福音，或改變中國人的西洋觀為核心精神，宗教以外的內容是為輔助閱讀而陳設，但在報刊中向中國讀者介紹的地理風物、歷史文化到科學技藝等，無心插柳，反產生深遠影響，衝擊陳舊積習，儘管散布範圍與影響人數有限，卻對近世中國起了領頭作用，其留存下來的漢文文獻報刊資料，具重要里程碑意義。

自耶穌會東傳，到清代新教來華，現代科學一直是西方傳教士展示西學的領域之一，也因其不斷的輸送，為日後中國人與世界連結，埋藏線索，影響近世中國科學、醫學、數學、教育等發展。

《察世俗》、《特選撮要》和《東西洋考》就西學領域，特別在天文觀與史地觀方面比現突出，翻轉沉痾觀念，帶來異質因素，刺激思維，提供中國學者勵精圖治研究外洋世界的方向與創作依據，即使林則徐、魏源、徐繼畬和梁廷枏等的寫作動機，多起因於戰爭列強侵略之故，帶有濃厚功利經世理念，未完全跳脫華夷之辨的窠臼，弱化學術研究的深度及世界意識，但無庸置疑，中國學者著書立說的本身，就具時代進步性，反映出自省意識，其論學研究方法已是當代先驅。

## 第二節　對近代中國報刊之影響

王韜的〈論日報漸行於中土〉對傳教士報刊的起始、發展等做一簡要的綜覽概述：

> 泰西日報，約昉於國朝康熙時。日耳曼刊錄最先，而行之日盛。他國皆屬禁。凡關國事軍情，例不許印；妄置末論者，輒寘諸獄。後禁稍弛而行亦漸廣，英、法、美各國皆繼之而興，僻壤偏隅無不徧及，而閱者亦日眾。……<u>華地之行日報而出之以華字者，則自西儒</u>

馬禮遜始，所刻「東西洋每月統紀傳」是也。時在嘉慶末年。同時，
麥君都思亦著「特選撮要」，月印一冊；然皆不久即廢，後繼之者久
已無人。咸豐三年，始有「遐邇貫珍」刻於香港，理學士雅各、麥
領事華陀主其事。……日報之漸行於中土，豈不以此可見哉。〔註53〕

　　文中清楚指出：第一份在中國境內出版的華（漢）字報刊，即是《東西
洋考每月統記傳》。回顧西方報刊發行傳統，早已行之有年，但作為外來文
化主體，為達傳教目的，吸引更多民眾觀閱，並未採取極端風險的全盤移植，
而是在肇始之初，以中國線裝書為樣式藍本，以古典小說為文句範例，創造
出一種具時代意義的漢文報刊。

　　在辦報過程，傳教士自行編輯、擇取素材、撰寫新聞、發表評論、決定
整體報刊走向、風格，與所希望傳遞的重心，具有高度的新聞自由；並界定
或是篩選讀者群，重視讀者的回應，和開放與讀者群互動的空間；具初步大
眾媒體意識，有別於中國歷來以政治權力中央為主體，僅見官方消息的單一
新聞內容。

　　西方傳教士來華，並非始自馬禮遜，但在傳播西方近代科技文化等方面，
產生較大影響的，卻是基督新教，剖析此中原因多樣，或許新教傳教士比前
輩掌握了更便利的傳播工具——「報刊」，亦是原因之一。傳教士們在模仿沿
襲中國式書籍間，無形促進中國近代傳媒事業的嬗變，推動新聞思想的啟蒙，
和助長印刷出版事業的發展，傳教士報刊的運作模式，也為嗣後的報刊出版，
提供經驗與借鑑。

## 一、傳媒事業的嬗變

　　中國古代報刊起源何時，學界意見紛歧，主要觀點有：漢代說、唐代說
〔註54〕和宋代說〔註55〕。戈公振認為起源於漢代：「通奏報云者，傳達君臣
間消息之謂，即『邸報』之所由起也。」〔註56〕也就是當時有一種朝廷傳知

---

〔註53〕〔清〕王韜，《弢園文錄外編》〈論日報漸行於中土〉卷七。收錄於國家清史編
　　　　輯委員會編，《清代詩文集彙編》（上海：上海古籍出版社，2010 年），頁 174。
〔註54〕方漢奇主編，《中國新聞傳播史》（北京：中國人民出版社，2002 年），頁 6～7。
　　　　方漢奇主編，《中國新聞事業通史》第一卷（北京：中國人民大學出版社，1997
　　　　年第二刷），頁 34。
　　　　劉家林，《中國新聞通史》（武漢：武漢大學出版社，2005 年），頁 6。
〔註55〕朱傳譽，《宋代新聞史》（臺北：商務印書館，1967 年），頁 3～13。
〔註56〕戈公振，《中國報學史》（北京：生活、讀書、新知三聯書店，1955 年），頁 24。

朝政的文書，和政治情報的新聞文抄，稱爲「邸報」是報刊的源流。而現今可見最早的是唐玄宗時代的「開元雜報」（713 年～741 年），收藏於倫敦不列顛圖書館及巴黎國立圖書館。〔註 57〕此報主要也是將皇帝的諭旨、文臣武將的奏章及政事動態周告於外，同樣帶有官方性質。宋代沿襲舊制，設立統一管理的「督進奏院」，擔負封建政治下傳播訊息官方掌控的管道。至明設立「通政使司」，由官方主導，決定抄傳之新聞素材，內容沒有評論或探寫消息，經分類編輯整理後爲「朝報」。將朝報內容轉抄至京城外發行的報刊便是「邸報」。報刊內容大致無異，只是京城內、外官員讀者群的不同。〔註 58〕

　　概括説來，清代以前報刊多爲官報性質，屬於朝廷溝通傳布訊息的御用工具，題材限定在統治者意志內；報房人員被禁止自行探訪新聞，甚至訂例懲處私自撰稿抄寫者，「凡未經批發之本，即抄寫刻印圖利者，該管官失於覺察，罰俸一年；該管科道不行查參，罰俸六個月」〔註 59〕，報禁苛繁。又報刊讀者主要是各級官吏，其目的在介紹朝政訊息，傳播宮廷大事消息或國王皇帝的詔令，爲政治而服務，一般民眾是被禁止閱讀或販賣。知識分子因科舉制度追求仕進，渴求政治訊息，朝廷大員張芾曾奏請將邸鈔改爲印刷，發交各省，結果竟遭咸豐皇帝「識見錯謬，不知政體，可笑之至」〔註 60〕的痛斥，可見清對新聞報業的控制。加之傳統社會受到務農生產方式和教育識字普及的限制，廣大民眾的生活模式，並沒有閱讀書籍文字的空間。

　　林語堂〔註 61〕談到中國近現代新聞事業，認爲是在早期傳教士幫助下，獲得很大發展，十九世紀上半葉，報刊史主角不離馬禮遜、米憐、麥都思和郭實獵等傳教士。程麗紅〔註 62〕則直指中國近代報業與西方興起的資本主

---

〔註 57〕林語堂著，劉小磊譯，《中國新聞輿論史》（上海：上海人民出版社，2008 年），頁 13～14。
　　　　程麗紅，《清代報人研究》（北京：社會科學文獻出版社，2008 年），頁 11。
〔註 58〕方漢奇，《中國新聞事業通史》第一卷（北京：中國人民大學出版社，1997 年），頁 119～150。
　　　　程麗紅，《清代報人研究》（北京：社會科學文獻出版社，2008 年），頁 11～18。
〔註 59〕文孚纂修，《欽定六部處分則例》卷九。收錄於沈雲龍主編，《近代中國史料叢刊》第三十四輯（臺北：文海出版社，1974 年），頁 255。
〔註 60〕《清會典事例》（一），卷十五，內閣五/職掌（北京：中華書局影印，1991 年），頁 198。
〔註 61〕林語堂著，劉小磊譯，《中國新聞輿論史》（上海：上海人民出版社，2008 年），頁 80～82。
〔註 62〕程麗紅，《清代報人研究》（北京：社會科學文獻出版社，2008 年），頁 97。

義、基督教文化息息相關。自傳教士入華，所興起的文字及辦報事工，方突破原本屬於少數人擁有的權利。

《察世俗》、《特選撮要》到《東西洋考》為傳教的緣故，將讀者定位為一般普羅民眾，特別是社會中低階層的百姓。傳教士逐漸走出中國傳統書報方式，形成另一類成本較便宜、內容量大、出版迅速的新興媒體。〔註63〕袁進認為「報刊和平裝書與線裝書正是新、舊文化的象徵，報刊和平裝書取代線裝書，正是傳統士大夫階層沒落衰亡的過程」〔註64〕。且因面對市民讀者和傳教士本身漢語能力的侷限，報刊內容與文字迥異中國邸報，為大眾傳媒逐漸滲入人民生活鋪陳開端，使報刊自然而然地成為通俗語言交流傳播的管道，加速文白合一的語言環境，消弭言文分離的對比差異。

傳統中國士大夫向來人生最高理想，是為蒼生盡一己之力；唯有透過「科舉」方是晉升最佳出路，擁有政治舞台才是能夠發揮才能的地方。文人士大夫寫作，並不是以一般大眾百姓為對象，也不是為了賺錢目的，真正的旨趣往往帶著政治動機，是為了揭示行政得失，同時符合作為儒家讀書人的標準價值。大多數是依據社會規範而創作，士大夫思想是潛在的束縛，寫作必須遵守士大夫的思維、語言、意象框架，而不是對生命體驗的叩問，或是處於完全自由的狀態下。

然而，隨著時代丕變，科舉制度消失後的中國，留下一批皓首窮經，不知何去何從的「傳統士人」，面臨亂世中無官可做的窘境，至多流落於民間，擔任文書行政工作。在時代環境變化下，逐漸成為具備現代化的「轉型知識分子」。西方傳教士因受制於漢語程度侷限，發行報刊過程，大多需要中國助手協助完成，形成傳教士加上中國知識分子的特殊結構聯繫。表現在文字出版事業上，打破過去傳統官報採編方式和語言方式。如：從早期的馬禮遜和梁發，梁發協助辦報、派發基督教小冊；到晚清麥都思、理雅各和王韜，王韜受其西方思想影響，受新聞自由意識薰陶，創辦第一份由華人資本，華人操權的「循環日報」，抨擊時政與時弊，成為中國近代報紙的發端。

至十九世紀末，時局動盪，外強掠襲，有識之士奮起辦報熱潮，獨立意志和國家興亡責任，都在報業活動中體現。新聞傳媒從業人，漸從邊緣身分走向菁英職業報人，從仕宦士大夫眼中的「江浙無賴文人，以報館為末路」

---

〔註63〕 袁進，《中國文學的近代變革》（桂林：廣西師範大學出版社，2006年），頁2。
〔註64〕 同上，頁17。

〔註 65〕抵制輕薄的對象，漸漸成爲扭轉中國傳統制度的推手之一。王朝話語權威性日漸瓦解，新聞事業從邊陲步入核心；對政治的評論，從皇室宮廷延展到公共領域。原屬少數人把持的菁英文化，形成大眾均可觸及的通俗文化，間接促進民眾參與公共事務；對官場具輿論監督作用，勸善懲惡，興利除弊，打破過去由上而下的政令宣達，轉爲由下而上的政治革新範式。

大抵近代西化文人，多與報刊發生聯繫。投身報業源於從「治國平天下」的傳統觀念出發，將政治主張付諸報刊內容，作爲提倡變革新政的利器，報業發展是與中國政治關係糾結牽連。〔註 66〕

再以這批報人爲樞紐，以報館爲核心，搭上報刊可大量生產，及較線裝書廉價的列車，向外擴張，促成一批文學作家和報刊小說作家群的形成。例如：李伯元、吳趼人、周瘦鵑、林紓等，〔註 67〕彼此互惠，提高報業銷售量的同時，也提升自己的知名度和作品閱讀群眾量。伴隨晚清報刊文體的興盛，大眾傳媒的催生，以及稿酬、版稅制度的建立等，客觀地提供中國近代文學發展背景因素和晚清小說蓬勃發展的條件，並且逐漸確立報刊格式與運作方式，〔註 68〕也將文學從士大夫或皇室貴族專利的情況中釋放，擺脫上層階級的壟斷。

傳教士報刊自辦報意識、潛在讀者設定、撰稿形式，到力求文字淺白，環環影響中國近代媒體的發展，改變資訊傳遞管道，消除知識階級藩籬的屏障，重新定義報刊，擴大其功能。

## 二、新聞觀念的萌發

關於「新聞」的定義不下百種，主要定義不離：「新近或正在發生的，對公眾有知悉意義的事實的陳述」，〔註 69〕或是「凡對群眾具有任何方面價值的新事物或新觀念，都可叫做新聞」〔註 70〕。

---

〔註 65〕姚公鶴，《上海閒話》（上海：上海古籍出版社，1989 年），頁 128。
〔註 66〕袁進，《中國文學的近代變革》（桂林：廣西師範大學出版社，2006 年），頁 12。
〔註 67〕郭延禮，《近代西學與中國文學》（南昌：百花洲文藝出版社，2000 年），頁 434。
〔註 68〕馬以鑫主編，《現代化進程中的中國人文學科》（上海：上海人民出版社，2005 年）頁 110~118。
〔註 69〕劉建明，《當代新聞學原理》（修訂版）（北京：清華大學出版社，2003 年），頁 54。
〔註 70〕鄭貞銘，《新聞採訪的理論與實際》（臺北：商務印書館，1998 年），頁 2。
十四所高等院校《中國新聞史》組編著，《中國新聞史》（古近代部分）（北京：

　　《察世俗》創刊八月號〈月食〉：「照查天文、推算今年十一月十六日晚上、該有月食。始蝕於酉時約六刻。復原於亥時約初刻之間。若是此晚天色晴明、呷地諸人俱可見之。」〔註71〕可謂近代漢文報刊史上的第一則「新聞」。

　　至《東西洋考》漸具現代新聞報刊雛形，刊設「新聞」專欄，報導中國與各國消息，內容包羅萬象，例如：刊登各國戰事「西域之土耳嘰國王。與以至百多國奉恩將軍。戰鬥不息。……但大英國之幫船進中海。致推彼此和氣之。可很不知其效驗如何。」〔註72〕介紹西方新聞報紙由來〈新聞紙略論〉〔註73〕。記載天災情況「葡萄呀京都建在大嵐江……乾隆二十二年間十月瞻禮日時、忽然地震……當時喪人六萬餘口。」〔註74〕記錄他國境內重要事件「上年八月理國事公會散、良民選擇鄉紳代表兼攝。於是百姓眉花眼笑蜂集。」〔註75〕告知中國境內新訊息「寬仁孚眾、是耶穌門生本所當為。今有此教之門徒、普濟施恩、開醫院。」〔註76〕引入科學新知的〈孟買用炊氣船〉〔註77〕、〈氣舟〉〔註78〕。說明商業貿易的「年稔穀豐、萬物殷殷、生意甚盛、外國之船陸續進口所載之棉花甚多、而價尚平也。」〔註79〕等刊載內容，符合前述新聞定義，郭實獵說明編輯「新聞」專欄是為「夫天下萬國。自然該當視同一家。……然則遠方之事務。無不願聞以廣見識也。緣此探聞各國之事。續前月之篇。刊送諸位達聞者。通知之。」〔註80〕

　　傳教士報刊已具編纂者採訪，或獨立撰稿的初步規模，部分新聞，例如：土耳嘰國和以至百多戰事，受到編纂者留意，自癸巳年七月到癸巳年九月連續刊載，隨時更新動態，與近現代新聞操作方式一致。這影響到日後中國辦報的範式與新聞編排的觀念。曾有學者推崇備至：

　　　　中央民族學院，1988 年），頁 12。
〔註71〕《察世俗‧月食》第一卷，頁 8。
〔註72〕《東西洋考‧土耳嘰國事》癸巳年七月，頁 18。
〔註73〕《東西洋考‧新聞紙略論》甲午年正月，頁 76。
〔註74〕《東西洋考‧葡萄呀國京都里錫門在乾隆二十二年間有地震罢》甲午年五月，頁 126。
〔註75〕《東西洋考‧英吉利國》戊戌年三月，頁 347。
〔註76〕《東西洋考‧廣東省城醫院》丁酉年二月，頁 207。
〔註77〕《東西洋考‧孟買用炊氣船》癸巳年十月，頁 48。
〔註78〕《東西洋考‧氣舟》丁酉年四月，頁 228。
〔註79〕《東西洋考‧廣州府》戊戌年九月，頁 422。
〔註80〕《東西洋考‧新聞》癸巳年八月，頁 28。

　　《東西洋考每月統記傳》之能在中國境內發行，不但在中國報學史上是一件大事，而且在中國近代史上，也像鴉片戰爭一樣是件大事。這份刊物發行的目的雖在傳教，但方法上是傳播西方知識入手，其中新聞報導佔極重要的地位。此後中文定期刊物的發行，多少模仿《東西洋考》的格式和內容，……。〔註81〕

　　而傳教士報刊潛匿「讀者中心意識」，重視閱讀群眾的觀感與互動，是中國報刊從未出現的，〔註82〕如：《察世俗‧立義館告帖》一篇是傳教士開設學校，在報刊中告知讀者「任憑將無力從師之子弟、送來進學」〔註83〕；〈告帖〉申明歡迎願讀報者「弟均為奉送可也」；〔註84〕〈濟困疾會僉題引〉〔註85〕說明傳教士欲周濟困苦人，因此，成立困疾之會，明訂施濟章程及受助者條件，呼籲樂助，每期還刊登捐助者與受助者姓名及金額，以茲公正；〈釋疑篇〉傳教士重視讀者的情形更是鮮明，期盼彼此互動，讓閱讀者明白教義道理，類似現今「讀者與編者」欄位：

> 然在內中未免有難明白所講之道理者。或因從前未聽此道理或因書文有些不順、或因所看的書本不過是講一條理之半、而講那半的書本未曾看見、所以有狐疑不能解。因此愚今想做此釋疑之篇或每月、或凡有人告疑的時候、而就盡心解釋一二。……在遠者可細說自己之疑、或所看于愚人中之疑、而寫信寄來。在近者有疑、可隨便親口來說、或書信來說、均好。〔註86〕

　　隨著西學知識與技術傳播，傳媒大量興起，且出現平民化趨勢。由最初宗教宣揚目的，擺盪到娛樂性、消遣性和通俗化的追求。也因報刊的發行出版植基在閱報者之上，讀者回饋也反映在報刊走向和文字、內容呈現上。循環往復，並非簡單地傳播資訊者向受傳者單方向輸入，所對話的對象也不是單一個人，而是雙方互動影響，共同參與下的成果。

　　《東西洋考》中亦不乏「廣告」性質的文章，丁酉年正月〈序〉、四月〈光陰易度〉、丁酉年十二月〈敘談〉和〈訣言〉、戊戌正月〈招簽題〉：「設

〔註81〕蔡武，〈談談《東西洋考每月統紀傳》〉，《國立中央圖書館館刊》第二卷，第四期，1969年，頁23～46。

〔註82〕卓南生，《中國近代報業發展史》（北京：中國社會科學出版社，2002年，頁83。

〔註83〕《察世俗‧立義館告帖》第一卷，頁5。

〔註84〕《察世俗‧立義館告帖》第一卷，頁34。

〔註85〕《察世俗‧濟困疾會僉題引》第五卷，頁47～53。

〔註86〕《察世俗‧釋疑篇》第五卷，頁24。

使每月捐一員、收東西洋考十本、與親戚朋友看讀。稍效微勞、便有裨益矣。……一街之店主簽題、一里之鄉紳行此。則東西洋考周流四方以行教、不亦悅乎。」〔註87〕宣傳報刊以增加報量和提升收支，開啓在報刊上做廣告先例。同時，《東西洋考》開始重視商業訊息或對外貿易事務，如：甲午年開始刊登的〈市價篇〉，記載：蜜蠟、海參、檳榔、花布、馬口鐵、熙春茶等，入口與出口貨品名目及市價，使讀者便於了解市場和經營貿易，推動商業資訊傳播，還註明要按市場行情行事，靈活經營。1837 年遷址到新加坡後寫到：

> 本年每月應說明廣州府、新嘉坡二處之市價。各商之此、有益于行務也。亦明說載入運出之貨。而陳經營之形勢矣。且傳東西洋之新聞消息。<u>各商要投資貨物、或有他事、致可通知、得以明說而登載</u>。
> 〔註88〕

報刊中流露的商業氣氛，以及類似廣告性質文章，刺激帶動日後報刊發行，民間不似教會具資本可以免費發送，商賈意識到報刊廣告的利益，願意投資經費刊登，鼓勵報業發展，使報刊從「穢物、野狐」，到人人爭相捧讀，爭相學作的「報紙文」。〔註89〕

晚清政治社會快速變化，無力阻擋西方思想、技藝、商業經濟模式的滲入，使儒家「明尊卑、別貴賤」的社會體系因西方資本影響而崩壞，士農工商階級架構也因此產生位移，商人地位躍升，中國的傳統文化價值開始鬆動，從清代傳教士早期漢文報刊可見微知著，看到商業貿易的萌芽。

## 三、印刷出版的發展

報刊的產生取決於基本的外在條件──「紙」和「印刷術」；此兩項對促進西方現代化扮演要角的技術都源自中國。二十世紀百年間，考古界自新疆羅布淖爾烽燧臺廢墟發現古麻「紙」，年代約是公元前一世紀；1942 年西安漢墓出土的「灞橋紙」，年代約是公元前二世紀，〔註90〕為中國造紙起源於前漢

---

〔註87〕《東西洋考‧招簽題》戊戌年正月，頁 318。
〔註88〕《東西洋考‧招簽題》戊戌年正月，頁 318。
〔註89〕艾紅紅，〈論中國近代報刊語言的言文合一趨向〉，《山東師範大學報》第六期，1999 年，頁 97～100。
〔註90〕李曉岑，〈早期古紙的初步考察與分析〉，《廣西民族大學學報》第十五卷四期，2009 年，頁 59～63。

之說，提供確切的佐證。可推論在遠古中國即有紙的發明，東漢蔡倫以此爲基礎加以改良，遂行推廣。清代紙業發達，當時造紙廠工人多達百數十人，具備相當規模。〔註91〕

「印刷術」早在公元七、八世紀唐代就產生雕版印刷，是拓石札印章兩種方法逐步發展而合成的。到了宋代，畢昇發明膠泥活字印刷術〔註92〕，使印刷技術更進一步。元代著名科學家王禎發明轉輪排字架和轉輪排字法〔註93〕，特色是「以字就人」，在揀字排版工序上使用了簡單的機械，提升效率，是活字排版由手工向機械操作發展的一次良好的契機。〔註94〕至清代，便大量使用此種木活字排版，其中最大規模是乾隆三十八年（1773年）官刻木活字排印的《武英殿聚珍版叢書》一三八種，達二千三百多卷。然而，不論活字印刷的發展如何蓬勃，居清代主流的仍是「傳統雕版印刷」。〔註95〕

周振鶴認爲若以印刷出版史爲本位，不妨以「1815年」爲近代文獻產生的開始，因該年度出現兩件重要盛事：一、東印度公司在澳門辦理的印刷所，開始出版馬禮遜《字典》（The Dictionary of Chinese Language）的第一卷。二、麻六甲開始出版第一種漢文報刊《察世俗》，雖報刊不在中國境內出版，卻是以華人爲主要對象。〔註96〕方漢奇、戈公振、蔡杰等多數學者，亦主張近代報業，從1815年《察世俗》創刊號開始分界。〔註97〕

1842年以前，傳教士出版漢文書刊的地方凡七處，即廣州、麻六甲、巴

---

貫雲飛，〈蘊文擢采奪雪舞云──簡述中國的紙〉，《東亞文化》第六期，2002年，頁66～73。

〔註91〕 白壽彝總主編，《中國通史》（修訂本）第十卷上冊（上海：上海人民出版社，2004年），頁564。

〔註92〕 張秀民，《中國印刷史》（上海：上海人民出版社，1989年），頁664～667。

〔註93〕 張秀民，《中國印刷史》（上海：上海人民出版社，1989年），頁673～677。

〔註94〕 張秀民，《中國印刷史》（上海：上海人民出版社，1989年），頁565～568、701～708。

〔註95〕 程麗紅，《清代報人研究》（北京：社會科學文獻出版社，2008年），頁29～30。

〔註96〕 周振鶴，〈中國印刷出版史上的近代文獻述略〉，《中國典籍與文化》第七十七期，2011年，頁108～117。

〔註97〕 方漢奇，《中國新聞事業通史》第一卷（北京：中國人民大學出版社，1997年二刷），頁252。

戈公振，《中國報學史》（北京：生活、讀書、新知三聯書店），頁65。

蔡杰、時毓茗，〈淺析近代外報對中國近代報業的影響〉，《新聞傳媒》第十四期，2010年，頁4～5。

十四所高等院校《中國新聞史》組編著，《中國新聞史》（古近代部分）（北京：中央民族學院，1988年），頁12。

達維亞、新加坡、檳榔嶼、曼谷和澳門。〔註98〕新教傳教初期依馬禮遜提出「恆河外方傳道團計畫」，遣米憐和數名僱工，包括日後對洪秀全產生直接影響的刻工梁發，設立「麻六甲」印刷所。1811 年至 1833 年間，以麻六甲印刷所出版品項最多〔註99〕。麻六甲最早是使用雕版印刷，印製《察世俗》即是木版雕刻，〔註100〕同時也試驗活字排印。1827 年時，倫敦會派遣教士撒母耳・戴爾（Samuel Dyer，1804 年～1843 年），用大量時間研究和改善漢字的金屬活字，〔註101〕其創制的漢文活字，竟吸引上海道臺丁日昌的購買。甚至在 1872 年，北京政府總理各國事務衙門亦訂購兩套活字，開啓中國印刷術的新里程碑。〔註102〕

新教傳教士麥都思奉派東來，於 1821 年轉往「巴達維亞」開辦印刷廠，成爲倫敦會在南洋重要的印刷基地，也是《特選撮要》的印刷出版地，該報刊是採用木刻版竹紙印刷。而「新加坡」印刷所的設立，始於「中國益智會」（The society for the Diffusion of Useful Knowledge in China）爲出版啓迪中國人書籍的倡議，後期《東西洋考》便是在新加坡印刷出版。〔註103〕

傳教士們爲能迅速、普及、廣泛地傳揚福音，在印刷技術與紙質選用上精益求精，逐步改良，以提升宗教宣傳品的生產。客觀上促進機器印刷與裝訂方式的進步與變革，引進西方出版印刷的管理制度，且不自覺地爲中國培養掌握最新印刷技術的出版人才，爲近代中國思想覺醒奠定物質技術基礎。

# 四、小　結

傳教士所辦報刊是一種異質、西方文化形式輸入的大眾媒體，建構起中西文化交流的新媒介，雖然創始前期具中國報刊的形式外貌，但內涵精神卻仍保有西方報刊的理路。

---

〔註98〕熊月之，《西學東漸與晚清社會（修訂版）》（北京：中國人民出版社，2011年），頁 73。
〔註99〕熊月之，《西學東漸與晚清社會（修訂版）》（北京：中國人民出版社，2011年），頁 74。
〔註100〕張秀民著，韓琦增訂，《中國印刷史：插圖珍藏增訂版》（杭州：浙江出版社，2006 年），頁 700。
〔註101〕葉再生，《中國近代現代出版通史》（北京：華文出版社，2002 年），頁 93～94。
〔註102〕蘇精，〈基督教傳教士與中文活字印刷〉，《圖書與資訊學刊》第二十二期，1997年，頁 1～9。
〔註103〕葉再生，《中國近代現代出版通史》（北京：華文出版社，2002 年），頁 95。

在傳教士報刊中潛藏的「近代報刊概念」、「新聞意識」、「採編方式轉變」和「報業經營模式」等，為中國報業發展提供殷鑑，帶來多元的可能，擴大讀者群，形成一股新的文仕氛圍，直接促成報人、小說作家的興起，將報刊推展成「大眾化」平臺，與向封建專制社會抗爭的最佳工具。

又為使福音宣傳品能更廉價、便利、迅速地傳遞普天之下，傳教士們在印刷工藝上力求革新，自西方引進新型印刷設備，本是中國發明的技術後經西方改良，迂迴傳入，從木板雕刻演進到活字印刷技術，在不斷複製、使用、推廣中，推動報業及出版事業的進程。

# 第三節　對近代中國文壇之影響

晚清中國是一個紛亂轉型的時代。清王朝瓦解，國內處於硝煙彌漫，各種衝突矛盾中，外有西方資本主義、帝國主義大舉侵入。內外交織的環境變化，驅使中國進入李鴻章所謂的「三千年未有之變局」〔註104〕。而文學是社會意識和整體文化的重要成分，文壇理所當然反映出時代的變遷。作為近現代首批遠渡重洋來到中國的基督新教傳教士，不但帶來福音的訊息，亦對近現代文學變革產生重要影響。

袁進認為：「中國文學的近代變革，首先是由西方傳教士推動的，他們的活動是五四新文學的源頭之一。」〔註105〕當五四新文學運動大力鼓吹、報刊覺世、文學救國、提倡使用新名詞、文言合一，或是白話文學應為文學正宗等時；傳教士報刊早已為文言轉向白話提供實驗場域，文言一致、歐化新名詞，和報刊教化的目標，也貫穿在傳教士的創作實踐中。

## 一、報刊教化到小說界革命

中國小說的發展深具歷史，但與其他文體相較，數量並不出眾，到了晚清，卻有急劇、突破性成長。晚清將小說作為革新時弊、開啓民智、振興國力、改革論說的工具。這樣帶功利色彩、工具主義的手法，可以上推1895年六月，傳教士傅蘭雅（John Fryer，1839年～1928年）在《萬國公報》登出的

---

〔註104〕張灝，〈晚清思想發展試論：幾個基本論點的提出與檢討〉，《中央研究院近代史研究所集刊》第七卷，1978年，頁475～484。
〔註105〕袁進，《中國文學的近代變革》（桂林：廣西師範大學出版社，2006年），頁91。

〈求著時新小說〉啟事，向社會徵集揭露吸鴉片、裹小腳等的小說：〔註 106〕

> 竊以感動人心，變易風俗，推行廣速，傳之不久，輒能家喻戶曉，
> 習氣遂爲之一變。今中國積弊最重大者計有三端：一鴉片、一時文、
> 一纏足，若不設法更改，終非富強之兆。茲欲請中華人士願本國興
> 盛者撰著新趣小說，合顯此三事之大害……〔註 107〕

最後傅氏所徵小說雖然沒有一篇符合傅氏要求，「或立意偏畸，述烟弊
太重，說文弊過輕，成演案稀奇事，多不近情理。」〔註 108〕未付梓印行。
但在士子學人中產生影響，無形間提升小說在知識階層的功用，從梁啟超提
倡的「新小說」中可窺見一二。〔註 109〕梁氏不僅將政治言談帶進小說，擴
大小說範疇，「在昔歐洲各國變革之始，其魁儒碩學，仁人志士，往往以其
身之所經歷，及胸中所懷政治之議論，一寄之於小說」〔註 110〕，更繼承道
德功利觀點，提出盼能藉著「小說」，傳播新民、冒險犯難精神、開導中國
文明等社會政治思想〔註 111〕，針砭當代中國官場陋習、鴉片毒害、科舉等
殘害，達到國人積極振作，大刀闊斧改革的目的：

> 今宜專用俚語，廣著群書：上之可以借闡聖教，下之可以雜述史事，
> 近之可以激發國恥，遠之可以旁及彝情，乃至宦途醜態，試場惡趣，

〔註 106〕王爾敏，《近代文化生態及其變遷》（南昌：百花洲文藝，2002 年），頁 198
～200。
〔美〕韓南（Patrick Hanan）著，徐俠譯，《中國近代小說的興起》（上海：
上海教育出版社，2010 年），頁 128～147。

〔註 107〕傅蘭雅，〈時新小說出案〉。收錄於林樂知（Young John Allen）主編，《萬國
公報》（臺北市：華文出版，1968 年）第七十七期，頁 15310。
同篇徵稿文亦刊登在《申報》1895 年（光緒二十一年）5 月 25、28、30 日和
6 月 4、8 日上。

〔註 108〕傅蘭雅，〈時新小說出案〉。收錄於林樂知（Young John Allen）主編，《萬國
公報》（臺北市：華文出版，1968 年），第八十六期，頁 15926～15927。

〔註 109〕梁啟超討論到關於小說改革社會的相關文字，其實篇幅不多，共九種：《變法
通議》〈論幼學〉中論「說部書」的一段文字（1896 年提出）；〈蒙學報、演
義報合敍〉；〈譯印政治小說序〉；《飲冰室自由書》〈傳播文明三利器〉；〈論小
說與群治之關係〉；《新中國未來記》〈緒言〉；〈新小說第一號〉（刊於《新民
叢報》）；〈中國唯一之文學報——新小說〉（刊於《新民叢報》）；〈告小說家〉。
詳參陳俊啟，〈重估梁啟超小說觀及其在小說史上的意義〉，《漢學研究》第二
十卷，第一期，2002 年，頁 309～338。

〔註 110〕梁啟超，〈譯印政治小說序〉。收錄於郭紹虞、王文生編，《中國歷代文選論》
（上海：上海古籍出版社，2001 年）第四集，頁 205～206。

〔註 111〕陳俊啟，〈重估梁啟超小說觀及其在小說史上的意義〉，《漢學研究》第二十卷，
第一期，2002 年，頁 309～338。

鴉片頑癖，纏足虐刑，皆可窮極異形，振厲末俗。其爲補益，豈有
量耶！〔註 112〕

　　雖然更早的明清小說在遣興娛心的價值之外，也留心教化倫理，但終未
成爲知識分子或上流菁英階層的共識。直到與晚清時代背景結合，小說才反
映和體現時代主題意義〔註 113〕，打破習慣聖賢傳經的中國文化認定。阿英
的《晚清小說史》也清楚指出晚清小說具有：一、充分反映政治社會情況；
二、作家以小說爲武器，抨擊社會惡象；三、利用小說形式，從事新思想的
灌輸等特徵。〔註 114〕

　　再仔細深入推敲，在梁啓超、傅蘭雅以前，將「小說」用以「經世致用」、
「士對平民布道，與清代白話文運動啓蒙百姓的宗旨很相近〔註 115〕。早期
傳教士辦報最重要的使命是傳教，在報刊前〈序〉中，明白指出其目的在「布
道教化」：勸善懲惡」和「啓蒙教化」，可以追溯到馬禮遜、米憐、麥都思、
郭實獵一代，傳教

　　　《察世俗》：「因此察世俗書之每篇必不可長、也必不可難明白。蓋
　　　甚奧之書不能有多用處。因能明甚奧理者、少故也。容易讀之書者、
　　　若傳正道、則世間多有用處。淺識者可以明白、愚者可以成得智、
　　　惡者可以改就善、善者可以進諸德、皆可也。」〔註 116〕

　　　《特選撮要》：「……可復送於人看、且弟勸君等細看此各書、察其
　　　道理、免老兄費了許多心血作文、而留（流）傳無用也……亦欲利
　　　及後世也、又欲使人有所感發其善心、而過去其人欲也……」〔註 117〕

　　　《東西洋考》：「……只恐以世事之傳、不齊心推德、以事務爲綦重、
　　　則勗勖多講善言、教人以天之教、守志樂道也。……」〔註 118〕

　　在〈序〉之外，報刊內容收納許多基督福音融合教化啓蒙的篇章，勸戒
世人要遠離各種罪惡、慾望，如：《察世俗·七惡》〔註 119〕、《察世俗·碎錦》

〔註 112〕梁啓超，〈變法通議·論幼學〉，收錄於沈雲龍主編，《近代中國史料叢刊》（臺
　　　　北：文海，1966 年）三編第三十三輯，頁 1174。
〔註 113〕段懷清，《傳教士與晚清口岸文人》（廣州：廣東人民出版社，2007 年），頁 299。
〔註 114〕阿英，《晚清小說史》（臺北：臺灣商務印書館，1996 年），頁 253。
〔註 115〕袁進，《中國文學的近代變革》（桂林：廣西師範大學出版社，2006 年），頁 90。
〔註 116〕《察世俗·序》第一卷，頁 2。
〔註 117〕《特選撮要·序》第一卷。
〔註 118〕《東西洋考·序》丁酉年正月，頁 191。
〔註 119〕《察世俗·七惡》第三卷，頁 108。

〔註120〕、《察世俗・論仁》〔註121〕、《察世俗・貪之害說》〔註122〕、《察世俗・忙速求富貴之害論》〔註123〕、《東西洋考・金銀論》〔註124〕。闡述待人處事應有之態度，如：《察世俗・成事之計》〔註125〕、《察世俗・勸世文》〔註126〕、《察世俗・相勸之道》〔註127〕、《特選撮要・不可性急》〔註128〕等。而《東西洋考》啓蒙教化重點，落在介紹西方社會制度、經濟貿易、科學器物等；如：《東西洋考・新聞紙略論》〔註129〕、《東西洋考・火蒸車》〔註130〕、《東西洋考・本草木》〔註131〕、《東西洋考・公班衙》〔註132〕等。

　　報刊編纂者有意識地著述報刊或小說，將教義福音和倫理人道鎔鑄其間，利用報刊的普遍適眾性，規戒清代社會不良積習，匡正社會風俗，提供科學天文知識，世界地理情況等，報刊和小說工具性，實際應用層面被放大彰顯。強調作品要淺易好懂，邀請更多閱觀者的進入，透過通俗的報刊媒介，承載神聖的教義福音，某種程度來說，提升報刊的價值和功能，操縱小說與大環境相互作用的微妙關係。

　　然而，學者對晚清小說的負面評價，多半包括：因爲出於功利改革的實用目的，導致小說本身文學性的減弱；以及人物粗糙，思想深度有限，缺乏人性複雜多面地刻畫。〔註133〕以上通病，正好也是傳教士報刊篇章的缺陷。究其原因，除傳教士漢語高低不同，文學才調深淺迴異外，報刊編纂者將重

〔註120〕《察世俗・碎錦》第三卷，頁 116。
〔註121〕《察世俗・論仁》第三卷，頁 68。
〔註122〕《察世俗・貪之害說》第五卷，頁 58。
〔註123〕《察世俗・忙速求富貴之害論》第五卷，頁 59。
〔註124〕《東西洋考・金銀論》甲午年三月，頁 102。
〔註125〕《察世俗・成事之計》第一卷，頁 17。
〔註126〕《察世俗・勸世文》第六卷，頁 10。
〔註127〕《察世俗・相勸之道》第六卷，頁 32。
〔註128〕《特選撮要・不可性急》第二卷。
〔註129〕《東西洋考・新聞紙略論》癸巳年十二月，頁 66。
〔註130〕《東西洋考・火蒸車》乙未年六月，頁 185。
〔註131〕《東西洋考・本草木》丁酉年二月，頁 206。
〔註132〕《東西洋考・公班衙》戊戌年九月，頁 418。
〔註133〕阿英，《晚清小說史》（臺北：臺灣商務印書館，1996 年），頁 8。
　　　　蔣蒙，《晚清小說》（臺北：萬卷樓，1993 年），頁 133～139。
　　　　劉明坤，武和興，〈辭氣浮露筆無藏鋒——簡論中國近代譴責小說的弊端〉，《雲南民族大學學報》第二十五卷，第四期，2008 年，頁 124～127。
　　　　湯景泰，〈晚清啓蒙思想的傳播困境與小說的興起〉，《社會科學輯刊》第一期（總一六八期），2007 年，頁 211～215。

心全力放在所欲暢談的基督福音、人倫道理或西方觀念知識上，無力顧及文學藝術性。

　　總的說來，傳教士自中國小說普及、通俗的功能中獲得宣教啓示，逆向又對晚清小說界革命發揮影響，提供將小說型型成符合己用目標的經驗引渡。這與小說界革命的「覺世新民」、「傳世傳道」工具性目的是延續一致的〔註 134〕，缺點弊病也具類似性。此影響結果，顯示出跨文化、文學間的交流互動，是複雜、有機、交互、多面向、共通的，並非單純單向的輸入輸出，或刺激反應。〔註 135〕

## 二、五四文學革命白話文運動

　　胡適曾有感而發：

> 這五百年之中，流行最廣、勢力最大、影響最深的書，並不是『四書、五經』，也不是性理的語錄，乃是那幾部『言之無文行之最遠』的《水滸》、《三國》、《西遊》、《紅樓》。……所以這幾百年來，白話的知識與技術都傳播的很遠，超所平常所謂「官話疆域」之外。……中國國語的寫定與傳播兩方面的大功臣，我們不能不公推這幾部偉大的白話小說了。〔註 136〕

　　1807 年基督新教傳教士馬禮遜爲傳播福音的緣故，踏上中國領土，面對異質文化環境與禁教鎖國政策，文字傳教策略，成爲一條有效可行的道路。且當傳教目標無法自高層知識文人切入，清代傳教士開始將力量集中在士大夫以外，特別是社會的一般百姓身上。又爲服膺基督博愛平等的精神，除關照仕紳知識分子，亦兼顧文化水平低下的民眾，使讀者觀念極強的傳教士，在面臨中國文學求雅避俗和文言代表正統的觀念兩難下；有別於明清羅馬天主教教士偏愛使用文言文譯經著述，選擇「通俗」的方向，顧及無法閱讀文言的群眾，採取淺近文言，言文合一，類似口語的舊式白話〔註 137〕。

---

〔註 134〕陳平原，夏曉虹編，《二十世紀中國小說理論資料》（北京：北京大學出版社，1997 年），第一卷，頁 6。

〔註 135〕段懷清，《傳教士與晚清口岸文人》（廣州：廣東人民出版社，2007 年），頁 238～239。

〔註 136〕胡適，〈五十年來中國之文學〉，《胡適學術文集》（北京：中華書局，1993 年），頁 148。

〔註 137〕瞿秋白認爲「舊式白話」即明清小說式的白話，凡複雜議論或景物描寫，都

　　誠如本論文第二章所述，根據倫敦會的指示，翻譯《聖經》是馬禮遜所從事重要工作之一。馬禮遜在翻譯《聖經》時堅持使用淺白文字〔註 138〕，在與米憐創辦《察世俗》時也表現出對白話文的追求，使用一種接近口語，駁雜文言和外來語法的書面語。鍾情中國小說的郭實獵，據偉烈亞力（Alexander Wylie）《Memorials of Protestant missionaries to the Chinese : Giving a list of their publications and obituary notices of the deceased》一書（中譯《1867 年以前來華基督教傳教士列傳及著作目錄》）〔註 139〕，歸入郭氏名下的中文著作約六十一種，其中三分之一是小說，且多是白話小說。姚達兌指出馬禮遜、米憐等人譯經寫作使用的語言介乎文白之間，屬「淺文理」，其文字傾向模仿《三國演義》、《水滸傳》等通俗小說，但句式和詞語含西化色彩。〔註 140〕

　　在《察世俗》、《特選撮要》和《東西洋考》報刊中所用的文字，同為淺近文言文；貼近口語，句法不重視對仗或用典，多短語和單句組成，暗含英文語法邏輯，文章格式自由靈活。透過一系列報刊，間接地無形中促進漢語的通俗化，竭力使書面語言和口頭語言合流。傳教士們或許基於對異質文化語言的敏銳，或不同語言系統學習後的感想，已看到中國小說在民間感染的力量，決意借鑑中國白話小說；汲取當中語言範式，不僅通俗生動利於讀者閱讀，更便於漢語非第一母語的傳教士掌握運用。

　　爾後，傳教士以淺近文言，更類似於白話口語的書寫範式，並嘗試運用生動通俗的白話小說包裝福音教義，便成為清代新教落實文字事工，心照不宣的默契，是清代早期新教傳教士的一致共識，及自成一家傳播基督之道的方式。

　　雖然早期傳教士辦報，未能使中國人振聾發聵，引起廣泛影響，或實質性掀起語言文字改革，甚至連福音使命都成果慘淡；但無疑留下使用白話文

　　　　夾雜文言，凡事可用文言成語節省篇幅的地方，也一定用文言，這是明清白話小說的語言特點。詳參：瞿秋白，《瞿秋白文集》第三卷（北京：人民文學出版社，1985 年），頁 643、683。

〔註 138〕陳建明，《激揚文字、廣播福音——近代基督教在華文字事工》（臺北市：基督教宇宙光全人關懷機構，2006 年），頁 207。

〔註 139〕Alexander Wylie, Memorials of Protestant missionaries to the Chinese : Giving a list of their publications and obituary notices of the deceased, with copious indexes（Shanghae: American Presbyterian Mission Press, 1867），pp.54-63.

〔註 140〕　姚達兌，〈聖經與白話——聖經翻譯、傳教士小說與一種現代白話的萌蘖〉。收錄於梁工主編，《聖經文學研究》第七輯，2013 年，頁 95～124。

先河的痕跡，與清末白話文運動、五四白話文運動目標，不謀而合。《察世俗》、《特選撮要》和《東西洋考》因報刊形式，每篇文章篇幅短小，語言講求精練淺簡，講求適用與實用性；使用新式標點符號：逗號、句號、分號與專名號等，已出現在報刊中；或多或少影響五四時期所推行的新式標點符號。

　　論述到五四新文化運動文學革命，最重大的成果便是「白話文運動」。胡適《白話文學史》界定所謂的「白話」是指：一、戲臺上說白的「白」；二、清白的「白」，就是不加粉飾的話；三、明白的「白」，就是明白曉暢的話。〔註 141〕認爲中國古代就有的白話詩、詞、小說或戲曲，是近代文學革命的種子。而新文學誕生於五四時期，由五四時期作家以現代漢語完成的新型文學作品，是在白話文自然演進的路程上，人爲有意地增添一筆，縮短演進時間及擴大革命成效。〔註 142〕

　　袁進〔註 143〕大膽地推翻過去文學史沿襲胡適的說法，認爲新文學的白話並非受到古白話，而是「歐化的白話」〔註 144〕的影響；且歐化白話文到五四時期，至少存在半個多世紀，「馬禮遜創辦《察世俗每月統記傳》和郭實獵創辦《東西洋考每月統記傳》就應當進入我們的研究視野。後來傳教士歐化白話文正是從他們發端的。」〔註 145〕李丹、張秀寧主張中國白話文學來源包括：一、民間口語；二、胡適所梳理的白話文學史流派；三、清代傳教士或翻譯《聖經》或發行報刊或白話小說。傳教士這種西文語法和中文敘事的寫作模式，是 1917 白話文學的遙遠先聲。〔註 146〕宋莉華亦認爲傳教士進行的白話實驗，可視爲「五四白話文運動的先導」。〔註 147〕

---

〔註 141〕胡適，《白話文學史》（臺北市：五南圖書，2013 年），頁 12。

〔註 142〕胡適，《白話文學史》（臺北市：五南圖書，2013 年），頁 1～21。

〔註 143〕袁進，〈重新審視歐化白話文的起源——試論近代西方傳教士對中國文學的影響——試論近代西方傳教士對中國文學的影響〉，《文學評論》第一期，2007 年，頁 123～128。
　　　　袁進，〈近代西方傳教士對白話文的影響〉，《二十一世紀雙月刊》第九十八期，2006 年，頁 77～86。

〔註 144〕「歐化白話文」概念出於：袁進，《中國文學的近代變革》（桂林：廣西師範大學出版社，2006 年），頁 69～96。

〔註 145〕袁進，〈近代西方傳教士對白話文的影響〉，《二十一世紀》第九十八期，2006 年，頁 77～86。

〔註 146〕李丹、張秀寧，〈作爲現代白話文學源頭之一的基督教東傳〉，《溫州大學學報》第二十一卷，第三期，2008 年，頁 42～47。

〔註 147〕宋莉華，〈附錄二　十九世紀西人小說中的白話實驗〉，《傳教士漢文小說研究》

　　總而言之，不論是「歐化的白話」或是「淺文理」，清代早期新教傳教士來華不久，便體認「白話」的發展性與影響力，爲能有效地宣揚宗教，極具遠見地加以利用、改良，模仿起胡適筆下「言之無文行之最遠」的白話小說語文，確實爲中國文言文與白話文間，提供過渡性與實驗性的素材。

## 三、報章體與西語系統

　　《察世俗》、《特選撮要》與《東西洋考》報刊初期，都以中國線裝書和中國式行文語句爲範本。過程中礙於傳教士語言限制，多雇請中國讀書識字者協助潤稿，「有幾位傳教士帶著有用的土著漢文導師或工作助手」〔註148〕，而此類文人打手多半是科舉失意，或家鄉災荒，爲了營生餬口，不得不協助「西夷」譯寫或潤飾工作，以謀取生活。〔註149〕在當時傳統觀念中，受雇於傳教士，是很失光彩的事，保守之士認爲有玷清操；衛道人士，醜詆評論，文人們所面對的眼光與壓力可想而知，應可合理推測，當時協助傳教士修飾文章，或代筆潤稿的中國讀書人，多爲隱姓埋名，甚至刻意隱形，不願張揚。

　　然而，長期沉浸在中國傳統教育體制下的幫手，作文不免以典雅優美的文言書面語爲圭臬，西方傳教士卻嚮往通俗淺白的用語爲最佳呈現。就在中西文體主張典雅與通俗，一來一往間，修正改進，形成一種淺近文言，後來滲透進中國近代「報章體」（或稱「新文體」）中〔註150〕。

　　所謂「報章體」、「時務文體」或「新文體」，是指中國近代一種報紙文體的稱呼。通常指報刊的政論文體，有時也泛指報紙上各種文字體裁。首先做出重要貢獻的中國學者是王韜，有意識地用「報館之文」來改造「文集之文」。在維新運動前後，經梁啓超進一步改革，打破文言舊格局，特點越趨明顯，逐被認定爲一種新興文體。〔註151〕梁啓超曾對此類文體有清楚的說

---

　　　　　（上海：上海古籍出版社，2008 年），頁 234、247。

〔註148〕熊月之主編，《上海通史——晚清文化》（上海：上海人民出版社，1999 年），頁 122。

〔註149〕文人爲傳教士寫手或協助譯經者，王韜爲一明顯例證。因王韜爲清代較後期人物，清廷面對西人叩關，已無招架之力，社會風氣發生變化，且王韜受雇傳教士相關證據資料較多。詳參：游秀雲，《王韜小說三書研究》（臺北：秀威資訊，2006 年）第二章。

〔註150〕袁進，《中國文學的近代變革》（桂林：廣西師範大學出版社，2006 年），頁 79。

〔註151〕楊崗、欒建民，《圖書報紙期刊編印發業務辭典》（北京：中國經濟出版社，1990 年），頁 67。

明：「務爲平易暢達，時雜以俚語韻語以及外國語法，縱筆所至不檢束，學者競效之，號新文體」。〔註152〕

也就是說，傳教士報刊所樹立的報刊語言典型，影響往後清代報業媒體人，創造出一種適應當時社會語境，重視說理，語言平易，文鋒犀利，使用歐化語句，針砭社會的評論性文章。

其次，《東西洋考》自癸巳年（1833年）八月起，篇首置〈論〉，各具主題。癸巳年八月〈論〉〔註153〕和九月〈論〉〔註154〕先說辦報立場，企望將西方事物帶進中國人眼目，進而平等地對待外國人。接下來兩篇宗旨分別是：勸君子執守正道和強調賭博是萬惡之根。癸巳年十二月內文名稱改爲〈敘話〉〔註155〕，但封面目錄刊登〈論敘話〉；以不同方式說明報刊內容。甲午年（1834年）二月有〈第一論〉、〈第二論〉〔註156〕闡述基督教義；乙未年（1835年）五月〈論歐邏巴事情〉〔註157〕、丁酉（1837年）九月〈論管子之書〉〔註158〕和戊戌年（1838年）八月〈論詩〉〔註159〕可看成廣義的〈論〉，就各自主題抒發評論。其中也有部分篇章標題未列〈論〉，但刊登篇首論之欄位，內容一樣是針對主題說明編纂者意見或看法。後面幾期可能受限於版面字數，改以書信體裁連載叔姪間討論西方國家情形、刑罰制度等。《東西洋考》上就特定事件或主題，發表編纂者言論、見解或意向，與現代報刊「社論」或是近代報刊「時評」的精神不謀而合。

傳教士報刊不僅在報刊文體上提供參考，並且開創一套中國人未曾聽聞的新詞彙話語。爲使福音能順利貼近中國人，傳教士在報刊中介紹西學新知吸引中國人目光，帶進許多新詞彙，涵蓋天文、地理、政治、經濟、文化等

方漢奇主編，《中國新聞事業通史》第一卷（北京：中國人民大學出版社，1997年第二刷），頁558。

譚嗣同曾於《時務報》第二十九、三十冊（清光緒二十三年五月十一、二十一日）發表〈報章總宇宙之文說〉（〈報章文體說〉）一篇，認爲「厥惟報章，則其體裁之博碩，綱領之匯萃，斷可識已」。

〔註152〕梁啓超，《清代學術概論》（天津市：天津古籍出版社，2003年），頁77。
〔註153〕《東西洋考·論》癸巳年八月，頁23。
〔註154〕《東西洋考·論》癸巳年九月，頁33。
〔註155〕《東西洋考·敘話》癸巳年十二月，頁63。
〔註156〕《東西洋考·第一論》甲午年二月，頁85。
　　　　《東西洋考·第二論》甲午年二月，頁86。
〔註157〕《東西洋考·論歐邏巴事情》乙未年五月，頁171。
〔註158〕《東西洋考·論管子之書》丁酉年九月，頁271。
〔註159〕《東西洋考·論詩》戊戌年八月，頁401。

各層面。

天文科學方面，如：《察世俗・天球說》〔註 160〕中各類星宿名稱和《察世俗・烽舟論》〔註 161〕、《東西洋考・孟買用炊氣船》〔註 162〕、《東西洋考・火蒸車》〔註163〕、《東西洋考・水內匠籠圖說》〔註 164〕等火車、潛水衣等新名詞。

人文社會方面，如：《察世俗・法蘭西國作變復平畧傳》〔註 165〕，首次介紹法國大革命，其中對法國之譯音「法蘭西」沿用至今。《東西洋考・經書》〔註 166〕提及文藝復興一詞，並介紹多位希囉多都（西羅多德 Ἱστορίαι）、亞哩士多帝利（亞里士多德 Ἀριστοτέλης）等希臘時代有名人物。《東西洋考・批判士》〔註 167〕表明西方陪審員制度。《東西洋考・貿易》〔註 168〕介紹「保舉之會」，即保險公司，可以擔保船隻物件，若物品損失可還物價值。《東西洋考・公班衙》〔註 169〕完整地說明股份制公司的組織運作、經營管理和貿易資金等系統。

此類挾帶大量歐化色彩的詞彙，表面上創造許多西語中用的詞彙，符號譯碼的背後，實質隱藏一連串新制度、新觀念和新思維的「文化」脈絡。一方面提供封建中國認識世界的可能，刺激前進的警醒，卻也威脅統治者的權力架構，衝擊中國傳統價值觀。

## 四、小　結

《察世俗》、《特選撮要》到《東西洋考》，在充滿變動，中西文化交融的背景下創刊，自有其獨特時代任務與旨趣。肇端模仿中國書籍語言樣式，在交流過程中，相互啓發，彼此諭示，對文學產生的變革不僅是從內在觀念到外在形態，乃至文學特質、文學作用、語言工具和傳播媒體都存在連續性前後關係與文化融通的陳跡。

〔註 160〕《察世俗・天球說》第五卷，頁 72～78。
〔註 161〕《察世俗・烽舟論》第六卷，頁 74。
〔註 162〕《東西洋考・孟買用炊氣船》癸巳年十月，頁 48。
〔註 163〕《東西洋考・火蒸車》乙未年六月，頁 185。
〔註 164〕《東西洋考・水內匠籠圖說》丁酉年六月，頁 244。
〔註 165〕《察世俗・法蘭西國作變復平畧傳》第六卷，頁 36。
〔註 166〕《東西洋考・經書》丁酉年二月，頁 204。
〔註 167〕《東西洋考・批判士》戊戌年八月，頁 406。
〔註 168〕《東西洋考・貿易》戊戌年八月，頁 407。
〔註 169〕《東西洋考・公班衙》戊戌年九月，頁 418。

# 第七章　結　論

## 一、研究總結

　　本論文以清代傳教士早期所編纂的漢文報刊《察世俗每月統記傳》、《特選撮要每月紀傳》和《東西洋考每月統記傳》為研究對象，就文本內容進行細讀分析。

　　在曩昔成果啟發下，綰合清代三份傳教士早期報刊，試圖爬梳報刊所呈現的時代脈絡與社會情況，和報刊與中國經典文學間彼此互涉影響的關係，以及傳教士面對異質文化與宗教信仰差異衝擊後，所展示出的書寫策略。

　　雖然過去長久以來，傳教士報刊受到宗教與文學研究領域忽略，定位未明，但整體而言，報刊文本不僅具有獨特性且蘊含文學價值，並對中國近代文壇、報業等產生影響。茲就研究結論，分述如次：

### （一）文學價值

#### 1、形式上轉化運用中國經典書寫範式

　　傳教士創刊之初，礙於清政府禁教政令和中國人對洋夷運用漢語傳道的不信任，遂產生文字事工的想法，又因清代對宗教出版的限制，只得將傳教印刷事業從廣州移至麻六甲，促成早期漢語報刊的出版。

　　報刊首發，為吸引中國讀者，喚起熟悉感，減少中西隔閡，便參考轉化中國書籍，作為報刊的外觀樣式與書寫框架。首先，傳教士採用線裝書的裝訂形態，又三份報刊封面，共刊印二十七句中國式格言，經考證比對，發現援引自《論語》、《孟子》、《四書五經》、《太平御覽》、先賢治家祖訓楹聯和民

間善書。

其次，從報刊〈序〉到篇章內容所穿插的中國經典或儒家語錄，不勝枚舉。至於報刊內文範式，多套用中國語錄體裁、書信體裁和接受度甚高的章回小說形式，連中國歷來詩詞歌賦的文學傳統，在傳教士報刊中亦不乏收錄刊載，分為摘錄中國詩歌和傳教士原創詩歌兩部分：《察世俗》共刊登十四首原創詩歌，《東西洋考》共刊登十五首原創詩歌，與十二首摘錄自中國詩歌的作品，呈現中國古典書籍的形式樣貌。

傳教士透過中國式的書寫載體，承載基督福音，利用中國哲人話語增強說服力，運用中國傳統文學體裁包裝新觀念，在報刊行文與編纂安排間，足見傳教士投注的苦心、努力以及面對他種文化環境所實行的柔性策略，形成頗具時代性的文學陳跡。

### 2、內容上承衍化新中國經典蘊含意旨

傳教士發現儒家思想與經典教義，是深植並支配中國人心中的道德價值判斷的準繩，而歷代中國文學作品，是中國人內在意識的文化資產，便以此為工具，承衍儒學觀點，刊載中國文學作品，或印證、或拆解、或深化、或駁斥、或重新詮釋，化新為所欲論述傳揚的知識或教義。又為使報刊增加可讀性，在編纂報刊的時穿插短文故事，包裝道理教義，其中部分與中國民間故事或古代神話雷同。

在傳教士主觀詮釋與文本相互仿效間，透露出傳教士與經典交談、辯論的痕跡，並開啟文本與讀者對話的空間，為閱報人製造一連串接收、抗拒、妥協、重組和轉化的閱報過程，進一步填補西方價值觀或基督福音教義於中國固有的文化體系和集體意識中。

傳教士運用既有的西方知識和宗教信仰觀念，融合在中國經典作品、儒家思想中，體現四層意義：一是呈現出傳教士所閱讀、理解的中國思想；二為中西文化連結、比附提供印證；三為傳教士對中國文學、文化的評斷；最後是傳教士努力將基督福音譯介進中國文化架構中。契合中國「文以載道」傳統，文學展示的背後帶有文化目的性與意旨。

### 3、歐化白話文成為日後語言發展過渡橋樑

傳教士因其自身漢語能力以及考量廣大中國民眾的識字程度，決意採用較淺近的文言，貼近口語，夾雜歐化語句或詞彙，建構出一種「歐化白話文」。無意間負起文言文與白話文過渡的橋樑，間接促進漢語的通俗化和言文合一

的趨勢。

另外，傳教士慣用的「歐化白話文」，和中國助手自小所受傳統古典教育薰陶下的「書面文言」，在彼此討論潤稿的過程，文言與白話相互牽制消長、融合修正，滲透進近代「報章體」，啓發早期報業知識分子如：王韜的寫作觀念，影響近代報刊上的文體發展。

### 4、反映清代社會、宗教、教育等情況

《察世俗》、《特選撮要》與《東西洋考》不僅傳遞西方知識和基督福音，同時在報刊中反映清代當時各方面的情況。《察世俗・好友走過六省寄來書》即敘述作者走過中國六個省分所見所聞，特別是對中國民間宗教信仰，不認識眞神而抒發感嘆。至《東西洋考》，因報刊所收錄欄目較爲豐富，加上郭實獵比前期傳教士有更多機會走進中國各地，更能具體反映清代社會背景與氛圍。

據《東西洋考》描述：就政治體制來說，清朝仍實行君主集權，百姓不曾想像西方民主及議會代議制度，甚至舉英吉利王命人探視監獄情況，改進監獄陋規的例子。就社會情況來說，清代重男輕女觀念非常普遍，常有溺嬰、纏足惡習，且吸食鴉片、賭博情況等是嚴重的社會問題。就教育情況來說，女生受教情況受到限制，學校教育也只注重研讀經書和作文寫字，與西方相比，缺乏其他多樣性科目。就科學知識來說，中國醫學停留在對人體器官的想像和依憑經驗傳承的診斷，所使用的器具也較西方落後，對天文、物理等科學知識不足。就經濟貿易來說，描寫大部分中國人持抗拒心態，認爲貿易船隻會載走中國佳物，屆時百姓將匱乏不足且白銀輸出對中國大爲不利。

傳教士書寫固然受到神學或宗教思想影響，很容易將期望或偏見投射在文本中，但不可諱言，仍然具一定的客觀與理性，其作品反映部分西方人眼中的清代情況，提供不同角度對清代社會觀察的紀錄，以及傳教士所處的氛圍與心態，不失爲參考資料。

### 5、邊緣走向中心的書寫形態

傳教士置身中國領土，所欲傳揚的對象爲中國人，加上迥異的身分標誌，其挾帶的語言、文化、宗教信仰、西方價值體系等處於相對弱勢，出版發行受到限制，在社會文化場域受到猜疑，成爲被排拒的他者蠻夷。於是傳教士努力學習漢語，在中國式書寫範式下，策略性地尋找切入點，抒發異質聲音，擺脫中國中心主義論述，扭轉中國對西方的刻板印象與誤解。

　　隨著清代局勢的變化以及傳教經驗的累積，自《察世俗》到《東西洋考》，報刊中傳教士自身觀點的展現，篇幅逐漸提高，範疇由宗教信仰擴張到經濟貿易。透過文本虛擬人物之口，技巧地不斷向中國讀者發聲，引導閱報人思維向度，隱身在文本背後的撰述者，由邊緣漸進中心，掌控報刊文本中的發言霸權與象徵資本，現實世界中的邊緣身分，在報刊文本中卻擁有中心支配的權力。

### 6、報刊試圖建立基督教為新文化秩序標準

　　審視三部清代傳教士早期漢文報刊，發現傳教士透過中國原有的經典、格言、價值觀與傳統思維，模仿鎔鑄、轉化運用，重新解構與詮釋，將文本過渡到另一層意義，大量滲透西方意識與基督教義。

　　經由報刊欄位與內容，不斷重複言說，向中國讀者輸入西方基督為中心的價值觀，對中國的民間信仰、偶像崇拜或他族的多神尊奉大肆批評，對南洋諸國「蠻夷」文化充滿非議。原本希冀中國能平等對待西方「蠻夷」，自身卻落入華夷二分的思維陷阱。

　　報刊藉由中西文化比較，暗喻唯有救主耶穌的救贖，人才能獲得永生的盼望，唯有認識並奉行基督教義的西方，才是真正文明的國度。在論述過程，不自覺以宗教為準則，企圖塑造以「基督教」為衡量世界的判斷標準，逐漸模糊世俗與宗教間的分別，重新建立一套具傳教士意識的新文化秩序。

### （二）報刊對近代中國文學之影響

　　綜觀中國文學整體流變，晚清一代毫無疑問是以「小說」為其代表。在當時歷史背景推波助瀾下，使小說從被輕視的地位，提升成救國救民的利器，翻轉為文類史中不可或缺的一部分。

　　從五四新文學運動胡適提出的〈文學改良芻議〉、梁啟超提倡的新小說，將國家、道德、民心、社會與文學完全連鎖在一起，到晚清一系列諷刺譴責小說等。小說被視為改革社會的工具，此觀點可推溯至傅蘭雅《萬國公報》上的啟事。再仔細推敲，始自馬禮遜、麥都思、郭實獵等，便開始利用小說或報刊佈道傳教，施行教化，甚至在報刊中評議清代不良風俗。

　　另一方面，出於功利實用目的，賦予小說經世濟民的責任，削弱小說的文學性，導致小說人物塑造比較粗糙，內容較缺乏藝術加工，著重對社會改革啟發的思想，侷限藝術思想和美學創造，與傳教士報刊偏重知識傳遞或福音宣揚，而弱化報刊的文學性，沖淡文學手法的運用，不謀而合。

　　傳教士報刊除對文壇運動產生影響外，對中國近代新聞傳播事業、中西文化互動、宗教交流，和拓展中國人視野觀念深具貢獻。如：《察世俗》、《特選撮要》和《東西洋考》透過天文系列文章，較完整地引進「日心說」、「地球是圓體」、「日食」、「月食」等實用知識。藉由「海洋」、「山兔」、「鴕鳥」、「冰熊」等文章，介紹自然方面知識，即使文末灌輸上帝創造觀念，仍為中國近現代科學知識發展推進一步。

　　其中《東西洋考》對「歷史觀」和「地理觀」影響較大，其歷史專欄提供別於中國傳統循環式的史觀，以橫向中西比較和進步史觀論點撰著，中國直至晚清康有為、梁啟超等著作中，方有較具體、明確地呈現進步史觀的看法。在近代地理相關著作：魏源《海國圖志》、梁廷枏《海國四說》、徐繼畬《瀛環志略》、徐松《西域水道記》和姚瑩《康輶紀行》中均可見到對《東西洋考》的引用。

　　傳教士所撰著編纂的報刊是近代報刊開端，在新聞傳播報業史上占有重要地位。從新聞實務到辦報技術皆促進近現代報刊的發展與轉變，尤其是將一般民眾考慮進閱報讀者範圍內，消除過去官報壟斷性質，辦報具明確宗旨，啟發新聞自由意識，為晚清知識分子自行辦報的風氣奠定基礎。總而言之，清代傳教士早期漢文報刊影響所及不僅是宗教傳揚、新聞報業傳播等，對文化互動、文學互涉、思想意識啟發等方面，均值得關注探究。

## 二、研究限制與未來展望

### （一）研究限制

　　本研究最大難點，來自文獻蒐集不易。傳教士一生可能到處傳教，相關一手資料、會議資料、日記、函件等，隨傳教士受差派至各國途中，散佚各處，且部分珍貴手稿、書信、完整卷期多收藏於海外圖書館或神學院，以微卷方式保存，館際調閱不易，極賴當地人協助方可完成。加上傳教士福音小冊或報刊，多為免費贈閱，礙於其特殊身分與內容題材，當時資料未受重視，自然未能完整保存流傳，遑論臺灣相關資料的闕如，即便保留下來，亦需投入大量時間、金錢和體力的收羅匯集。

　　其次，傳教士本身精通多樣語言，如：麥都思會馬來語、中文和多種中國方言；郭實獵所著書目包括：中文、日文、泰文、德文、荷蘭語等，研究者如能具備多樣語言能力，對資料之掌握將更形完整。

## （二）未來展望

本論文雖初稿已成，尚有某些問題未能深入處理，日後仍朝以下兩方面持續努力：

研究過程，發現各大圖書館所收藏之《特選撮要每月紀傳》，零星不全，然作為《察世俗每月統記傳》續刊，實有研究必要，方能對傳教士報刊，有更完整且細緻的研究及比較，因此，待哈佛燕京圖書館數位化資料完成後，應可提供筆者進行更深入探討。

第二，傳教士報刊所蘊含資料豐富，涵蓋跨領域、跨語境與跨文化等多面向，仍屬新興研究階段，盼能引起更多有識之士參與。而被保存於國外神學院或圖書館的大量資料，如能發行微捲提供館際調閱，或是善加利用科技，盡早數位化，一來保存極具意義的珍貴史料，二來能使相關研究更臻完善其備。未來持續關切相關資料，並從傳教士報刊中尋找題材，延續相關論文研究，希冀略盡棉薄之力，期能提供不同研究觀點，對報刊更進一步的理解與評價。

# 參考書目

## 一、專　書

### （一）古　籍（指民國前，按中國朝代作排列順序）

1. 〔漢〕王充，張宗祥校注，《論衡校注》（上海：上海古籍出版，2010 年）。
2. 〔漢〕董仲舒著，鍾肇鵬主編，《春秋繁露校釋》（石家莊：河北人民出版社，2005 年）。
3. 〔北齊〕魏收，《魏書》（北京：中華書局，1985 年）。
4. 〔梁〕蕭統編，〔唐〕李善注，《文選》（北京：中華書局，1977 年 11 月）。
5. 〔唐〕姚思廉，《梁書》（北京：中華書局，1973 年 5 月）。
6. 〔唐〕張讀等撰，《筆記小說大觀正編》（北京，中華書局，1973 年）。
7. 〔唐〕馬總編，《意林》（臺北市：臺灣商務，1979 年）。
8. 〔唐〕韓愈著，屈守元主編，《韓愈全集校注》（成都：四川大學，1996 年）。
9. 〔後晉〕劉昫等撰，楊家駱主編，《新校本舊唐書附索引》（臺北市：鼎文書版社，1979 年）。
10. 〔宋〕歐陽修等撰，楊家駱主編，《新校本新唐書附索引》（臺北市：鼎文書版社，1979 年）。
11. 〔宋〕郭祥正，《青山集》（北京：書目文獻，1990 年）。
12. 〔宋〕朱熹，《四書章句集注》（臺北市：藝文印書館，1996 年）。
13. 〔宋〕李昉，《太平廣記》（臺北市：文史哲出版，1987 年 5 月再版）。
14. 〔宋〕李昉，《太平御覽》（北京：中華書局，1998 年）。
15. 〔宋〕蘇軾著，傅成、穆儔標點，《蘇軾全集》（上海：上海古籍出版社，

2000 年）。

16. 〔明〕馮夢龍，《智囊全集》（北京市：中華書局，2007 年）。

17. 〔明〕宋濂，《元史》（百衲本）（臺北：商務印書館，2010 年）。

18. 〔清〕林樂知（Young John Allen）主編，《萬國公報》（臺北市：華文出版，1968 年）。

19. 〔清〕薛允升撰述，黃靜嘉編校，《讀例存疑重刊本》（臺北：成文出版社，1970 年）。

20. 〔清〕梁啓超，《中國近三百年學術史》（臺北市：臺灣中華書局，1975 年）。

21. 〔清〕阮元校勘，《十三經注疏》（臺北縣：藝文印書館，1979 年）。

22. 〔清〕阮元校刻，《十三經注疏・附校勘記》（北京：中華書局，1980 年）。

23. 〔清〕曹雪芹、高鶚，《紅樓夢校注》（臺北：里仁出版，1983 年）。

24. 〔清〕馮友蘭，《中國哲學史新編》第三冊（北京：人民出版社，1984 年修訂本）。

25. 〔清〕王琦注，《李太白全集》（北京：中華書局，1985 年三刷）。

26. 〔清〕《清高宗純皇帝實錄》（北京：中華書局，1986 年）。

27. 〔清〕王之遠，《清朝柔遠記》（北京：中華書局，1989 年）。

28. 〔清〕胡適，《胡適學術文集》（北京：中華書局，1993 年）。

29. 〔清〕梁廷枬，《海國四說》（北京：中華書局，1993 年）。

30. 〔清〕徐繼畬，《瀛環志略》阿陽對嵋閣藏刻本（北京市：中華全國圖書館文獻縮微複製中心，2000 年）。

31. 〔清〕梁啓超，《清代學術概論》（天津市：天津古籍出版社，2003 年）。

32. 〔清〕徐松著，朱玉麒整理，《西域水道記》（北京：中華書局，2005 年）。

33. 〔清〕張勻，《玉嬌梨》（拉薩：西藏人民出版社，2005 年）。

34. 〔清〕梁啓超主編，《新民叢報》第三號（北京：中華書局，2008 年）。

35. 〔清〕林語堂著，劉小磊譯，《中國新聞輿論史》（上海市：上海人民出版社，2008 年）。

36. 〔清〕胡適，《白話文學史》（臺北市：五南圖書，2013 年）。

## （二）今人著作（按作者姓氏筆畫作排列順序）

1. 十四所高等院校《中國新聞史》組編著，《中國新聞史》（古近代部分）（北京：中央民族學院，1988 年）。

2. 丁乃通，《中國民間故事類型索引》（武漢：華中師範大學，2008 年）。

3. 中華書局編輯部輯，《諸子集成》（北京：中華書局，1954 年）。

4. 中國第一歷史檔案館編,《康熙朝滿文硃批奏摺全譯》(北京:中國社會科學出版社,1996 年)。

5. 中國第一歷史檔案館編,《清中前期西洋天主教在華活動檔案史料》(北京:中華書局,2003 年)。

6. 中國文學大辭典編輯委員會,《中國文學大辭典》(上海:上海辭書出版社,2003 年三刷)。

7. 中國社會科學院近代史研究所、比利時魯汶大學南懷仁研究中心,《基督宗教與近代中國》(北京:社會科學文獻出版社,2011 年)。

8. 王曾才,《中英外交史論集》(臺北:聯經出版社,1983 年二次印行)。

9. 王肅,《孔子家語譯注》(桂林:廣西師範大學,1998 年)。

10. 王爾敏,《近代文化生態及其變遷》(南昌:百花洲文藝,2002 年)。

11. 王力,《王力古漢語字典》(北京:中華書局,2005 年)。

12. 王永寬,《扭曲的人性:中國古代酷刑》(鄭州:河南人民出版社,2006 年)。

13. 王國瓔,《中國文學史新講》(臺北:聯經出版,2006 年)。

14. 王美秀等,《基督教史》(南京:江蘇人民出版社,2006 年)。

15. 王治心,《中國基督教史綱》(上海:上海古籍出版社,2007 年 3 月)。

16. 王立新,《美國傳教士與晚清中國現代化》(天津:天津人民出版社,2007 年第二版)。

17. 王美秀等,《中國基督教史話》(北京:社會科學文獻出版社,2011 年 3 月)。

18. 方漢奇,《中國近代報刊史》(太原市:山西教育出版社,1981 年)。

19. 方漢奇,《中國新聞事業通史》(北京:中國人民大學出版社,1997 年第二刷,2000 年第三刷)。

20. 方鵬程總編,《百衲本二十四史》(臺北:商務印書,2010 年)。

21. 戈公振,《中國報學史》(北京:生活、讀書、新知三聯書店,1955 年)。

22. 戈公振,《中國報學史》(北京:國家圖書館出版,2011 年,1927 年問世,此版本乃據民國二十四年鉛印本)。

23. 白壽彝總主編,《中國通史》(修訂本)(上海:上海人民出版社,2004 年)。

24. 田海燕,《三峽民間故事》(北京市:通俗文藝出版社,1957 年)。

25. 吉田寅,《中國プロテスタント傳道史研究》(東京:汲古書院,1997 年)。

26. 朱傳譽,《宋代新聞史》(臺北:商務印書館,1967 年)。

27. 朱錦翔、呂凌柯,《中國報業史話》(鄭州:大象出版社,2000 年)。

28. 朱維錚主編，《利瑪竇中文著譯集》（香港：香港城市大學出版社，2001年）。

29. 朱榮智，《文學概論》（臺北：五南，2004 年）。

30. 江蘇省社會科學院明清小說研究中心文學研究所編，《中國通俗小說總目提要》（北京：中國文聯出版公司，1990 年）。

31. 宋莉華，《傳教士漢文小說研究》（上海：上海古籍出版社，2010 年）。

32. 宋艷萍，《公羊學與漢代社會》（北京：學苑出版社，2010 年）。

33. 汪暉，《現代中國思想的興起》（北京：三聯書店，2008 年）。

34. 李志剛，《基督教早期在華傳教史》（臺北：臺灣商務印書館，1985 年）。

35. 李志剛，《基督教與近代中國文化論文集》一、二、三冊（臺北：基督教宇宙光全人關懷機構出版，1989 年、1993 年、1997 年）。

36. 李天剛，《中國禮儀之爭——歷史‧文獻和意義》（上海：上海古籍出版社，1998 年）。

37. 李守常，《史學要論》（石家莊：河北教育，2000 年）。

38. 李國榮、林偉森，《清代廣州十三行紀略》（廣州：廣東人民出版社，2006年）。

39. 李金強，《聖道東來——近代中國基督教史之研究》（臺北：宇宙光全人關懷機構，2006 年）。

40. 李金強等，《自西徂東——基督教在華事業》（香港：基督教文藝出版社，2009 年）。

41. 何寅、許光華主編，《國外漢學史》（上海：上海教育出版社，2000 年）。

42. 何大進，《晚清中美關係與社會變革：晚清美國傳教士在華活動的歷史考察》（南昌：江西人民出版社，1998 年）。

43. 沈謙，《文學概論》（臺北：五南，2000 年）。

44. 吳義雄，《在宗教與世俗之間：基督教新教傳教士在華南沿海的早期活動研究》（廣州：廣東教育出版社，2000 年）。

45. 吳伯婭，《康雍乾三帝與西學東漸》（北京市：宗教文化，2002 年）。

46. 吳禮權，《古典小說篇章結構修辭史》（臺北：臺灣商務，2005 年）。

47. 吳昶興，《不再迷航：基督教史研究筆記》（臺北：永望文化事業有限公司，2008 年 2 月）。

48. 吳震，《明末清初勸善院動思想研究》（臺北：國立臺灣大學出版中心，2009 年）。

49. 松浦章、內田慶市、沈國威編著，《遐邇貫珍‧》（上海：上海辭書出版社，2005 年）。

50. 阿英，《晚清小說史》（臺北：臺灣商務印書館，1996 年）。

51. 金觀濤、劉青峰,《開放中的變遷——再論中國社會超穩定結構》(新界:中文大學出版社,1993 年)。

52. 金榮華,《民間故事類型索引》增訂本 (新北市:中國口傳文學會,2014 年)。

53. 邵志擇,《近代中國報刊思想的起源與轉折》(杭州:浙江大學,2011 年)。

54. 卓南生,《中國近代報業發展史 1815~1874》(北京市:中國社會科學出版社,2002 年)。

55. 林驤華,《西方文學批評術語辭典》(上海:上海社會科學出版社,1989 年)。

56. 林治平、查時傑,《基督教與中國:歷史圖片論文集》(臺北:基督教宇宙光全人關懷機構,1979 年初版)。

57. 林治平,《基督教與中國論集》(臺北:基督教宇宙光全人關懷機構,1993 年)。

58. 林治平,《基督教在中國本色化論文集》(北京:今日中國出版社,1998 年)。

59. 林金水,《臺灣基督教史》(北京:九州出版,2003 年)。

60. 林驊、王淑艷編選,《唐傳奇新選》(武漢市:湖北教育,2006 年)。

61. 林尹,《訓詁學概要》(臺北縣:正中書局,2007 年二版)。

62. 林治平,《與馬禮遜同奔天路:馬禮遜入華宣教二百年紀念慶典活動感恩集》(臺北:基督教宇宙光全人關懷機構,2008 年)。

63. 林慶彰主編,《中國學術思想研究輯刊》(臺北縣:花木蘭文化,2008 年)。

64. 姚公鶴,《上海閒話》(上海:上海古籍出版社,1989 年)。

65. 姚民權、羅偉虹,《中國基督教簡史》(北京:宗教文化出版社,2000 年)。

66. 姚福申、管志華,《中國報紙副刊學》(上海:上海人民出版社,2007 年)。

67. 胡士瑩,《話本小說概論》(北京:中華書局,1980 年)。

68. 胡秋原,《近百年來中外關係》(臺北:海峽學術出版社,2004 年)。

69. 段懷清,《傳教士與晚清口岸文人》(廣州:廣東人民出版社,2007 年)。

70. 財團法人臺北行天宮編印,《太上感應篇》(臺北:行天宮,2012 年)。

71. 馬良春,李福田總主編,《中國文學大辭典》(天津市:天津人民出版社,1991 年)。

72. 馬以鑫主編,《現代化進程中的中國人文學科》(上海:上海人民出版社,2005 年)。

73. 徐培汀、裘正義,《中國新聞傳播學史》(重慶市:重慶出版社,1998 年)。

74. 徐宗澤,《中國天主教傳教史概論》(上海:上海書店,2010 年)。

75. 袁進，《中國文學的近代變革》（桂林：廣西師範大學出版社，2006 年）。

76. 孫尚揚，《1840 年前的中國基督教》（北京：學苑出版，2004 年）。

77. 唐逸，《基督教史》（北京：中國社會科學出版社，1993 年）。

78. 陶飛亞，《邊緣的歷史　　基督教與近代中國》（上海：上海古籍出版社，2005 年）。

79. 崔維孝，《明清之際西班牙方濟會在華傳教研究》，（北京：中華書局，2006 年）。

80. 陳玉申，《晚清報業史》（濟南：山東畫報出版社，1989 年）。

81. 陳慶浩、王秋桂編，《廣東民間故事集》（臺北：遠流出版，1989 年）。

82. 陳平原，夏曉虹編，《二十世紀中國小說理論資料》（北京：北京大學出版社，1997 年）。

83. 陳茂元，《基督教會歷史演義》（臺北：財團法人葉靜修教育基金會，2002 年）。

84. 陳詠明，《儒學與中國宗教傳統》（臺北市：臺灣商務印書，2004 年）。

85. 陳建明，《激揚文字，廣傳福音：近代基督教在華文字事工》（臺北：基督教宇宙光全人關懷機構，2006 年）。

86. 陳垣，《元也里可溫考》（北京：國家圖書館出版社，2010 年）。

87. 張秀民，《中國印刷史》（上海：上海人民出版社，1989 年）。

88. 張澤，《清代禁教時期的天主教》（臺北：光啓出版社，1992 年）。

89. 張綏，《中世紀基督教會史》（臺北：淑馨出版社，1993 年）。

90. 張錯，《利瑪竇入華及其他》（九龍：香港城市大學，2002 年）。

91. 張國剛，《從中西初識到禮儀之爭——明清傳教士與中西文化交流》（北京：人民出版社，2003 年）。

92. 張星烺，《中西交通史料匯編》（北京：中華書局，2003 年）。

93. 張西平，《西方人早期漢語學習史》（北京市：中國大百科全書出版社，2003 年）。

94. 張海林，《近代中外文化交流史》（南京：南京大學出版社，2003 年）。

95. 張永言等編，《簡明古漢語字典》（成都：四川人民出版社，2005 年二刷）。

96. 張鶴，《虛構的真跡：書信體小說敘事特徵研究》（北京：人民文學，2006 年）。

97. 張西平主編，《中國叢報（1832.5～1851.12）》（廣西桂林：廣西師範大學出版社，2008 年第一版）。

98. 張天星，《報刊與晚清文學現代化的發生》（南京：鳳凰出版社，2011 年）。

99. 張美蘭編，《美國哈佛大學哈佛燕京圖書館藏晚清民國間新教傳教士中文

譯著目錄提要》（桂林：廣西師範大學出版社，2013 年）。

100. 張榮翼、李松，《文學理論新視野》（臺北：新鋭文創，2012 年）。

101. 張健、劉衍文，《文學概論》（臺北：五南，1983 年）。

102. 國立故宮博物院編，《宮中檔雍正朝奏摺》第十四輯（臺北：故宮博物院，1980 年）。

103. 國家清史編輯委員會，《清代詩文集彙編》（上海：上海古籍出版社，2010 年）。

104. 郭延禮，《近代西學與中國文學》（南昌：百花洲文藝出版社，2000 年）。

105. 郭雙林，《西潮激盪下的晚清地理學》（北京市：北京大學，2000 年）。

106. 郭紹虞、王文生編，《中國歷代文選論》（上海：上海古籍出版社，2001 年）。

107. 曾啓雄、林長慶，《中國古書編輯研究》（國科會計畫，2001 年）。

108. 曾虛白，《中國新聞史》（臺北市：三民出版社，1989 年）。

109. 黃時鑑，《東西交流史論稿》（上海：古籍出版社，1998 年）。

110. 黃俊傑，《東南儒學史的新視野》（臺北：臺灣大學出版社，2004 年）。

111. 游子安，《勸化金箴：清代善書研究》（天津：天津人民出版社，1999 年）。

112. 游國恩，《中國文學史修訂版》（北京：人民文學，2004 年）。

113. 游秀雲，《王韜小說三書研究》（臺北：秀威資訊，2006 年）。

114. 程麗紅，《清代報人研究》（北京：社會科學文獻出版社，2008 年）。

115. 喻天舒，《五四文學思想主流與基督教文化》（北京：崑崙出版社，2003 年）。

116. 傅佩榮，《儒道天論發微》（臺北：學生出版社，1985 年）。

117. 傅佩榮，《儒家哲學新論》（臺北：業強出版，1993 年）。

118. 愈強，《鴉片戰爭前後傳教士眼中的中國》（濟南：山東出版社，2010 年）。

119. 董希文，《文學文本理論研究》（北京：社會科學文獻，2006 年）。

120. 愛漢者等編，黃時鑑整理，《東西洋考每月統記傳》（北京：中華書局出版，1966 年）。

121. 臺灣商務印書館編，《景印文淵閣四庫全書·聖諭廣訓》（臺北市：臺灣商務，1986）。

122. 聖經資源中心，《聖經》和合本（臺北：聖經資源中心，2003 年）。

123. 新文豐出版，《叢書集成續編》（臺北：新文豐，1991 年）。

124. 新興書局輯，《筆記小說大觀》（臺北：新興，1979 年）。

125. 楊崗、欒建民，《圖書報紙期刊編印發業務辭典》（北京：中國經濟出版社，1990 年）。

126. 楊森富，《中國基督教史》（臺北：臺灣商務印書館，1991 年初版五刷）。

127. 楊合鳴主編，《古代漢語字典》（上海：上海古籍出版社，2010 年二刷）。

128. 鄒振環，《晚清西方地理學在中國：以 1815 至 1911 年西方地理學譯著的傳播與影響爲中心》（上海：上海古籍出版社，2000 年）。

129. 鄒振環著，《西方傳教士與晚清西史東漸：以 1815 至 1900 年西方歷史譯著的傳播與影響爲中心》（上海：上海古籍出版社，2007 年）。

130. 葉再生，《中國近代現代出版通史》第一卷（北京：華文出版社，2002 年）。

131. 靳勇等注釋，《詩經譯注》（臺北市：國家出版社，2011 年）。

132. 閻宗臨，《中西交通史》（桂林市：廣西師範大學出版社，2007 年）。

133. 雷雨田主編，《近代來粵傳教士評傳》（上海：百家出版社，2004 年）。

134. 黎子鵬編，《晚清基督教敘事文學選粹》（臺灣：橄欖出版社，2010 年）。

135. 黎子鵬編注，《贖罪之道傳——郭實獵基督教小說集》（臺北市：橄欖出版有限公司，2013 年）。

136. 熊月之，《西學東漸與晚清社會》（上海：上海人民大學出版社，1994 年）。

137. 熊月之主編，《上海通史——晚清文化》（上海：上海人民出版社，1999 年）。

138. 熊月之，《西學東漸與晚清社會（修訂版）》（北京：中國人民出版社，2011 年）。

139. 蔣蒙，《晚清小說》（臺北：萬卷樓，1993 年）。

140. 蔡東杰，《中國外交史新論》（臺北：風雲論壇有限公司，2010 年增訂一版）。

141. 趙曉蘭、吳潮，《傳教士中文報刊史》（上海：復旦大學出版社，2010 年）。

142. 劉俊餘、王玉川，《利瑪竇全集》（臺北：光啓出版社，1986 年）。

143. 劉葉秋等編，《中國古典小說大辭典》（石家莊：河北人民出版社，1998 年）。

144. 劉建明，《當代新聞學原理》（修訂版）（北京：清華大學出版社，2003 年）。

145. 劉家林，《中國新聞通史》（武漢：武漢大學出版社，2005 年二版）。

146. 劉勇強，《中國古代小說史敘論》（北京：北京大學出版社，2007 年）。

147. 劉大杰，《中國文學發展史》上、中、下三冊（臺北：華正書局，2008 年）。

148. 劉禾，《帝國的話語政治：從近代中西衝突看現代世界秩序的形成》（北京：三聯書店，2009 年）。

149. 廣協書局總編,《中華全國基督教出版物檢查冊》(上海:廣協書局總發行所,1939 年)。

150. 廣州歷史文化名城研究會,廣州市荔灣區地方志編纂委員會編,《廣州十三行滄桑》(廣州市:廣東省地圖出版社,2001 年)。

151. 鄭仰恩,《基督教歷史觀之研究: 對實存史觀與拯救史觀的分析和整合》(臺北:永望文化,1985 年)。

152. 鄭連根,《那些活躍在近代中國的西洋傳教士》(臺北:新銳文創,2011 年)。

153. 賴永祥,《教會史話》(臺南市:人光,1990 年)。

154. 賴光臨,《中國新聞傳播史》(臺北市:三民出版社,1999 年增訂初版)。

155. 戴望著,《諸子集成‧管子》(北京:中華書局,1954 年)。

156. 樽本照雄編,《新編增補清末民初小說目錄》(濟南:齊魯書社,2002 年)。

157. 穆啟蒙著,侯景文譯,《中國天主教史》(臺北:光啟社出版,1992 年)。

158. 魏源全集編輯委員會,《魏源全集》(長沙市:岳麓書社,2011 年)。

159. 錢鍾書主編,《萬國公報文選》(北京:三聯書店,1998 年)。

160. 譚元亨,《中國文化史觀》(廣州:廣東高等教育出版社,1994 年)。

161. 譚樹林,《馬禮遜與中國文化論稿》(臺北:基督教宇宙光全人關懷機構,2006 年)。

162. 譚君強,《敘事學導論:從經典敘事學到後經典敘事學》(北京:高等教育出版社,2008 年)。

163. 簡又文,《清史洪秀全載記增訂本》(香港:簡氏猛進書屋,1967 年)。

164. 顏瑞芳,《清代伊索寓言漢譯三種》(臺北市:五南,2011 年)。

165. 瞿秋白,《瞿秋白文集》(北京市:人民文學出版社,1986 年)。

166. 蘇精,《馬禮遜與中文印刷出版》(臺北:臺灣學生,2000 年)。

167. 蘇精,《中國,開門!馬禮遜及相關人物研究》(香港九龍:基督教中國宗教文化研究社,2005 年)。

168. 蘇精,《上帝的人馬:十九世紀在華傳教士的作為》(香港:基督教中國宗教文化出版社,2006 年)。

169. 羅香林,《唐元二代之景教》(香港:中國學社,1966 年)。

170. 羅光,《教廷與中國使節史》(臺北:傳記文學出版社,1983 年)。

171. 羅婷,《克里斯多娃(Julia Kristeva)》,(臺北:生智出版,2002 年)。

172. 顧長聲,《從馬禮遜到司徒雷登——來華新教傳教士評傳》(上海:上海人民出版社,1985 年)。

173. 顧裕祿,《中國天主教的過去和現在》(上海:上海社會科學院,1989 年)。

174. 顧長聲，《傳教士與近代中國》（上海：上海人民出版社，2004 年）。

175. 顧長聲，《馬禮遜評傳》（上海：上海書店，2006 年）。

176. 顧衛民，《基督宗教與近代中國社會》（上海：上海人民出版社，2010 年）。

（三）翻譯類著作（按國家英文名稱字母首字作排列順序）

1. 〔古希臘〕柏拉圖著，王漢朝譯，《柏拉圖全集》（臺北縣：文化出版，2003 年）。

2. 〔古希臘〕柏拉圖著，朱光潛譯，《柏拉圖文藝對話錄》（臺北：網路與書，2005 年）。

3. 〔古羅馬〕奧古斯丁（Aurelius Angustine）著，湯清、楊懋春、湯毅仁譯，《奧古斯丁選集》（香港九龍：基督教文藝，1986 年）。

4. 〔美〕費正清、劉廣京編，《1800～1911 劍橋中國晚清史》下冊（北京：中國社會科學出版社，1985 年）。

5. 〔美〕華爾克（Williston Walker）著，謝受靈、趙毅之譯，《基督教會史》（香港九龍：基督教文藝，1987 年）。

6. 〔美〕喬納森・卡勒（Jonathan D.Culler）著，李平譯，《當代學術入門・文學理論》（瀋陽：遼寧教育出版社，1998 年）。

7. 〔美〕何天爵（Chester Holcombe）著，鞠方安譯，《真正的中國佬》（北京：光明日報出版，1998 年）。

8. 〔美〕薩伊德（Edward W. Said）著，傅大爲、廖炳惠、蔡源林等譯，《東方主義》（臺北縣：立緒文化，2000 年二版）。

9. 〔美〕蘇爾（Donald F. Sure）、諾爾（Ray R. Noll）著，沈保義、顧衛民、朱靜譯，《中國禮儀之爭西文文獻一百篇（1645～1941）》（100 Roman Documents Concerning the Chinese Rites Controversy （1645～1941）），（上海市：上海古籍出版社，2001 年）。

10. 〔美〕科塔克（Conrad Phillip Kottak）著，徐雨村譯，《文化人類學》（臺北市：巨流圖書，2009 年）。

11. 〔美〕韓南（Patrick Hanan）著，徐俠譯，《中國近代小說的興起》（上海：上海教育出版社，2010 年）。

12. 〔美〕白瑞華（Britton, Roswell S.）著，王海譯，《中國報紙》（The Chinese Periodical Press 1800-1912）（廣州市：暨南大學出版社，2011 年）。

13. 〔美〕杰拉德・普林斯（Gerald Prince）著，喬國強，李孝弟譯，《敘述學詞典》（上海：上海譯文出版社，2011 年）。

14. 〔英〕海恩博著（M. Broomhall），梅益盛、周雲路譯，《馬禮遜傳》（上海：廣學會出版社，1932 年）。

15. 〔英〕海恩波（M. Broomhall）著，簡又文譯，《傳教偉人馬遜》（Robert

Morrison: A master-builder)（香港：基督教文藝出版社，1987 年）。

16. 〔英〕馬禮遜夫人（Morrison, Eliza A. （Mrs. Robert））編，顧長聲譯，《馬禮遜回憶錄》（廣西：廣西師範大學出版社，2004 年）。

17. 〔英〕Michael Payne 著，李奭學譯，《閱讀理論：拉康、德希達與克麗絲蒂娃導讀》（臺北：書林，2005 年）。

18. 〔英〕阿利斯科‧E‧麥克格拉思著，王毅譯，《科學與宗教引論》（上海：上海人民出版社，2008 年）。

19. 〔英〕米憐（Milne, William），《新教在華傳教前十年回顧》（鄭州：大象出版社，2008 年）。

20. 〔英〕吉爾（Gill R. Evans）著，李瑞萍譯，《異端簡史》（北京：北京出版社，2008 年）。

21. 〔英〕偉烈亞力（Alexander Wylie），《1867 年以前來華基督教傳教士列傳及著作目錄》（桂林：廣西師範大學，2011 年）。

22. 〔法〕費賴之（Pfister, Le P. Louis）著，馮承鈞譯，《在華耶穌會士列傳及書目》（上）（北京：中華書店，1995 年）。

23. 〔法〕熱拉爾‧熱奈特著，史忠義譯，《熱奈特論文集‧隱跡稿本》（天津：百花文藝，2000 年）。

24. 〔法〕蒂費娜‧薩莫瓦約著，邵煒譯，《互文性研究》（天津：天津出版社，2003 年）。

25. 〔法〕李明（Louis Lecomte）著，郭強等譯，《中國近事報道（1687～1692）》（鄭州：大象出版，2004 年）。

26. 〔法〕樊國梁（Pierre Marie Alphonse Favier）著，陳曉徑譯，《老北京那些事兒：三品頂戴洋教士看中國》（北京：中央編譯，2010 年）。

27. 〔法〕謝和耐（Gernet, Jacques）、戴密微（Demieville, Paul）等著，耿昇譯，《明清間耶穌會士入華與中西匯通》（北京：東方出版社，2011 年）

28. 〔德〕克里木凱特著‧林悟殊譯，《達‧伽馬以前中亞和東亞的基督教》（臺北：淑馨，1995 年）。

29. 〔義〕德禮賢（D'Elia, Paschal M），《中國天主教傳教史》（臺北：臺灣商務印書館，1968 年）。

30. 〔日〕吉田寅，《中國プロテスタント傳道史研究》（東京：汲古書院，1997 年）。

## （四）英文專書

1. Bays, Daniel H. "Christian Tracts: The Two Friends," in *Christianity in China: Early Protestant Missionary Writings*, edited by Suzanne Wilson Barnett and John King Fairbank. Cambridge, Mass.: Harvard University Press, 1985.

2. Barnett, Suzanne Wilson and Fairbank, John King. *Christianity in China: Early Protestant Missionary Writings.* Cambridge, Mass.: Harvard University Press, 1985.

3. Gutzlaff, Charles. *Journals of Three Voyages along the Coast of China in 1831, 1832 & 1833.* London: Clay R., 1834.

4. Gutzlaff, Charles. *China opened.* London：Smith, Elder and Co., 1838.

5. Graham, Allen. *Intertextuality Routledge.* London ; New York: Routledge, 2000.

6. Kristeva, Julia. *World, Dialogue and Novel, in Toril Moi, ed.,* The Kristeva Reader. New York: Columbia University Press, 1986.

7. Kristeva, Julia. *Language the Unknown: An Initiation into Linguistic.* Trans. Anne M. Menke. New York: Columbia UP. 1989.

8. Lovett, Richard M. A. *The history of the London Missionary society,1795-1895.* London: Henry Frowde, 1899.

9. Lutz, Jessie Gregory. *Opening China: Karl F.A. Gützlaff and Sino-Western Relations, 1827-1852.* Grand Rapids, Mich: William B. Eerdmans Pub. Co., 2008.

10. Medhurst, Walter Henry. *China：Its State and Prospect.* Boston: Crocker& Brewster, 1838.

11. Milne, William. *A Retrospect of the First Ten Year of the Protestant Mission to China.* Malacca: the Angle-Chinese press, 1820.

12. Morrison, Robert. *Dialogues and Detached Sentences in the Chinese Language; with a free and verbal translation in English.* Macao, 1816.

13. Morrison, Robert. *A view of China for philological purposes: containing a sketch of Chinese Chronology, Geography, Government, Religion and Customs.* Macao: East India Company's Press, 1817.

14. Morrison, Robert. *Memoirs of the Rev. William Milne, D.D. late missionary to China, and principal of the Anglo-Chinese college.* Malacca: the mission press, 1824.

15. Morrison, Eliza. *Memoirs of the life and labours of Robert Morrison.* London: Longman, Orme, Brown, and Longmans, 1839.

16. Said, Edward W. *Orientalism.* New York: Manchester University Press, 1995.

17. Wylie, Alexander. *Memorials of Protestant missionaries to the Chinese: Giving a list of their publications and obituary notices of the deceased, with copious indexes.* Shanghae: American Presbyterian Mission Press, 1867.

## 二、期刊論文和專書期刊論文（按作者姓氏筆畫作排列順序）

### （一）期刊論文

1. 王立新，〈美國傳教士與鴉片戰爭後的開眼看世界思潮〉，《美國研究》第

二期，1997 年，頁 27～51。

2. 王清，〈宗教傳播與中國小說觀念的變化〉，《世界宗教研究》第二期，2003年，頁 39～44。

3. 王爾敏，〈梁廷柟對於西方之認識及其開新視野〉，《臺灣師大歷史學報》第三十五期，2006 年，頁 115～140。

4. 王燕，〈作爲海外漢語教材的《紅樓夢》——評《紅樓夢》在西方的早期傳播〉，《紅樓夢學刊》第六期，2009 年，頁 310～315。

5. 王曉霞，〈《東西洋考每月統記傳》中的新聞〉，《孝感學院院報》第三十卷，第二期，2010 年 3 月，頁 60～63。

6. 王燕，〈馬禮遜與《三國演義》的早期海外傳播〉，《中國文化研究》冬之卷，2011 年，頁 206～212。

7. 艾紅紅，〈論中國近代報刊語言的言文合一趨向〉，《山東師範大學報》第六期，1999 年，頁 97～100。

8. 宋莉華，〈附錄二 十九世紀西人小說中的白話實驗〉，《傳教士漢文小說研究》（上海：上海古籍出版社，2008 年），頁 234、247。

9. 宋莉華，〈傳教士漢文小說與中國文學的近代變革〉，《文學評論》第一期，2011 年，頁 57～62。

10. 宋好，〈論十九世紀外國傳教士創辦華文報刊的「合儒」策略〉，《理論界》第四期，2011 年，頁 120～122。

11. 宋莉華，〈基督教漢文文學的發展軌跡〉，《武漢大學學報》（人文科學）第二期，2012 年，頁 17～20。

12. 余治平，〈論董仲舒的「三統說」〉，《江淮論壇》第二期，2013 年，頁 67～72。

13. 汪高鑫，〈三統說與董仲舒的歷史變易思想〉，《齊魯學刊》第三期，2002年，頁 99～100。

14. 李世愉，〈對清代君主專制制度的幾點看法〉，《河南大學學報》第三期，2004 年，頁 64～66。

15. 李昌銀，〈翻譯與歷史語境—「夷」字的語義沿革與英譯問題〉，《雲南民族大學學報》第二十五卷，第四期，2008 年，頁 144～146。

16. 李丹、張秀寧，〈作爲現代白話文學源頭之一的基督教東傳〉，《溫州大學學報》第二十一卷，第三期，2008 年，頁 42～47。

17. 李曉岑，〈早期古紙的初步考察與分析〉，《廣西民族大學學報》第十五卷四期，2009 年，頁 59～63。

18. 李小龍，〈中國古典小說回目對傳教士漢文小說的影響〉，《長江學術》第三期，2010 年 3 月，頁 45～49。

19. 李喜所，〈中國人初識世界的歷史考量〉，《江漢論壇》，2012 年，頁 86
～91。

20. 孟華，〈形象學研究要注重總體性與綜合性〉，《中國比較文學》第四期，
2000 年，頁 1～20。

21. 周振鶴，〈早稻田大學所藏《西域水道記》修訂本〉，《中國典籍與文化》
第三十六期，2001 年，頁 86～95。

22. 周振鶴，〈中國印刷出版史上的近代文獻述略〉，《中國典籍與文化》第七
十七期，2011 年，頁 108～117。

23. 卓新平，〈馬禮遜與中國文化的對話──《馬禮遜文集》出版感言〉，《世
界宗教研究》第三期，2010 年，頁 4～11。

24. 吳淳邦，〈十九世紀九〇年代中國基督教小說在韓國的傳播與翻譯〉，《東
華人文學報》第九卷，2006 年 7 月，頁 215～250。

25. 吳從祥，〈何休《三世說》淺議〉，《紹興文理學院》第二十八卷，第二期，
2008 年，頁 87～90。

26. 俞祖華、胡瑞琴，〈近代西方來華傳教士的儒學觀〉，《齊魯學刊》第三期，
2007 年，頁 33～37。

27. 姚達兌，〈聖經與白話──聖經翻譯、傳教士小說與一種現代白話的萌
蘗〉，《聖經文學研究》第七輯，2013 年，頁 95～124。

28. 胡浩宇，〈《察世俗每月統記傳》刊載的科學知識述評〉，《自然辯證法通
訊》第二十八卷，第五期，2006 年，頁 84～87。

29. 馬釗，〈乾隆朝地方高級官員與查禁天主教活動〉，《清史研究》第四期，
1998 年，頁 55～63。

30. 袁進，〈近代西方傳教士對白話文的影響〉，《二十一世紀雙月刊》第九十
八期，2006 年，頁 77～86。

31. 袁進，〈重新審視歐化白話文的起源──試論近代西方傳教士對中國文學
的影響〉，《文學評論》第一期，2007 年，頁 123～128。

32. 袁進，〈論西方傳教士對中文小說發展所作的貢獻〉，《社會科學》第二期，
2008 年，頁 175～179。

33. 袁進，〈從新教傳教士的譯詩看新詩形式的發端〉，《復旦學報》（社會科
學版）第四期，2011 年，頁 26～33。

34. 孫軼旻、孫遜，〈來華新教傳教士眼中的中國小說──以《教務雜誌》刊
載的評論爲中心〉，《學術研究》第十期，2011 年，頁 152～160。

35. 連慧珠，〈《東西洋考每月統記傳》中地圖意識與地理學傳播之探究〉，《地
圖》第二十一卷第二期，頁 53～65。

36. 陳俊華，〈論董仲舒的循環史觀〉，《歷史學報》第二十四期，1996 年，
頁 1～40。

37. 陳曦遠,〈「宗教」——一個中國近代文化史上的關鍵詞〉,《新史學》第十三卷,第四期,2002 年,頁 37～66。

38. 陳俊啓,〈重估梁啓超小說觀及其在小說史上的意義〉,《漢學研究》第二十卷,第一期,2002 年,頁 309～338。

39. 陳昭吟,〈元朝也里可溫教和世界歷史發展的關係〉,《成大宗教與文化學報》第六卷,2006 年,頁 59～91。

40. 陳聰銘,〈1930 年代羅馬教廷結束「禮儀之爭」之研究〉,《中央研究院近代史研究所集刊》第七十期,2010 年,頁 97～143。

41. 陳喆燁,〈天下觀的沒落〉,《文學教育》第四期,2010 年,頁 53～54。

42. 陳贇,〈混沌之死與中國中心主義天下觀之解構〉,《社會科學》第六期,2010 年,頁 108～190。

43. 陳國興,〈費正清夷字翻譯的話語解讀〉,《聊城大學學報》第一期,2011 年,頁 27～30。

44. 張灝,〈晚清思想發展試論:幾個基本論點的提出與檢討〉,《中央研究院近代史研究所集刊》第七卷,1978 年,頁 475～484。

45. 張秋升,〈董仲舒歷史哲學初探〉,《開南學報》第六期,1997 年,頁 9～15。

46. 張楠楠、石愛華,〈西方傳教士對中國地理學的影響〉,《人文地理》第十七卷,第一期,2002 年,頁 77～81。

47. 張瑞穗,〈董仲舒思想中三統說的內涵、緣起及意義〉,《東海中文學報》第十六期,2004 年,頁 55～103。

48. 張孝慧,〈基督新教與西拉雅族的第一次接觸:論荷蘭亞米紐斯主義者在福爾摩莎的傳教事工(1627～1643)〉,《文化研究》第十三期,2011 年秋季,頁 129～162。

49. 郭衛東,〈乾隆十一年福建教案述論〉,《福建論壇‧人文社會科學版》第七期,2004 年,頁 58～64。

50. 曾昭安,〈家訓對聯韻味長〉,《農民文摘》第六期,2001 年,頁 65。

51. 黃念然,〈當代西方文論中的互文性理論〉,《外國文學研究》第八十三期,1999 年,頁 15～21。

52. 黃河清,〈利瑪竇對漢語的貢獻〉,《語文建設通訊》第七十四期,2003 年,頁 30～37。

53. 黃興濤,〈第一部中英文對照的英語文法書——《英國文語凡例傳》〉,《文史知識》第三期,2006 年,頁 57～63。

54. 賀璋瑢,〈聖奧古斯丁神學歷史觀探略〉,《史學理論研究》第三卷,1999 年,頁 67～73。

55. 喬家駿，〈董仲舒三統說──以《春秋繁露》〈三代改制質文〉爲探討中心〉，《問學》第七期，2004 年，頁 84～85。

56. 湯景泰，〈晚清啓蒙思想的傳播困境與小說的興起〉，《社會科學輯刊》第一期（總一六八期），2007 年，頁 211～215。

57. 楊梓楠，〈從文字到鴉片：論鴉片戰爭前後郭實臘傳教方式的轉變〉，《華章》第十七期，2012 年，頁 1～3。

58. 黎尚健，〈論梁發在我國近代中文報刊創辦中的作用與貢獻〉，《廣東教育學院學院》第二十九卷，第四期，2008 年 8 月，頁 52～57。

59. 黎小龍、徐難于，〈五方之民格局與大一統國家民族地理觀的形成〉，《民族研究》第六期，2008 年，頁 69～74。

60. 黎子鵬，〈晚清基督教文學：《正道啓蒙》（1864）的中國小說敍事特徵〉，《道風：基督教文化評論》第三十五期，2011 年，頁 279～299。

61. 黎子鵬，〈晚清基督教小說《引道當家》的聖經底蘊與中國處境意義〉，《聖經文學研究》第五期，2011 年，頁 79～95。

62. 黎子鵬，〈重構他界想像：晚清漢譯基督教小說《安樂家》（1882）初探〉，《編輯論叢》第五卷，第一期，2012 年 3 月，頁 183～203。

63. 黎子鵬，〈首部漢譯德文基督教小說：論《金屋型儀》中女性形象的本土化〉，《中國文哲研究通訊》第二十二卷，第一期，2012 年 3 月，頁 21～41。

64. 鄒振環，〈麥都思及其早期中文史地著作〉，《復旦學報（社會科學版）》第五期，2003 年，頁 99～105。

65. 趙曉蘭，〈傳教士中文報刊辦刊宗旨演變分析〉，《浙江大學學報》（人文社會科學版）第四十一卷，第五期，2011 年，頁 64～70。

66. 劉光義，〈蒙古元帝室后妃信奉基督教考〉，《大陸雜誌》第三十二卷，第二期，1966 年，頁 19～25。

67. 劉禾，〈歐洲路燈光影以外的世界──再談西方學術新近的重大變革〉，《文粹周刊》，2003 年 8 月，頁 1～4。

68. 劉明坤，武和興，〈辭氣浮露筆無藏鋒～簡論中國近代譴責小說的弊端〉，《雲南民族大學學報》第二十五卷，第四期，2008 年，頁 124～127。

69. 賈雲飛，〈蘊文摧采奪雪舞云──簡述中國的紙〉，《東亞文化》第六期，2002 年，頁 66～73。

70. 蔡武，〈談談《東西洋考每月統紀傳》〉，《國立中央圖書館館刊》第二卷，第四期，1969 年，頁 23～46。

71. 蔡杰、時毓茗，〈淺析近代外報對中國近代報業的影響〉，《新聞傳媒》第十四期，2010 年，頁 4～5。

72. 潘鳳娟，〈從「西學」到「漢學」：中國耶穌會與歐洲漢學〉，《漢學研究

通訊》第二十七卷，第二期，2008 年，頁 14～26。

73. 蕭致治，〈從《四洲志》的編譯看林則徐眼中的世界〉，《福建論壇》第四期，1999 年，頁 51～55。

74. 蘇精，〈近代第一種中文雜誌：察世俗每月統記傳〉《書目季刊》第二十九卷，第一期，1995 年，頁 3～12。

75. 蘇精，〈基督教傳教士與中文活字印刷〉，《圖書與資訊學刊》第二十二期，1997 年，頁 1～9。

76. 羅志田，〈中國文藝復興之夢：從清季的古學復興到民國的新潮〉，《漢學研究》第二十卷，第一期，2012 年，頁 277～307。

## （二）英文期刊

1. Hanan , Patrick. The Missionary Novels of Nineteenth Century China, Harvard Journal of Asiatic Studies 60, no.2. December 2000.413-443.

## （三）專書論文

1. 王德威，〈「說話」與中國白話小說敘事模式的關係〉。收錄於簡政珍主編，《當代臺灣文學評論大系──文學理論》（臺北：正中，1993 年），頁 117。

2. 戈公振〈中國報紙進化之概觀〉。收錄於張靜廬輯注，《中國近現代出版史料·現代丁編》上（上海：上海書店出版社，2003 年），頁 12。

3. 戈公振，《中國報學史》。收錄於方漢奇主編，《民國時期新聞史料匯編》（北京：國家圖書館，2011 年）。

4. 古偉瀛，〈從調適模式到衝突模式──明末及清末兩階段的傳教比較〉。收錄於中國社會科學院近代史研究所、比利時魯汶大學南懷仁研究中心主編，《基督宗教與近代中國》（北京：社會科學文獻出版社，2011 年，頁 3～7。

5. 伯希和，〈唐元時代中亞及東亞之基督教徒〉，《西域南海史地考證譯叢》四編。收錄於《西北史地文獻》第一一四冊（蘭州市：古籍出版社，1990 年），頁 63～87。

6. 李天綱，〈中文文獻與中國基督宗教史研究〉。收錄於張先清主編，《史料與視界──中文文獻與中國基督教史研究》（上海：上海人民出版社，2007 年 6 月第一版），頁 1～27。

7. 吳淳邦，〈二十世紀前西方傳教士對晚清小說的影響研究〉。收錄於中央大學中國文學系所編，《第五屆近代中國學術研討會論文集》（中壢：國立中央大學中國文學系所編，1999 年），頁 99～119。

8. 吳淳邦，〈新發現的傅蘭雅徵文小說《夢治三癱小說》〉。收錄於蔡忠道主編，《第三屆中國小說戲曲國際學術研討會論文集》（臺北：里仁書局，2008 年），頁 177～205。

9. 吳淳邦，〈天理、人情、喻道、傳教──基督教文言小說《勸善喻道傳》的創作與流傳〉。收錄於鍾彩鈞主編，《明清文學與思想中之情、理、欲──學術思想篇》（中央研究院中國文史哲研究所，2009 年 7 月），頁 389～418。

10. 姚達兌，〈聖經與白話──聖經翻譯、傳教士小說與一種現代白話的萌蘗〉。收錄於梁工主編，《聖經文學研究》第七輯，2013 年，頁 95～124。

11. 徐湖、邱雲霄，〈宿大遊觀〉。收錄於王挺之等主編，《中國世界文化和自然遺產歷史文獻叢書》第三十二冊（上海：上海交通大學，2011 年），頁 407。

12. 袁進，〈試論西方傳教士對中文小說發展所作的貢獻〉。收錄於蔡忠道主編，《第三屆中國小說戲曲國際學術研討會論文集》（臺北：里仁書局，2008 年），頁 415～425。

13. 袁進，〈試論近代西方傳教士對中國文體的影響〉。收錄於關西大學文化交涉学教育研究拠点編集，《東アジア文化交涉研究》第七冊（大阪府吹田市：關西大學文化交涉学教育研究拠点，2008 年），頁 1～16。

14. 陳垣，〈康熙與羅馬使節關係文書〉。收錄於沈雲龍主編，《近代中國史料叢刊續輯》第七輯（臺北縣：文海，1974 年），頁 13～14。

15. 陳慶浩，〈新發現的天主教基督教古本漢文小說〉。收錄於徐志平主編，《傳播與交融──第二屆中國小說與戲曲學術研討會論文集》（臺北市：里仁，2005 年），頁 215～250。

16. 黃伯祿，《正教奉褒》。收錄於輔仁大學天主教史料研究中心編，《中國天主教史籍彙編》（新北市新莊：輔仁大學出版社，2003 年 7 月），頁 557。

17. 鄔昆如，〈天與上帝─儒家與基督宗教形上本體之對話〉。收錄於鄭志明主編，《儒學與基督宗教對談》（嘉義縣大林：南華大學，1990 年），頁 171～191。

18. 黎子鵬，〈晚清基督教中文小說研究：一個宗教與文學角度〉，收錄於黎志添主編，《華人學術處境中的宗教研究：本土方法的探索》（香港：三聯書局，2012 年），頁 227～244。

19. 劉偉鏗，〈利瑪竇是溝通中西文化第一人〉。收錄於林雄編，《東土西儒：溝通中西文化第一人利瑪竇》（廣州：南方日報，2007 年），頁 83～107。

20. 蕭靜山，《天主教傳行中國考》（1937 年第三版）。收錄於輔仁大學天主教史料研究中心編，《中國天主教史籍彙編》（新北市新莊：輔仁大學出版社，2003 年 7 月），頁 17～24。

21. 蕭若瑟，《天主教傳行中國考》（1937 年第三版）。收錄於輔仁大學天主教史料研究中心編，《中國天主教史籍彙編》（新北市新莊：輔仁大學出版社，2003 年 7 月），頁 33～66。

22. 鐘鳴旦，〈中國基督宗教史研究的史料與視界〉。收錄於張先清主編，《史料與視界──中文文獻與中國基督教史研究》（上海：上海人民出版社，2007 年 6 月第一版），頁 28～39。

23. 〔法〕梅謙立，〈宗教概念和其當代的命運：在中西之間宗教概念的形成〉。收錄於中山大學西學東漸文獻館主編，《西學東漸研究》（北京市：商務印書館，2008 年）頁 70。

## 三、碩士論文

1. 王海波，《《東西洋考每月統記傳》的中國文學傳播》，內蒙古民族大學碩士論文，2010 年。

2. 方姿堯，《從衝突到合一 ──東西洋考每月統記傳》的書寫策略與文化意義》，政治大學中國文學研究所碩士論文，2010 年。

3. 翁雅昭：《清代古書編輯與印刷字體特性之研究》，雲林科技大學視覺傳達設計研究所碩士論文，2004 年。

4. 黃巧蘭，《清廷查禁天主教期間傳教活動之探究》，國立師範大學歷史學系碩士論文，2007 年。

## 四、網路資料

1. 橄欖華宣出版公司網誌　http://scclcclm.blogspot.tw/2012/10/11 今日基督教報 http：//news.dhf.org.tw/NewsPrint.aspx?key=2908

2. 《聖書節註十二訓》詳參柏林國家圖書館，數位典藏材料。
http://digital.staatsbibliothek-berlin.de/dms/werkansicht/?PPN=PPN3308102986&DMDID=DMDLOG_0000

3. 米憐（William Milne），《三寶仁會論》（麻六甲：出版社不詳，1821 年），頁 9～11。詳參：http://digital.staatsbibliothek-berlin.de/dms/werkansicht/?PPN=PPN3308099276&PHYSID=PHYS_0000

# 附錄一　報刊封面與內頁

《察世俗每月統記傳》報刊封面與內頁

框長十八點八公分，寬十四點五公分

## 《特選撮要每月紀傳》報刊封面與內頁

框長十六點七公分，寬十點一公分

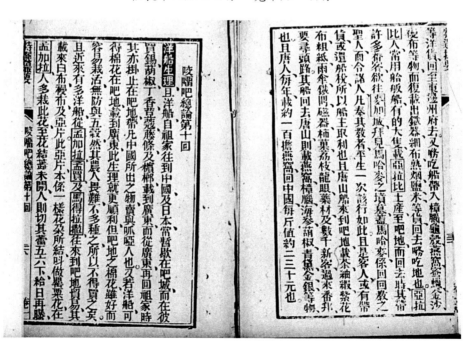

《東西洋考每月統記傳》報刊封面與內頁

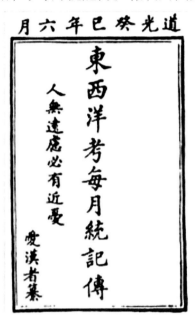

框約長二十五點八公分，寬十三點七公分

今月有數隻船自英國來乃未聞何新信息尚未知欽差陛飛省之監督者是誰亦不知何時可到粵也。○在西洋國干戈未息但京城已服端拿禮亞則想其叔端未甚利不能再升位矣。○越南國反亂之人仍占城隆奈省城每與官兵相戰未決勝負在此遊東京之地方亦有人起義以應其隆奈者也。

新聞紙略論

在西方各國有最奇之事乃係新聞紙篇也。此樣書紙乃先三百年初出於義打里亞國因每張的價是小銅錢一文小錢一文西方語說加西打，故以新聞紙名爲駕打，即因此意也。後各國照樣成此篇紙致今到處鄉有之甚多也。惟初係官府旬出止克示之而國內所有不吉等事不肯引入之後則各國人人自可告官而能得准仰新聞紙但間有要先送官府各張所載何意不准理論官之政事又有的不須如此各可隨自意論諸事、但不犯律法之事也。其新聞紙有每日出一次的有二日出一次的有七日出二次的亦有七日或半月或一月出一次不等的最多者乃每日出一次的共次則每七日出一次的也。其每月一次出者亦有非紀新聞之事乃論博學之文於道光七年、在英吉利國校計有此書籍共四百八十多種在未利堅國有八百餘種在法蘭西國有四百九十種也此三國爲至多而其理論各事更爲隨意於倒無祟然別國亦不少也。

# 附錄二　《察世俗每月統記傳》
# 文章內容分類表

| 類　別 | 卷　期 | 篇　　　名 |
|---|---|---|
| 神理宗教 | 第一卷 | 神理（八月）<br>古王改錯說<br>聖經之大意<br>神理（九月）<br>解信耶穌之論<br>論不可拜假神<br>神理（十月）<br>古王審明論<br>神理（十一月）<br>古今聖史紀－論天地萬物之受造<br>神理（十二月）<br>年終論 |
|  | 第二卷 | 古今聖史紀－論萬物受造之次序<br>神理（二月）<br>古今聖史紀－論世間萬人之二祖<br>進小門走窄路解論<br>神理（五月）<br>論人要以實心拜神<br>古今聖史紀－論人初先得罪神主<br>謊言之罪論<br>上古規矩<br>論醫心萬疾之藥<br>古今聖史紀－論人初先得罪神關係 |

| | | |
|---|---|---|
| | 第三卷 | 古今聖史紀－論神主之初先許遣救世者 |
| | | 七惡 |
| | | 新年論 |
| | | 寶劍 |
| | | 古今聖史紀－論始初設祭神之禮 |
| | | 好友走過六省寄來書 |
| | | 人得自新之解 |
| | | 論合心之表 |
| | | 南海洲被化 |
| | | 萬人有罪論 |
| | | 古今聖史紀－論始祖妣初生之二子 |
| | | 古今聖史紀－論在洪水先之列祖 |
| | | 古今聖史紀－論洪水 |
| | | 耶穌代人死論 |
| | | 古今聖史紀－復論洪水 |
| | | 世人以罪而弱論 |
| | | 諸國之異神論 |
| | | 神主無所不知無處不在論 |
| | | 張遠兩友相論第一回 |
| | | 張遠兩友相論第二回 |
| | | 論常生之糧 |
| | | 論仁 |
| | | 張遠兩友相論第三回 |
| | | 古今聖史紀－論挪亞與三子 |
| | | 古今聖史紀－論建大塔及混世人之言語 |
| | 第四卷 | 張遠兩友相論第四回 |
| | | 聖書節註　論神恩顯著 |
| | | 古今聖史紀－論亞百拉罕 |
| | | 張遠兩友相論第五回 |
| | | 聖書節註　論人死 |
| | | 張遠兩友相論第六回 |
| | | 聖書節註　論善惡在死不同 |
| | | 張遠兩友相論第七回 |
| | | 古今聖史紀－論亞百拉罕之遊行於加南 |
| | | 古今聖史紀－論亞百拉罕遊至以至比多 |
| | | 聖書節註　論死者之復活 |
| | | 古今聖史紀－論亞百拉罕及羅得相和 |
| | | 張遠兩友相論第八回 |

| | | 聖書節註 論審判 |
|---|---|---|
| | | 古今聖史紀－論米勒其西得 |
| | | 張遠兩友相論第九回 |
| | | 聖書節註 論永福永禍 |
| | | 古今聖史紀－論撒利及夏厄耳 |
| | | 張遠兩友相論第十回 |
| | | 聖書節註 論信有神 |
| | | 古今聖史紀－論所多馬及我摩拉 |
| | | 聖書節註 論信者得救 |
| | | 古今聖史紀卷之二－論以撒革及以實馬以勒 |
| | | 爲勸我們世人行善幾樣論法 |
| | | 古今聖史紀卷之二－論亞百拉罕之獻以色革 |
| | | 論神主之愛憐世人 |
| | | 古今聖史紀卷之二－論撒拉之死悔罪論 |
| | | 古今聖史紀卷之二－論亞百拉罕替以撒革娶妻 |
| | | 論人該潔心事神善良於人 |
| | 第五卷 | 腓利比書一章二十節 |
| | | 弟摩氏第二書一章十節 |
| | | 古今聖史紀卷之二－論牙可百及以叟 |
| | | 聖書節註 論只耶穌爲救世者 |
| | | 古今聖史紀卷之二－論牙可百遊下攔 |
| | | 古者以人祭太陽 |
| | | 釋疑篇 |
| | | 少年人所作之文章講敬天之爲要 |
| | | 講小人 |
| | | 與羅馬書一章三十二節 |
| | | 西賢教子之法 |
| | | 聖書節註 論失羊歸牧 |
| | | 識大道者宜訓家鄰 |
| | | 仁義之心人所當存 |
| | | 洗心感化之成皆仗神天白施之大恩 |
| | | 張遠兩友相論第十一回 |
| | | 釋疑篇 |
| | | 無價之寶 |
| | | 張遠兩友相論第十二回 |
| | | 聖書節註 論死如夜賊之來 |
| | | 人死 |
| | | 隨覽批評一求淨心 |

| | | 入德之門 |
|---|---|---|
| | | 止一神止一中保者 |
| | | 聖書節註　論過年之道 |
| | | 兇殺不能脫罪 |
| | | 古今聖史紀卷之二－論牙可百娶親而回本地 |
| | 第六卷 | 兇殺不能脫罪 |
| | | 勸世文 |
| | | 論古時行香奉祭等禮神今皆已廢除了 |
| | | 試論言及冥間行審等事 |
| | | 眞神與菩薩不同 |
| | | 引聖錄句証神元造天地 |
| | | 三疑問 |
| | | 三寶 |
| | | 三不敬古聖 |
| | | 默想聖書 |
| | | 默想聖書 |
| | | 聖書之大益 |
| | | 論世人都有難處 |
| | | 論善人安樂而死 |
| | | 默想聖書 |
| | | 知之用 |
| | | 該剛毅克己 |
| | | 默想聖書 |
| | | 本末之道 |
| | | 相勸之道 |
| | | 世之眞光 |
| | | 上帝神天作主之理 |
| | | 願死 |
| | | 懼死 |
| | | 兩大要之問 |
| | | 曾息兩人夕談 |
| | | 論人要知足之道 |
| | | 聖人在獅穴中保安 |
| | | 告禱 |
| | | 敬天 |
| | | 元旦祝文 |
| | | 論生命之爲短弱 |
| | | 論侮聖言之人 |

| | 第七卷 | 論神見人也 |
|---|---|---|
| | | 嗎嘩 |
| | | 雜句 |
| | | 服氣 |
| | | 假神由起論 |
| | | 訴便受化歸正 |
| | | 論死者復活 |
| | | 天室論 |
| | | 少年人篇 |
| | | 溺偶像 |
| | | 聖人如士田之年譜行狀 |
| | | 賽痘神唏論 |
| | | 鐵匠同開店者相論 |
| | | 亞百拉罕覺悟 |
| | | 少年人篇 |
| | | 革利寔奴百路薩言行生死述 |
| | | 拜蠅虫 |
| | | 誣証者論 |
| | | 世上富貴不長 |
| | | 雜句 |
| | | 耶穌不逐罪人 |
| | | 默想聖書 |
| | | 四書分講 |
| | | 仁兵論 |
| | | 神天之憐愛 |
| | | 人之四個形勢 |
| | | 死後報應節署 |
| | | 東西夕論 |
| | | 天道禍善者之解 |
| | | 論及口舌之害 |
| | | 少年人篇 |
| | 第八卷 | 聖書卷分論 |
| 人道倫理 | 第一卷 | 忤逆子悔改孝順 |
| | | 成事之計 |
| | 第三卷 | 碎錦 |
| | | 忠人難得 |
| | 第四卷 | 官受贓之報 |
| | | 公義之鍊 |

| | 第五卷 | 論不可泥古<br>解喻意<br>解喻 |
|---|---|---|
| | 第六卷 | 解喻<br>古王善用光陰<br>古皇恕人<br>十不可<br>雜句<br>不忠受刑<br>不忠孝之子<br>雜句<br>孝 |
| | 第七卷 | 諂媚<br>父子親<br>夫婦順<br>奢侈<br>愛施者<br>自所不欲不施之于人<br>少年人篇 |
| 天文科學 | 第二卷 | 天文地理論<br>第一回論日居中<br>第二回論行星<br>第三回論侍星<br>第四回論地爲行星<br>第五回論地周日每年轉運一輪 |
| | 第三卷 | 第六回論月<br>第七回論彗星<br>第八回論靜星 |
| | 第五卷 | 第九回論日食<br>第二回論月食<br>天球說 |
| | 第六卷 | 烰舟論 |
| 國俗史地 | 第六卷 | 英國土產所缺<br>全地萬國紀畧<br>全地萬國紀畧<br>全地萬國紀畧 |

|  |  | 法蘭西國作變復平畧傳 |
|---|---|---|
|  |  | 全地萬國紀畧 |
|  |  | 全地萬國紀畧 |
|  |  | 全地萬國紀畧 |
|  |  | 山野之船 |
|  |  | 寶珠 |
|  |  | 全地萬國紀畧 |
|  |  | 全地萬國紀畧 |
|  | 第七卷 | 狼忍之人 |
|  |  | 全地萬國紀畧 |
|  |  | 全地萬國紀畧 |
|  |  | 全地萬國紀畧 |
|  |  | 先行船沿亞非利加南崖論 |
| 文學 | 第一卷 | 年終詩 |
|  | 第五卷 | 六月察世俗總詩 |
|  |  | 貪之害說 |
|  |  | 忙速求富貴之害論 |
|  |  | 負恩之表 |
|  |  | 蝦蟆之喻 |
|  | 第六卷 | 驢之喻 |
|  |  | 少年人作之詩 |
|  |  | 新年詩 |
|  |  | 羊過橋之比如 |
|  | 第七卷 | 英吉利國字語小引 |
| 時事新聞 | 第一卷 | 月食 |
|  |  | 立義館告帖 |
|  |  | 告帖 |
|  |  | 嗎困濟會 |
|  | 第二卷 | 告帖 |
|  | 第五卷 | 濟困疾會僉題引 |
|  | 第七卷 | 論上年嗎啦呷濟困疾會事由 |
|  |  | 嗎嘞呷濟困會 |
|  |  | 嗎嘞呷濟困會 |
|  |  | 嗎嘞呷濟困會 |
|  |  | 嗎嘞呷濟困會 |
|  |  | 嗎嘞呷濟困會 |

| 神理宗教 | 第一卷 | 論兩門徒往以馬五 |
|---|---|---|
| | | 自苦者 |
| | | 亞勒大門之死 |
| | | 道德興發於心篇－論道德之要甚缺於人 |
| | | 祈神法 |
| | | 一生諸事比終日之路 |
| | | 感神恩 |
| | | 論死之情形 |
| | | 鄉訓 |
| | | 船主感悟 |
| | | 水手悔罪 |
| | | 雜句 |
| | | 雜句 |
| | | 信者托仗神天 |
| | | 天理無不公道 |
| | | 天理無不明 |
| | | 普渡施食之論 |
| | | 道德興發於心篇－有罪者見責 |
| | | 罪者自責之語 |
| | 第二卷 | 古今聖史紀 |
| | | 論聖書之貴 |
| | | 論神主常近保助 |
| | | 論貧人若色弗 |
| | | 欽天監以天球受教 |
| | | 戰兵以聖書救命 |
| | | 天意要緊 |
| | | 道德興發於心篇－論罪人被定罪 |
| | | 祈禱法 |
| | | 異國之偶像 |
| | | 聖書節註　論識已過也 |
| | | 論十之序 |
| | | 十條誡註 |
| | | 夫婦相愛 |
| | 第三卷 | 媽祖婆生日之論 |
| | | 清明掃墓之論 |
| | | 太遲 |
| | | 悔罪之塔 |
| | | 兄弟敘談 |
| | 第四卷 | 神天主意 |

| 人道倫理 | 第一卷 | 雜句 |
|---|---|---|
| | 第二卷 | 不可性急<br>海騾<br>母善教子<br>父子相不捨 |
| | 第三卷 | 惡有惡報<br>英吉利王之仁<br>貧婦大量<br>馬亦知仁<br>王爲醫生<br>老臣得賞<br>巡市行仁<br>屠人有仁<br>和尙受教<br>聽樂無益<br>愛之在心<br>婦救其夫<br>烏人相愛 |
| | 第四卷 | 黑人大量<br>賊首懷仁<br>有勇且忠<br>好友答恩<br>良心自責 |

# 附錄三 《特選撮要每月紀傳》
# 文章內容分類表

| 類　別 | 卷　　期 | 篇　　　名 |
|---|---|---|
| 文學 | 第一卷 | 年終詩 |
| | 第五卷 | 六月察世俗總詩<br>貪之害說<br>忙速求富貴之害論<br>負恩之表<br>蝦蟆之喻 |
| | 第六卷 | 驢之喻<br>少年人作之詩<br>新年詩<br>羊過橋之比如 |
| | 第七卷 | 英吉利國字語小引 |
| 時事新聞 | 第一卷 | 月食<br>立義館告帖<br>告帖<br>嗎困濟會 |
| | 第二卷 | 告帖 |
| | 第五卷 | 濟困疾會僉題引 |
| | 第七卷 | 論上年嗎啦呷濟困疾會事由<br>嗎嘞呷濟困會<br>嗎嘞呷濟困會<br>嗎嘞呷濟困會<br>嗎嘞呷濟困會<br>嗎嘞呷濟困會 |

| 神理宗教 | 第一卷 | 論兩門徒往以馬五 |
|---|---|---|
| | | 自苦者 |
| | | 亞勒大門之死 |
| | | 道德興發於心篇－論道德之要甚缺於人 |
| | | 祈神法 |
| | | 一生諸事比終日之路 |
| | | 感神恩 |
| | | 論死之情形 |
| | | 鄉訓 |
| | | 船主感悟 |
| | | 水手悔罪 |
| | | 雜句 |
| | | 雜句 |
| | | 信者托仗神天 |
| | | 天理無不公道 |
| | | 天理無不明 |
| | | 普渡施食之論 |
| | | 道德興發於心篇－有罪者見責 |
| | | 罪者自責之語 |
| | 第二卷 | 古今聖史紀 |
| | | 論聖書之貴 |
| | | 論神主常近保助 |
| | | 論貧人若色弗 |
| | | 欽天監以天球受教 |
| | | 戰兵以聖書救命 |
| | | 天意要緊 |
| | | 道德興發於心篇－論罪人被定罪 |
| | | 祈禱法 |
| | | 異國之偶像 |
| | | 聖書節註　論識已過也 |
| | | 論十之序 |
| | | 十條誡註 |
| | | 夫婦相愛 |
| | 第三卷 | 媽祖婆生日之論 |
| | | 清明掃墓之論 |
| | | 太遲 |
| | | 悔罪之塔 |
| | | 兄弟敘談 |
| | 第四卷 | 神天主意 |

| | | |
|---|---|---|
| 人道倫理 | 第一卷 | 雜句 |
| | 第二卷 | 不可性急<br>海騾<br>母善教子<br>父子相不捨 |
| | 第三卷 | 惡有惡報<br>英吉利王之仁<br>貧婦大量<br>馬亦知仁<br>王爲醫生<br>老臣得賞<br>巡市行仁<br>屠人有仁<br>和尚受教<br>聽樂無益<br>愛之在心<br>婦救其夫<br>烏人相愛 |
| | 第四卷 | 黑人大量<br>賊首懷仁<br>有勇且忠<br>好友荅恩<br>良心自責 |
| 自然史地 | 第一卷 | 海洋<br>山兔<br>懶猴<br>咬嚼吧地圖<br>中國往咬吧地總圖<br>咬嚼吧總論第一回<br>咬嚼吧總論第二回<br>咬嚼吧總論第三回<br>咬嚼吧總論第四回 |
| | 第二卷（第二卷後之微片卷期未能清晰判別。） | 咬嚼吧總論第五回<br>咬嚼吧總論第六回<br>咬嚼吧總論第七回<br>咬嚼吧總論第八回<br>咬嚼吧總論第九回<br>咬嚼吧總論第十回 |

| | | 咬𠺕吧總論第十一回 |
|---|---|---|
| | | 咬𠺕吧總論第十二回 |
| | | 咬𠺕吧總論第十三回 |
| | | 咬𠺕吧總論第十四回 |
| | | 咬𠺕吧總論第十五回 |
| | | 咬𠺕吧總論第十六回 |
| 國俗人情 | | 英吉利國所用之錢糧 |

# 附錄四　《東西洋考每月統記傳》文章內容分類表

| 類　別 | 卷　期 | 篇　　名 |
|--------|--------|----------|
| 神理人道 | 癸巳八月 | 論<br>煞語 |
| | 癸巳九月 | 論<br>煞語 |
| | 癸巳十月 | 論<br>煞語 |
| | 癸巳十一月 | 論<br>煞語 |
| | 癸巳十二月 | 敘話 |
| | 甲午二月 | 第一論<br>第二論 |
| | 甲午三月 | 史記－萬代之始祖<br>金銀論<br>太孝 |
| | 甲午四月 | 史記－始祖之愆<br>煞語 |
| | 甲午五月 | 史記－洪水先世記畧<br>煞語 神天上帝不偏愛 |
| | 乙未五月 | 論 |
| | 乙未六月 | 俠膽<br>拯溺<br>序 |

| | | |
|---|---|---|
| | 丁酉正月 | 貪財<br>姪外奉姑書 |
| | 丁酉二月 | 博愛<br>儒外寄朋友書 |
| | 丁酉四月 | 光陰易度<br>論 |
| | 丁酉五月 | 恆德<br>姪外奉叔書 |
| | 丁酉六月 | 天綱<br>敘談 |
| | 丁酉七月 | 敘談<br>叔家答姪<br>姪覆叔書<br>太遲 |
| | 丁酉八月 | 賙記注敘<br>太平 |
| | 丁酉十月 | 格物窮理<br>露雹霜雪 |
| | 戊戌正月 | 賀新禧<br>馬耳亭殿 |
| | 戊戌二月 | 論<br>結尾語 |
| | 戊戌三月 | 教宗地方 |
| | 戊戌五月 | 姓譜 |
| | 戊戌六月 | 慈愛眾人 |
| | 戊戌七月 | 銀錢 |
| 歷史地理<br>〔註1〕 | 癸巳六月 | 論歐邏巴事情<br>東西史記和合－洪水之先<br>地理－東南州島嶼等形勢綱目<br>地理－南洋洲 |

〔註 1〕載於新聞欄位，內容為地理相關：〈新考出在南方大洲〉（癸巳八月）。
載於書信〈儒外寄朋友書〉中：〈阿里曼國〉（丁酉四月）。
載於書信〈叔家答姪〉中：〈北亞米利亞〉（丁酉七月）。
未列出屬地理欄位：〈教宗地方〉（戊戌三月）。
灰色標記為地圖。

| 癸巳七月 | 東南洋並南洋圖<br>東西史記和合－洪水之先<br>地理－東南州島嶼等形勢綱目<br>地理－南洋洲 |
|---|---|
| 癸巳八月 | 東南洋並南洋圖<br>東西史記和合－洪水之後 |
| 癸巳九月 | 地理－呂宋島等總論<br>東西史記和合－商朝－以色耳神廟<br>地理－蘇祿嶼總論<br>地理－芒佳虱大洲總論<br>地理－美洛居嶼等與吧布阿大洲<br>地理－波羅大洲總論<br>大清一統全圖說<br>大清一統天下全圖<br>東西史記和合－周紀－以色耳王朝 |
| 癸巳十月 | 地理－蘇門答剌大州嶼等總論<br>地理－新埔頭或息力<br>東西史記和合－周紀－以色耳王朝 |
| 癸巳十一月 | 地理－呀瓦大洲 附麻剌甲<br>哦羅斯國通天下全圖<br>東西史記和合－秦紀、漢紀－以色耳王朝羅馬朝 |
| 癸巳十二月 | 地理－暹羅國志畧<br>東西史記和合－西漢紀、後漢、西晉紀、北宋朝、齊紀、梁紀、陳紀、隋紀－羅馬朝、 英吉利撒孫朝<br>地理－地球全圖之總論 |
| 甲午二月 | 東西史記和合－唐記－英吉利撒孫朝 |
| 甲午三月 | 地理－列國地方總論 |
| 甲午四月 | 子外寄父<br>東西史記和合－五代紀、宋朝－英吉利撒孫朝、哪耳慢朝<br>地理－（噶喇吧洲總論）<br>地理－（以至比多） |
| 甲午五月 | 亞非利加浪山略說<br>東西史 |

| | | |
|---|---|---|
| 乙未五月 | 史記－洪水之先記<br>東西史記和合－明紀－英吉利哪耳慢朝<br>地理－天竺或五印度國總論<br>烟戶冊<br>**北痕都斯坦全圖** | |
| 乙未六月 | 史記－亞伯拉罕之子孫<br>地理－瑪塔喇省 | |
| 丁酉正月 | 史記－洪水後紀<br>地理－榜葛喇省略 | |
| 丁酉二月 | 史記－挪亞之苗裔<br>地理－榜葛喇省略（續） | |
| 丁酉四月 | 史記－麥西國古史<br>地理－孟買省 | |
| 丁酉五月 | 史記－以色列民出麥西國<br>地理－大英痕都斯坦新疆<br>歐羅巴列國之民尋新地論 | |
| 丁酉六月 | 史－以色列遊野<br>地理－破路斯國略論 | |
| 丁酉七月 | 史記和合綱鑒－大清年間各國事<br>北極 | |
| 丁酉八月 | 史－霸王<br>地理－葡萄牙國志略 | |
| 丁酉九月 | 史－約書亞降迦南國<br>地理－峨羅斯國志略<br>大英拜上帝之堂<br>耳蘭地<br>西班牙國<br>葡萄牙國 | |
| 丁酉十月 | 史－主帥治理以色列民 | |
| 丁酉十一月 | 史－非尼基國史<br>地理－法蘭西國志略 | |
| 丁酉十二月 | 史－亞書耳巴比倫兩國志略 | |
| 戊戌正月 | 希臘國史略 | |
| 戊戌二月 | 希臘國史<br>荷蘭國志略 | |

| | 戊戌三月 | 猶太國史－掃羅王記 |
|---|---|---|
| | 戊戌四月 | 史－大辟王紀年<br>瑞典國志略 |
| | 戊戌五月 | 猶太國史－瑣羅門王紀<br>歐羅巴列國版圖 |
| | 戊戌六月 | 猶太國史－以色列王紀<br>周紀<br>大尼國志略 |
| | 戊戌七月 | 史－以色列王紀<br>周紀 |
| | 戊戌八月 | 猶太國王紀<br>周紀 |
| | 戊戌九月 | 周朝略志<br>西國古史－亞書耳國 |
| 自然科學 | 癸巳八月 | 論日食 |
| | 癸巳十月 | 論月食<br>孟買用炊氣船 |
| | 癸巳十二月 | 北極星圖記<br>**北極恆星圖** |
| | 甲午三月 | 黃道十二宮（圖） |
| | 甲午五月 | 葡萄呀國京都里錫門地震略<br>火蒸水氣所感動之機關（圖） |
| | 乙未五月 | 跳虱論 |
| | 乙未六月 | 獅子<br>火蒸車 |
| | 丁酉正月 | 日長短 |
| | 丁酉四月 | 宇宙<br>救五絕 |
| | 丁酉五月 | 冰熊 |
| | 丁酉六月 | 水內匠籠圖說（圖）<br>火山<br>節氣日離赤道表式 |
| | 丁酉七月 | 太陽 |

| | 丁酉八月 | 鴕鳥<br>豺<br>月面<br>節氣<br>鯨魚 |
| --- | --- | --- |
| | 丁酉十二 | 星宿 |
| | 戊戌正月 | 推農務之會（圖） |
| | 戊戌三月 | 天文<br>地震略說 |
| | 戊戌四月 | 王鵙像略說 |
| | 戊戌五月 | 河馬像略說<br>經緯度 |
| | 戊戌七月 | 察視骨節之學 |
| | 戊戌八月 | 醫院 |
| | 戊戌九月 | 醫家 |
| 社會科學 | 甲午正月 | 市價篇 |
| | 甲午二月 | 市價篇 |
| | 甲午三月 | 市價篇 |
| | 甲午四月 | 市價 |
| | 甲午五月 | 市價篇 |
| | 乙未六月 | 廣東省城醫院<br>戒酒之會<br>救水溺死 |
| | 丁酉正月 | 經書 |
| | 丁酉二月 | 本草目 |
| | 丁酉七月 | 救難民 |
| | 丁酉八月 | 紐橋<br>雜聞 |
| | 丁酉十月 | 拿破戾翁 |
| | 丁酉十一月 | 普姓繼緒（續）－拿破戾翁 |
| | 丁酉十二月 | 通商<br>雜聞<br>普姓繼緒（續）－拿破戾翁<br>敘談<br>訣言 |

| | 戊戌正月 | 貿易<br>招簽題<br>華盛頓言行最略 |
| --- | --- | --- |
| | 戊戌二月 | 貿易<br>馬里王后略說 |
| | 戊戌三月 | 自主之理<br>貿易<br>合丁突人略說 |
| | 戊戌四月 | 英吉利國政公會<br>蘭墩京都<br>貿易<br>論刑罰書姪寄叔<br>　　　叔寄姪 |
| | 戊戌五月 | 英吉利國政公會<br>貿易論 |
| | 戊戌六月 | 英吉利國政公會<br>顯理號第四<br>貿易 |
| | 戊戌七月 | 北亞默利家辦國政之會<br>遷外國之民<br>貿易<br>尋新地<br>姪答叔書 |
| | 戊戌八月 | 批判士<br>貿易<br>姪奉叔<br>回回之教<br>貿易<br>公班衙<br>姪覆叔 |
| 文學 | 癸巳十二月 | 蘭墊十詠 |
| | 乙未六月 | 詩曰 |
| | 丁酉正月 | 詩 |
| | 丁酉五月 | 李太白文 |
| | 丁酉九月 | 論管子之書<br>詞 |

| | 丁酉十一月 | 李太白日 |
|---|---|---|
| | 戊戌正月 | 東都賦 |
| | 戊戌二月 | 蘇東坡詞 |
| | 戊戌三月 | 李太 |
| | 戊戌四月 | 管子之詞 |
| | 戊戌五月 | 李太白詩 |
| | 戊戌六月 | 蘇東坡詩 |
| | 戊戌八月 | 論詩<br>詩 |
| | 戊戌九月 | 賦日 |
| 新聞 | 癸巳六月 | 土耳嘰國事<br>荷蘭國事 |
| | 癸巳七月 | 土耳嘰國事<br>荷蘭國事 |
| | 癸巳八月 | 土耳嘰國事<br>荷蘭國事<br>大西洋即葡萄庫耳國事<br>新考出在南方大洲 |
| | 癸巳九月 | 越南即安南國事<br>蘇門答刺州事 |
| | 癸巳十一月 | 英國之東地公司<br>西洋國事<br>越南國、荷蘭國事 |
| | 癸巳十二月 | 新聞紙略論 |
| | 甲午二月 | 新聞之撮要 |
| | 甲午三月 | 英吉利國東地公司<br>西洋及葡萄雅國事<br>荷蘭國屬地葛拉巴事<br>越南國事 |
| | 甲午四月 | 新聞 |
| | 乙未正月 | 新聞之撮要 |
| | 乙未五月 | 新聞 |
| | 乙未六月 | 新聞 |

| | |
|---|---|
| 丁酉正月 | 天氣<br>法蘭西國<br>西班牙國<br>土耳基國 |
| 丁酉二月 | 比耳西國<br>五印度國<br>廣東省城醫院<br>戒酒之會 |
| 丁酉三 | 葡萄呀國<br>西班呀國<br>北亞非利加<br>交通路 |
| 丁酉五月 | 奏爲鴉片<br>天氣<br>氣舟 |
| 丁酉六月 | 奏爲鴉片<br>土耳其國<br>奏爲鴉片<br>雜聞 |
| 丁酉七月 | 壞船<br>土耳其國<br>荷蘭西除位之王崩<br>濫溢<br>雜聞 |
| 丁酉十月 | 驛站<br>閱兵<br>西班牙<br>廣州府 |
| 丁酉十一月 | 英吉利公會辨（辯）論<br>北亞米利加合郡<br>日本 |
| 丁酉十二月 | 釋奴<br>廣州府<br>西班牙國 |
| 戊戌正月 | 英吉利國主翁<br>廣州府<br>亞哇國 |

| | | |
|---|---|---|
| | 戊戌二月 | 船敗<br>中國<br>廣州府<br>歐羅巴列國 |
| | 戊戌三月 | 中國<br>廣州府<br>英吉利國<br>亞米利加兼合國<br>公班衙曉諭地坵契紙 |
| | 戊戌四月 | 中國<br>雜聞 |
| | 戊戌五月 | 雜聞<br>廣州府<br>中國 |
| | 戊戌六月 | 雜聞<br>廣州府 |
| | 戊戌七月 | 英國<br>亞瓦國 |
| | 戊戌八月 | 呀瓦<br>五印度國<br>雜聞 |
| | 戊戌九月 | 廣州府<br>雜聞 |

# 附錄五　《東西洋考每月統記傳》序

子曰。多聞闕疑。慎言其餘。則寡尤。多見闕殆。慎行其餘。則寡悔。過。觀則誨而評核也。○且因以孝弟風俗。衰年以弟兄為尤。以來弟子入為後。則確然於禮義之可守。傷然於廉和之當存。予曰人。則孝出則弟。理而信。汎愛眾。而親仁。行有餘力。則以學文曰。志於道。據於德。依於仁。游於藝。

大抵上帝降生民。則莫不與之以仁義禮智之性。奈何風俗頹敗。異端惑世。迂民。充塞仁義者。又紛然雜出乎。故設庠序學校。凡以為興賢育才化民成俗計也。故四譲都不完。兵甲不多非。

東西洋考每月統記傳　道光癸巳　十

民興食無日矣。由是觀之。閫與正道照示吾焉開發養文是君子之壽務矣。

國之災也。田野不碎。貨財不聚。非國之富也。上無禮下無學。克一子四三人。行必有我師焉。居處恭。執事敬。與人忠。雖之夷。大子曰。當仁不讓於師。亦德無常師。主善為師。善無常主。協於。

好知不好學。其蔽也蕩。好信不好學。其蔽也賊。好直不好學其敬也然。好勇不好學。其蔽也亂。好剛不好學。其蔽也狂。君子如切如磋。如琢如磨。是以君子將其知識之理而益窮之。以求至乎其極。則於事物之表裏精粗。無不到。而吾心之全體大用無不。

明矣故湯之盤銘曰苟日新日日新又日新致明明德窮至事
物之理焉。

益學問猶花吾天下以各樣百藝文滿話殊異其體一而矣。
人之才不同國之知分別合諸人之知識致知在格物此之謂
也持六吾閒出於幽谷遷于喬木省本閒下喬木而入於幽谷
者即是名于擇術猶為擇果止進術終不退等之執之終生用
之。

夫戟然幽遠人以漢話開發文藝人多懷疑以為奇巧却可恨
該人不思宗族國民之猶水之有分枝難速近與
勢疎客異形要其水源則一故人之得其宗族列國民須以交

**東西洋考每月統記傳**　干

恆也必如身之有四肢百體務使血脈相通而府臟煙關萬姓
雖性到柔緩急善擇不同却知島民出祖宗一人之身因此原故
子曰四海之內皆兄弟也是聖人之言不可棄之言者之結其
外中之綢繆倘子視外國與中國人當兄弟也請尊讀者仰體
為不輕怨遠人之文矣。

夫舟車所至人力所通天之所覆地之所載日月所照霜露所
隆凡有血氣者其不尊親以昭雍睦也且夫交睦姻住邙隆際
熙緯遺風萬國咸寧則合四海為一家聯萬姓為一體中外無
異視事情願推雍睦之意結與珠故纂此文讀者不可忽之則
樂不勝為序

東西洋考 每月統記傳

道光十三年六月

世間之史萬國之記茫也讀者如涉大洋渺瀰故簡删之與讀者觀綱目較量東西史記之合和讀史者類由是可觀之上帝之統轄包普天下猶大陽發光宇宙一然萬人萬物厥手下皇天監於萬方卷求一德作善降之百祥作不善降之百殃天則聽於無聲視於無形日高所以見遠耳下所以聽卑爾惟德罔小萬邦惟慶爾惟德罔大墮厥宗善讀者前谷國有其聰明庶知人孰為好學察之及視萬國當一家也盡究頭緒則可看得明白矣

# 附錄六 《東西洋考每月統記傳》之
# 引用中國文學迻錄校釋

| 報刊刊登原文〔註1〕 | 校　釋〔註2〕 | 摘錄來源 |
|---|---|---|
| 乙未年六月、丁酉年三月　《東西洋考・詩曰》頁185、頁215 | | |
| 一雨郊坼迥、新秋榆棗繁。<br>田荒溪溜入、禾熟雀聲喧。<br>燒出空槎腹、人耕廢廟垣。<br>閑追向城客、落日隱高原。<br><br>終日念雲璧、南歸心浩然。<br>青山入楚路、白水望湖田。<br>野渡惟浮缽、山家少施錢。<br>到時春尚早、牧茗綠嚴前。 | 〈陪府中諸官遊城南〉<br>一雨郊坼迥，新秋榆棗繁。<br>田荒溪溜入，禾熟雀聲喧。<br>燒出空槎腹，人耕廢廟垣。<br>閑追向城客，落日隱高原。<br><br>〈智蟾上人遊南岳〉<br>終日念云璧，南歸心浩然。<br>青山入楚路，白水望湖田。<br>野渡惟浮缽，山家少施錢。<br>到時春尚早，收茗綠岩前。 | 前半部<br>歐陽修<br>〈陪府中諸官<br>遊城南〉<br>〔註3〕<br><br>後八句<br>〈智蟾上人遊<br>南岳〉〔註4〕 |
| 丁酉年五月　《東西洋考・李太白文》，頁235 | | |
| 晨登太山、一望萬里、<br>松楸骨寒、草宿墳毀。 | 〈擬恨賦〉<br>晨登太山，一望蒿里。<br>松楸骨寒，草宿墳毀。 | 李白<br>〈擬恨賦〉<br>〔註5〕 |

〔註1〕標點符號依報刊原文迻錄。

〔註2〕校釋內文依文獻書籍，特將與傳教士報刊不同之處標記出。

〔註3〕〔宋〕歐陽修著，李逸安點校，《歐陽修全集》卷十（北京：中華書局，2001年），頁152。

〔註4〕〔宋〕歐陽修著，李逸安點校，《歐陽修全集》卷十（北京：中華書局，2001年），頁153。

〔註5〕〔唐〕李白，〔清〕王琦注，《李太白全集》（北京：中華書局，1985年三刷），頁11。

| | |
|---|---|
| 浮生可嗟、大運同此、 | 浮生可嗟，大運同此。 |
| 於是、僕本壯夫、慷慨不歇。 | 於是僕本壯夫，慷慨不歇， |
| 仰思前賢、飲恨而歿、 | 仰思前賢，飲恨而沒。 |
| 昔如漢祖龍躍、群雄競奔、 | 昔如漢祖龍躍，群雄競奔， |
| 提劍叱吒、指揮中原、 | 提劍叱吒，指揮中原， |
| 東馳渤解，西票崑崙、 | 東馳渤澥，西漂崑崙。 |
| 斷蛇奮旅、掃清亂國。 | 斷蛇奮旅，<u>掃清國步，</u> |
| 涉握瑤圖而倏昇、 | <u>握瑤圖而倏昇，</u> |
| 高登紫壇而雄顧。 | <u>登紫壇而雄顧。</u> |
| 一朝長辭、天下縞素、 | 一朝長辭，天下縞素。 |
| 若乃項王虎鬪、白日爭輝、 | 若乃項王虎鬪，白日爭輝。 |
| 拔山力盡。 | 拔山力盡， |
| 蓋世心微、聞楚歌之四合、 | 蓋世心違。聞楚歌之四合， |
| 知漢卒之重圍、 | 知漢卒之重圍。 |
| 帳中劍舞、泣挫雄威。 | 帳中劍舞，泣挫雄威。 |
| 維今不逝、喑啞何歸、 | **騅兮**不逝，喑噁何歸。 |
| 至如荊卿、入秦昌、渡易水、 | 至如荊卿入秦，<u>直</u>度易水。 |
| 長虹貫日、寒風颯起、 | 長虹貫日，寒風颯起。 |
| 遠讐始皇、擬報太子、 | 遠讐始皇，擬報太子。 |
| 奇謀不成、憤惋而死、 | 奇謀不成，憤惋而死。 |
| 若夫陳后失寵、長門掩扉、 | 若夫陳后失寵，長門掩扉。 |
| 日冷金殿、霜淒錦衣、 | 日冷金殿，霜淒錦衣。 |
| 春草罷綠、秋螢亂飛、 | 春草罷綠，秋螢亂飛。 |
| 恨桃李之委絕、 | 恨桃李之委絕， |
| 思君王之有違。 | 思君王之有違。（以下未引） |
| | 昔者屈原既放，遷於湘流。 |
| | 心死舊楚，魂飛長楸。 |
| | 聽江楓之嫋嫋， |
| | 聞嶺狖之啾啾。 |
| | 永埋骨于淥水， |
| | 怨懷王之不收。 |
| | 及夫李斯受戮，神氣黯然。 |
| | 左右垂泣，精魂動天。 |
| | 執愛子以長別， |
| | 嘆黃犬之無緣。 |
| | 或有從軍永訣，去國長違， |
| | 天涯遷客，海外思歸。 |

| | 此人忽見愁雲蔽日，<br>目斷心飛，<br>莫不攢眉痛骨，扷血霑衣。<br>若乃錯繡轂，填金門，<br>烟塵曉沓，歌鐘晝誼。<br>亦復星沉電滅，閉影潛魂。<br>已矣哉，<br>桂華滿兮明月輝，<br>扶桑曉兮白日飛。<br>玉顏滅兮螻蟻聚，<br>碧臺空兮歌舞稀。<br>與天道兮共盡，<br>莫不委骨而同歸。 | |

丁酉九月　《東西洋考・詞》，頁 275〜276

| | 〈富鄭公神道碑〉 | 蘇軾 |
|---|---|---|
| 宋興百三十年、四方無虞、人物歲滋、蓋自秦、漢以來、未有若此之盛者。 | 宋興百三十年，四方無虞，人物歲滋。蓋自秦、漢以來，未有若此之盛者。 | 〈富鄭公神道碑〉〔註6〕 |
| 雖所以致之、非一道、而其要在於兵不用、用不久、常使智者謀之、而仁者守之、雖至於無窮可也。契丹自晉天福以來踐、有幽薊北鄙之警、略無寧歲、凡六十有九年、至景德元年、舉國來寇、攻定武、圍高陽、不克。遂陷德清、以犯天雄。眞宗皇帝用宰相寇準計、決策親征。既次澶淵諸道兵大會行伍、虜既震動、兵始接射殺其驍將、順國王撻覽、虜懼、遂請和時、諸將皆請以兵會界河上、邀其歸徐、以精甲躡其後、殲之、虜懼、哀求於上。上曰、契丹、幽、薊、皆吾民也、何多以殺爲、遂詔諸將按兵勿伐、縱契丹歸國。虜自是通好、守約、不復盜邊者、三 | 雖所以致之非一道，而其要在於兵不用，用不久，嘗使智者謀之而仁者守之，雖至於無窮可也。契丹自晉天福以來，踐有幽、薊，北鄙之警，略無寧歲，凡六十有九年。至景德元年，舉國來寇，攻定武，圍高陽，不克，遂陷德清以犯天雄。眞宗皇帝用宰相寇準計，決策親征，既次澶淵，諸道兵大會行在。虜既震動，兵始接，射殺其驍將順國王撻覽。虜懼，遂請和。時諸將皆請以兵會界河上，邀其歸，徐以精甲躡其後，殲之。虜懼，求哀於上。上曰：「契丹、幽、薊，皆吾民也，何多以殺爲！」遂詔諸將按兵勿伐，縱契丹歸國。虜自是通好守約，不復盜邊者三十有九年。及趙元昊叛，西方轉戰連年，兵久不決。契丹之臣有貪而喜功者，以我爲怯，且厭兵，遂教其主設詞以動我，欲得 | |

---

〔註6〕　〔宋〕蘇軾著，傅成、穆儔標點，《蘇軾全集》（上海：上海古籍出版社，2000年），頁999。

十有九年、及趙元昊叛、西方轉戰、連年兵久不決、契丹之臣有貪、而喜功者、以我爲怯、壓兵、遂教其主設詞以動我欲、得晉高祖所與關南十縣、慶曆二年、聚重兵境上、遣其臣蕭英且、劉六符來聘。兵既壓境、而使來非時、中外忿之、仁宗皇帝曰、契丹吾兄弟之國、未可棄也。其有以大鎮撫之命、宰相擇報聘者時、虜情不可測、群臣皆莫敢行。宰相舉右正言知制誥富公、公即入對便殿、叩頭曰、主憂臣辱、臣辱臣不敢愛其死。上爲動色、乃以公爲接伴。英等入境、上遣中使勞之。英託足疾不拜、公曰、吾嘗使北、病臥車中、聞命輒起拜、今中使至、而公不起、此何禮也。英矍然起拜公、開懷與語、不以夷狄待之。英等見公傾盡、亦不復隱其情、遂去左右、密以其主所欲得者、告公、且曰、可從之不可從、更以一事塞之公具以聞、上命御史中丞賈昌朝館、伴不許割地、而許增歲幣、且命公報聘、既至六符之館、反往十數、皆論割地、必不可狀、及見虜主曰、南朝違約、塞雁門、增塘水、治城隍、籍民兵、此何意也。臣曰、北朝諸臣爭勸、用兵者、此皆其身、謀非國計也。虜主驚曰、何謂也。公曰晉高祖欺天、叛君而求助。契丹全師獨克、雖虜獲金幣、刮諸臣之家、而壯士健馬、物故大半、今中國提封萬里、所在精兵以百萬計法、雖勝負未可知、卻獲盈。言畢不得不增城隍、皆修舊民法用之兵、亦舊籍、補其缺耳、非違約也。

晉高祖所與關南十縣。慶曆二年，聚重兵境上，遣其臣蕭英、劉六符來聘。兵既壓境，而使來非時，中外忿之。仁宗皇帝曰：「契丹，吾兄弟之國，未可棄也，其有以大鎮撫之。」命宰相擇報聘者。時虜情不可測，群臣皆莫敢行。宰相舉右正言、知制誥富公，公即入對便殿，叩頭，曰：「主憂臣辱，<u>臣不敢愛其死</u>。」上爲動色，乃以公爲接伴。英等入境，上遣中使勞之，英託足疾不拜。公曰：「吾嘗使北，病臥車中，聞命輒起拜。今中使至而公不起，此何禮也？」英矍然起拜。公開懷與語，不以夷狄待之。英等見公傾盡，亦不復隱其情，遂去左右，密以其主所欲得者告公，且曰：「<u>可從，從之；不可從，更以一事塞之</u>。」公具以聞。上命御史中丞賈昌朝館伴，不許割地，而許增歲幣，且命公報聘。既至，<u>六符館之</u>，反往十數，皆論割地必不可狀。及見虜主，<u>問故</u>。<u>虜主</u>曰：「南朝違約，塞雁門，增塘水，治城隍，籍民兵，此何意？群臣請舉兵而南，寡人以謂不若遣使求地，求而不獲，舉兵未晚也。」<u>公曰</u>：「北朝忘章聖皇帝之<u>大德乎？澶淵之役，若從諸將言，北</u><u>兵無得脫者。且北朝與中國通好，則</u><u>人主專其利，而臣下無所獲。若用</u><u>兵，則利歸臣下，而人主任其禍。故</u>北朝諸臣爭勸用兵者，此皆其身謀，非國計也。」虜主驚曰：「何謂也？」公曰：「晉高祖欺天叛君，而求助<u>於</u><u>北</u>，末帝昏亂，神人棄之。是時中國<u>狹小</u>，上下離叛，故契丹全師獨克。雖虜獲金幣，<u>充牣</u>諸臣之家，而壯士健馬，物故<u>大半</u>，<u>此誰任其禍者？</u>今中國提封萬里，所在精兵以百萬<u>計</u>，<u>法令修明</u>，上下一心，北朝欲用兵，<u>能保其必勝乎？」曰：「不能。」公</u><u>曰：「勝負未可知。就使其勝，所亡</u><u>士馬，群臣當之歟？抑人主當之歟？</u><u>若通好不絕，歲幣盡歸人主，臣下</u>

| | | |
|---|---|---|
| | 所得，止奉使者歲一二人耳，群臣何利焉！」虜主大悟，首肯者久之。公又曰：「塞雁門者，以備元昊也。塘水始於何承矩，事在通好前，地卑水聚，勢不得不增。城隍皆修舊，民兵亦舊籍，特補其缺耳，非違約也。（其後省略） | |
| 丁酉年十一月　《東西洋考・李太白曰》，頁 294 | | |
| 東風歸來、見碧草而知春、蕩漾怳惚、<br>何垂楊旖旎之秋人？天光貴而妍和、<br>海氣綠而芳薪、野徠翠兮阡眠、<br>雲飄飄而相鮮、演漾兮貪緣、<br>窺青苔之生泉。<br>縹緲兮翩緜、見遊絲之縈煙。<br>魂與此兮俱斷、醉風光兮悽然、<br>若乃隴水秦聲、江猿巴吟、<br>明妃玉塞、楚客標林、<br>試登高而望遠、痛切骨而傷心、<br>春心蕩兮如波、春愁亂兮如雪、<br>兼萬情之悲歡、茲一感於芳節、<br>若有一人兮湘水濱、隔雲霓而見無因。<br>灑別淚於尺波、寄東流於情親。<br>若使春光可攬而不滅兮、<br>吾欲贈天涯之佳人。 | 〈愁陽春賦〉<br>東風歸來，見碧草而知春。蕩漾怳惚，<br>何垂楊旖旎之愁〔註 7〕人？天光清而妍和，<br>海氣綠而芳新，彩翠兮芊眠，<br>雲飄颻而相鮮。演漾兮貪緣，<br>窺青苔之生泉，<br>縹緲兮翩綿，見遊絲之縈煙。<br>魂與此兮俱斷，對風光兮淒然。<br>若乃隴水秦聲，江猿巴吟，<br>明妃玉塞，楚客楓林。<br>試登高而望遠，痛切骨而傷心。<br>春心蕩兮如波，春愁亂兮如雪<br>兼萬情之悲歡，茲一感於芳節。<br>若有一人兮湘水濱，隔雲霓而見無因。<br>灑別淚於尺波，寄東流於情親。<br>若使春光可攬而不滅兮，<br>吾欲贈天涯之佳人。 | 李白<br>〈愁陽春賦〉<br>〔註 8〕 |
| 戊戌年正月　《東西洋考・東都賦》，頁 319 | | |
| 上帝懷而降監、乃致命乎聖皇、<br>於是聖皇乃握乾符、闡坤珍、<br>披皇圖、稽帝文赫然發憤、 | 〈東都賦〉<br>上帝懷而降監。乃致命乎聖皇。<br>於是聖皇乃握乾符，闡坤珍。<br>披皇圖，稽帝文。赫然發憤， | 班固<br>〈東都賦〉<br>〔註 9〕 |

〔註 7〕雖中古音近，但疑似抄錄錯誤，仍標記出。

〔註 8〕〔唐〕李白，〔清〕王琦注，《李太白全集》（北京：中華書局，1985 年三刷），頁 20。

〔註 9〕〔梁〕蕭統編，〔唐〕李善注，《文選》（北京：中華書局，1977 年 11 月），頁 30。

| | | |
|---|---|---|
| 應若興雲、霆擊昆陽、憑怒雷震、 | 應若興雲。霆擊昆陽，憑怒雷震。 | |
| 遂超大河跨北嶽、 | 遂超大河，跨北嶽。 | |
| 立高號、建都邑、 | 立號高邑，建都河洛。 | |
| 河洛紹百王之荒屯、 | 紹百王之荒屯， | |
| 因造化之盪滌。體元立制、 | 因造化之盪滌。體元立制， | |
| 繼天而作、系唐統、接漢緒、 | 繼天而作。系唐統，接漢緒。 | |
| 茂育羣生、恢復疆宇、 | 茂育群生，恢復疆宇。 | |
| 勳兼乎在昔、事勤乎三五、 | 勳兼乎在昔，事勤乎三五。 | |
| 豈特方軌並跡、紛綸後辟、 | 豈特方軌並跡，紛綸後辟， | |
| 治近吉之所務、 | 治近古之所務， | |
| 蹈一聖之險易、云爾哉 | 蹈一聖之險易云爾哉？ | |

戊戌二月　　《東西洋考·蘇東坡詞》，頁 330

| | | |
|---|---|---|
| 臣不難諫君、先自明智。 | 〈明君可與為忠言賦〉〔註10〕<br>臣不難諫，君先自明。 | 蘇軾<br>〈明君可與為忠言賦〉<br>〔註11〕 |
| 既審乎情偽、言可竭其忠誠 | 智既審乎情偽，言可竭其忠誠。 | |
| 虛己以求、覽群心於止水、 | 虛己以求，覽群言於止水； | |
| 昌言而告、恃至信於平衡。 | 昌言而告，恃至信於平衡。 | |
| 君子道大而不回、言出而為則、 | 君子道大而不回，言出而為則。 | |
| 事父能孝、故可以事君、 | 事父能孝，故可以事君； | |
| 謀身必忠、而況於謀國。 | 謀身必忠，而況於謀國。 | |
| 然而言之雖易、聽之實難。 | 然而言之雖易，聽之實難， | |
| 論者雖切、聞者多惑、 | 論者雖切，聞者多惑。 | |
| 苟非開懷用善、若轉丸之易從。 | 苟非開懷用善，若轉丸之易從； | |
| 則投人以言、有按劍之莫測。 | 則投人以言，有按劍之莫測。 | |
| 國有大議、人方異詞。 | 國有大議，人方異詞。 | |
| 佞者莫能自直、昧者有所不知。 | 佞者莫能自直，昧者有所不知。 | |
| 雖有智者、孰令聽之。 | 雖有智者，孰令聽之？ | |
| 皎如日月之照臨、 | 皎如日月之照臨， | |
| 罔有遁形之蔽、 | 罔有遁形之蔽； | |
| 雖復藥石之瞑眩、 | 雖復藥石之瞑眩， | |
| 曾何苦口之疑。 | 曾何苦口之疑。 | |
| 蓋疑言不聽、故確論必行、 | 蓋疑言不聽，故確論必行； | |
| 大功可成、故眾患自遠。 | 大功可成，故眾患自遠。 | |

〔註10〕該篇為「賦」，並非「詞」。
〔註11〕〔宋〕蘇軾著，傅成、穆儔標點，《蘇軾全集》（上海：上海古籍出版社，2000年），頁 658。

| | |
|---|---|
| 上之人聞危言而不忌、<br>下之士推赤心而無損、<br>豈微忽之能致、有至明而爲本。<br>是以伊尹醜有夏而歸亳、<br>大賢固、擇所從、<br>百里愚于虞而智于秦、<br>一身非故相反。噫、言悅於目前者、<br>不見跬步之外、論難於耳順者、<br>有以百年而興。<br>苟其聰明蔽於嗜好、<br>智慮溺於愛憎。<br>因其所喜而爲善、<br>雖有願忠而孰能、心苟無邪。<br>既坐瞻於百里。人思共效、<br>將或錫之十朋、<br>彼非謂之賢而欲違、<br>知其忠而莫受、<br>目有昧、則視白爲黑、<br>心有蔽、則以薄爲厚。<br>遂使諛臣乘隙以彙進、<br>智士知微而出走。<br>仲尼不諫權將、困於婦言、<br>叔孫詭辭畏威、免於虎口。<br>故明王審遜志之非道、<br>知拂心之謂忠、<br>不求耳目之便、每要社稷之功、<br>有漢宣之賢、<br>充國得盡破羌之計、<br>有魏明之察、<br>許允獲伸選吏之公。<br>大哉事君之難、非忠何報。<br>雖曰、伸於知己、<br>而無自辱於善道。<br>詩不云乎、哲人順德之行、<br>可以受話言之告。 | 上之人聞危言而不忌，<br>下之士推赤心而無損。<br>豈微忠之能致，有至明而爲本。<br>是以伊尹醜有夏而歸亳，<br>大賢固擇所從；<br><u>百里愚于虞而智秦，</u><br>一身非故相反。噫，言悅於目前者，<br>不見跬步之外；論難於耳順者，<br>有以百年而興。<br>苟其聰明蔽於嗜好，<br>智慮溺於愛憎，<br>因其所喜而爲善，<br>雖有願忠而孰能？<br>心苟無邪，既坐瞻於百裏，<br>人思其效，將或錫之十朋。<br>彼非謂之賢而欲違，<br>知其忠而莫受。<br>目有眯則視白爲黑，<br>心有蔽則以薄爲厚。<br>遂使諛臣乘隙以匯進，<br>智士知微而出走。<br>仲尼不諫，懼將困於婦言；<br><u>叔孫詭辭，畏不免於虎口。</u><br>故明主審遜志之非道，<br>知拂心之謂忠。<br>不求耳目之便，每要社稷之功。<br>有漢宣之賢，<br>充國得盡破羌之計；<br>有魏明之察，<br>許允獲伸選吏之公。<br>大哉事君之難，非忠何報。<br>雖曰伸於知己，<br>而無自辱於善道。<br>《詩》不云乎，哲人順德之行，<br>可以受話言之告。 | |

| 戊戌年三月　《東西洋考·李太白》，頁 347 | | |
|---|---|---|
| 大雅久不作、吾衰竟誰陳、<br>王風委蔓草、戰國多荊榛、<br>龍虎相啖食、兵戈逮狂秦、<br>正聲何微茫、哀怨起騷人、<br>揚馬激頹波、開流蕩無垠、<br>廢興雖萬變、憲章亦已淪、<br>自從建安來、綺麗不足珍、<br>聖代復元古、垂衣貴清眞、<br>羣才屬休明、乘運共躍鱗、<br>文質相柄煥、眾星羅秋旻、<br>我志在刪述、垂輝映千春、<br>希聖如有立、絕筆於獲麟。 | 〈古風〉<br>大雅久不作，吾衰竟誰陳。<br>王風委蔓草，戰國多荊榛。<br>龍虎相啖食，兵戈逮狂秦。<br>正聲何微茫，哀怨起騷人。<br>揚馬激頹波，開流蕩無垠。<br>廢興雖萬變，憲章亦已淪。<br>自從建安來，綺麗不足珍。<br>聖代復元古，垂衣貴清眞。<br>羣才屬休明，乘運共躍鱗。<br>文質相炳煥，眾星羅秋旻。<br>我志在刪述，垂輝映千春。<br>希聖如有立，絕筆於獲麟。 | 李白<br>〈古風〉<br>〔註 12〕 |
| 戊戌年四月　《東西洋考·管子之詞》，頁 358 | | |
| 貴富尊顯。民歸樂之、人主莫不欲也、故欲民之懷樂己者、必服道德而勿厭也、而民懷樂之。故曰、美人之定服而勿厭也。　聖人之求事也、先論其理義、計其可否、故義則求之、不義則止。可則求之、不可則止。故其所得事者、常爲身寶小人之求事也。不論其禮義、不計其可否、不義亦求之、不可亦求之。故其所得事者、未嘗爲賴也。故曰必得之事、不足賴也。<br><br>聖人之諾己也、先論其理義、計其可否。義則諾。不義則已。可則諾、不可則已。故其諾未嘗不信也。小人不義亦諾、不可亦諾、言而必諾。故其諾未必信也。故曰必諾之言、不足信也。 | 〈形勢解〉<br>貴富尊顯，民歸樂之，人主莫不欲也，故欲民之懷樂己者，必服道德而勿厭也，聖人之求事也，先論其理義，計其可否；故義則求之，不義則止。可則求之，不可則止；故其所得事者，常爲身寶。小人之求事也，不論其理義，不計其可否，不義亦求之，不可亦求之。故其所得事者，未嘗爲賴也。故曰：「必得之事，不足賴也。」<br><br>聖人之諾己也，先論其理義，計其可否，義則諾，不義則已。可則諾，不可則已，故其諾未嘗不信也。小人不義亦諾，不可亦諾，言而必諾，故其諾未必信也；故曰：「必諾之言，不足信也。」 | 管子<br>〈形勢解〉<br>〔註 13〕 |

---

〔註12〕〔唐〕李白，〔清〕王琦注，《李太白全集》（北京：中華書局，1985 年三刷），頁 87。

〔註13〕戴望著，《諸子集成·管子》（北京：中華書局，1954 年），頁 328。

| 戊戌年五月　　《東西洋考・李太白詩》，頁 371 | | |
|---|---|---|
| 天津三月時、千門桃與李、<br>朝爲斷腸花、暮逐東流水、<br>前水復後水、古今相續流、<br>新人非舊人、年年橋上遊、<br>雞鳴海色動、謁帝羅公侯、<br>月落西上陽、餘輝半城樓、<br>衣冠照雲日、朝下散皇州、<br>鞍馬如飛龍、黃金絡馬頭、<br>行人皆辟易、志氣橫嵩丘、<br>入門上高堂、列鼎錯珍羞、<br>香風引趙舞、清管隨齊謳、<br>七十紫鴛鴦、雙雙戲庭幽、<br>行樂爭晝夜、自言度千秋、<br>功成身不退、自古多愆尤、<br>黃犬空歎息、綠珠成釁讎、<br>何如鴟夷子、散髮棹扁舟。<br><br>西上蓮花山、迢迢見明星、<br>素手把芙蓉、虛步躡太清、<br>霓裳曳廣帶、飄拂昇天行、<br>邀我登雲臺、高揖衛叔卿、<br>恍恍與之去、駕鴻凌紫冥、<br>俯視洛陽川、茫茫走胡兵、<br>流血塗野草、豺狼盡冠纓。 | 〈古風〉<br>天津三月時，千門桃與李。<br>朝爲斷腸花，暮逐東流水。<br>前水復後水，古今相續流。<br>新人非舊人，年年橋上遊。<br>雞鳴海色動，謁帝羅公侯。<br>月落西上陽，餘輝半城樓。<br>衣冠照雲日，朝下散皇州。<br>鞍馬如飛龍，黃金絡馬頭。<br>行人皆辟易，志氣橫嵩丘。<br>入門上高堂，列鼎錯珍羞。<br>香風引趙舞，清管隨齊謳。<br>七十紫鴛鴦，雙雙戲庭幽。<br>行樂爭晝夜，自言度千秋。<br>功成身不退，自古多愆尤。<br>黃犬空歎息，綠珠成釁讎。<br>何如鴟夷子，散髮櫂扁舟。<br><br>西上蓮花山，迢迢見明星。<br>素手把芙蓉，虛步躡太清。<br>霓裳曳廣帶，飄拂升天行。<br>邀我至雲臺，高揖衛叔卿。<br>恍恍與之去，駕鴻凌紫冥。<br>俯視洛陽川，茫茫走胡兵。<br>流血塗野草，豺狼盡冠纓。 | 李白<br>〈古風〉<br>〔註 14〕 |
| 戊戌年六月　　《東西洋考・蘇東坡詩》，頁 383 | | |
| 伏審光奉宸恩、寵分郡寄、惟此<br>山河之勝、宜膺師師之權、凡在<br>庇麻莫不欣忻、切以弘農故地、<br>虢國舊邦、周分同姓之親、唐以<br>本支爲尹、富庶雅高於二陝、鶯<br>花不謝於三川、韓公三十一篇、<br>風光咸在、賈島五十六字、景色 | 〈上虢州太守啓〉<br>伏審光奉宸恩，寵分郡寄。惟此山河<br>之勝，宜膺師帥之權。凡在庇麻，莫<br>不欣抃。切以弘農故地，虢國舊邦。<br>周分同姓之親，唐以本支爲尹。富庶<br>雅高於二陝，鶯花不謝於三川。韓公<br>三十一篇，風光咸在；賈島五十六<br>字，景色如初。有洪淄灌溉之饒，被 | 蘇東坡<br>〈上虢州太守<br>啓〉 |

----

〔註 14〕　〔唐〕李白，〔清〕王琦注，《李太白全集》（北京：中華書局，1985 年三刷），<br>　　　　　頁 111、112。

| | | |
|---|---|---|
| 如初、有洪淄灌溉之饒、被女郎雲雨之施、四時無旱、百物常豐、寶產金銅、充仞諸邑、良材松柏、贍給中都、至於事簡訟稀、瀟灑有道山之況、魚肥鶴浴依、稀同澤國之風、自匪巨賢、不輕假守、故來者未嘗淹久、而優恩已見遷、除非總一路之轉輸、則入六曹而侍、從前人可考新命何疑、伏惟禦府某官、學造淵源、道升堂奧、精褆盡天人之蘊、高明窮性命之微、中外屢更、功名茂著、銅虎暫淹於百里、朱轓聊寄於三堂、仰望清徽、俯臨民社、共傒星言而凤駕、思承道化乎其民、某仕版寒蹤、賓僚俗吏、久仰圭璋之望、素欽星斗之名、豈謂此時獲依巨庇、惟良作牧、已興來暮之歌謠、有隕自天、惟恐別膺于綸綍、無任丹懇、倍切馳情。 | 女郎雲雨之施。四時無旱，百物常豐。寶產金銅，充仞諸邑；良材松柏，贍給中都。至於事簡訟稀，瀟灑有道山之況；魚肥鶴浴，依稀同澤國之風。白匪巨賢，不輕假守。故來者未嘗淹久，而優恩已見遷除。非總一路之轉輸，則入六曹而侍從。前人可考，新命何疑。伏惟御府某官，學造淵源，道升堂奧。精褆盡天人之蘊，高明窮性命之微。中外屢更，功名茂著。銅虎暫淹於百里，朱轓聊寄於三堂。仰望清徽，俯臨民社。共傒星言而凤駕，思承道化乎其民。某仕版寒蹤，賓僚俗吏。久仰圭璋之望，素欽星斗之名。豈謂此時，獲依巨庇。惟良作牧，已興來暮之歌謠；有隕自天，惟恐別膺於綸綍。無任丹懇，倍切馳情。 | |
| 戊戌年八月　《東西洋考‧詩》，頁 401～402 | | |
| 出乎大荒之中、行乎東極之外、經乎桑之中林、包湯谷之滂沛、潮波汩起、迴復萬里。歊霧逢浮、雲蒸昏昧。泓澄奫潫溶沇瀁、莫測其深、莫究其廣。環異之所叢育、鱗甲之所集往。於是乎長鯨吞航、修鯢吐浪、躍龍騰蛇、鮫鰡琵琶、泝洄順流、噞喁沈浮鳥則鷗雞鶄鶂、鸛鴿鷺鴻、鷄鶂避風、候雁造江。氾濫乎其上。彫啄蔓藻、刷盪漪瀾、魚鳥鼇耵、萬物蠢生芒芒睋睋、慌罔奄歘。神化翕忽、函幽育明窮性極形、盈虛自然。蚌蛤珠胎、與月虧全巨鼇贔屭、首冠靈山、大鵬繽翻、翼若垂天、振盪汪流、雷抃重淵、殷動宇宙、胡可勝 | 〈吳都賦〉<br>出乎大荒之中，行乎東極之外。經扶桑之中林，包湯谷之滂沛。潮波汩起，迴復萬里。歊霧逢浮，雲蒸昏昧。泓澄奫潫，溶沇沆瀁。莫測其深，莫究其廣。澶湉漠而無涯，惣有流而為長。環異之所叢育，鱗甲之所集往。於是乎長鯨吞航，修鯢吐浪。躍龍騰蛇，鮫鰡琵琶。王鮪鯸鮐，鯽龜鱉鰭。烏賊擁劍，鼁鼄鯖鰐。涵泳乎其中。葺鱗鏤甲，詭類舛錯。泝洄順流，噞喁沈浮。鳥則鷗雞鶄鶂，鸛鴿鷺鴻。鷄鶂避風，候鴈造江。鸂鶒鶤雞，鵾鶴鷮鶬。鸛鷖鸐鸓，氾濫乎其上。湛淡羽儀，隨波參差。理翮整翰，容與自翫。彫啄蔓藻，刷盪漪瀾。魚鳥聲耵，萬物蠢生。芒芒睋睋，慌罔奄歘，神化翕忽，函幽育明。窮性極形，盈 | 左思<br>〈吳都賦〉<br>〔註 17〕 |

〔註 17〕　〔梁〕蕭統編，〔唐〕李善注，《文選》（北京：中華書局，1977 年 11 月），頁 83。

原。島嶼綿邈、洲渚馮隆、曠瞻迢遞、迴眺冥濛、珍怪麗奇、隙荒徑路、絕風雲通、洪桃屈盤、丹桂灌叢、瓊枝抗莖而敷榮。珊瑚幽茂而玲瓏、增岡重阻、列真之宇。玉堂對罍、石室相距、藹藹翠幄、嫋嫋素女。江斐於是往來、海童於是宴語、斯實神妙之響象。卉木跃蔓、遭藪爲圃、植林爲苑、異葦薀蘱、夏曄冬蒨、方誌所辨、中州所羨。草則藿蒳、豆蔲薑彙非一、江蘺之屬、海苔之類、綸組紫絳、食葛香茅、石帆水松、東風扶留、布護皋澤、蟬聯陵邱、黃緣山嶽之岊、纍歷江海之流、扤白蔕銜朱蕤、鬱分葨茂曄分、菲菲光色、炫晃芬馥、肸蠁職貢納、其包甌離騷詠、其宿莽、木則楓柙櫄樟、栟櫚枸榔、綿杬杶櫨、文欀楨橿、平仲桾櫏、松梓古度、楠榴之木、相思之樹。宗生高岡、族茂幽阜擢本千尋、垂陰萬畝、攢柯挐莖、重葩殗葉、輪囷蚪蟠、插堛鱗接、榮色雜米㮂、綢繆綢繡、宵露霳霹、旭日晻晻、與風飂颾、飂瀏颰飀。鳴條律暢、飛音響亮。蓋象琴築、並奏笙竽俱唱。其上則猿又哀吟狸子長嘯、犾貁狖然、騰趠飛超、爭接縣垂、競游遠枝、驚透沸亂、牢落翬散。其下則有梟、羊麢狼狙、貐貙兔菟鳥之族、犀兕之黨、鉤爪鋸牙、自成金夆穎、精若耀星、聲若雲霆、名載於山經、形鏤於夏。鼎其竹則簨簹箖箊、桂箭射筒、柚。梧有篁、篧篸有叢、苞筍抽節、往往縈結、綠葉翠莖、冒霜停雪、櫹蠹林萃蓊茸蕭瑟、檀欒蟬蜎、玉潤碧

虛自然。蚌蛤珠胎，與月虧全。巨鼇屭屓，首冠靈大鵬縞翻，翼若垂天。振盪汪流，雷抃重淵。殷動宇宙，胡可勝原！島嶼綿邈，洲渚馮隆。曠瞻迢遞，迴眺冥濛。珍怪麗，奇隙充。徑路絕，風雲通。洪桃屈盤，丹桂灌叢。瓊枝抗莖而敷榮，珊瑚幽茂而玲瓏。增岡重阻，列真之宇。玉堂對罍，石室相距。藹藹翠幄，嫋嫋素女。江斐於是往來，海童於是宴語。斯實神妙之響象，嗟難得而覶縷！爾乃地勢坱圠，卉木跃蔓。遭藪爲圃，值林爲苑。異葦薀蘱，夏曄冬蒨。方誌所辨，中州所羨。草則藿蒳豆蔲，薑彙非一。江蘺之屬，海苔之類。綸組紫絳，食葛香茅。石帆水松，東風扶留。布濩皋澤，蟬聯陵丘。黃緣山嶽之岊，纍歷江海之流。扤白蔕，銜朱蕤。鬱分葨茂，曄分菲菲。光色炫晃，芬馥肸蠁。職貢納其包甌，離騷詠其宿莽。木則楓柙櫄樟，栟櫚枸根〔註15〕。綿杬杶櫨，文欀楨橿。平仲桾櫏，松梓古度。楠榴之木，相思之樹。宗生高岡，族茂幽阜。擢本千尋，垂陰萬畝。攢柯挐〔註16〕莖，重葩殗葉。輪囷蚪蟠，塓堛鱗接。榮色雜糅，綢繆綢繡。宵露霳霹，旭日晻晻。與風飂颾，飂瀏颰飀。鳴條律暢，飛音響亮。蓋象琴築並奏，笙竽俱唱。其上則猿父哀吟，狸子長嘯。犾貁狖然，騰趠飛超。爭接縣垂，競游遠枝。驚透沸亂，牢落翬散。其下則有梟羊麢狼，貙貐貙象。鳥菟之族，犀兕之黨。鉤爪鋸牙，自成鋒穎。精若耀星，聲若雲霆。名載於山經，形鏤於夏鼎。其竹則篔簹箖箊，桂箭射筒。柚梧有篁，篧篸有叢。苞筍抽節，往往縈結。綠葉翠莖，冒霜停雪。櫹蠹森萃，蓊茸蕭瑟。檀欒蟬蜎，玉潤碧鮮。梢雲無以踰，嶱谷弗能連。鸑鷟食其實，鵷鶵擾其

---

〔註15〕據〈教育部線上字典〉顯示「根」通「榔」。
〔註16〕據〈教育部線上字典〉顯示「挐」是「挲」的異體字。

| | | |
|---|---|---|
| 鮮、梢雲無以踰嶬、谷弗能連。鷿鸞食其實、鵁鶄擾其間、其果則丹橘餘其、荔枝之林、檳榔無柯、椰葉無陰、龍眼橄欖、探榴禦霜、結根比景之陰、列梃衡山之陽。素華斐、丹秀芳、臨青壁、系紫房。鷓鴣南翥而中留、孔雀綷羽以翱翔、山雞歸飛而來、棲翡翠列巢以重行其珠賂、則琨瑤之阜、銅錯之垠、火齊之寶、駭雞之珍、賴丹明璣、金華銀樸、紫貝流黃、縹碧素玉、隱賑崴蘽、雜插幽屏、精曜潛穎、䂵冴山谷碕岸爲之不枯、林木爲之潤顝、隋侯於是鄙、其夜光、宋王於是陋其結綠。其四野則畛畷無數、膏腴兼倍、原隰殊品、宆隆異等。象耕鳥耘、此之自與稼秀菰穗、於是乎在。煮海爲鹽、採山鑄錢、國稅再熟之稻、鄉貢八蠶之緜。憲紫宮以營室、廓廣庭之漫漫。寒暑隔閡於邃宇、虹蜺回帶於雲館、所跨跱煥炳萬里也。 | 間。其果則丹橘餘甘，荔。枝之林。檳榔無柯，椰葉無陰。龍眼橄欖，探榴禦霜。結根比景之陰，列挺衡山之陽素華斐，丹秀芳。臨青壁，系紫房。鷓鴣南翥而中留，孔雀綷羽以翱翔。山雞歸飛而來棲，翡翠列巢以重行。其琛賂則琨瑤之阜，銅錯之垠。火齊之寶，駭雞之珍。賴丹明璣，金華銀樸。紫貝流黃，縹碧素玉。隱賑崴裹，雜插幽屏。精曜潛穎，䂵冴山谷。碕岸爲之不枯，林木爲之潤顝。隋侯於是鄙其夜光，宋王於是陋其結綠。其荒陬譎詭，則有龍穴內蒸，雲雨所儲。陵鯉若獸，浮石若桴。雙則比目，片則王餘。窮陸飲木，極濬水居。泉室潛織而卷綃，淵客慷慨而泣珠。開北戶以向日，齊南冥於幽都。其四野，則畛畷無數，膏腴兼倍。原隰殊品宆隆異等。象耕鳥耘，此之自與。稼秀菰穗，於是乎在。煮海爲鹽，採山鑄錢。國稅再熟之稻，鄉貢八蠶之緜。徒觀其郊隧之內奧，都邑之綱紀。霸王之所根柢，開國之所基趾。邪郭周匝，重城結隅。通門二八，水道陸衢。所以經始，用累千祀。憲紫宮以營室，廓廣庭之漫漫。寒暑隔閡於邃宇，虹蜺回帶於雲館。所以跨跱煥炳萬里也。 | |
| 戊戌年九月 《東西洋考·賦日》，頁 420 | | |
| 蓋聞天以日月爲綱。地以四海爲紀。九土星分。萬國錯跱。崤函有帝皇之宅。河洛爲王者之里。吾子豈亦曾聞蜀都之事歟。請爲左右揚搉而陳之。夫蜀都者。蓋兆基于上世。開國于中古。廓靈關以爲門。包玉壘而爲宇。帶二江之雙流。抗峨眉之重阻。水陸所湊。兼六合而交會焉。豐蔚所盛。茂八區而庵藹焉。於前則跨 | 〈蜀都賦〉<br>蓋聞天以日月爲綱，地以四海爲紀。九土星分，萬國錯跱。崤函有帝皇之宅，河洛爲王者之里。吾子豈亦曾聞蜀都之事歟？請爲左右揚搉而陳之。夫蜀都者，蓋兆基于上世，開國于中古。廓靈關以爲門，包玉壘而爲宇。帶二江之雙流，抗峨眉之重阻。水陸所湊，兼六合而交會焉；豐蔚所盛，茂八區而庵藹焉。于前則跨躡犍牂，枕倚交趾。經途所亙，五千余里。 | 左思<br>〈蜀都賦〉<br>〔註18〕 |

---

〔註18〕 〔梁〕蕭統編，〔唐〕李善注，《文選》（北京：中華書局，1977 年 11 月），頁 75。

蹕徤胖。枕轇交趾。經途所互。
五千餘里。山阜相屬。含磎。懷
谷崗巒糸斗紛觸石吐雲郁蓝以
翠微。崛巍巍以峨峨。于青霄而
秀出。舒丹氣而爲霞。龍池瀑濆
其隈。漏江伏流潰其阿。汨若湯
谷之揚濤。沛若蒙氾之涌波。於
是乎邛竹緣嶺。菌桂臨崖。正挺
龍目，側生荔枝。布綠葉之菱
菱。結朱實之離離。迎隆冬而不
凋。常暐暐以猗猗。孔翠群翔。
犀象競馳。白雉朝雛。猩猩夜
啼。金馬騁光而絕景。碧雞儵忽
而曜儀。火井沈熒於幽泉、高燭
飛煽于天垂。其間則有虎珀丹
青。江珠瑕英。金沙銀礫。符采
彪炳。暉麗灼爍。於後則卻背卻
背華容。北指昆侖。緣以劍閣。
阻以石門。流漢湯湯。驚浪雷
奔。望之天迴即之雲昏水物殊
品。鱗介異族。或藏蛟螭。或隱
碧玉。嘉魚出于丙穴。良木攢于
襃谷。

山阜相屬，含溪懷谷。崗巒糾紛，觸
石吐雲。郁蓝蓝以翠微，崛巍巍以峨
峨。干青霄而秀出，舒丹氣而爲霞。
龍池瀑濆其隈，漏江伏流潰其阿。汨
若湯谷之揚濤，沛若蒙氾之涌波。于
是乎邛竹緣嶺，菌桂臨崖。旁挺龍
目，側生荔枝。布綠葉之菱菱，結朱
實之離離。迎隆冬而不凋，常暐暐以
猗猗。孔翠群翔，犀象競馳。白雉朝
雛，猩猩夜啼。金馬騁光而絕景，碧
雞儵忽而曜儀。火井沈熒于幽泉，高
燭飛煽于天垂。其間則有虎珀丹青，
江珠瑕英。金沙銀礫，符采彪炳，暉
麗灼爍。于後則卻背華容，北指昆
侖。緣以劍閣，阻以石門。流漢湯湯，
驚浪雷奔。望之天回，即之雲昏。水
物殊品，鱗介異族。或藏蛟螭，或隱
碧玉。嘉魚出于丙穴，良木攢于襃
谷。